春刀寒 著

惊鹿

下

天津出版传媒集团
天津人民出版社

风吹过，灯罩里的火苗发出呼呼的声响。他们就坐在这片天灯之中，好像星星坠落在风间。

惊鹿

春刀寒 著

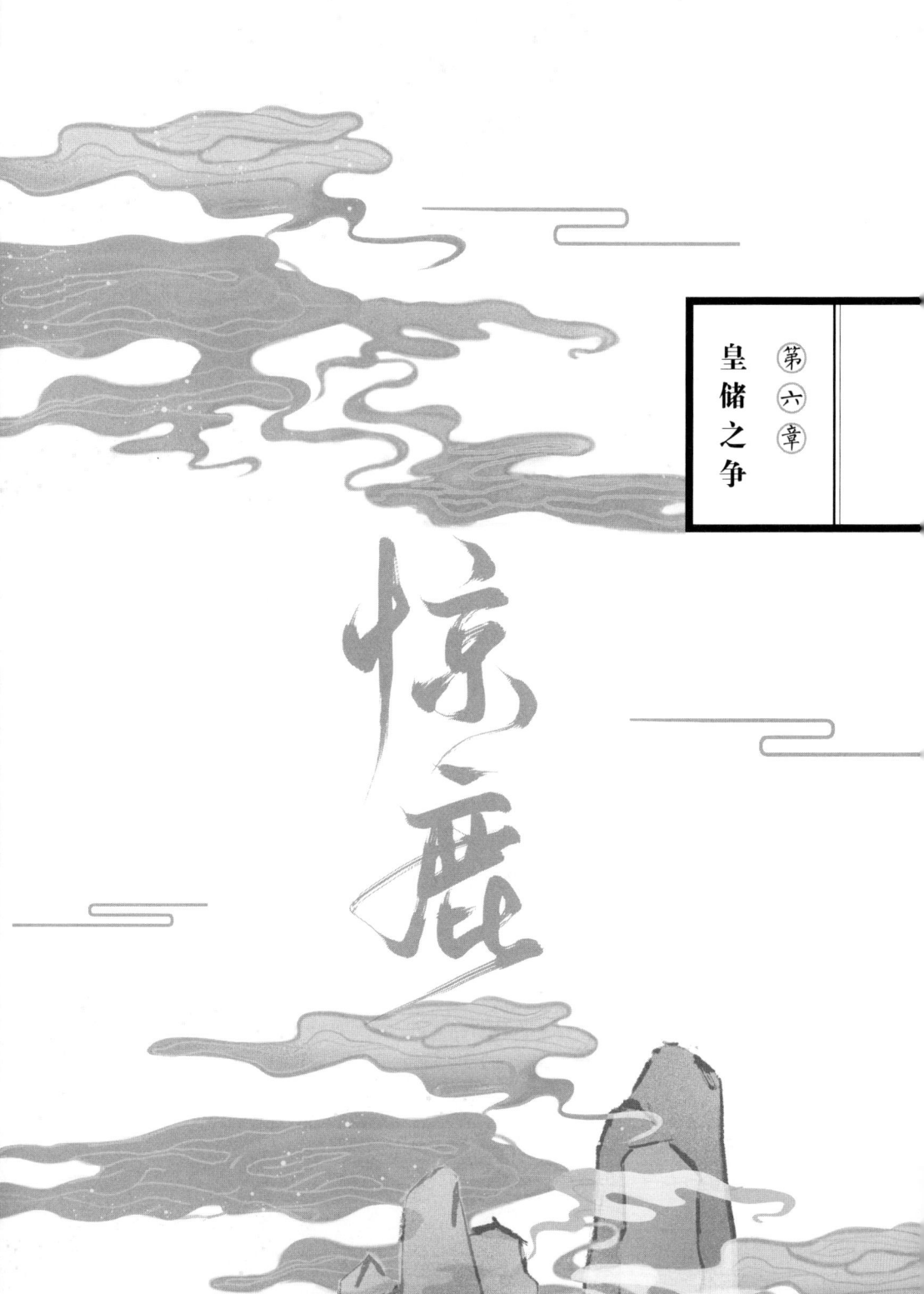

第六章 皇储之争

惊鹿

01

　　林帝交代手下着手调查了一番太子遇虎一事，虽然大部分人觉得是意外，但当事人毕竟涉及皇子公主，于情于理都还是要查一查的。

　　但查来查去，手下也没查出什么异常来。

　　山中本就有猛虎出没，前几年林帝还猎过一头，先皇当年夏狩时也遇过两头熊，差点儿遇难。猛兽袭人实在不算什么稀罕事，最后查来查去，只能归根于太子和五公主运气不好。

　　除了阮贵妃和相府的亲信，没人知道这头猛虎其实是他们饲养的。

　　谋害太子是诛九族的大罪，但自古夺嫡之路就凶险万分，富贵险中求，若是现在不动手，等将来太子登基，如今辉煌的阮氏一族必然会迎来没落。

　　所以这件事必须做，但也要做到万无一失，让人看不出来半点儿人为的痕迹。

　　利用夏狩，引猛虎袭击，是最像意外的方式了。

　　这只猛虎相府已经饲养了三年，东宫和云曦宫中其实都有阮贵妃的内线。内线偷偷将太子不要的衣物搜集起来送出宫去，那猛虎在人为调教之下，日复一日地熟悉着独属太子的气味，才能在被运送到山林后，精准地寻出太子所在。

　　其实他们的目的不一定非要太子死，断他一条胳膊或者瞎他一只眼睛就可以了。

　　一旦残疾，太子就会失去储君的资格。

　　可怎么也没想到，这个他们精心布置多年的局，竟然被一个小丫头毁了！

　　阮贵妃本来还坐在宫中喝着茶静待太子遇虎的消息，没想到消息等到了，但还没来得及高兴，就听说太子平安回来了。

　　阮贵妃真是气到银牙咬碎，将滚烫的茶盏砸到了门框上："这两人坏本宫好事！"说的自然是林非鹿和奚贵妃了。

阮氏、奚檀虽同为贵妃，但多年来相安无事，不交好也未交恶。阮氏知道奚檀无意争宠，入宫不过是因为受了伤不能再上战场，与其嫁人，不如发挥自身最后的价值，为奚家提供最后一道保障。

毕竟自古将为君所忌，虽然奚家满门忠心，但架不住皇帝多疑，有奚檀从中周旋，奚家会更安全。

而且奚檀一直无子，说不好是不能生，还是压根儿不想生，不管是宫斗还是夺储，大家都没把她算在其中。

没想到就是这样一个完全置身事外的人，毁了他们的大计。

林非鹿骑马回来求救可恶，奚贵妃前去杀虎救人更可恶，阮贵妃一时之间想把这两人生吞活剥的心都有了。但她什么都不能做，这件事已然被定性为意外，她若有动作，就是不打自招。

所以她只能该怎么样就怎么样，还遣人送了东西给太子以示慰问。

只是心中到底是有气，看到什么不顺眼的人或事就比往日更暴躁，随行来行宫避暑的那位怀胎五月的谢婕妤因为一句无意之言冒犯到阮贵妃，她便叫人在院中站了两个时辰，以示惩戒。

结果那位谢婕妤当日回去便见了红，在太医的护胎之下，孩子算是保住了，但谢婕妤动了胎气身子越发虚弱，恐怕到了生产时会面临很大的风险。

林帝听闻此事很是恼火，虽然一向知道阮贵妃是个直来直去的性子，但事关子嗣，还是动怒了。

不过是训诫，他还未给处罚，她倒是先哭上了。

平日骄纵明艳的女子哭起来时还挺有风情的，边哭边道："臣妾当年怀着廷儿时，还与陛下登山作乐，也未见出事。如今只不过叫她站了两个时辰，哪里知道她身子就虚成这样？陛下既然觉得臣妾小题大做，那不如撤了臣妾协理六宫的权力，也省得臣妾挂个空名，做什么都要瞻前顾后。"

林帝本来是来问责的，到最后自己反倒成了恶人。他不得不安抚一番委屈抽泣的贵妃，加上顾忌阮氏一门，最后只是训诫她几句，又补偿似的赏了谢婕妤不少东西，便将此事轻巧揭过了。

朝中政事繁忙，如今夏狩又停，今年的行宫避暑便比往年的时间都要短。

不过半月有余，林帝便打道回宫了。

林非鹿回宫没两日，便被皇后叫到了长春宫。

她跟皇后的接触不多，皇后潜心礼佛，免了后宫请安一事，平日无事根本见不上她一面。她跟皇后唯一的近距离接触是上一次的生辰宴，皇后看她的目光十分平和，周身有股超然的大气，有一种跟太子如出一辙的端庄。

这一对母子都是那种十分守规矩的人，大家都清楚，只要他们不行错踏错，储君之位就不会有变故。

但如若有人伸出爪牙，他们也绝不会坐以待毙。

皇后将林非鹿叫过去，自然是为了太子遇虎时她前去求救一事。太子能平安，林非鹿功不可没，皇后往日对这些皇子皇女一视同仁，不苛责也不亲近，此时却真心实意地对林非鹿生出几分青睐。

此女聪慧机灵，年纪虽小，遇险之时却能临危不乱，日后必然不可小觑，再加上这切切实实的救命之恩，皇后便生出了笼络的心思。

她倒是没有像林帝那样对五公主大赏一番，而是等到跟林帝用膳时，提起了如今后宫四妃空缺的事。

"到底不好长时间空着，总要先擢一位妃嫔上来，才合祖宗的规制。"

林帝本来就不是醉心美色的那种皇帝，也很少操心后宫的事，毕竟上一届先皇的后宫留给他的阴影不可谓不小。此时听皇后说起，林帝便附和道："皇后说得在理，既如此，皇后心中可有人选？"

皇后沉思一番："宫中如今育有皇子皇女的最低的都是嫔位，却只有岚昭仪要差一阶。五公主聪慧，六皇子纯真，又深得母后喜爱，陛下孝顺，也该知道母后晚年修行清苦，如今有六皇子相伴，也算了却心中遗憾。岚昭仪为陛下养育了这样优秀的两个孩子，于情于理，也该给她晋位分。"

林帝如今虽然偏爱萧岚，也愿意给她晋位分，但听皇后这么说，还是有点儿惊讶："之前朕将她从贵人擢为昭仪，已经不合规矩，若是如今再将她直接擢为妃位，恐怕会引来非议。"

皇后笑着给他夹了一个水晶饺，温声道："规矩都是人定的，这是陛下的后宫，自然该陛下说了算，旁人又有何资格非议呢？陛下便是天，天子所言便是真理，不过是晋升位分而已，这天下都是陛下说了算，遑论区区后宫？后宫平稳，陛下才能安心前朝，岚昭仪性格温婉良善，待人亲和，若能稳坐妃位，不仅当为众妃嫔表率，也算为陛下分忧了。"

前面有说过，林帝是一个刚愎自用的皇帝，极其高傲又自负，觉得自己是天底下第一牛。

皇后自他还是太子时便相伴左右，对他的脾性那是摸得一清二楚，自然知道这种时候该说什么话。

林帝一听，顿时觉得皇后不愧是皇后，说话果然字字在理！

而且他自己心中也清楚，这次若是没有小五，太子必然命丧虎口。太子事关大林朝的根基稳定，就像奚贵妃说的，太子无恙，便是大林无恙。他赏的那些金银宝石都是身外之物，要落到实处的奖赏才是真的奖励。

于是入秋之时，趁着拜祖大典，林帝便颁发了晋封的旨意，擢升岚昭仪为岚妃，赐明玥宫为四妃之一的主宫之位，宫中一应用度全部按照妃位重新划分。

旨意一出，整个后宫都震惊了。

之前萧岚一跃四阶位分已经很令人震惊了，但毕竟当时位分低，晋升空间大，加上多年补偿，大家惊完也就接受了。

没想到这才晋升到昭仪不到半年，又一下跃了两个位分，直接成了四妃之一！这也太让人羡慕嫉妒恨了。

多少人终其一生，也只能在淑女贵人上待一辈子啊。

萧岚这是五年熬尽一生苦，苦尽甘来，直接麻雀变凤凰啊！

宫中一时议论纷纷，也有消息传出，说萧岚之所以擢升为妃，是皇后亲自跟陛下提的。

皇后为什么送这么一份大礼给她，大家都心知肚明，不就是因为夏狩之时五公主的救命之恩吗！

唉，这种事，真的羡慕不来，谁叫萧岚生了这么个好女儿啊，生个儿子让她失宠，生个女儿又让她复宠，还真是崎岖又奇幻的人生经历啊。

外人议论纷纷，接到旨意的萧岚也是蒙的。这一年来发生的一切，都让她感觉像在做梦一样。

林非鹿之前还想着帮她争妃位呢，没想到啥都还没开始搞，这妃位就自动送上门了。

她突然觉得难度越来越低，自己真的不要搞个女皇来当当吗？

唉，算了，她还想睡懒觉呢，当皇帝起得比鸡早睡得比狗晚，稍微纵情享乐一下就会被朝臣追着写折子劝诫批评，稍不注意还要被史官记一笔"骄奢淫逸"，简直活得比社畜还不如，算了算了。

林非鹿知道这是皇后递来的橄榄枝，她也不介意接住。

　　不出意外，林倾今后是会登基称帝的，她今后的人生暂且不必考虑，有林倾在，至少可保萧岚和林瞻远平安无事。到时候她朝林倾讨一方封地，不必太大太富泽，只需安身立命就行。

　　到时候萧岚便可带着林瞻远去封地生活，终老一生，也算了了她在这里唯一的牵挂。

　　至于自己？

　　林非鹿觉得她现在要好好跟奚贵妃学武，将来若是有机会出宫，便可一人一剑走天涯。

　　前半生拿宫斗剧本，后半生拿武侠剧本，简直两全其美，也不枉她来这个时空走一遭了。

02

　　岚贵人变岚妃，完成了质的飞跃。

　　曾经门可罗雀的明玥宫突然就成了后宫热门之地，除了妃位以上的那三位，其他妃嫔纷纷来打卡。

　　娴妃是看着萧岚一步步升上来的，林帝对萧岚的恩宠她看在眼中，心中有些酸楚是难免的。

　　不过人到她这个年纪，对于帝王之爱已然不再奢求，人各有志，娴妃又不是爱搞事的性子。如今林景渊在林非鹿的监管下越来越奋进，今后封王封地，富贵一生，娴妃就很满足了。

　　以前四妃之间惠妃和梅妃自成一派，如今两妃已倒，娴妃和岚妃又自成一派，后宫势力算是来了个重新划分。

　　萧岚如今立了起来，心机手段都跟上来了，起初还有些束手束脚，后来渐渐适应了新身份、新地位，加上有娴妃的指导，很快就稳坐妃位，将手下治理得井井有条，无须林非鹿操心了。

　　时间一晃入了冬。

　　林非鹿敏锐地发现，林倾对待林廷的态度有些不一样了。

　　以前兄友弟恭的气氛消失了，两人之间似乎貌合神离，偶尔林倾还会针锋相对。

林廷依旧是那副温驯谦和的模样，但较之以前沉默了不少，那双看待万事万物都柔软的眼睛，已经很长一段时间没有亮过了。

　　林非鹿知道这种改变来自什么。

　　太子遇虎一事，皇后一族不可能不调查，一旦查出端倪，阮贵妃一派就彻底与他们敌对起来。

　　阮氏一族来势汹汹，林倾忌惮这位兄长，怨恨这位兄长，也是情有可原。

　　林廷除了性子柔软，其他方面其实并不比太子差。他不过是不想争，平日从不露风头罢了。可他不想争又如何？除非他彻底脱离阮家，不认这个母妃，不认阮氏一族，否则他永远是他们最重要的那颗棋子。

　　阮氏一族发展至今，朝中势力盘根错节，太子一旦登基，他们的权势、地位都将倾覆。

　　没有谁愿意放弃这一切。

　　两人还都是十几岁的年纪，却已经要为皇位离心。林非鹿虽然一开始带着目的，但人心都是肉长的，她早就把这两人当成了家人，眼见他们要朝着手足相残的方向发展下去，心中是真的着急。

　　但她什么也做不了，这不是小打小闹的宫斗，皇储之争历来残忍，她一旦参与，就会被牵连其中。她身后还有母妃和哥哥，她不能拿他们的性命冒险。

　　林非鹿只能一边干着急，一边静观其变。

　　她平时在众人面前还是那个天真可爱、无忧无虑的五公主，只有每次偷偷去找宋惊澜玩时才会流露一丝真实情绪。

　　最近越来越冷，她早早就把银炭备足了，各种取暖设备跟不要钱似的往翠竹居送。

　　这是宋惊澜过的第二个暖和的冬天，他往插着白梅的竹筒里倒了半杯清水，回头就看见小姑娘烤着火出神。

　　她细软的手指被银炭烤得通红，护手霜的清香越发浓郁地散了出来。她今年做了玫瑰味的护手霜，给他也送了两盒。天冬虽然吐槽殿下身上总是像抹了胭脂一样香香的，一点儿都不爷们儿，但宋惊澜还是会早晚擦一次。

　　他觉得香香的也挺好的。

　　炭炉里溅出一点儿火星，她回过神，把滚烫的手指收回来搓了搓，又长长地叹了两声气。

　　宋惊澜递给她一只竹筒，翠色上绘了几枝竹叶，很雅致："公主上次说的奶茶，我试着做了一些，要不要尝尝看？"

林非鹿"啊"了一声，对上他温柔含笑的眼睛，好几秒才反应过来他说的是什么，抓抓脑袋："殿下去内务府领点牛奶不容易，还是留着自己喝吧，别浪费在这上面。"说完，还是接过竹筒捧着咕咚咕咚喝了两口。

宋惊澜笑着问："好喝吗？"

她咂吧两下："竹子味儿的奶茶，还不错，可惜没有珍珠。"

宋惊澜："嗯？"他认真地想了想，"公主说的是哪种珍珠？是要磨成粉末加入其中吗？"

林非鹿赶紧摆手："不了不了，这个就挺好！"

他微一颔首，火光映着眼眸，呈现出沉静的暖色："公主可有什么烦心事？"

林非鹿喝奶茶的动作一顿，小嘴巴杵在竹筒边缘，有些闷闷的样子。

宋惊澜缓声问："是因为太子殿下和大殿下吗？"

林非鹿惊讶地一抬头："你怎么知道？"

宋惊澜微微抿唇："两位殿下最近在太学殿上气氛紧张，不难看出。"

什么不难看出？我看其他人就没看出来。比如林景渊，今天上午放学居然还兴致勃勃地邀请两个哥哥一起去打马球，被拒绝之后还一直缠着问为什么。

林非鹿忍不住又开始叹气。

小漂亮毕竟是宋国人，虽然她对两国之间的恩怨没什么感觉，她自己的归属感也只属于中华人民共和国！

但皇位这样敏感的话题，跟敌国的质子讨论她总觉得怪怪的。

宋惊澜倒是一副坦然的神色，手指轻轻摩擦茶盏的边缘，淡声说："两位殿下都如此出色，这条路不可避免，总要分出个胜负。公主此刻的担心都是徒劳，不如想想，将来到了那一步，该如何保住输的一方。"

他一言就点破了林非鹿心中的纠结之处。

她不在乎哪个哥哥当皇帝，她只希望每个人都平安无事。

她以前从没有在乎过谁。

父母忽视她，她就忽视他们。狐朋狗友虚情假意，她也就不拿出半分真情。那世界对她冷漠，她也就冷漠相待，反而是来到这里，老天爷似乎开始一点一点弥补她缺失的童年和亲情，却偏偏是在这样一个亲情淡薄的地方。

她可以对什么都不在乎，唯独不能怠慢真心。

林非鹿垂着头，好半天才轻声问："那殿下能告诉我，该怎么做吗？"

宋惊澜极浅地笑了一下，轻轻抬手摸了摸她的头顶，嗓音低又温柔："公主这样聪明，我相信公主会知道该怎么做的。"

他看向窗外，眼角挑起来："下雪了，公主。"

林非鹿转头去看，早上还清亮的天空果然落下细细的雪。

今年的第一场雪。

宋惊澜看着她说："许愿吧，一定会实现的。"

明知道那只是韩剧里骗人少女心的桥段，但林非鹿还是合上手掌闭上眼，虔诚地许下了自己的愿望。

雪落是冬景，也是春天即将到来的信号。

新年一过，最令林非鹿震惊的事就是林帝和皇后开始为林念知挑选夫婿了。

虽然知道古代女子嫁人嫁得早，但看着十三岁的林念知羞羞答答地挑选宫人呈上来的驸马画像，林非鹿还是觉得自己有点儿不能接受。

她仿佛看到了将来的自己，太可怕了，啊啊啊！

林念知见她坐在一边发呆，怪不开心地扯了她一下："小五！你能不能认真一点儿？"

林非鹿说："我在看我在看！长姐，这个是谁啊？眼角还有颗痣，看上去怪风流的。"

林念知看了看："这个是礼部尚书的嫡子杜景若，如今任国子监主簿。你这么一说，是有点儿风流……"她自小长在宫中，对这些外男也不了解，迟疑道，"我听说他文采斐然，年纪轻轻就入了国子监，想来也是有那么几分真才实学的。"

这些画像都是林帝和皇后筛选过之后，再送到她手里的。

经了帝后的首肯，自然都不是什么凡俗之子。

林念知一张一张地看下来，最后问她："你觉得如何？"

林非鹿："……都，都挺好的。"

林念知："我也觉得都不错。"她嘟囔着，"为什么不能像父皇那样把这些全都收了呢。"

林非鹿：？

等等！皇长姐！你这个思想很危险啊！

林念知看到她瞪大的眼睛，"扑哧"一声笑了，胡乱掐她软乎乎的脸："我就随口说说啦。"

事关终身大事，林非鹿还是认真地提建议："皇长姐，你的理想型是什么样的呢？"

林念知问："什么叫理想型？"

林非鹿解释道："就是你心中最想嫁的夫婿，大概是什么样的一个人？性格、样貌、家世、观念，你更看重哪一面？"

林念知立刻说："最重要的当然是要长得好看！"

林非鹿：懂，你们林家都是看重容貌。

林念知思考了半天，语气渐渐羞涩起来："我希望我的夫婿是一个谦谦君子，儒雅温和，能爱我护我，视我为唯一，将我当作掌上明珠一般宠爱。"

林非鹿了然，把那沓画像摊开："那我们先把奚行疆这种类型的剔除，他们不配。"

林念知赞同地重重一点头。

最后根据林念知的要求挑来挑去，最符合她理想型的，居然就是那个眼角有一颗痣的礼部尚书之子杜景若。

林念知把杜景若的画像反反复复看了很多遍，最后拍板道："就他吧！"说罢，就要唤宫人进来把画像递呈给林帝。

林非鹿突然一把抓住她的手腕："等等！"

林念知好奇地看着她。

林非鹿虽然知道自己说的都是废话，但还是忍不住："长姐，你都没见过他，只凭一张画像便定下终身大事，若到时候发现他与你想象中的不一样，怎么办？"

现代自由恋爱观深入人心，她实在做不到无动于衷。

林念知愣了愣，转而又若无其事地笑了下："自古以来便是如此，我们身为公主，还有选择的权利；民间那些女子，可连选都没的选。"

总是钻牛角尖儿的长公主，在这方面看得倒是很开。

似乎是惠妃出事之后，她一夜之间就成长了很多。

她看林非鹿还是小脸皱成一团的样子，笑着摸摸林非鹿的鬓鬓："放心吧，好歹是礼部尚书的嫡子，不会差的。"她顿了顿，不知道想到什么，眼睛突然亮起来，"如果你实在不放心，不如我们亲自去看一看？"

林非鹿问："还能亲自去看一看吗？"

林念知说："光明正大当然不行，我们可以偷偷去呀！"

来到这里这么久，林非鹿从未出过宫，听林念知这么一说，顿时心动了。

大林的民风相对而言还是比较开放的，对女子的约束也不像某些时代那么严苛，从奚贵妃曾经上阵杀敌就能看出来。

公主出宫并不是什么罪不可赦的大事，只是需要林帝同意。

这事儿好办，林非鹿撒个娇，说自己长这么大还没出过宫，没看过父皇统治之下繁华的民间景象，林帝立刻就喜滋滋地点头了。

当然为了避免不必要的麻烦，两人自然不会大张旗鼓，林帝让两位禁军首领陪同，又暗中安排了侍卫保护。

林非鹿换上了寻常不起眼的衣裙，就跟着林念知坐在马车内摇摇晃晃地出宫了。

03

这是林非鹿第三次出宫，前两次被清了场，宫外比宫内还冷清，此刻随着马车逐渐驶出皇宫范围，市井喧嚣也顺着风声飘进耳朵。

马车先将她们带到宫外一座小院内，禁卫首领也换上了浅色布衣，看上去十分不起眼。

林非鹿还小，做女童打扮，林念知一身青裙，少女娉婷。两人虽然穿着平凡，但难掩天生的金贵气质，出门时禁卫又一左一右跟着，一眼就知这是哪家非富即贵的小姐出来逛街了。

古时的闹街果然跟她想象中的一样，宽阔的青石板街两旁都是店铺摊贩，人群熙熙攘攘，车马来往，叫卖不断，还有卖艺耍杂技的、驯兽跳火圈的，一点儿都不比三里屯差。

林非鹿看到久违的红尘热闹，差点儿感动得热泪盈眶，完全忘记她们此趟出宫是有目的的。

林念知还以为小五是因为头次出宫看到这些才如此激动，想着反正时间还早，也不着急去尚书府蹲人，带着她开开心心地逛起来。

林非鹿出宫前特意留了肚子，就是为了吃遍古时的大街小巷。她牵着林念知的手，感觉自己很久没有这么快活了。

虽然吃了一上午，肚子一点儿都不饿，但到了中午时分，两人还是去了上京最贵的酒楼用午膳。

林念知本来要去包间，林非鹿指着靠窗的空旷位置说："长姐，我想坐那里。"

林念知奇怪地问："窗口风大灰多，人来人往，有什么好坐的？"

林非鹿："一般有身份的人都会坐在那个位置。"

比如什么正道大侠、魔道教主，嗯！

林念知很是无奈地看了她一眼，但还是迁就地坐了过去，招呼小二之后，将店内所有的菜都点了一份。

两名禁卫就尽职地守在一旁，凡是看到有路人往这边打量，都会瞪回去一个凶神恶煞的眼神，搞得大家都不敢往这边看了。

林非鹿并不饿，慢慢悠悠地吃着。窗口的位置是有点儿冷，但视野好啊，楼下街景一览无余，比如她现在随便往下看了几眼，就看到有几个恶霸模样的男子在强抢民女。

嗯？强抢民女？

她就知道，坐在这个位置必有这种事情发生！

若此时坐的是个正道大侠，就会怒喝一句"住手！光天化日岂有此理"，然后跳窗飞下去两三招把恶霸撂倒。

若此时坐的是个魔教教主，就会冷笑一声，将手中的筷子当作暗器掷出去，把几个恶霸全部放倒，然后听着下面惊慌失措的惨叫慢悠悠喝上一口酒。

但此时坐的是自己。

林非鹿有点儿兴奋，还有点儿紧张，林念知此时也发现了下面闹哄哄的动静，探身一看，顿时大怒道："岂有此理！天子脚下竟有人行事如此霸道，简直不把父……父亲放在眼里！"

她说完转头对禁卫道："还愣着做什么！"

禁卫正要有动作，林非鹿突然说："等一下！"她沉声道，"这种时候，一般就会有人出来英雄救美了。"

林念知：？

五妹是不是话本看多了？

这话刚落，下面果然传来一个清朗的声音："住手！"

林念知的眼珠子都瞪大了，跟林非鹿一起趴在窗口往下看。

那名被抢的女子已经被恶霸拖出几米远，为首的人身着华服，一看就不好惹，围观的人自觉后退，他面前便空出来，于是孤零零站在那里的青衣公子就格外显眼。

因是背对着,她们只能看见顾长清瘦的背影。

为首的恶霸一脸凶相,嚣张地警告:"小子,别多管闲事儿!现在滚,小爷饶你一命!"

青衣公子不卑不亢道:"皇城之外,天子脚下,人人都该奉法,你们行事如此猖狂,与我去见了京兆尹再说理!"

恶霸一听,顿时大笑起来:"谁要跟你去见京兆尹?你知道我是谁吗,就敢管我的事儿?"

青衣公子还是那副语气:"不管你是谁,都不能当街强抢民女,此行为违背了《大林律》第十二篇第七卷第十五条,按律当杖八十。"

恶霸都听蒙了,转头问身边的小弟:"这书呆子说什么呢?"

他都听不懂,小弟就更听不懂了,齐刷刷摇头。那青衣公子趁机上前一步,将挣扎的姑娘拉到了自己身后。

恶霸顿时大怒:"你找死!"话落,便挥手示意小弟们上去打,青衣公子看上去不像是个会武功的,拉着那姑娘便跑,林念知立刻对禁卫道:"快去帮忙!"

禁卫得令,从窗口一跃而出,不出片刻,便把这群恶霸全部揍翻在地。

为首那人尤其惨,鼻血流不止,一边用手捂一边胡乱指着大骂道:"你们……你们死定了!你们知道我表姑是谁?可是当今盛宠的岚妃娘娘!我表妹乃大林五公主!你们竟敢得罪我,我让你们全部蹲大牢!"

正在看热闹的林非鹿:?

林念知一言难尽地看了身边的小五一眼。

那青衣公子先朝出手相助的禁卫作揖一拜,才又掷地有声道:"身为皇亲国戚,更该奉法守礼,你们如此行事,就算是皇后娘娘也保不住。"

恶霸快被他气死了:"你闭嘴!你这个书呆子懂什么?这娘儿们的爹输了我银子还不上,用了她来抵账。父债子还天经地义,我这是正当行为!"

那姑娘也才十二三岁的样子,吓得直哭。

青衣公子还是一副谆谆教导的语气:"就算如此,人岂可与钱财相提并论?他欠了你的钱,这姑娘赚钱还你便是,没有用自己抵账的道理。"

林念知忍不住在上面鼓掌:"说得好!"

围观的人群也纷纷附和:"说得好!说得对!"

恶霸捂住鼻子气得发抖，但看着躺了一地惨叫的小弟，又不敢做什么，只能放狠话："你们给我等着……"

林非鹿筷子一放，从窗口飞了下去。她现在轻功已经精进不少，平平稳稳地落在那恶霸眼前，状似天真地问："等什么？等我吗？"

恶霸崩溃了："你又是谁？！"

林非鹿："你不是说我是你表妹吗？怎么连表妹都不认识，就敢借着表妹的名声为非作歹？"

恶霸：？

萧岚到现在都没跟萧家和解，萧母几次入宫都被挡了回去，没想到萧家这些玩意儿居然敢在外面拿自己当护身符，败坏自己的名声。

林非鹿真是气死了，抬脚就朝他裆下踢去，恶霸正被她的话震惊着，也没来得及反应躲开，被踢中一脚，顿时哀号着捂着裆跪了下去。

林非鹿决定趁此机会给自己正名，虽然人小，但长相乖巧又漂亮，往那儿一站，身姿端正，让人一看便心生好感，因此从她嘴里说出来的话就格外具有信服力，只听她掷地有声道："我与母妃常居宫中，甚少与萧氏一族来往，却不知何时借了你们在外横行霸道的权力？你萧家当年说要与我母妃断绝关系不再往来的书信现在还留着，怎的都忘了吗？失宠便是陌生人，得宠便是你表姑，这世上竟还有这样的好事儿？"

萧岚失宠又复宠的事在民间也有流传，如今听五公主本人说起，围观群众耳朵都竖直了，听她一番不卑不亢的斥责，再联想萧家人的行事，顿觉他们简直卑鄙无耻。

明明连五公主都不认识，他们还敢仗着她耀武扬威，我呸！

传闻五公主冰雪聪明，伶俐可爱，如今一见，果然名不虚传！

身份亮了出来，周围百姓都纷纷行礼，萧家恶霸此时已经面如土色，一个字都说不出来了。

林非鹿骂完人，吩咐禁卫："把这些人全部送到京兆尹府，按律处理。"

禁卫一点头，哨子一吹，便有暗中相随的侍卫过来，将瑟瑟发抖的几个人都押走了。

林非鹿处理完萧家恶霸，转身就看见那青衣公子正从荷包里掏出几块碎银子递给那名少女，叫她离开。那少女接了银子却不走，朝他跪下来哭泣道："公子今日相救，妾感激不尽，但父亲已将妾卖给萧家，妾无处可去，求公子收下妾吧，妾愿为奴为婢侍奉公子。"

英雄救美之后，就是以身相许了，电视剧诚不欺我。

谁料那青衣公子却正色道："我府中并不缺奴婢，待萧家交出你的卖身契，你便是自由身，万不可再轻易贱卖自己。"

古代买卖奴隶太常见了，阶级尊卑分明，连生命也分了贵贱。眼前这个年纪轻轻的男子却如此敬重生命，林非鹿顿时对他肃然起敬。

她不由得往前走了两步，恰好看到他左眼角下一颗泪痣。

等等？

林非鹿定睛一看，整个人都惊呆了。

惊完之后顿时转身兴奋地朝还在窗口探身张望的林念知疯狂挥手。

林念知：？

五妹怎么了？怎么突然抽搐了？

待那姑娘拜谢离去，青衣公子才转过身来，朝林非鹿行了一礼，温声道："见过五公主殿下，多谢五公主殿下出手相救。"

林非鹿说："不谢不谢！应该的！你……我和我姐姐在旁边的酒楼上吃饭，你要不要一起啊？"

他恭声道："杜某不敢叨扰公主，就此拜别。"说罢，又行了一礼便转身离开。

林非鹿激动地从下面飞了上来。

林念知捂心口："会飞了不起啊，能不能走楼梯？！"

林非鹿一把握住她的手："长姐！是他啊！是姐夫啊！"

林念知：？

啥玩意儿？

怎么就叫上姐夫了？

林念知后知后觉地反应过来她在说什么，猛地捂住嘴："是……他就是杜景若？！"

林非鹿兴奋得像是自己的对象一样："他超棒的，长姐！你选对了！"

林念知甩开她的手，别扭道："哪有……就是个书呆子，还背律法，笑死人了……"话是这么说，耳朵却渐渐红了。

04

回宫的路上，林念知还沉浸在跟未来夫婿偶遇的羞涩中。唯一遗憾的是她只看了个背影，没看到正脸。

她埋怨林非鹿："你不早告诉我，不然我也能下去偷偷看一看了！"

林非鹿说："我跟你招手示意了啊！"

林念知说："你那叫示意吗？我还以为你犯了羊癫风。"

林非鹿：……

皇长姐有时候撑起人来也怪厉害的。

不过有了这一场偶遇，林非鹿对杜景若的人品也放心了，看林念知的样子，明显也很满意。回宫之后，林念知便将自己选的画像呈交给了林帝。

于是开春之后，林念知和杜景若就正式定了亲，等到林念知十五岁及笄，便正式过门。

虽然林念知素有刁蛮公主的名号，但能求娶公主跟皇家攀亲戚也是莫大的荣耀，礼部尚书一家当然是很高兴了，就是不知道杜景若本人是怎么想的。

不过按照林非鹿那一次的观察，杜景若这个人性格一板一眼的，身上不仅有股浩然正气，还有属于读书人传统的古板。这样的人一般不会抵抗家中的安排，就算如今不喜欢林念知，娶了她之后也一定会真心相待。

解决完林念知的终身大事，林非鹿就要去解决不干人事的萧家了。

她回宫之后将自己的所见所闻跟萧岚讲了一遍，萧岚也气得不轻。林非鹿不认识那个强抢民女的恶霸就算了，关键是连萧岚都想不起这号人，可见只是个外家子弟罢了。

但连外家子弟都敢如此猖狂，可见萧家人平日没少借着岚妃娘娘的名号胡作非为。

林非鹿跟萧岚说过之后，翌日用过午膳，萧岚便穿着一身单薄白衣去了养心殿。

过去的时候，林帝正在殿里跟大臣议事，守在门口的小太监恭声道："天儿冷，娘娘不如先回去，等陛下忙完，奴才再通报。"

萧岚摇了摇头，轻声道："本宫在这里等着便是。"

岚妃又不是什么不受宠的妃子，陛下平日恩爱得紧，天寒地冻的哪能让她在这儿白白等着?

小太监着急便要进去,但是被萧岚阻止:"不必通报,陛下政事繁忙,等陛下议完事,本宫再进去。"

小太监不好再说什么,只能小心翼翼地应了。

林帝也不知道外边有人,跟朝臣一聊便是两个时辰,等人一走,他捏着鼻梁正打算去内间休息一会儿,小太监就匆匆进来回禀道:"陛下,岚妃娘娘在外面等两个时辰了。"

林帝大怒:"你这混账,天气这么冷,你叫她在外面等着做什么?!"

他大步走到殿外,一出门就看见萧岚一身单衣在门口的阶前站得笔直,素衣墨发,身形清瘦又娇软,小脸被冻得煞白,越发显得唇艳,眼里却噙着水光,我见犹怜。

林帝顿时就不行了,一把将她冰凉的手握在掌中,半责备半心疼道:"爱妃这是做什么?故意让朕心疼吗?"

萧岚垂眸,盈盈一拜,轻声哽咽道:"臣妾来向陛下请罪。"

林帝不由分说将她拉进殿内,又命宫人加热炭炉,倒了热茶来,把还想再拜的萧岚按坐在软榻上才道:"朕还不知道你吗?平日连只蚂蚁都舍不得踩死,能有什么大罪?是不是又有哪个不长眼的东西去你宫里闹了?"

之前也有一些妃嫔故意去明玥宫搞事儿,想抓萧岚的小辫子,但萧岚性格就像水一般,抓不住推不散,那些搞事儿的妃嫔反而搬起石头砸了自己的脚。

他亲自端着茶盏递给萧岚:"喝口热茶暖暖身子,你体虚,以后可不许这样折腾自己。"

萧岚感动地看了他一眼,接过热茶喝完,才轻声地将林非鹿在宫外撞见萧家人胡作非为的事情说了一遍,说完之后,眼尾又红了,起身跪拜道:"臣妾竟不知,母族如此无视陛下和律法,昨日之事恐怕只是管中窥豹,臣妾不敢深想他们还做过什么,已无颜面对陛下,求陛下责罚。"

林帝还以为是什么了不得的大事,皇亲国戚在上京横行霸道也不是头一次,只是各方势力盘根错节,为了维持平衡,只要不闹出人命来,别说林帝,连管理京城治安的京兆尹都是睁一只眼闭一只眼。

不过平日母族犯罪,妃嫔都是来朝他求情,萧岚还是第一个来请他降罪的,可见岚妃果然与别人不一样,情愿委屈自己也要为他分忧,是爱惨了他啊!

林帝心中感慨无比,将她扶起来拉到自己身边坐下才道:"都是小事,小五不是把人送到京兆尹府了吗？就算有罪，那也不关爱妃的事儿。"

萧岚红着眼尾摇了摇头，轻声细语道："如今只是小事儿，若是纵容下去，今后必然越发猖狂。陛下愿意宠爱臣妾，是臣妾之幸，臣妾却不能利用这份恩宠，滋长外族的气焰。臣妾入宫，是爱慕陛下，想同陛下恩爱终老，而不是为谁谋福音。"

外戚一直都是各朝的隐患，比如如今的阮贵妃，阮氏一族独大，林帝有时候想起来也头疼。

此时萧岚却主动提及这件事，还表明了自己的立场，林帝感动极了。

他拉着她的手问："那依爱妃的意思，此事该当如何？"

萧岚眼睫微颤，像是心中难过不已，但还是坚定地说出口："此事应该重罚，让臣妾母家意识到，天子脚下律法森严，臣妾并不是他们藐视皇权的护身符，叫他们今后有所收敛，不敢再犯。"

林帝若有所思地点点头，又道："朕若是重罚萧家人，爱妃也会承受外人非议。"

萧岚勾唇一笑："臣妾的心陛下明白便足矣，又何惧外人道。"

林帝怅然地将她揽入怀中："爱妃秀外慧中，深明大义，朕心甚喜。"他抱着她娇软的身子，觉得还是有些凉，又吩咐御膳房熬滋补的热汤来，萧岚又与他对弈弹琴，一直在养心殿待到傍晚才离开。

没几日，京兆府就接到了宫里传来的圣旨。

这几天京兆府尹正为关在牢里的那几个萧家子弟头疼。这人从早到晚都号叫着自己是岚妃娘娘的侄子，但人又是五公主亲自下令送进来的，这京中势力风云变幻，到底是重处还是轻罚，京兆府尹实在是拿不定主意。

没想到一道圣旨下来，竟是让他将人刺配流放。

按照《大林律》，这人充其量就是杖八十，刺配流放那可是犯了大罪的处罚啊！

但圣旨又不可能作假，京兆府尹虽不知这人为何惹怒了陛下，但还是依旨照办，将人刺配发落了。

本来想着被关几天挨几板子就能出去的萧家恶霸听闻此事，登时晕厥过去。他虽是外家子弟，跟萧岚之间隔了不少层关系，却是外家权重子女，跟本家的关系也很亲密，不然也不敢横行。

萧家那边听闻之后都是震怒，觉得京兆尹这是有意针对，完全没将萧家放在眼里，萧家年轻一辈的主事人亲自上门讨要说法，结果讨来一道圣旨。

看到圣旨，主事脸都白了，失魂落魄地回到家中，将此事一说，整个萧家都蔫儿了。

陛下这摆明了是杀鸡儆猴，震慑他们呢。

怎么会这样？难道是萧岚失宠了？！

他们派了人留意打听，却打听到就在圣旨下放的第二天，林帝就把最近内务府新供的天然东海玉珊瑚树赏给了萧岚。

珊瑚树可是好东西，在大林寓意着吉祥平安，有不少地方将天然的玉珊瑚树当作仙树祈福叩拜，十分珍贵。

这可不是失宠的表现。

萧家人急得像热锅上的蚂蚁，回想那天五公主当街斥责萧家无情无义，开始猜测是林非鹿回宫之后对林帝说了什么。

萧岚复宠以来对萧家的态度十分冷淡，任凭他们怎么讨好或者散播她不孝无情的言论，萧岚都没给过半分回应。如今陛下又重罚萧家子弟，可见不仅萧岚，连陛下对萧家人也不喜。

他们之前还有些小动作，如今被敲打到这个份儿上，不仅没讨到半分好处，还叫满朝同僚整个上京看了笑话，真是又气又无可奈何，只能灰溜溜地收敛，夹起尾巴做人了。

后宫妃嫔一开始也等着看萧岚笑话，没想到陛下不走寻常路，一边重罚母家，一边盛宠萧岚，真是叫人摸不着头脑。

算了算了，她们还是赏花吧。

春天的花可真好看啊。

春去花谢，到了暮春时节，林非鹿就七岁了。

两年过去，林非鹿惊讶地发现——她！还是没长高！

就很迷惑。

连林蔚那个小奶娃都蹿高了一个头，她为什么还在原地踏步啊！

再这么下去，林蔚都要比她高了啊！

难道这辈子她注定要当一个萝莉吗？！

林非鹿一边狠狠地想，一边往肚子里灌进了今天的第三杯牛奶。

不是说喝牛奶长高吗？她明年要是还不长，就告牛奶商欺诈！

哦，这里没有牛奶商。

林非鹿实在太忧伤了。

今年她的生辰宴自然没有再大肆操办，不过各宫的贺礼倒是没少，甚至比去年还要丰富，毕竟萧岚今非昔比。

整个白天过去，她依旧没有收到小漂亮的礼物。不过这次她驾轻就熟了，天黑之后没着急睡觉，而是披了件轻薄的斗篷，提着自己的小奶罐，飞上屋顶去看星星了。

这个时代没有雾霾废气，星星可真亮啊。

她正眯着眼伸出小短手描摹夜幕的星座，身后突然传来一阵细碎的风声。她还没来得及回头，宋惊澜就轻飘飘落在她身边坐下来了。

林非鹿惊呆了，她本来还打算藏在这里看他一会儿敲窗找不到人，又听到她声音发现她在屋顶恍然大悟的样子呢。

她有点儿失望："殿下怎么知道我在这里？"

宋惊澜说："听到公主的呼吸声了。"

林非鹿：？

少侠这是什么武功，这么牛的吗？！

宋惊澜接收到她惊诧的眼神，扑哧笑了："骗你的，是今晚月色太亮，公主坐在这里就很显眼，我看到了。"

林非鹿大大咧咧地把手伸出来："礼物！"

宋惊澜果然就低头，从怀里掏出了一本书来。

不是吧？送我书？我看上去有林景渊那么不学无术吗？！

林非鹿一时之间瑟瑟发抖，却见递过来的书面上并没有任何字迹，深黑色的书面，像今晚的夜空。

林非鹿疑惑地看了他一眼，慢腾腾地接过来，嘟囔道："说好了，要是这个礼物我不喜欢，你得换一个。"

宋惊澜说："好。"

她这才喜滋滋地翻开，却见里面不是什么古文大论，而是画着各种动作的小人儿，每一页左边是图、右边是批注，是宋惊澜亲手画的习武技巧书和一些功法招式。

05

去年林非鹿在他眼皮子底下翻墙失败，曾耍赖要他教自己一些速成的功夫技巧，其实那时候只是她一句玩笑话罢了。

她知道古时候习武都是有门有派有风格的，比如她在正式跟奚贵妃习武前，也是递了三杯敬师茶的。宋惊澜年纪轻轻功夫便深不可测，自由行走皇宫无人察觉，可见随习的世叔也不是什么无名之辈。

哪能轻轻松松就把独门技巧传给她这个外人！

就是这样一句玩笑话，他却一直记在心中，还手绘了适合她的"武功秘籍"。月光照耀下的书页，一笔一画都显示着他的认真和专注，是那种被人放在心上的感觉。

她粗略翻完了书，一时之间不知道该说什么，最后只严肃地问："殿下，我现在要是亲你一下，你应该没意见吧？"

宋惊澜眉峰微微扬了一下，眼里有无奈又好笑的浅浅笑意，就像不知道该拿耍赖的小朋友怎么办一样。

林非鹿噘了下嘴，又美滋滋地翻起手上的武功秘籍："等我学成，就可以去仗剑江湖了！"

宋惊澜轻笑一声："仗剑江湖？"

林非鹿欢天喜地地点点头，又热情地邀请他："殿下要不要跟我一起？我们到时候可以取个艺名，就叫黑白双侠！策马同游，快意恩仇，大口喝酒大口吃肉，岂不美滋滋。"语气里都是对那个未知世界的向往。

宋惊澜语气也不自觉地轻快起来："好啊。"

林非鹿憧憬完了，又转头笑话他："怎么我说什么殿下都说好？对我这么好哦？"

他看着她，眉眼笼着春夜的月影花色："嗯，因为公主对我也很好。"

他把林非鹿说得怪不好意思的。

她不由得想起以前自己上学时期看过的言情小说，每一个女主角都有一个或温柔或调皮的竹马，她那时候独来独往，也曾幻想过自己如果有个竹马就好了。

那样的话，她整个童年乃至少女时期也不至于那么孤独。

是老天爷听到了她的心愿，所以补了一个竹马给她吗？

虽然这心愿实现得未免有些迟，不过她还是很高兴。

林非鹿开心地伸出手："那我们说好啦，give me five！"

宋惊澜："嗯？"

林非鹿："击掌！"

他摇头笑起来，抬起手掌轻轻跟她碰了一下。林非鹿不满意，握住他的手腕，把自己的小短手重重地拍上去。

"啪"的一声清响，她这才高兴了："击掌立誓，说好了哦。"

他收回手，垂眸看着手掌浅浅的红印，笑了一下。

回翠竹居的路上，宋惊澜遇到了巡夜的侍卫。他一身黑衣藏于树冠之间，连呼吸都几不可闻。警惕的侍卫们从树下走过，半点儿都未察觉头顶有人。

待侍卫离开，他却没着急走。

春夜的月色给整座皇宫镀上一层银辉，既冷清又婉约，放眼望去，飞阁流丹层台累榭，雄伟又华丽。

曾经的大林被视作未开教化的蛮人，除了打架厉害，什么都不会。如今一代又一代，却已经成了天下正统，人人趋之若鹜的王都。

宋惊澜看着在夜色中寂静矗立的皇宫，勾着唇角无声一笑。

黑影掠过空中，连鸟雀都未惊动。

回到翠竹居时，天冬正坐在漆黑的屋子里打盹儿，听见门外有声音，赶紧起来掌灯："殿下回来啦？"

灯一亮，他才发现屋内早已站着一个人。

天冬差点儿吓晕过去，失声道："纪先生，你是什么时候进来的？"

纪凉抱着剑站在那里，像夜里的一抹幽魂，面无表情道："你说第三句梦话的时候。"

天冬捂住嘴："我睡觉从来不说梦话的！"

宋惊澜推门进来，看见纪凉笑起来："纪叔回来了。"

纪凉从怀中掏出一封信递给他，一句话都没说，就一点儿声响也没有地从窗口飞出去了。

天冬拍着心口道："纪先生的功夫越发深不可测了，飞起来都没声音的！"他又凑过去，看着宋惊澜手上那封信压低声音道，"容少爷回信啦？"

宋惊澜拿信在他头上拍了一下，天冬就噘着嘴出去烧洗漱的热水了。

屋内静下来，宋惊澜走到案几边坐下，缓缓地拆开信封，熟悉的字迹，轻佻的语句，开头照常是问他安。

看了一会儿，神出鬼没的纪凉又从窗外飞进来，站在他身后淡声道："容珩说你想拉拢的那个人有点儿难度，他会想办法让人下狱再救出来，不知此计能不能行，如果失败就只能除掉，让你提前另择人选以作备用。"

宋惊澜点点头，又温声说："辛苦纪叔这一年来两头跑了。"

纪凉说："不辛苦，轻功又精进了许多。"说完，又无声无息地消失了。

天冬端着热水进来的时候，宋惊澜已经将那封信搁在烛台上点燃，转瞬烧成了灰烬。

殿下近来跟容少爷通信的次数越来越频繁了，堂堂天下第一剑客竟然成了跑腿信使，天冬觉得纪先生真是太难了。

他一边服侍宋惊澜洗漱一边问："殿下，我们是不是很快就可以回国了？"

他语气里有些兴奋，宋惊澜看了他一眼："你很想回去？"

天冬道："那当然了！那才是殿下的国家，回去就不用受在这里的这些苦了。"

宋惊澜用毛巾擦过眼角，笑了一下："那可不一定。"

天冬怅然地叹了声气，又说："其实我在哪里都一样，毕竟我只是殿下在来这里的途中捡的孤儿，殿下去哪里，我就去哪里。只是若是回国了，就见不到五公主了。"

宋惊澜瞟了他一眼。

天冬还犹自忧伤着，宋惊澜把冒着热气的帕子扔他头上："五年之内是回不去的，且待着吧。"

天冬听他这样说，有点儿开心，又有点儿失落。

天气渐渐热了起来。

宋惊澜又过上了每日午后跟林非鹿一起坐在廊檐下嗍冰棍的日子。她小脑袋里总是装了很多稀奇古怪的东西，会鼓捣出很多他听都没听过的稀奇食物来。

他也不怕有毒，不论她搞出什么来，都会很给面子地全吃了，搞得好几次半夜胃疼，硬是用内力压下去了。

他们这头过得惬意，后宫和前朝可不安稳，起因是刑部侍郎的小儿子文向明当街杀了人。

按照《大林律》，杀人当斩，但律法一向只适用于平民百姓，而这位刑部侍郎的小儿子，则是阮贵妃姑姑的儿子。

阮氏姑姑当年嫁给了那一届的探花，那位探花郎在阮相的扶持下一路仕途顺利，轻轻松松就坐上了刑部侍郎的位置，本来按照今年的计划，是要晋升刑部尚书的。

结果就在升迁之前，小儿子犯了杀人罪，原因说来可笑，竟是为了一只蟋蟀。

阮氏一族家大势大，已然是大林如今风头最盛的外戚。阮家子弟一向过着不输皇子的生活，之前的萧家恶霸跟他们的平日作风比起来，简直不值一提。

文向明是出了名的纨绔子弟，游手好闲，好逸恶劳，时常出没青楼赌坊，虽一事无成，但蟋蟀倒是斗得很好。

刑部侍郎为了锻炼他，将他扔进了金吾卫，文向明倒是在里面学了些三脚猫功夫，平日越发地耀武扬威。他养了一只蟋蟀，称作百胜大王，却在前不久跟人斗蟋蟀时被对方踩死了。

文向明气到发疯，竟将对方活活打死，说要给蟋蟀赔命。

他打死了人倒是知道怕，一溜烟儿跑回家躲着不出来。他知道京兆府是什么德行，压根儿就不敢管阮家的事儿。

被他打死的人只是一个小文官的儿子，对方报了官，京兆府虽然受理了案子，也装模作样上门要拿凶手，但最后不仅凶手没拿下，这件事还一拖再拖，拖到死者的尸身都腐烂发臭，不得不安葬。

这一安葬，文向明就改口了，说人不是他打死的，他只是随便打了两拳，根本就不足以致死，对方是因为患有恶疾，当时恶疾发作导致死亡的。

当时围观的人哪敢跟阮家作对，也只能附和了。

事情到这一步，本来也就结束了。没想到那小文官不知在哪里寻到了门路，竟然一纸状告到了林帝面前，那诉状由鲜血写就，字字泣血，言明就算是把下葬的尸体重新挖出来，也要给儿子讨一个公道。

状纸递上来的时候，太子恰好在旁请安。

林帝看到那血书，当场就发飙了，抬头却见林倾神色悲戚，不由得问道："你这是怎么了？"

林倾哽咽道："儿臣看到此血书，心中为那位父亲感到既敬重又难过。父母与子女血脉相连，若儿臣出了什么事，父皇应该也会不顾一切为儿臣讨公道吧。"

林帝骂道："你这是在胡说些什么不吉利的话！"虽是骂语，但心中却大为触动，再一看那血书，全然是一位白发人送黑发人的父亲悲痛又无助的诉求。

阮氏一族平时怎么横行霸道他都睁一只眼闭一只眼，如今闹出人命，还敢这般藐视律法，林帝怒不可遏，当即先停了刑部侍郎的职，然后让刑部调派专人调查这件当街杀人案。

圣旨一下，阮家就坐不住了，知道这件事恐怕善了不了，立刻求到阮贵妃面前来。

阮贵妃对那位堂弟的生死无所谓，反倒是这件事之间的异常让她觉得奇怪。比如，那位小文官是怎么把状纸递到林帝面前的？递上来的时候，太子为什么就刚好在旁边呢？

还有文向明平日虽然为非作歹，但也不至于为了一只蟋蟀杀人。阮家这边也没闲着，开始派人调查。

查来查去，发现文向明冲动杀人当日，竟是有人在旁边挑拨教唆，煽风点火。小文官能将状纸递上来，也是通过一位朝臣之手。而这两人，都是皇后一族的势力。

这一年来，两派势力摩擦不断，但都未伤及彼此根本，如今皇后竟从折断阮氏羽翼开始，是想将朝中阮氏的势力一一排除了。

两派已然是走上了你死我活的地步，林倾和林廷的关系也降到了冰点。

他们之前在太学上课时都坐在第一排，一直都是同桌，不知从何时开始，林廷将自己的位置搬到了最后一排。

他跟后排这些差生不一样，不睡觉、不逃课、不吃零食，还是端端正正坐着，看着前方太傅的方向，眼神却没聚焦，像一座没有生气的木雕。

林非鹿在宣纸上用简笔画画了一个笑话，讲的是小白兔和大灰狼的故事。

她悄悄递给林廷看，想逗他笑。

他只看了一眼，却还是转头朝她笑了笑。

他笑了，林非鹿心里却更难受了。

下午嗍着冰棍跟宋惊澜说起这件事时，他只是看着天际重叠的白云淡声说："这还只是开始。"

349

06

夺嫡这条路，注定要用鲜血和人命来铺就。

长嫡两派这一争，就是六年。

六年的时间，林非鹿从一个个头儿不过腰的萌娃长成了十三岁的娉婷少女，就连当年只会抱着她大腿流口水的小奶娃林蔚都成了九岁的小姑娘，懂得爱美了。

以前林廷和林倾之间的暗涌只有她和宋惊澜能察觉到，到如今这个地步，迟钝如林景渊都发现不对劲儿了。

虽然两派从未兵戎相见，甚至还维持着表面上的平和，但无论是前朝还是后宫，暗自弥漫的硝烟都已将身处其中的人全部笼罩。

林景渊长大之后，性子丝毫没变，还是跟以前一样跳脱，一直在努力挽回大哥和三哥之间的关系，两人每次都很给面子地点头，但之后还是该怎么样就怎么样。

林景渊忧心忡忡地问林非鹿："你说以后他们两个会不会打起来啊？"

林非鹿觉得按照林廷的性子，多半是不可能的，但也说不好。

这么多年过去，林廷的温柔都染上了沉默，整个人看上去十分沉郁，那双总是柔软的眼睛也被一层浓浓的迷雾遮挡，叫她看不清他心中所想。

他曾经的确是不想争，但这么多年了，会不会，也改变了想法呢？

林倾芝兰玉树的气质倒是没有改变，只是偶尔视线掠过，眼中有令人心惊的厉色。

但不管两人如何变化，对林非鹿还是一如既往地宠爱。

林廷会将偶尔救下的小动物送到明玥宫来给她养。曾经只有两座小木房的花田旁边已经建起了动物环楼，有时候林廷会过来在其中坐一坐，那些动物就趴在他脚边、膝上、怀中，还有立在他肩头的。

只有这个时候，他才会真心实意地笑一笑，像当年模样。

林非鹿也常去东宫，拿着自己做的风筝啊、弹珠啊、小木马什么的，缠着端庄的太子哥哥陪她玩儿，太子拗不过她，每次都会屏退宫人再偷偷陪她玩一玩。

她做不了太多，唯一能做的就是让他们在这场夺嫡之争中能偶尔有一段快乐放松的时光。

林景渊特别不能理解两位哥哥："皇帝有什么好当的啊？又累又不自在，懒觉都睡不成，白给我我都不要！"

林非鹿怅然叹气："如果每个人都像你这么想就好了。"

当然这话林景渊也只敢私下偷偷吐槽一下，有一次被娴妃听到，暴打了他一顿不说，还关了他半月的禁闭，把林景渊气得不轻。

去年林廷成年已经封了齐王，在宫外建府，不再常居宫中。林倾今年成年，倒还是住在东宫。两人无须再上太学，一个住在宫外，一个住在宫内，见面的次数骤然减少。

齐王府刚建成时，林非鹿就去过。她本来以为按照大皇兄的性子，应该会搞一个专门喂养动物的院子出来，结果齐王府里一只动物都没有。

林非鹿就想着，把他曾经救的那些小动物还给他，反正他现在不用跟阮贵妃住一起了，总可以随意养动物了吧，没想到林廷拒绝了。

他说："我照顾不好它们，你且养着吧。"

林非鹿觉得，大皇兄的确变了。

这种变化令她心中微微感到不安，却毫无办法。

她为两位哥哥的未来担忧不已，林景渊倒还是吃得好睡得香，并且开始看着齐王府期待两年后自己封王建府的事儿，最近听闻林帝有意向为他择地了，顿时激动得不行，迫不及待地拉着林非鹿出宫考察选址。

听他话里话外的意思，林非鹿感觉他是想建个游乐园出来。

这些年她对于出宫已经熟门熟路，自从林念知出嫁之后，她就有理由经常出去疯玩，把京都的大街小巷都串了个遍。

想着也有段时间没见过林念知了，她出宫之后便直奔杜府而去。

林景渊抱怨："长姐嫁人之后脾气越来越坏了，有什么好见的？你自己去吧，我要去选地了！"说完就跳车跑了。

马车将林非鹿带到杜府门口，守门的小厮看见五公主从车上下来，赶紧迎上来行礼。林非鹿一边往里走一边问："皇长姐在做什么？"

小厮的神情有些尴尬，进了庭中才支支吾吾道："回五公主的话，长公主不在府中。"

林非鹿瞟了他一眼："去哪儿了？"正说着话，杜景若从堂中走出来。

当年的青衣少年如今已成翩翩公子,正如林念知当年期待的夫君模样。

林非鹿喊他:"姐夫。"

杜景若略一行礼,才温声道:"五公主是来找念知的?她前些时日搬回了长公主府,如今不在这里。"

林非鹿一听就明白了:"你们又吵架啦?"

杜景若脸上露出一个无奈的笑容。

林非鹿问:"这次又是因为什么啊?"

杜景若欲言又止,最终还是什么都没说,只是道:"五公主要去找念知的话,便帮我带句话吧:母亲的意思并不是我心中所想,她不必介意。"

林非鹿冲他一点头,又转道去长公主府。

长公主府是林念知及笄那年建的,这是大林皇室的规矩,皇子公主成年后都要在宫外建府。不过林念知及笄之后就嫁了人,一直跟杜景若住在杜府,长公主府便只有几个看管的下人,大多时候空着。

不过很显然林念知将这里当作了她娘家,每次跟杜景若吵架都会收拾行李搬回来。

林非鹿进府之后,跟着婢女走到院中门口,婢女才通报了一声,房内便传来林念知气愤的声音:"不见不见不见!把杜家的人全部拿扫帚扫出去!本公主一个都不见!"

林非鹿笑问:"我也不见啊?"

里面顿时没声儿了,半晌才传出林念知不开心的声音:"不进来还在外面做什么!"

林非鹿让婢女退下,推门走进去,进屋就看见林念知半躺在软榻上吃着水果解九连环,听到动静连眼皮也没抬一下,只闷闷地说:"你怎么又出宫了?"

林非鹿一屁股在她对面坐下,看她手上那个极其复杂的九连环:"陪景渊哥哥出来的。"

林念知眼中顿时冒出凶光:"他人呢!是不是一起来了?叫他过来,我刚好打他一顿降降火!"

林非鹿:……

她伸出手指挡了一下林念知的动作,换了九连环其中一扣的走向,"咔嗒"一声顿时解开了一环。

林念知烦躁地把九连环往旁边一扔:"不玩了不玩了!我解了一天都没解

开，你一来就解开了！"

林非鹿笑嘻嘻地说："你心思都不在这上面，怎么解得开？不过，姐夫又怎么惹着你啦？"

林念知一听"姐夫"两个字就发飙了："你不准再叫他姐夫！我宣布从现在开始他不是你姐夫了！我要跟他和离！"

林非鹿："这话你每年都要说一次。"

林念知："……这次是真的！"她气得咬牙切齿，愤怒道，"你知道他母亲说什么吗？说我生不出来孩子，说要给他纳妾，还让我要大度一点儿，自己生不出来，就不要拦着别人生！"

林非鹿同仇敌忾："太过分了！怎么能这样呢！"

林念知连连点头："对啊！我那是生不出来吗？我明明是不想生！我要想生，分分钟生一个马球队出来！"

林非鹿："……倒也不必如此。"

她算是明白了，长姐这是遇到自古以来女生难逃的催生难题了。

她安慰了半天，又问："那姐夫也是这个意思？"

林念知一顿，别扭地说："那倒没有，他说随我开心就好，也不会为了子嗣纳妾。"

林非鹿问："那你为啥要生他的气？"

林念知瞪她："不是因为嫁给他，我能受这些气？！他就是罪魁祸首！"

林非鹿："……好吧，逻辑满分。"

林念知吐槽半个时辰，心里总算舒坦了一点儿，没之前那么暴躁了，看着捡起九连环玩的小五，突然问："你今年也十三岁了，按规矩，父皇也该为你挑选夫婿了。"

林非鹿吓得差点儿把九连环掰碎了。

林念知全然忘记她刚才还在吐槽嫁人这件事，十分兴奋地问她："你可有心仪之人？"

林非鹿疯狂摇头："没有没有没有！"

林念知撑着头打量她，像个浪荡公子哥似的伸出一根手指勾住她的下巴："我们小五啊，如今是越长越漂亮了，长姐看着都心动，也不知道将来会便宜谁。"

林非鹿：……

她突然又想起什么："奚行疆去边疆也有三年了吧？"

奚家历代驻守边疆，奚行疆三年前便去了边疆军中历练。他将来是要接奚大将军帅印的，无论是奚家还是朝廷对他的培养都十分看重。

林非鹿不知她为何突然说起这个，点了下头，便听林念知笑吟吟道："他走之前是不是送了你一枚玉佩？你可知男子赠玉是什么意思？前些时日我听景若说，奚行疆今年可能会回京一趟，难不成是为你回来的？"

林非鹿：？

她都不想震惊了，只幽幽地说："长姐当年都看不上的人，觉得我看得上吗？"

林念知："……对哦。那算了，他配不上我们沉鱼落雁闭月羞花的小五。"

林非鹿赶紧揭过这个话题："听说皇后娘娘在为太子哥哥选太子妃呢。"

林念知这几年常居宫外，重心都在自己的婚姻，对夺嫡之争倒是感触很小，听闻此言点点头："我也听说了，说是选中了右丞相的嫡孙女，估计赐婚的圣旨很快就会下了。"

大林一直设有左、右丞相，左丞相便是阮贵妃的父亲。那些年因为阮氏独大，右丞相司相一派被打压得很厉害，在朝中说不上什么话。这两年因为长嫡两派相争，右丞相一派倒是趁机起来了，逐渐跟阮相有分庭抗礼的趋势。

司相的嫡孙女叫作司妙然，也是京中名女，林非鹿虽然没见过，但是听说过此女温雅知礼，德才兼备。

林念知聊了几句听来的有关司妙然的传言，转头又道："眼见着太子都要娶妻了，齐王却还没动静，阮家也真坐得住，也不知道要挑个什么样的天仙，挑了这么长时间。"

到这一步，娶亲已经跟个人幸福无关了，只是家族用来巩固势力的工具罢了。

阮家从权势出发，自然不能轻易让林廷娶亲，不过估计也就是这一两年的事儿了。

林非鹿不想都出了宫还为这两位哥哥的事烦恼，很快把话题又转回了林念知身上。

林念知果然又开始大骂杜景若……

林非鹿听着，倒觉得皇长姐嫁人之后脾气越来越大，完全是杜景若惯出来的，自己莫名其妙就吃了一口"狗粮"。

她一直待到傍晚才离开，林景渊坐在府外的马车上，正美滋滋地看着自己今天搜集到的地图，已经开始畅想府第要怎么划分区域了。

林非鹿刚出府门，就看见余晖下杜景若踱步走来。

林念知本来还拉着她的手依依不舍说着道别的话，看到杜景若，顿时拉下脸来，把手一甩，转身进府了。

林非鹿偷偷朝杜景若比了个打气的手势，他颔首一笑，看向半掩的府门，眼中笑意无奈又宠溺。

林念知虽然看上去一副生气的样子，但明显给他留了门。

杜景若一路走到庭中，林念知的房门也是半掩的状态。他走到门口，却没推门进去，只轻叩了两下房门，里面传来林念知没好气的声音："干吗！"

他微微叹气，轻声说："念念，跟我回家吧。"

里头顿了一会儿，才又传出闷闷的声音："回去干吗，看着你纳妾吗？"

他还是轻声细语的："不纳妾，有念念就够了。"

过了一会儿，房门一下子被拉开，林念知站在里面，眼眶红红的，吸着鼻子吼他："杜景若，你给我听好了！你再让我生气，我就要跑走了！知道吗！跑走了，让你再也找不到我！"

他点头："我记住了。"

林念知："哼！"

他笑着来拉她的手："回家吧。"

林念知别过头，明显还不解气："脚痛！走不动！过几天再回去！"

杜景若便低头打量她穿着白丝绣鞋的脚，温声说："我背你回去。"

哪怕成亲这么多年，当了这么多年夫妻，熟悉了彼此，林念知发现自己还是会因他这样温柔的语气而心动。

她脸颊飞上绯红，别别扭扭道："谁……谁要你背！"

杜景若笑了笑，突然俯身把她打横抱了起来。

林念知吓得一下子搂住他脖子，呆呆地看着他眼角那颗风流的泪痣，听到他柔声说："那抱吧。我抱念念回家。"

07

林非鹿回宫没几日，给林倾和司妙然赐婚的圣旨果然就下了。

司妙然年方十五，无论是家世还是教养和相貌都当得起太子妃这个位置。

钦天监的人算了吉日，成亲的日子定在暮秋，还有不到半年的时间，宫内宫外都立刻忙了起来。

林非鹿找了个机会，偷偷出宫去看了看准太子妃，是个标致的美人儿，笑不露齿的那种。

其实按照她的想法，林倾这样端庄沉稳的性子，应当配个外向烂漫的姑娘。司妙然是标准的大家闺秀，知书达理，难免跟林倾有些像，过于守规矩了。

但皇家婚姻，何时轮得到自己做主呢。

林非鹿看完准嫂嫂，一回宫就立刻跑去了东宫。

去的时候林倾正在练字，老远就听见她的声音，等人一进来便训诫道："你也是个大姑娘了，怎么还这么没有规矩，大喊大叫的成何体统！"

林非鹿说："哦，看来太子哥哥很喜欢嫂嫂那样文静贤淑的女子了？"

林倾的笔一顿，看了她一眼，无奈地摇了下头："又出宫去了？"

林非鹿坐在榻上，青色长裙如流苏坠下，却挡不住她不安分晃动的双脚："对啊，我去看嫂嫂了！帮太子哥哥把把关。"

林倾失笑，坐过来给她倒了杯酥茶："我的婚事，何时轮得到你把关了？你这关若是没过，难不成这门亲事就不成了？"

虽是玩笑的语气，却也道出了无可奈何的辛酸。

林非鹿噘了下嘴，接过他递来的酥茶喝了两口才道："嫂嫂长得很好看，性格也跟传言无二，应该会是一个好妻子的。太子哥哥以后也要和嫂嫂真心相待哦！"

林倾用扇柄敲了下她不安分的膝盖："管好你自己的事就行。前些时日父皇跟我提起你的婚事，你可有心仪的男子？"

林非鹿一口酥茶喷了出来，还好林倾身形灵活，一下子躲开了，不过还是溅到了他衣袖上，旁边的宫人赶忙来收拾。林倾从袖口掏出帕子递给她擦嘴，真是无语："你看你像什么样子，小时候明明那么乖巧，现在越发随性而为。"

林非鹿擦干净嘴，有点儿崩溃："父皇真说要给我定亲啊？"

林倾道："岂能有假？你若是有心仪的人便告诉我，我容不得选便罢了，你得选一个喜欢的，别委屈自己。"

林非鹿再一次疯狂摇头："没有没有，我还不想嫁人！"

林倾说："没有让你现在嫁，只是先定下来，万一被别人抢了先怎么办？"

林非鹿说："能抢走说明本就不属于我。"她往前蹭蹭，去扯林倾的袖口，可怜兮兮地，"太子哥哥，我还不想这么早说亲，你帮我跟父皇说说情吧。"

林倾看着她："你就是跟老四混久了，才染上几分他的放浪形骸。"

林非鹿说："你凶我……"

林倾：……

他拿这个从小宠到大的妹妹没办法，在她可怜兮兮的眼神下只能点头："罢了，你还未及笄，婚事往后推推也无妨。"

林非鹿美滋滋地从袖口掏出一个圆溜溜的东西："太子哥哥对我最好啦，这个送你！"

林倾已经习惯她总是拿出一些稀奇古怪的玩意儿，接过来研究了半天："这是何物？"

林非鹿热情地解释："这个叫溜溜球，是这样玩的，我示范给你看！"

于是两人在东宫玩了一下午的溜溜球。

有了林倾的说情，加上林非鹿去林帝面前撒了几回娇，说自己舍不得离开父皇，又落了几滴泪，总算让林帝打消了给她定亲的念头。

虽然林非鹿自己也清楚，躲得过初一躲不过十五，两年之后等她及笄，恐怕就没那么容易糊弄过去了。

不过能逍遥一分钟是一分钟，以后的事以后再说，等到了那一天她再想办法吧。

她回到明玥宫的时候，林蔚正在陪着林瞻远喂兔子。

林廷那只兔子前几年寿终正寝了，现在宫内的兔子都是新养的。林蔚早已不是当年那个哭着闹着要摸兔兔摸狗狗的小奶娃了，变成了一个活泼烂漫的小姑娘，却依旧对林瞻远亲昵有加。

这么多年过去，她当然发现了林瞻远异于常人的地方，可一点儿也没有嫌弃这个傻哥哥。

林瞻远是她整个童年唯一的玩伴，当她长大，依旧愿意当他的玩伴。

林非鹿回来的路上去内务府的冰库取了冰棍，回来之后给他们一人分了一根，然后就提着冰盒往外走。

林蔚歪歪扭扭地坐在藤椅上，一边舔冰棍一边吸溜着问："五姐，你又要去翠竹居啊？"

林非鹿随口应了一声。

林蔚悠悠地说:"我听说父皇打算给你说亲,五姐心仪的人难道是那位质子吗?这可有点儿难办啊,我估摸父皇是不会同意的。"

林非鹿扭头就把她从藤椅上拎下来,然后把她拎上了院墙。

林蔚吓得哇哇大哭,一动不敢动:"五姐,我错了!快放我下来!你怎么每次都这样啊!"

欸,毕竟师从奚贵妃,她的拿手绝活自然要掌握。

林非鹿环胸抱臂站在墙下,懒洋洋地打量站在墙垣上瑟瑟发抖的小丫头:"下次还胡说吗?"

林蔚有点儿轴,顿时不干了:"我哪里胡说啦?你难道不喜欢那位质子吗?你去翠竹居的次数比来找我的次数都多!"

林非鹿指指她:"你就在这里给我站着。"说完,抱着冰盒就走了。

她走出去没多远,就听见林蔚大呼小叫地指挥林瞻远搬梯子过来。

翠竹林的竹子这些年长得越发挺拔,根根参天,将底下的竹园全然掩盖。林非鹿走到院外,看了眼曾经拦住自己的院墙,脚尖一点,就轻轻松松飞了上去。

她一提裙摆,干脆地在墙垣上坐下来,垂在半空的腿微微交叉,露出轻纱裙摆下一双白色绣鞋。

院中天冬还在专心致志地劈柴,压根儿没发现墙上坐了个人。

宋惊澜翻了两页书,也没等到人进来,只好走出门去。

少女一身青衣坐在墙上,被耀眼的阳光笼罩,好像也变得耀眼起来。

她看见他出来,也不说话,只笑着摇了摇手中的冰棍。

宋惊澜失笑摇头,轻飘飘飞落在她身边坐下。

林非鹿热情地递上自己的新作品:"芦荟味的!尝尝看。"

哪怕她如今已经长高了很多,可坐在她旁边的宋惊澜还是比她高很多。

六年时间,小漂亮长成了大漂亮,好看的五官已经完全褪去了稚色,少年的英气和温柔的俊美在他身上完美融合,举手投足都带着赏心悦目的清贵,就像曾经大学校园里令无数女生暗恋仰慕的温柔学长,简直是人间绝色。

看帅哥可以延年益寿,看极品帅哥可以长生不老,林非鹿觉得自己多看他一眼,就能多活十年。

嗯!这就是她喜欢往翠竹居跑的原因!

他连咬冰棍的动作都那么优雅好看,林非鹿满足地欣赏了一会儿才问:

"好吃吗？"

宋惊澜点头："好吃。"

她就笑起来："不管我送什么过来，殿下从未说过不好吃。"

他偏过头，微微笑着："公主不管做什么都很好吃。"

被那双清柔的眼睛认真地看着，林非鹿心跳突然加快，她一下扭过头咬了一口冰棍，冰碴儿碎在口中，嗓音也有些含混不清："殿下这么会哄女孩子，今后也不知道会便宜了谁。"说完之后，又觉得自己这句话怪怪的，听着怎么酸酸的？

林非鹿立刻用开玩笑的语气接话道："殿下何时回国？若是一直待在这里，恐怕连妻子都娶不上啦。"

风拂起他白色的衣摆，宋惊澜微微垂了垂眼睫："我若回国，公主会忘记我吗？"

林非鹿惊讶地看了他一眼："怎么会？对自己的长相自信点儿！我才不会忘记这么好看的殿下！"

宋惊澜垂眸笑了下。

他说："那就好。"

他又抬眸看过来，若无其事地问："听闻陛下在为公主择婿？"

林非鹿都无语了："怎么连你都知道了？"她顿了顿又说，"不过，你不知道才奇怪呢。"

有时候她都怀疑这个人是不是在宫里各处装了窃听器。

宋惊澜还是微笑着："那公主可有心仪之人？"

林非鹿不是第一次被问到这个问题，可当这句话是从他口中问出来时，莫名其妙有些心慌，赶紧咬了一口冰棍冷静冷静，然后才小声说："才没有呢。"

不对啊！虽然如今小漂亮长成了大漂亮，但她的心理年龄还是比他大啊！

怎么能在他面前害羞呢！在这具身体里住得太久入戏太深了吧！

想到这里，她就转头看向他，叉着腰超大声说："没有！"

宋惊澜被她理直气壮的样子逗笑了，伸出手掌轻轻在她头顶摸了摸："好，我知道了。"

天冬听到动静转过身来，这才看见墙上坐了两个人。

他把劈好的柴抱起来往旁边走去，边走边嘟囔："吃个冰棍还换那么多地方，这院子都不够你们换的。"

林非鹿把吃完的冰棍木扦当作飞镖扔过去:"我听到了!"

天冬一溜烟儿跑远了。

她哼了一声，拽起宋惊澜的衣角擦手，擦完还是觉得黏黏的。看她小脸皱成一团的样子，宋惊澜便跃下墙去，用水打湿了帕子，拿过来给她擦手。

林非鹿这才满意了。

她问他："不过殿下，你到底什么时候回国啊?"

他总不能在这里待一辈子吧。

宋惊澜眯眼看着浮动的竹林，语气里有股莫名的笑意："快了。"

林非鹿点点头。

也不知道交还质子需要些什么手续，到时候若是林帝不放人，她还得想办法帮帮他。

08

因为要准备太子大婚之事，今年的行宫避暑之行便取消了。林非鹿受不住热，听说宫外有处庄园专做避暑之用，只开放给达官贵人，便常常溜出去玩儿，在那里一待就是一天。

避暑庄园叫作紫玉林，地板由玉石铺就，满院栽满紫竹，十分奢华。林非鹿去了几次就发现，冷气是从玉石地面下散发出来的。一打听她才知道，这整个庭院是建在一座冰窖之上的，类似于地暖的原理，难怪如此凉快。

林非鹿听完心里只有一个想法:古代有钱人真是为所欲为啊。

一开始园主不知她的身份，只以为是哪家富贵人家的千金，虽客气招待，但也没过分上心，直到有一次林非鹿撞上也在这儿避暑的都御史之子冉烨。

那冉烨曾经也在太学上过一段时间的学，自然认识五公主，便朝她行礼，跟着冉烨一起的那群公子哥们便都一一行礼。自那之后，园主便知道这位常来的小姐竟是皇室公主，赶紧将园中最好的房间作为公主专用，恭敬伺候。

冉烨自知道五公主常来此避暑，每次来了紫玉林都先来问礼。林非鹿一个人闲着也是闲着，有时候冉烨问她要不要一起掷骰投壶，她也会参与参与。

这一日，她刚来紫竹林，坐下才吃了一串冰葡萄，外面便又传来冉烨笑吟吟的声音："五公主，前些时日他们得了一只鹦鹉，会十多种口，你要不要过来瞧个新鲜？"

林非鹿说："行吧。"

她刚慢腾腾地爬起来，把水果盘端在手上，打算过去了一边吃一边看，就听外面"砰"的一声，随即传出冉烨的惨叫。

林非鹿一愣，赶紧快走几步拉开玉门。

外头就是一方天井，天井中间竖着一扇白玉翠屏，但此时这座玉屏已经倒在地面摔得四分五裂，冉烨就躺在这碎玉之上，抱头惨叫。他身前站着的人一身黑衣，墨发高束，正提着拳头在暴揍他。

林非鹿一下子没把那背影认出来，只厉声道："住手！"

冉烨听见她的声音顿时大叫："公主救我！啊——"

那人并没有因为林非鹿的话停下动作，反而揍得更狠了。

林非鹿把水果盘往地上一放，纵步冲过去想把人拉开，冲至跟前，待看见打人者的侧脸，顿时惊住了："奚行疆？！怎么是你？！"

冉烨是被人从后面直接拎起来摔到了院中的，根本没看见打人的是谁，此时听见"奚行疆"三个字，惨叫声顿时卡在喉咙，紧紧抿住唇，叫也不敢叫了。

奚行疆拽着他的衣领，将人往上提了提，头却转过来看向林非鹿，嬉笑着："小豆丁，好久不见啊。"

林非鹿都无语了："你什么时候回京的？你为什么打人啊！"

奚行疆还是那副嬉皮笑脸的样子："昨夜刚到。"

冉烨在他手下瑟瑟发抖，林非鹿看不下去了："你先把人放开，你打他干什么啊？"

奚行疆这才低头看了看被自己打得鼻青脸肿的冉烨，冷笑一声，抬手在他脸上拍了拍："就凭你，癞蛤蟆也想吃天鹅肉？"

冉烨瞳孔放大了一下，转瞬又心虚地移开视线。

奚行疆狠狠地把他往地上一放，站起身掸掸手指，居高临下地打量他："有多远滚多远，再让我看见你……"话没说完，冉烨已经爬起来一溜烟儿跑走了。

林非鹿感觉有点儿头疼，奚行疆嬉皮笑脸地凑过来，上上下下将她打量一番，挑眉道："你怎么还是这么矮？"

林非鹿：？

她跳脚了："我长高了！"

奚行疆抄着手:"可我看你还是跟以前一样的角度啊。"

林非鹿气得想踩他脚:"那是因为你也长高了啊,浑蛋!"

他扑哧地笑了一声,趁她没反应过来飞快地伸手在她头顶摸了一把,摸完又不无遗憾地说:"没有小鬏鬏,手感都不好了。"

林非鹿"啪"的一下把他的手打开,指着满地碎裂的玉石:"这些你赔!"

奚行疆吊儿郎当的:"我赔就我赔,小爷有钱。"

林非鹿简直痛心疾首:"你怎么去边疆历练了三年还是这个样子啊!"

他打了个口哨,走到门口的台阶边坐下,把她放在地上的那盘水果抱起来,往嘴里扔了几颗葡萄:"哪个样子?是不是觉得你世子哥哥一如既往帅气?"

林非鹿:……

别的没见长进,脸皮倒是越来越厚了。

紫玉林的管事匆匆来迟,毁了人家的小院,林非鹿挺不好意思的,管事却连连说没关系,不用赔。公主驾到令他们蓬荜生辉,小小玉屏不值一提!

这些人还怪会做生意的。

很快就有人过来把碎玉都清理走了,又给她换了一座小院,说那边会立刻重装,等她下次过来就可以使用了。

林非鹿送走管事,进去的时候就看见奚行疆一手枕头躺在地上,跷着二郎腿,另一只手往空中抛葡萄,又拿嘴去接,反正要多没正行有多没正行,瞧见她进来,斜眼看了片刻:"从这个角度看,好像是长高了不少。"

林非鹿往他对面一坐:"你什么时候回边疆?"

"不是吧?!"他坐起来想拍她头,"我才刚回来你就盼着我走?"被林非鹿眼疾手快地躲开。"你也知道你刚回来啊?你刚回来就行凶打人。"

奚行疆又躺回去:"谁叫他欠打,下次见着我还打。"

他吃了一串葡萄,侧了下身子,用手撑着脑袋,变成了贵妃躺的姿势,倒有几分风流公子的韵味,挤眉弄眼地问她:"小豆丁,我走之前送你的那枚玉佩还在吗?"

林非鹿给自己倒了杯冰茶,面无表情地说:"不见了。"

奚行疆急了,"噌"的一下坐起来:"怎么就不见了?!不是让你好好保管的吗?!"

林非鹿说:"你叫我好好保管我就要好好保管?我那么多玉佩,又不缺你这一块。"

奚行疆快被气死了:"那能一样吗?那是我娘给我的!要给我将来媳妇儿的!"

林非鹿:?

她眯着眼,十分危险又冷漠地看过去。

奚行疆察觉自己失言,猛地抿住唇,若无其事地看看房顶,又看看窗外的蓝天白云,半晌,听见林非鹿幽幽地说:"你想得还挺美。"

他梗着脖子转过来吼她:"想想都不行啊?!"

总是飞扬跋扈无往不利的少年,脖颈处红了一片。

林非鹿伸出食指冲他摇了摇:"不行,你没戏。"

奚行疆:!

他发脾气似的又躺回去,唇角往下抿,看着头顶玉石雕砌的悬梁,小声嘟囔:"你说没戏就没戏?走着瞧。"

林非鹿没大听清楚,用橘子砸他:"你又在说什么?!"

奚行疆头都不带偏一下,只猛地伸出手,在半空中将那只橘子抓住,然后剥开皮扔了一瓣橘子到嘴里:"谢了。"

林非鹿简直不想理他。

临近傍晚,炙热的太阳才终于落山,将山边那片云烧得火红。林非鹿离开紫玉林打道回宫,马车就候在外面。奚行疆跟她一起走到门外,趁她爬马车的时候又不要脸地伸手在她头顶撸了一把。

林非鹿转头恶声恶气:"迟早有一天我要把你的手砍掉!"

他嬉皮笑脸地:"再过三日便是乞巧节,夜晚十分热闹,还有花灯赏,要不要出宫啊?世子哥哥带你玩儿去。"

林非鹿说:"不去!不玩!滚!"

事实证明,熊孩子长大了只会变成熊少年,变不成翩翩公子!

不过话是这么说,到了乞巧节那一天,林非鹿还是有点儿心动。

去年乞巧节因为林瞻远生病了,她一直陪着他,没能出宫去玩儿,听说今年乞巧夜会放祈天灯,也就是孔明灯。无数盏祈天灯飞到天空的景象一定很美。

但她又担心一出宫就被奚行疆蹲个正着,奚行疆轻功比她好,到时候想跑都跑不掉。

真是烦死了。

林非鹿只能自己做了两盏花灯,趁着夜色跑到翠竹居去,找宋惊澜陪她一起放。

她现在已经习惯不走正门,飞身跃上墙时,却见翠竹居内一点儿烛光也没有,黑漆漆地沐浴在月光之下。

小漂亮睡得这么早?难道这就是传说中的美容觉?

她跳下墙,迟疑着走到院中,摸了摸放在怀里的花灯,想了想,还是打算走上前去敲门。

人还没走近,她就感觉到一阵尖锐的剑意从里至外散发出来,像一张冷冰冰的铁网似的将她紧紧包裹住。

她虽说学了这么些年武功,自认为还挺厉害的,没想到却在这阵剑意之下寸步难行,不仅动不了,连话都说不出来了,像是整个人陷入水泥之中,被死死禁锢,除了沉沦等死,什么都做不了。

林非鹿一时之间心慌无比,冷汗直冒,正不知所措,却听身后传来一声疾呼:"纪叔!不可!"

束缚她的剑意顿时消失,林非鹿像虚脱了一般,浑身乏力,双腿发软,往地上一倒,只是身子还没倒下去,就在半空中被人接住了。

熟悉的清浅竹香将她包裹,林非鹿慢慢转了下脑袋,看到一身夜行衣的宋惊澜,还没来得及开口,他已经一俯身将她打横抱起,大步朝屋内走去。

从她这个角度,她刚好看见他紧绷的下巴,还有微沉的侧脸。

走进屋内,借着清幽的月光,林非鹿才看到屋内的墙角处站着一个人,像鬼魅似的,一点儿声响都没有。身后的房门无风自动"砰"的一声关上,宋惊澜把她抱到榻上放下,握住她的手腕探了探脉象,在她讷讷的神情中终于勾唇一笑,温声说:"没事了。"

林非鹿身体还虚着,双腿发软,不由得看向角落那个沉默的黑影。

这……就是高手的威力吗!

宋惊澜转过身,有些无奈的语气:"纪叔,她还是个小姑娘。"

纪凉面无表情道:"深更半夜,不怀好意。"

林非鹿忍不住反驳:"哪里深更半夜啦?才刚过戌时好不好!"

纪凉冷冷地看过来,幽月之下视线跟刀子似的,冷冰冰的一点儿温度都没有，林非鹿一下子闭嘴了，还尿尿地埋下了头。

大佬你说得都对！

宋惊澜无奈地笑了下："纪叔，你不要吓她。"

说完，在她身前半蹲下，将她冰凉的手指握在掌心，林非鹿便感觉似乎有道源源不断的热气从指尖往她体内蹿去，渐渐驱散了她刚才在剑意威逼之下的虚软，四肢终于逐渐恢复力气。

她看着面前微微垂眸认真专注的少年，有些不开心地问："你去哪里了？"

宋惊澜抬眼，眸色被月色映出几分清幽："有点事儿出去了一趟。"

她又问："出去哪里？宫外吗？"

其实她只是随口一问，想也知道他不会告诉她，也不该告诉她。

没想到宋惊澜却点了点头："嗯，出宫去见了个人。"

林非鹿惊呆了："你都可以出宫啦？没人发现你吗？"

宋惊澜笑了下没说话，将她软软的手指捧在掌心，低声问："好些了吗？"

她把手指从他的掌心抽出来，闷声回答："嗯——"

他伸手替她理了理掠在唇角的碎发，这才站起身来："怎么这时候过来了？"

林非鹿抬头看了一眼，刚才角落的黑影不知道什么时候已经消失了，一点儿动静都没有的！她彻底被这位高手折服了，恍了一会儿神才掏出怀里的花灯："这不是乞巧节嘛，找你来放这个。"

宋惊澜看着那两盏花灯，像想起什么似的笑开："我还奇怪，宫外如何那样热闹，原是乞巧节到了。"

林非鹿怅然道："是啊，听说今晚还有祈天灯呢。"

她语气里难掩羡慕，宋惊澜挑了下眉："那为何不出宫？"

因为有人蹲我！

林非鹿暗自吐槽，宋惊澜看了她几眼，突然说："我陪公主出宫去赏祈天灯吧。"

她一时愣住，好半天才反应过来："啊？真的吗？你可以带我飞出去吗？"

宋惊澜笑着摇了下头："我可以自由出入，但带着公主恐怕不行。"

林非鹿噘起嘴。

他温柔的语气里带着低哄的意味："公主自行出宫，然后在东街那棵木荷树下等我可好？"

林非鹿想了想，都这个时辰了，奚行疆应该不会再在宫外蹲着吧？何况她都说了不会去，说不定他早就跟着他那些纨绔哥们儿纵情歌酒去了。

她可以跟小漂亮一起逛夜市欸！

想想就令人兴奋，于是林非鹿高兴地一点头："好啊！"

宋惊澜也笑起来，将那两盏花灯收起来放入自己怀中，温声说："那一会儿见。"

09

近两年来林非鹿老往宫外跑，每次都要去求离宫的圣旨，把林帝烦得不行，干脆赐了她一道玉牌，可以自由出行。她回到明玥宫换了条不起眼但依旧美美的裙子，就坐上马车美滋滋地出宫了。

临近宫门，她有点儿紧张，生怕奚行疆蹲在这里。不过好在奚行疆没这么无聊，马车平稳地驶出皇宫，朝着东街而去。

她每次出宫都有侍卫跟着，这次自然不能让他们看到。去到停靠的庭院后，她就让松雨帮她打着掩护，偷偷从窗户溜了，一路直奔东街那棵木荷树。

今夜的长街果然十分热闹，还不到主心街，就已人来人往，飞檐之下花灯连串，将夜色照得透亮。

那棵枝叶扶疏的木荷树上绑满了红绳，团团簇簇的花盏挤在枝头，在夜里浮动幽香。

宋惊澜已经在了，穿了身白衣，脸上戴了面具，虽看不见脸，但周身气质清冷出尘，长身玉立，那满树木荷都成了点缀，引得路过少女频频侧目。

林非鹿突然开始疯狂心动。

啊啊啊，这感觉好像约会啊！这个人为什么越长大越有魅力？

以前都是她撩别人，现在居然被一个比自己还小的少年撩成这样？

不可！非常不可！

林非鹿深呼吸两下，稳了稳心神，才提着裙摆朝他飞奔过去。

宋惊澜意有所感，偏头看来，因隔着面具，看不见他的表情，但林非鹿觉得他应该是在笑。

花灯浮影落满他发间。

他手上还拿着一个一模一样的面具，等她跑近，便抬手将面具给她戴上。站在他身前时，林非鹿得仰头才能看他，面具有些大了，微微往下滑。

宋惊澜于是弯下腰，手指伸到她脑后，重新帮她调整了高度。

林非鹿不掩兴奋地问："我们先去哪儿？"

他笑意温柔："小鹿想去哪儿？"

他头一次没叫她公主，林非鹿被一声"小鹿"喊得小鹿乱撞，看着前方敷衍道："先去前面逛逛吧。"

长街通明，人来人往，比白日还要热闹，除了平日那些小吃玩耍，还多了猜灯谜、绘花灯、卖面具的。

许多人手上提着一盏花灯，林非鹿也凑到摊贩跟前，选了一盏绘着嫦娥奔月的提灯。那小贩笑道："姑娘若是能猜中这灯面上的字谜，这盏灯便送予姑娘。若是猜不中，就要出钱买了。"

只见灯罩上写的是"南望孤星眉月升"。

林非鹿虽然聪明，但以前也没玩过这种文字游戏，一时半会儿摸不清套路，那小贩见她半天猜不出来，便道："姑娘若是猜不出来，可就要出钱买了。"

林非鹿说："谁说我猜不出来啦！"

她朝旁边的宋惊澜求助。

宋惊澜正若无其事地打量四周，接收到她求助的信号，转头笑道："庄。"

那小贩喜道："公子真是厉害，这盏花灯今夜难倒了不少人呢！既猜中，便送给你们了！"

林非鹿美滋滋地接过花灯，突然想到什么，又指着另一盏绘着戏蝶图的花灯说："我还想要这个。"

宋惊澜扫了一眼："夜。"

小贩："哇！公子真是好生厉害！又猜中一字！"

林非鹿顿时爱上了这个游戏，把摊贩挂着的所有花灯指了一遍："我还想要这个，这个，这个，这个！"

宋惊澜每次都只是一眼便说出正确字谜。

小贩起先还夸他，最后直接哭出来了："这位公子、这位姑娘，求求你们手下留情吧！小的上有老下有小，只想混口饭吃啊！"

林非鹿笑得肚子疼，最后当然只要了那盏嫦娥奔月。周围比肩叠迹，她转身时下意识地就去拉他的手，当手指触到他骨节分明的手腕，才恍然想起这地方讲究男女授受不亲。

但拉都拉了，她确实担心挤来挤去地把两人挤散，于是转头一本正经地问："殿……小宋，你不介意我拉拉你的手吧？"

宋惊澜面具下的眉尾挑了一下："小宋？"

林非鹿："哦，看来比起我拉你的手，你更介意我喊你小宋。"

宋惊澜说："嗯。"

林非鹿："小宋小宋小宋！"

透过面具上的眼孔看去，那双眼睛似乎比往日要幽深得多，对视片刻，他笑起来："小鹿想怎么喊都可以。"

林非鹿又不行了。

对不起，她实在是对温柔没有抵抗力。

穿过长街，前面就是护城河内河，河边杨柳依依，还有小拱桥，此时河面已经漂满了荷花灯，不少男男女女蹲在河边放花灯。

林非鹿也拉着宋惊澜凑过去，催他把她做的那两盏花灯拿出来。

跟专业手艺人比，她做的那两盏荷花灯就十分粗制滥造了。林非鹿总觉得一放下去就要沉灯，本来想买两个新的算了，但宋惊澜已经从旁边的摊贩处借来了纸笔，写好心愿放进了灯芯里。

宋惊澜转头就看见少女闭着眼睛双手合十在许愿。

等她睁开眼，他才低声问："小鹿许了什么愿？"

林非鹿说："乞巧节还能许什么愿？"

宋惊澜静静地看着她，好半天，微微一笑："是吗。"虽是问句，却没有疑问的语气。

旁边的人群开始朝前涌去："祁天灯要开始放啦！"

林非鹿一把拉住他的手腕："快快快，我们去占个好位置！"

宋惊澜垂下眼眸，被她拉着往前走。但人实在太多，四面八方地涌了过来，等他们顺着人群走过去的时候，四周已经被挤得水泄不通。

林非鹿不小心踩了旁边的壮汉一脚，那人转头凶神恶煞地吼她："长没长眼睛！找死啊！"

她还没骂回去，人就被一只手臂圈到了怀里，她个头只到他胸口的位置，被他圈起来时，周围的拥挤好像都被隔开了。凶她的壮汉正随着人群往前挤，突然双腿膝窝一疼，像有刀子刺进去似的，疼得他惨叫一声，登时就跪下去了。

前面这点小插曲林非鹿并没有发现，她已经被宋惊澜带离了人群，往末尾走去。

林非鹿还有点儿不开心："我想去前排嘛——"

宋惊澜的声音就响在她头顶："我们从另一边上。"

走到人群末尾，拥挤终于散去，他却没松开手，而是将她往怀里揽了揽，低声说："公主，抓紧我。"

林非鹿下意识地就去抱他的腰，下一刻，身子便凌空而起，朝着不远处高耸的楼塔而去。

那楼梯与城楼呼应，是平日守城将士放哨的地方，光是顺着楼梯爬都要一炷香的时间。以林非鹿的轻功，是万万不敢往这上面飞的。但宋惊澜抱着她，轻轻松松飞了上来。

飞到环形的顶盖上，人群都在下面变得渺小，整个皇城尽收眼底，夜风里挟清香，连星辰似乎都变得触手可及。

林非鹿说："哇——"

"哇"完之后，她抱着他不敢松手。

这顶盖是倾斜的，她生怕自己一松手就滑下去了。

学了这么久轻功，她头一次发现自己可能还有点儿恐高……

宋惊澜笑了声，牵着她的手坐下来，温声说："公主别怕。"

下面的祈天灯已经开始一盏一盏地升上来，从这个角度往下看，像零落的忽明忽闪的星星，渐渐地，祈天灯越飞越高，开始飞到他们身边、眼前。风吹过，灯罩里的火苗发出呼呼的声响。他们就坐在这片天灯之中，好像星星坠落凡间。

林非鹿看到从眼前飞过的灯罩上写着祈福的心愿，她伸出手去，想摸一摸明亮的灯罩，夜风拂过，又将它吹开。

她有点儿开心，转头跟他说："好漂亮啊！"

他便看着她笑："嗯，很漂亮。"

地面赏灯的人群也抬着头往上看，模模糊糊看到楼塔顶上好像坐着两个人，不可思议地问旁边："你看那上面是不是有人哪？"

便有人嗤笑："怎么可能！谁能飞那么高，神仙吗？！"

隔得这么远，天又黑，只有祈天灯飞到他们身边时，才能让地上抬头的人一观身形。

坐在酒楼窗边赏灯的奚行疆也听到有人在说这话，端着酒杯一哂，心道，那我岂不就是神仙？

他慢悠悠地往那高塔上看去，恰有一盏祁天灯从旁边飞过，映出塔顶的身影。他自小习武，耳目便较之常人灵敏些，看得也就比他们更清楚，那上面的确是坐了两人。

虽只能看到两个模模糊糊的身影，但奚行疆总觉得，其中那个较为纤弱的身影有点儿眼熟啊。

不会吧？！

他一口喝完杯中酒，走到窗边再定睛一看，却什么也看不到了。

这么一眼，奚行疆就有点儿走神了，酒也开始喝得不尽兴，干脆起身离开，身后同伴喊道："世子，怎么这就走了啊？"

奚行疆没回头，只往后摆了下手。

他从酒楼离开，一路去了皇宫。此刻宫门已闭，侍卫见有人站在那儿，警惕地走过来，看到是他才松了口气，迟疑问："这么晚了，世子殿下要进宫吗？"

奚行疆斜倚着墙："不进去，等个人。"

侍卫不好再问什么，又走回去站岗。

他其实觉得自己多半是看错了，但总有那么一小撮念头唆使他过来求证。奚行疆抬头看看夜空明月，觉得自己实在是有些无聊。

等了约莫半个时辰，他打了个哈欠，自嘲地一笑，抬步准备离开。

刚走出去没几步远，就听见马车碾压过石板的声响渐行渐近，奚行疆在原地停住，直到那马车行至跟前也没停下来的意思，才咬牙切齿道："你不是说乞巧节不出宫吗！"

他习武耳力厉害，听到车内林非鹿用小气音催促："快走快走别理他！"

奚行疆：……

他快气死了，脚尖一点就纵身从车窗跃了进去，把里头的林非鹿和松雨吓了一跳。

反应过来，林非鹿骂他："奚行疆，你是不是有病啊！"

奚行疆阴森森地盯着她："刚才楼塔顶上的人是你吧？"

林非鹿面不改色："什么楼塔？你在说什么，听不懂。赶紧下去，我要回宫了！"

奚行疆盯了她半天，也没能从民间奥斯卡影后脸上看出半点儿端倪来，不由得有些泄气。

林非鹿凶他："再不下去我喊侍卫了！"

奚行疆气得伸手戳她脑袋，被林非鹿灵活地避开了。他独自咬牙切齿了一会儿，又闷闷地从怀中掏出一盏折起来的纸花灯递给她："这是我今晚猜灯谜得来的花灯，好不容易才猜中的，拿去。"

林非鹿说："我不要，我有了。"

奚行疆不由分说地把纸花灯塞她手里："必须要！"说完，又伸手在她头顶薅了一把，才从车窗跃了出去。

林非鹿看着手里的纸花灯，回想他那句"好不容易猜中"，觉得怪心酸的……

乞巧节之后，气温就渐渐降了下来，没之前那么炽热了，林非鹿也就不再时常出宫。加之临近暮秋，太子的婚事越来越近，宫中每天进出的人太多，林非鹿就自觉不去给守门侍卫增加盘查任务了。

作为皇室中第一个娶妻的皇子，林倾显得十分平静。这场婚姻对他而言，只是稳固他地位的筹码，他对娶的是司妙然还是师妙然都不在意。

但林非鹿觉得，既然要结婚了，那起码要对婚姻和对象抱有一丝期待和欣喜嘛，不然婚姻彻底沦为政治手段，也实在太可怜了，于是每天都跑去东宫给林倾做思想工作。

林倾被她烦得头疼，故意吓她："早知你这么热衷婚事，上次都御史来向父皇为他嫡子求娶你，就该应允！"

林非鹿果然被吓住了，眼睛都瞪大了："什么都御史？什么求娶？"她想起什么，惊讶道，"你说冉烨？"

林倾挑眉："你倒是知道是谁，看来也有这个意思？"

林非鹿差点儿把脑袋摇飞。

她算是知道为什么上次在紫玉林冉烨会挨打了。

但奚行疆那里也是一个问题，她想到就头疼，凑到林倾身边使出自己的撒娇之术："太子哥哥，如果奚行疆来跟父皇求娶我，你们可千万不要答应啊。"

林倾好笑地看着她："你不喜欢行疆？他如今可是年少有为的将军，京中无数女子仰慕，将军府的门槛都要被说亲的人踏平了。"

小五这种时候就总是很有道理，她说："既然这么多人喜欢，我又何必当个坏人横插一脚？请给京中广大少女一个机会吧，好事总不能被我们皇室中人占完了呀。"

林倾：……

林非鹿求了半天，得到了林倾的保证，心里一块石头总算落下，又开开心心说起他的婚事："我听说过几日嫂嫂要进宫来给皇祖母和皇后娘娘请安，到时候我去看一看，太子哥哥有什么想问嫂嫂的吗？我帮你问。"

林倾只是笑着摇摇头："不必，你别过分热情吓着人就好。"

问来问去，问好问坏，也改变不了什么，何必多此一举。

夏去秋来，当皇宫的树叶飘落，秋日的气息就逐渐浓郁起来，举国关注的太子的婚事也终于逼近了。

林非鹿却在这时听闻了宋国国君病重的消息。

消息能从宋国传到这里，可见这不是近两日的事，恐怕已经病重有一段时间了。

林非鹿在听到这消息的第一刻就预感小漂亮恐怕是要回国了，按规矩来说，质子回国，是要先宋国那边派人过来协商，再经由林帝批准。

但等来等去，等到距离林倾的婚事就只有两日，宋国那边也不见人来，林帝这边也没有放宋惊澜离开的意思。

林非鹿觉得，宋国那边恐怕早已忘记这里还有个皇子了。

国君病重，宋国朝政又那么混乱，怕是已经内斗起来了。

10

太子的大婚仪式十分烦琐，宫内宫外每一个环节都务必保证不出差错，搞得这么严阵以待，林非鹿都有点儿紧张了。

这时候当然没有什么伴郎伴娘闹洞房，整个婚礼过程都透着庄严肃穆的气氛，太子妃八抬大轿入宫后还要跟太子一起拜天祭祖。

林非鹿远远地看着，只觉得新娘的凤冠霞帔看着都重，穿着这么重的衣服还要爬那么高的阶梯，三跪九拜，姿态端庄地走来走去，真是太累了。

一直到中午仪式才算结束，太子妃被送入东宫，宫中则大宴群臣，宫外设宴六十席，犒劳天下百姓，与君同乐。

按照大林的习俗，这婚宴要一直持续到晚上方结束，届时太子才可入东宫见新娘，坐帐挑盖喝合卺酒。

　　林非鹿听完只有一个想法：新娘子这么累，还要从早上饿到晚上，也太惨了吧！

　　这一日的皇宫比举办任何国宴团圆宴的时候都要热闹，总是森严的宫殿也多了几分平日难见的喜气洋洋。无论是皇亲国戚还是朝中重臣都受邀参加，然后呈上贺喜之礼，就连全国各地的地方官都早就将礼物运送到京，恭贺太子大婚之喜。

　　林非鹿还在宴席上看见了冉烨，一对上她的目光，冉烨赶紧小心翼翼地移开了视线，连多看一眼都不敢，看来上次奚行疆留给他的威慑力不小。

　　林非鹿吃饱喝足，趁着休息的空当，跑去奚贵妃身边问她："娘娘，我现在可以去看看太子妃吗？"

　　奚贵妃专心致志地剥着手中一颗荔枝，眼皮都没抬一下："想去便去。"

　　倒是旁边的阮贵妃听见这话，端着酒杯凉悠悠道："恐怕不合规矩。"

　　奚贵妃这才偏头看了阮贵妃一眼，很淡地笑了下："倒是头一次听说妹妹还知道守规矩。"

　　阮贵妃被她噎了一下，当即就想甩脸色，但这是在太子的大婚之宴上，太子党本来就对阮氏一族十分敌视，若是此刻黑脸，难免留下话柄。

　　阮贵妃只能忍了，垂眸冷笑了一声。

　　林非鹿眼观鼻鼻观心，袖下的手指却悄悄朝奚贵妃竖大拇指，她不知道是不是看到了，浅淡眉眼间的笑意终于柔和了些，淡声道："去吧，别闹出大动静就好。"

　　林非鹿应了一声，就高兴地跑走了。

　　走到殿外时，奚行疆正跟平日与他关系好的那群公子哥坐在不远处的池阁里玩投壶。那壶也摆得十分巧，居然在一只乌龟背上。那乌龟浮在水面上，慢腾腾地游动，岸上的人便争先恐后往它背上的木筒里扔箭头。

　　林非鹿看了两眼，觉得奚家到如今着实是没落了，这个奚行疆浑身上下，实在是看不出一点儿属于少年将军的英气和沉着啊，跟那些声色犬马的纨绔子弟有什么区别！

　　她痛心地摇摇头，无视他们继续朝前走去。奚行疆有一下没一下地往壶里扔箭，有些心不在焉，却箭箭必中，毫不费力地投完手中箭，觉得没意思极了，转头随意一瞟，枯燥的神情顿时就变得鲜活起来。

林非鹿走了没几步就被追上了，奚行疆照常是随手在她头顶揉了一把，才笑眯眯地问："小豆丁，去哪儿呀？不好好参加你太子哥哥的大婚之宴，居然胆敢偷溜出来。"

林非鹿气愤地把被他揉乱的头发摸顺，凶他："走远点儿！别挨老子！"

奚行疆：？

他顿时捧腹大笑："你刚才说什么？好哇，小豆丁也学会说脏言了，看我不告诉你太子哥哥。"

林非鹿说："你是'小学鸡'吗！还告状？"

奚行疆疑惑道："'小学鸡'是什么？"

林非鹿超大声："奚行疆就是'小学鸡'！'小学鸡'就是奚行疆！"

奚行疆："……虽然不知道是什么意思，但我感觉你在骂我。"

林非鹿加快脚步："你明白就好！走开，别跟着我啦！"

可不管她走多快，最后甚至都用上轻功了，奚行疆还是闲庭信步地跟在她身边，甚至夸她："轻功进步很大嘛。"

林非鹿没脾气了，深深地看了他一眼："奚行疆，你知道你这个样子，以后是娶不到媳妇儿的吗？"

奚行疆抄着手斜眼看她："胡说。"

林非鹿语重心长："你看看同你玩得好的那群公子哥儿，哪个还没娶妻？就是没娶正妻，妾侍也收了好几房了。太子哥哥还比你小一岁，如今也娶妻了。你再看看你自己，不觉得丢人吗？"

奚行疆耳后顿时红了一大片，气急败坏道："我哪里丢人了？！我还不是为了等……"却没把话说完，一下抿住唇，恶狠狠地看着她。

林非鹿等了半天没下文，转头淡声问："等什么？等我？"

他脖颈更红，好像牙根都咬紧了，在她气定神闲的打量中憋出三个字："不行吗？"

林非鹿说："别等我，没结果。"

奚行疆：？

他似乎抓狂了，英气的五官都被气得有些扭曲，梗着脖子道："那你把我的玉佩还给我！现在！"

林非鹿说："现在不行，不在我……"

奚行疆咬牙切齿地打断她："必须现在还！过了这个时候，你就再也不准

374

还了！"

林非鹿神情淡淡的："玉佩在奚贵妃娘娘那里，你现在可以去找她要。"

奚行疆涨红的脸一下子就白了，属于少年的胡搅蛮缠迅速退去，只留下有些无措的苍白。

林非鹿看了他一会儿，心中还是有些微微不忍的，这简直就像撩了个高中生又对他始乱终弃，良心这一关实在是过不去啊。

她叹了声气，放轻声音："就这样吧，以后别闹了啊。"

奚行疆抿着唇，定定地看着她。

林非鹿都打算走了，才听到他低声问："小鹿，你心里是不是有喜欢的人了？"

林非鹿脑子里瞬间闪过一抹身影，又被自己飞快否决。

都是高中生，你在想啥！

她说："没有。"

奚行疆受伤地问："那为何拒绝我？"

林非鹿看着他，心中微微一叹，不得不拿出"绿茶"终极武器。

她眨眨眼，无辜地说："一直以来，我都只把你当哥哥呀。"

奚行疆：？

林非鹿补上一刀："世子哥哥跟太子哥哥、景渊哥哥、林廷哥哥一样，都是我的哥哥呀。"

奚行疆：……

你到底有几个好哥哥？

两人对视几秒，在林非鹿无辜又无害的眼神中，奚行疆失魂落魄地离开了。

他一直想听她喊一句"世子哥哥"，现在这一声"世子哥哥"，恐怕要成为他终生的噩梦了。

林非鹿确定他不会再跟上来，才松了口气，继续朝东宫走去。

此时的东宫里外也都守着人，她现在跑来看新娘子确实有些不合规矩，为了避免不必要的麻烦，从后墙飞了进去。

候在太子妃门外的都是些老嬷嬷和丫鬟，她轻而易举地就避开她们，又往殿门的位置扔了两块石头，趁着她们走过去查看时，飞快地跳下来推门钻进屋。

太子妃的寝殿又大又华丽，房间里一应摆设全是大红，看上去十分喜庆。

只是屋内静悄悄的，桌上摆着两根很长的喜烛静静地燃烧。珠帘之后，凤冠霞帔的太子妃盖着鸳鸯戏水的红盖头端端正正坐在床边，一动不动。

听见声响，她还以为是进屋来照看喜烛的嬷嬷。这喜烛要从现在燃到明早，寓意着白头偕老。

林非鹿轻手轻脚地走过去，走到床边时，侧着弯腰往上看了看，只看见新娘子露在外面一截雪白的脖颈。

她小声喊："嫂嫂。"

司妙然吓了一跳，下意识地就想去掀盖头，手伸到一半又放了下来，有些拘谨地放在身前，迟疑道："五公主？"

之前她进宫来请安，只有五公主会喊她"嫂嫂"。

林非鹿笑道："是我。"

司妙然跟她接触了两次，觉得这位五公主性格十分讨人喜欢，对自己很是亲昵喜欢的样子，对她印象也很好。听见是她，司妙然拘束的坐姿才终于放松了一些，但还是坐得端正，轻声细语问："五公主怎么过来了？"

林非鹿从怀里掏出用帕子包好的点心："我担心嫂嫂饿，给你拿吃的过来。"

司妙然连连说："多谢公主挂念，但妙然不能进食，这不合规矩。"

林非鹿在床边的脚凳上坐下来："是太子哥哥让我给嫂嫂送来的。"

司妙然惊讶道："太……太子殿下？"

林非鹿说："对呀，太子哥哥担心嫂嫂饿着了，特意交代我来的！"

司妙然有一会儿没说话，林非鹿估计她是害羞了。

林非鹿拉过她的手，把包着点心的帕子放在她掌心，笑眯眯道："嫂嫂快吃吧，不揭开盖头就好啦！还想吃什么，我再去给你拿来，肘子要不要？"

司妙然被她逗笑了，柔声道："不用，点心就够了。"说罢，拿着点心伸进盖头里，小口吃起来。

林非鹿又去给她倒了杯茶水过来。

司妙然细嚼慢咽地把三块点心全部吃完了，可见的确饿得不轻，喝完水，又接过林非鹿递来的手帕擦擦嘴，十分不好意思道："辛苦五公主跑这一趟，妙然不胜感激。"

林非鹿说："嫂嫂今日与太子哥哥成婚，今后就是小五的家人，家人之间不必言谢！"

司妙然没说话，只轻轻地点了下头，喜帕也在烛光下轻轻摇晃，如她此时的心情一样。

她自被选作太子妃，一边期待着，一边惶然着。都说皇家无情，一入深宫深似海，她已做好不得帝王爱，守心过一生的准备。

没承想太子会在大婚这日担心她饿肚子，虽还未见过太子，也曾听闻他少年老成，此刻心里却已经对这位夫君生出几分情意来。

皇家似乎并不如她想象中的那么严肃冷漠，五公主就很可爱。

司妙然这些时日以来的惶惶然终于消减了不少。

林非鹿又陪她说了会儿话，告诉了她很多林倾的喜好厌恶，赶在嬷嬷进来之前溜走了。

傍晚时分，婚宴终于接近尾声，天黑之时，林倾也在宫人的陪伴下回到了东宫。

他今日喝了些酒，虽不至醉，但还是有些晕，进入寝宫之后，一眼就看见端坐在床边的太子妃。老嬷嬷候在一旁，引导着两人完成最后的仪式。林倾实在有些疲惫，见那老嬷嬷还有话说，忍不住动怒："出去，剩下的本宫自己来。"

屋内的人同时一抖，老嬷嬷赶紧告退，房中便只剩下林倾和司妙然两人。

林倾看了看自己的太子妃，直接把喜帕掀开了，露出一张温婉动人的脸来。

他早见过司妙然，此刻也就很淡然，端了酒杯来与她喝完合卺酒，看她一直垂眸安静的模样，想了想问道："饿吗？"

司妙然这才抬眸看了他一眼，眸色里尽是娇羞与温柔，轻声回答："下午吃过殿下让五公主送来的点心，不饿。"

林倾愣了一下，反应过来后，倒是没解释什么，只是笑了笑："那便好。"

他一笑，本就俊朗的五官便显出几分温柔来，没有之前看上去那么刻板严肃了。司妙然第一次见到太子，才知自己的夫君是这样一个容貌出色的人。

她抿唇垂下眸去，转而又鼓起勇气看过来，脸颊绯红道："臣妾服侍殿下宽衣吧，夜深了。"

喜烛在屋中摇晃，映进彼此眼中，晕染出一抹暖色。

小媒人林非鹿已经一蹦一跳地回了明玥宫。

今日婚宴上的点心十分丰盛，除了给司妙然带去几块，她还揣了几块回来，等夜色降下来后，便拿着点心往翠竹居跑去，照例跃上墙垣，院中又是漆黑一片。

林非鹿还记着上次被高手剑意束缚的事，这下不敢鲁莽了，蹲在墙头用小气音喊："殿下，殿下——"

等了一会儿，没人应答，她又小声说："纪……纪叔，纪大侠，我可进来啦？"

还是没人理她。

林非鹿跳下墙，警惕着朝房中走去。

这次果然没有逼死人的剑意，她轻松走到门口，轻轻一推，门就开了。

房间内空无一人，连天冬都不见踪影，林非鹿心中突然生出一种不妙的感觉。

她心脏重重地跳了两下，借着月光冲进屋去，屋内摆设没动过，但细看，又有一些东西不见了。比如，她送给宋惊澜的那只手炉。他不用的时候，总是放在案几上，和砚台摆在一起。

此刻那里空空的，砚台里的墨干了，只有几张白纸被夜风吹得飞开。

他走了。

林非鹿意识到这件事，手脚突然有些发凉。

早知他会走，可当这件事突然发生时，她才开始后知后觉地感到难过。

陪伴她长大的那个温柔少年，就这么悄无声息地离开了，甚至没有给她留下只言片语。

林非鹿在屋中呆立了一会儿，觉得眼睛有些酸，又觉得自己公主当久了，还当出了几分矫情来。

他是该走的。

宋国不见使者来，林帝也没有放他离开的意思，宋国国君一旦过世，朝代更迭，跟大林之前维持的表面上的和稳必然被打破。届时宋惊澜不管是成为弃子还是人质，他的下场都不会好。

今日是太子大婚，宫内宫外的注意力都在这上面，这是他离开的最好时机。

林非鹿说服了自己。

她怅然地叹了声气，收起那些七零八落的情绪，最后环视一圈这间屋子，转身走了出去。

刚踏出门，夜里突然传来一阵破风声，一道黑影跃过墙头，轻飘飘地落了下来。

林非鹿瞪大眼睛看着院中一身黑衣的少年,以为自己看错了。

直到他扯下面罩朝她走来,林非鹿才倒吸一口气,失声道:"殿下?你没走?!"

宋惊澜已经走到她跟前,没说话,而是牵起她的手,将她拉到了屋内。

身后的房门被无声关上,屋内漆黑一片,只有半缕清幽月光。

宋惊澜就在这一缕月光之下抱住了她,是很温柔却又占有欲很强的一个姿势,林非鹿被他按在怀里,感觉自己有点儿喘不上气。

她趴在他胸口,闻到他身上一股奇异的香味。

这香味有些熟悉,林非鹿闻了两下,一开始没想起来是什么,直到他松开她,她才猛然反应过来:"冷鸾花香?殿下,你身上为何会有冷鸾花香的味道?这花不是只有冷宫才有吗?"

宋惊澜虽松开她,手却还放在她后颈的位置,指腹捏住她的后颈轻轻摩擦着,鼻尖"嗯"了一声。

林非鹿莫名其妙起了一身鸡皮疙瘩:"你……你去冷宫做什么?"

月光下,宋惊澜勾唇笑了下。

那笑还是如往常一样,带着温柔的弧度,却又透着令她陌生且心悸的幽冷。

他凑近一些,低声说:"公主,这是我走之前为你做的最后一件事。"

那气息就喷在她耳边,林非鹿结结巴巴地问:"什……什么事?"

他却没说什么,捏着她后颈的手掌一点点儿往上,抚住她的后脑,将她往前带了带。

林非鹿下意识地扯住他的衣角,感觉有点儿腿软。

他却笑起来,温声细语地:"我走之后,公主要保重自己。"

林非鹿仰着头看他。

那双总是含笑的眸子,尽是她不曾见过的幽深之意。

此时的宋惊澜,是她从未见过的样子。

林非鹿一时说不出话来,也不知道该做出什么样的表情,一边难过他是真的要走了,一边开心原来他并没有悄无声息地离开。

好半天,宋惊澜抬眸看了眼窗外天色,将面前的小姑娘带到了怀里。

他弯下腰,俯在她耳边,轻笑着说:"公主,我们还会再见的。"

第七章 武侠之路

惊鹿

01

　　林非鹿已经忘了自己是怎么走回明玥宫的。

　　只是回去的时候，看见林瞻远蹲在院子里跟长耳和短耳玩，她也就蹲过去，摸了一会儿猫猫狗狗。

　　林瞻远已经长成俊俏的少年，但眼神还是童真清澈的，似乎察觉妹妹不高兴，蹭过来摸摸她的脑袋，哄她："妹妹乖嗷。"

　　他跟林蔚混了这么多年，倒是把林蔚的说话方式学会了。

　　林非鹿怅然地叹了声气，觉得心里空落落的，想到刚才那个拥抱和最后临别时令她觉得陌生的眼神，又忍不住战栗。

　　林瞻远歪着脑袋看了她一会儿，问："妹妹为什么叹气？"

　　林非鹿说："因为妹妹心里有些难过。"

　　林瞻远知道"难过"的意思，立刻紧张兮兮地凑过来拉住她的手："妹妹不要难过，哥哥在！哥哥翻跟头给妹妹看！"说完就往地上一蹲，身子滚成一个球，在地上翻了个滚。

　　林非鹿差点儿笑死了。

　　看到妹妹笑了，他也笑起来，露出小小的虎牙，又再接再厉地翻了两个。

　　林非鹿越笑越大声，最后把眼泪都笑出来了。

　　林瞻远又爬到她身边，拽着自己的袖子给她擦眼泪："妹妹开心了吗？"

　　林非鹿吸吸鼻子，抱住他亲了一口："开心啦！"

　　林瞻远小脸红扑扑的，还知道害羞了，别过脑袋小声说："那……那今天就给妹妹亲一下吧。"

　　里头传来萧岚轻柔的嗓音："鹿儿、远儿，该就寝了。"

　　林非鹿应了一声，拉着哥哥起身往屋内走去。她回头看了眼翠竹居的方向，正看见明月当头，满空清辉。她在心里默默地说：再见啦，小殿下。

回国之路，道阻且长，他的回去，并不是回家，而是回到龙潭虎穴，那里恐怕早已布满刀枪陷阱。

希望他一切安好。

这一夜林非鹿注定要失眠了，天快亮时才终于睡着。

这一觉就睡到日上三竿，萧岚宠溺她，她平日睡懒觉也从不催促。林非鹿一跟头从床上翻坐起来，先唤来松雨问："今日宫中可发生大事了？"

松雨奇怪道："没有，公主为何这样问？"

林非鹿回想昨夜那抹冷鸢花香，摇了摇头，慢腾腾地起床。

今日是太子妃入宫的第二天，按照规矩，她要去跟皇后和两位贵妃请安。林非鹿觉得司妙然初入宫，年龄也才十五岁，还是个小姑娘，人生地不熟恐怕会很拘谨，用过午膳就熟门熟路地跑去东宫了。

林倾不在，司妙然果然一个人坐在寝宫中看书，听说五公主来了，倒是很高兴，忙叫她进来。

自从林念知出嫁，林非鹿就没个能聊天的姐妹了。林蔚比男孩子还烦，林琢玉又太木讷，女孩子还是需要一个能聊聊胭脂裙子的朋友的，司妙然倒是跟她很聊得来。

高门贵女，琴棋书画样样精通，林非鹿跟她聊了会儿天，还下了一盘棋。

她的棋艺综合了林帝气吞山河的霸道和萧岚抽刀断水的柔韧，倒是把从小学棋的司妙然杀了个片甲不留。

俗话说，棋品见人品，司妙然输了棋，输得还挺惨，眼中却无恼意，温温婉婉又不失大方道："五公主棋艺精湛，妙然自愧不如。"

林非鹿跳下软榻拉她的手："嫂嫂，我带你出去逛逛，近来菊桂开得可好啦。"

司妙然自然没逛过皇宫，很期待地点了点头。

林非鹿这些年是把皇宫犄角旮旯都串遍了的，哪里花开得好、哪里的湖最清、哪棵树上结的果子最甜，她都如数家珍。

司相府虽也华丽，但比起皇宫依旧逊色，司妙然一路行来，默默记下林非鹿给她介绍的宫殿和道路。

行至一个路口时，她突然闻见一股奇异的花香，不同于她以往闻过的任何香味，便有些好奇地看过去，指着前方问："那是何处？"

林非鹿看了一眼，若无其事地说："冷宫。"

司妙然手指颤了一下，赶紧收回来，催促林非鹿："快走吧。"

林非鹿热情地介绍道："虽是冷宫，但里头种了一种花，叫冷鸢花，其他地方都没有的。嫂嫂闻到香味了吗？就是这花的味道。"

司妙然有些好奇，但更忌讳冷宫，林非鹿便自告奋勇："我去给嫂嫂摘一枝来！"

司妙然忙道："不必！那地方……"话还没说完，就看见林非鹿纵步一跃，凌空而起，飞上了树梢。

松雨在旁边挽尊："太子妃见谅，我们公主没别的什么爱好，就是喜欢飞……"

司妙然"噗"的一声被逗笑了，便站在原地等着，只见林非鹿两三下跃上冷宫墙头，飞了进去。

冷宫不算大，但四处都透着阴冷。宫内一个伺候的下人都没有，每日只有宫人在固定时间送饭来，也不进去，就放在门口的那个台子上，被打入冷宫的妃子便在这里自生自灭，如今冷宫唯一住着的便是梅嫔。

林非鹿跳下墙时，便看见那石台子上已经放着两个食盒了，是今日的早膳和午膳。

她朝后看了一眼，住人的房间房门紧闭，一点儿动静都没有。

冷宫的妃嫔非疯即傻，一般不会有人进来查探情况。

冷鸢花的味道飘在鼻尖，林非鹿又想起昨晚那个拥抱。她拔出腰间的匕首握在手中，一步一步朝房间走去，轻轻一推，"吱呀"一声，门就开了。

入目就是一双吊在半空的脚，那一瞬间，林非鹿仿佛心脏都停止跳动了。

她几乎是夺门而出，跑到院中时，猛地吸了两口气，又回头看了一眼，是梅嫔。

悬梁自缢了。

不，不是……

是被人勒死，做成了自缢的假象。

那个人是谁，不言而喻。

林非鹿忍住浑身战栗，摘了两株冷鸢花，匆匆跳出冷宫。

司妙然正在同松雨说什么，见她回来，看着她手中紫色的花笑道："这花倒是好看，可惜种在那种地方。"

林非鹿把自己奥斯卡影后的演技发挥到了极致才没露出端倪："嫂嫂，我再带你去看看其他花。"

两人逛了半个时辰，林非鹿便借口要去太后宫里请安离开了。

一路匆匆回到明玥宫，回到房间往床上一倒，她才有力气思考这件事的来龙去脉。

自梅妃、惠妃两人互咬之后，梅嫔被打入冷宫，惠嫔搬至悔省堂，两人中间也搞出过一些小动静，但都被林非鹿全盘化解了。后来林念知定亲出嫁，出宫之前与惠嫔彻夜长谈了一次。那之后，惠嫔就安分很多了，这些年一直安安稳稳的，恐怕也是没了再争什么的心思。

梅嫔那边就更是安静如鸡，似乎只要活着就可以。

宋惊澜走之前，却专程去杀了梅嫔。

可见她并不是真的安静，一定是暗地里在谋划什么，可惜被在宫中各处装了"窃听器"的宋惊澜知道了，所以他出手帮自己彻底解除了这个后患。

昨夜是他刚杀完人回来，就用那双拥抱她的手，无声地勒死了一个人。

可他身上半点儿异常都看不出来，还是那样自在从容。

林非鹿突然发现，她这些年对小漂亮的认知可能有些误差。

他走之前为她做的最后一件事竟然是帮她杀人……林非鹿有点儿崩溃。

千不该万不该，她不该因为好奇心去冷宫一探究竟，现在好了，被他送给自己的礼物吓到了……

林非鹿跑去把萧岚的佛珠拿过来放在怀里，又在菩萨像前念了半个小时的经，才稍微驱赶了一下心中的害怕。直至傍晚时分，梅氏自缢的消息才传遍宫中。

没有一个人怀疑是他杀，她在冷宫待了这么多年，估计早就疯了，自缢也不意外。

用过晚膳，东宫那边来了人，给林非鹿送了一沓手抄的佛经。

是司妙然听闻此事后，想起她今天下午去过那地方，赶紧抄下来送于她安心的。

林非鹿确实有点儿害怕，晚上都不敢一个人睡，跑去要跟萧岚睡，结果林帝翻了萧岚的牌子。

林非鹿：……

就很气！

最后还是松雨和青烟一左一右陪着，林非鹿才堪堪入睡。睡觉前，松雨听到自家公主在小声嘟囔着什么，她凑过去一听，发现每个字她都听过，但连在一起她就不知道是什么意思了。

林非鹿是背着中学课文睡着了。

大概是真的有效,她完全没梦见死人,而是梦见自己又穿了回去,穿到了高中的考试场上,正在进行政治考试。

这么多年,她早就把背过的内容忘完了,卷子上的题她一道都写不出来,急得她快哭了。

翌日醒来的林非鹿捶床:这简直比噩梦还恐怖好吗!

02

半月之后,宋国质子逃离的事情才被发现。

从这个时长也可看出,宋惊澜在大林皇宫是真的没有存在感。主要是往日他也经常闭门不出,在那个小院子里一关就是很久,他在宫中没有朋友,也无人在意他是否安好。

冷宫还有人一日三餐送饭呢,翠竹居才是真正被人遗忘和忽视的地方。

被发现翠竹居里人去楼空,是因为一位妃嫔的猫跑了进去,小太监不得已去敲门要猫,敲了很久都无人应门。他以为是里头故意捉弄,便找来宫人破门,进去之后才发现里头没人了,房中早已积了灰。

小太监把这事回禀给妃嫔,妃嫔请安的时候又跟皇后说起,皇后才将此事禀告给了林帝。

若不是这样,恐怕还不会有人发现宋国质子偷偷跑了。

林帝得知此事简直震怒,立刻传旨全国追捕。他不在意这个质子,但在意自己的皇威。宋国小儿竟敢偷跑,而且还偷跑成功了!简直是藐视大林皇权,不把他放在眼里!

但半月过去,以宋惊澜缜密的安排和出色的轻功,说不定此时人已经在宋国了。

林帝追了一段时间一点儿消息都没有,又向宋国递了一封问罪书。一个被选作质子的皇子能有什么地位,必须让宋国把人送回来,他定要严厉责罚,挽回自己的面子!

结果一向对大林战战兢兢的宋国这一次倒是挺直了腰杆,回信表示,国君病重,指名要七皇子在床前侍疾。七皇子一片孝心,才不远万里回国侍奉父君。百善孝为先,你大林陛下平日最是推崇孝道,想必做不出分离父子的残忍行径。

林帝确实做不出来……

他在天下人眼中可是标准的孝子仁君。宋帝病重是真的,宋惊澜挂念父君回国侍疾也是值得赞扬的,只要他还要脸要名垂青史不留污点,就干不出把人叫回来这事儿。

宋国不仅回了信,还补上了请求接回质子的文件以及给大林的赔罪礼,这件事就算这么揭过去了。

林非鹿听闻之后,倒是暗自惊讶。

小漂亮在大林这么多年,宋国那边应该早就放弃了他,没想到一回国,宋国居然愿意为他驳回林帝的问罪书,还找了这么多冠冕堂皇的理由,可见小漂亮回国之后地位不减反增,也不知道他是怎么做到的。

不过得知他平安无事,她也算放心了。

太子大婚之后,接连发生妃嫔自缢和质子出逃两件事,不知从哪里就突然有流言传出来,说是太子这场婚事不吉,冲撞了皇家气运,恐怕今后还会有不顺之事发生。

似乎是为了坐实这个传言,之后宫中又发生了妃嫔流产和一名太监突然发疯袭击人的邪事。

那名流产的妃嫔怀有身孕才三个月,只是白日去逛了逛御花园,晚上回来就腹痛难耐,见红流产了。

而那位太监更是怪异,先前还好好地在宫中伺候人,突然便狂叫一声,犹如被邪祟附身一般扑向旁边的宫女,张口就朝她脖颈咬去。宫女活活地被撕下一块皮肉来,那太监也被侍卫拉开乱棍打死了。

宫中一时人人自危。

虽然皇后严令后宫不准议论此事,流言却越传越凶,最后传进林帝的耳中。他虽然什么也没说,却将护国寺的高僧召进宫来做了一场大法事,又宣了钦天监的人重新卜算太子大婚之时的吉日是否有误。

林非鹿当初一听到这个流言就知道多半是阮贵妃搞的鬼,前两件事虽是巧合,但后两件她怎么想都觉得是人为。古人迷信,信奉凶吉,被有心人这么故意散播,假的也成真的了。

这些年来嫡长两派的争斗,阮氏一族其实并未讨到什么实际好处,反而让司相一派趁机壮大，如今还跟太子结亲绑在了一根绳子上。从这场婚事上下手，动摇人心，确实不失为一个好法子。

眼见皇后为这件事人都憔悴不少，太子与太子妃更是减少了露面时间，阮贵妃总算感觉出了口恶气，交代进宫来明为请安实则带信的阮氏内亲："回去告诉父亲，江南水利的事一定要帮廷儿拿下来，办成这件事，功绩和民间声望都会大增。"

林廷去年已经开始上朝议政，只是一直没什么功绩，江南水利这件事林帝筹划了很久，各派都想掌握在自己手上。

阮氏内亲应了，又道："以前江南水利的事都是刘尹平在负责，这次本想借他的声势和经验，谁料会发生那样的事。"

阮贵妃冷笑一声："梅氏真是个无用的东西，半点事都办不成，死了也好。她父亲那边不必再理。"

两人聊了会儿天，阮氏内亲告退时又道："开春之后，齐王殿下的婚事也该定下来了。相爷的意思是，武安侯的条件可以先应允下来。"

阮贵妃点点头："本宫心里有数。"

武安侯韦鸿琅当年因为军功和护驾有功封侯，掌京都巡防和十六卫，嫡子也在大理寺担任要职，在军中威望仅次于奚大将军。但奚家常年驻守边疆，鲜少回京，反倒是武安侯在京中守备军中更有话语权。

他人过中年得一女，名唤韦洛春，视作掌上明珠，阮贵妃便是看中了此女作为林廷的正妻。但武安侯也不是傻子，知道阮家这是什么意思，提了两个要求：一是在太子彻底倒台之前，他不会动用任何军中势力出手相助；二是在结亲之后，林廷先写一封和离书，一旦阮家出事，韦洛春必须立即择出来，不受牵连。

这两个要求把阮贵妃气得不轻，所以迟迟没有应下婚事。但如今满朝上下再找不出比武安侯更合适拉拢的势力，阮相既然如此说，阮贵妃也不好再拖着，打算过段时间就去跟林帝提及此事。

不过为了避免林帝猜疑，这件事不能直接提，而是要以两个孩子情投意合郎情妾意作为铺垫。

因此阮贵妃早就给林廷去了信，让他务必参加下月举办的雪诗宴，届时武安侯那边会安排韦洛春与他"偶遇"。

林廷虽被封为齐王，但在京中素有"玉王"的美称，可见其人如玉，冰玺玉壶，又因性情温雅满腹才情，一向被京中贵女爱慕。只要他愿意，打动一个韦洛春不是什么难事儿。

雪诗宴是京中高门贵族近两年来搞出来的风雅诗会，在每年冬天飘雪之际，赏雪煮酒作诗。上京之中几乎所有少爷贵女都会参加，一来二去，就成了身份的象征，若谁没有受邀，可见就是没落了。

且每年都有佳作流出，倒是成了才子才女们名满盛京的途径，所以每年都有人想方设法混进诗会中。

林非鹿早些年也去过一次，又不会作诗，就去看个热闹，吃点儿东西，欣赏欣赏帅哥美女，觉得也就那样吧，后来也就没兴趣去了。

她趁着今日天晴出宫去齐王府看望林廷的时候，恰好遇到阮贵妃宫中来的人从府中走出来。那宫人看见她倒是不意外，行礼之后便离去了。她一路走进府中，就看见林廷披了件白裘站在梅树下走神。

林非鹿高兴地喊他："大皇兄！我来啦！"

他缓缓地回过头来，半张脸隐在白裘绒领之下，目光落在她身上时，才缓缓聚焦，没什么血色的薄唇也勾起一个温柔的弧度来，柔声说："小鹿来了。"

林非鹿跑到他身边，打量他几眼："大皇兄，你怎么又瘦啦？下巴都尖了！"她搓搓自己的脸，"比我的脸还小！"

林廷笑起来，将揣在手中的手炉递给她："冷吗？暖暖手。"

林非鹿自从习武之后，身体素质好了很多，也不畏寒了，到了冬天手脚也暖烘烘的，伸出红彤彤的手掌给他看："不冷，还热呢。"

她回头指了指府门，若无其事地问："大皇兄，刚刚那是宫里的人吧？他来做什么呀？"

林廷倒是不瞒她："是母妃派来的，提醒我参加不日后的雪诗宴。"

林非鹿觉得奇怪："以大皇兄的身份，没必要去那种诗会吧？"

林廷笑了下没说话，看向她挂在臂弯的小篮子，温声问："这是何物？"

林非鹿的表情顿时生动起来，献宝似的捧着篮子递到他眼前，笑眯眯地说："你掀开看一看！"

篮子上蒙着一层黑布，林廷看了她一眼，伸出手慢慢掀开了黑布。

篮子里是三只雪白的小白兔，凑在一堆，只有手掌那么大，像三个雪团子，可爱极了。

她在林廷愣怔的神情中高兴道："我养的小兔子生宝宝啦！送给大皇兄！"

林廷看着那三只小白兔半天没动静，像看入迷了似的，连神情都怔怔的。林非鹿伸手在他眼前晃了晃："大皇兄？"

他一下子反应过来，抿唇笑了下，又慢慢抬起手掌摸了摸兔子。三只小奶兔虽然怕生，却一点儿也不怕他，争先恐后地往他手掌心蹭。

林廷之前有些黯然的眼眸终于有了些柔软光彩。

只可惜他摸了一会儿便对林非鹿说："带回去吧，我照顾不好它们。"

林非鹿不干："没人比你更会养兔子了！我宫里还有三只呢，太多了反而照顾不好，大皇兄就当帮我养，好不好啦？"

林廷动了动唇，还想说什么，林非鹿噘嘴道："以前我都帮大皇兄养兔子，现在轮到大皇兄帮我，就不愿意了吗？哼！"

他无奈地摇头笑了笑，像拿她没办法似的，终于还是接过了篮子："好吧，我养着便是。"

林非鹿这才满意了，立刻拉着他开始给兔子做窝。两人忙忙碌碌一下午，在林廷的庭院里给三只小奶兔做了一个超大超舒适的窝。

林非鹿挽着袖子兴高采烈的："大皇兄，长耳很快也要当爹爹啦，到时候我再给你送两只小狗来呀。"

林廷看着在窝里慢腾腾挪动的小奶兔，轻笑着点了点头："好。"

临近傍晚，林非鹿才打道回宫。在齐王府里她一直开开心心笑着，一直到出府坐到马车上，她脸上才终于露出一丝沉闷的担忧。

林廷的状态似乎不太好。

这么多年过去，她早已猜不出他心中所想，可她能感受到他越来越疲惫暗淡的目光。

他一个人住在宫外这偌大的府中，除了伺候的下人，连个说话的人也没有。之前阮家要给他纳妾也都被他拒绝了，好像没有任何喜好，连小动物都不养了。

林非鹿真是又担心又难过。

回宫之后，松雨便回禀，说太子妃遣人来过了，让五公主若无事就去东宫陪她说说话。

因为那则流言，司妙然在宫中谨言慎行，除了例行的请安，平时都把自己关在东宫，以免再生变故。才刚入宫就发生这样的事，对方又是拿她的婚事做文章，她心里恐怕也不好受。

林非鹿这气真是叹了又叹。

这嫡长两派的争斗啊，到底什么时候才是个头啊！

阮贵妃这次让太子吃了个大亏，导致太子的声望都受到影响，太子一派自然不会坐视不理。

太子党的反扑来得又快又狠。

某个早晨醒来，林非鹿就听闻皇家宗祠坍塌的事。

皇家宗祠修在宫外佛光山上，里头供的都是大林的列祖列宗以及圣儒。去年守宗祠的官员上报，说大殿屋顶漏雨，圣儒像也有些斑驳。

这宗祠也有些年头了，每年都在修缮，林帝想了想，便直接从国库拨了一大笔钱给工部，让他们在佛光山上重修宗祠大殿，之前的那个旧宗祠就不要了。

工部倒是立刻动工，在年前修好了宗祠，当时林帝还带着皇家子弟们过去祭祖拜香了。

谁料这才多久，新修的宗祠居然塌了。

林非鹿听闻之后都惊呆了，就更别说林帝。这件事的严重性，不亚于听说敌军压境。

宗祠是夜里突然塌的，将守宗祠的五名官员以及十几个伺候的宫人全部砸死了。林帝收到消息是深夜，瞌睡直接吓没了，一开始还以为是祖宗降怒，连夜召了朝中重臣以及钦天监的人到养心殿商议。

结果查来查去，居然查出是负责修缮宗祠的工部尚书贪污了银款，用了劣质木材，才导致宗祠坍塌。

林帝震怒，当即下令抄家，工部尚书满门三十多口人全部入狱，凡涉嫌此事的官员全部革职下狱，主谋斩首，子弟刺配流放，妻女贬为奴籍。

而这工部尚书就是坚定的阮相派，不仅如此，他还是阮相的得意门生，两家更有联姻之实，因此这次的抄家连坐之中也有阮家子弟。

这一场祸事，加上被宗祠坍塌砸死的那些人，死了足有二十人。

林非鹿不知道那宗祠是真的用了劣质材料才会不堪重负倒塌，还是太子一派的人暗中做了手脚。事到如今，真相已经不重要了。

阮相一派因此受到重创，甚至在早朝上被林帝怒斥居心不良，惑乱根本。

阮贵妃几次求见，都被林帝驳回，朝中局势瞬间重重地偏向了太子党。

皇后总算扬眉吐气，林非鹿跟着萧岚去请安的时候，见她面色红润容光焕发，可见心情十分好了。

林非鹿说不上开心，也说不上难过，只是觉得守宗祠的那些人实在有点儿无辜，成了这场夺嫡之争的牺牲品。

在皇后宫中时又遇上来请安的司妙然，太子妃如今已经对五公主十分喜爱，从长春宫出来后便拉着林非鹿去东宫，说叫厨子研究了她最爱吃的肉酥点心，今日去尝尝味道。

林非鹿从东宫离开的时候已近傍晚，摸着小肚子打着嗝回到明玥宫，一眼就看见满院乱窜的小兔子，一共有六只。

林非鹿愣了一下，问青烟："怎么多了三只？"

青烟笑道："是下午时分齐王殿下将公主之前送去的那三只小兔子还了回来。"

林非鹿感觉脑子里炸了一下。

没来由地，她心中生出浓浓的不安。

她着急地问："下午大皇兄来的时候，可有什么异样？留下什么话没？"

青烟想了想："齐王殿下还是如往常一样，十分温和，并未说什么，只是抱着长耳在花田边坐了很久才离开。"

林非鹿扭头就跑。

青烟追了两步，急声问："公主怎么了？发生何事了？"

林非鹿顾不上回答。

她感觉自己已将这些年学的轻功发挥到了极致，一路直冲太医院。此时不住宫的太医也要下班了，刚跑到门口，就遇到跟同僚说说笑笑的孟扶疾。

林非鹿直冲进来，不等他说话便道："带上你的家伙，跟我走！快点儿！"

孟扶疾一愣，也没多问什么，急急忙忙地同她朝外走去。

林非鹿带着孟扶疾赶到齐王府时，夕阳凉薄的余晖正将这座府第笼罩。

林非鹿匆匆说了句"你敲门我翻墙"，就直接从高耸的院墙翻了进去。在来的路上五公主已简单说了两句齐王殿下可能有自尽的打算，孟扶疾此时也不耽搁，立刻冲上前去砸门。

很快就有小厮来开门，一脸疑惑地看着门外的年轻男子："你是哪位？"

孟扶疾推开他便往里走："我是宫里的太医，听说齐王殿下出事了，他在哪里？快带我过去！"

小厮都蒙了："殿下出事了？可……可方才殿下从宫中回来还好好的呢，用过饭之后说有些困意便歇下了。"

话是这么说，见孟扶疾背着药箱火急火燎的样子，还是赶紧将他带往林廷的庭院。

林非鹿翻墙进来后，已经一路直奔而去。林廷借口要歇息，遣退了所有伺候的下人，此时整座庭院十分安静，林非鹿冲到门口推门，才发现门从里面锁死了。

她一边试图破门一边大喊："大皇兄！你在吗？！大皇兄，你别乱来啊，你开开门！"

没人应她。

林非鹿急得眼泪都快出来了，后退到院中，然后骤然发力，身形又快又狠地往前一撞，骨架仿佛都撞散了，但好歹门是被她撞开了。林非鹿顾不上疼，冲进屋内。

林廷就躺在床上，穿着一身蓝色的衣衫，和衣而躺，脸色青白，唇角却还有笑，床边滚落着一个白色的瓷瓶。

林非鹿仿佛被掐住了喉咙一样，一个字都说不出来。她冲到床边去握林廷的手，发现还有一点点温度，没有完全冰凉。她又忍着颤抖趴到他胸口去听心跳，很微弱很微弱，似乎下一刻就要停止了。

林非鹿崩溃地大哭起来："孟扶疾！孟扶疾——"

孟扶疾此时也终于跑到院外，听到里头的哭喊，就知不妙，一边跑一边吩咐张皇失措的小厮："去准备热水和盐水来！"

小厮赶紧去了。

孟扶疾冲进屋内，就看见林非鹿已经把林廷从床上扶住起来，边哭边道："他服毒了！药瓶在床边，你快看看是什么毒，你快想想办法，孟扶疾，你快想想办法……"

孟扶疾捡起床边的小瓷瓶一闻，顿时道："是风璃草。"

他又赶紧一探林廷的脉象："还有体温，服毒不久，公主你扶好他！"

林非鹿立刻照做，孟扶疾从药箱里翻出几个药瓶出来，用最快的速度调配了一种药物，然后捏住林廷的下巴，将一整瓶药物都灌了下去。

林廷此时已经失去意识，无法正常吞咽，孟扶疾费了好大工夫才让他喝下去。

林非鹿边哭边问："是解药吗？"

孟扶疾摇摇头："只是催吐的药，让他先把服下的东西吐出来。"说罢，又从药箱里拿出一排银针，分别扎在林廷的各个穴位上，一边滞缓毒性蔓延，一边刺激穴位加重催吐。

在药物和针灸的刺激之下，无意识的林廷果然浑身一抽，吐了出来。

林非鹿就跪坐在他身边，被吐了一身也不嫌脏，急忙问孟扶疾："好了吗？没事了吗？"

孟扶疾沉着地摇摇头，继续以银针刺他的穴位。林非鹿瞪着眼睛看着，大气都不敢出。小厮很快就端了热水和盐水进来，孟扶疾又往水里加了些药物，再次给林廷灌了下去，又迫使他吐出来。

林非鹿看了半天，觉得这大概就是古代版的洗胃。

林廷来来回回吐了足有五次，最后孟扶疾才让林非鹿扶着他躺下，又解开他的衣襟，在他各个穴位上扎满银针。

此时府中下人终于知道发生了何事，齐王殿下在他们的照看之下居然发生这样的事，每个人都吓得脸色惨白。孟扶疾扎完银针，又走到桌边写下一剂药方，交代他们立刻去熬药来。

林非鹿坐在床边，每隔几秒就伸出手指去探林廷的鼻息。

虽然微弱，但好歹还有，她这才感觉自己能正常喘息了。孟扶疾走过来换针，对她道："公主，去换身衣衫吧，齐王殿下暂时无碍了。"

林非鹿满含期望地问："他没事了吧？会醒过来的吧？"

孟扶疾却摇了摇头："说不好，风璃草毒性太重，我们若迟来片刻，齐王殿下可能就没救了。我现在也只能稳住他的脉象，毒性已侵入体内，能不能醒来微臣也不知道。"

林非鹿看着床上面色惨白的少年，想到刚才冲进来时他嘴边那抹解脱的笑，心里跟针扎似的难受。

难受之后，就是愤怒。

她起身走出门去，院外下人跪了一地，林非鹿面无表情地对管家道："派人进宫将此事告诉父皇和阮贵妃娘娘。"

管家赶紧应了。

她跟着一个丫鬟去换了身衣裳，又回到床边守着。

半个时辰后，院外就传来了喧闹的人声——林帝带着阮贵妃以及一众太医赶来了。

一进屋，看见床上的林廷，阮贵妃就大呼一声扑了过来，握住他的手泣不成声。

林帝的脸色也十分难看，进宫的下人已将整件事如实禀告，他自然知道发生了什么，走过去看了看昏迷的林廷便转身问孟扶疾："齐王的毒可解了？"

孟扶疾还是跟林非鹿那番话。

跟来的太医听说是风璃草，也都议论纷纷，看过孟扶疾开过的药方后，又加了几味药进去，凑在一起研究如何解毒。

林帝喟叹地拍了拍林非鹿的手："今日，多亏了小五。"

她沉默地摇摇头。

旁边阮贵妃还在大哭不止，林帝手背青筋暴起，突然转身，抬手就是一巴掌扇在她脸上，怒道："如今知道哭了？！你之前是怎么当母亲的？"

阮贵妃被这一巴掌打蒙了，连哭都忘了，怔怔地看着他。

林非鹿突然开口，幽幽地问一旁的孟扶疾："孟太医，何为郁疾？"

孟扶疾回道："医书有记载，病在体，用药可治；病在心，药石无医。郁疾由心而起，多思多忧，人体便如油尽灯枯，摧残致死。"

林帝皱眉道："什么意思？小五，你是说齐王患有郁疾？"

林非鹿嗓音有点儿哑："是啊。如果没有郁疾，为何会服毒自尽？"

她早知林廷的状态不对，太像她曾经在现代看过的有关抑郁症的迹象。

她早该想到的，这样温柔善良的一个人，在面对母族的逼迫而自身又无法反抗的情况下，很容易出现心理疾病，越是善良的人，越容易受伤。

阮贵妃怔怔的，好半天才喃喃道："怎……怎会……"

林非鹿冷冷地看向她："大皇兄为何会得郁疾，贵妃娘娘难道不知道吗？"

阮贵妃浑身一颤，竟是一时说不出话来。

之前去取药的小厮此时终于回来，匆匆将熬好的药端了进来。孟扶疾和几位太医便一道给林廷喂药，他因昏迷着，药喝了一半，另一半全洒在衣领上，流了满脸满颈。

阮贵妃看着这幅景象，又哭了起来，但这次不敢大哭了，只用手帕捂着脸小声抽泣。

几位太医研究出新的解毒药方，回禀之后就立刻去配药了。林帝一直在这里待到深夜才回宫，林非鹿要在这儿守着，阮贵妃也不愿意走，孟扶疾自然也留了下来，以便彻夜观察情况。

整个齐王府都染上了一层浓浓的阴郁。

林帝一走，阮贵妃就又拉着林廷的手哭了会儿，最后像抓住一根救命稻草似的问守在一旁的孟扶疾："本宫的廷儿会醒来的吧？"

这个时候，她才终于像个母亲了。

孟扶疾正色道："微臣会尽力解毒，但心病难医，齐王殿下寻死之意坚决，能否醒来，还要看他自己的意愿。微臣说句不当说的话，就算这一次醒来，也难保殿下今后不再寻死。"

阮贵妃脸色惨白惨白的，看着床上躺着的少年，脑子里回闪过他小时候的模样。那么小那么乖的一个孩子，捡到什么小动物时都会抱回来给她看，软软地喊她"娘亲"。

那时候，他笑得那么开心。

阮贵妃恍然想起，她已经很久没有见过林廷的笑容了。

越长大，越沉默。

她坐在床边，握住林廷没有温度的手，怔了好久好久。

林非鹿朝孟扶疾使了个眼色，孟扶疾便退下了。房中只剩下她们，林非鹿走到阮贵妃身边，低声喊了句："贵妃娘娘。"

阮贵妃受惊一般，一下子回过头来。

她定定地看着身边的少女。

她一直以来都厌恶的人，甚至想下杀手的人，如今却救了自己的儿子，乃至救了整个阮家。

阮贵妃一时之间不知该用什么态度面对她。

她也知道林非鹿不喜欢自己，以为林非鹿此时会出声讥讽。她想，任由林非鹿骂，她也受了。

孰料林非鹿只是看着她，一字一句地问："娘娘爱过自己这个孩子吗？"

阮贵妃动了动唇，想说"自然，哪有当娘的不爱自己的孩子"，可话到嘴边，想起这些年她和阮家的所作所为，想到林廷眼中渐渐失去的光亮，她就一个字也说不出来了。

林非鹿的声音很浅，不带什么情绪，却字字如刀，扎进她心里："这个孩子，他在你腹中孕育，由你的血肉而成，是你身体的一部分。娘娘怀胎十月，受尽痛苦，冒着风险将他生出来，就只是将他当作权势的棋子吗？"

阮贵妃浑身一颤。

林非鹿看着她的眼睛，语气轻得像叹息："但凡娘娘对皇兄还有一丝出于母亲的爱，这个时候，也该放手了。"

03

"也该放手了"。

这些年，林廷无数次对她说："母妃，放手吧。"

每当他说出这句话，都会受到自己的斥责与教训。每训斥一次，他眼中的光亮就会暗上一分，至如今，全然晦暗。

他不再让她放手了，而是选择用了结自己的方式，了结一切。

她差点亲手逼死了自己的孩子。

阮贵妃已不记得今日哭过几回，只有这一回，哭声里才全是悔恨意味。她一边哭一边握着林廷冰凉无力的手："可是已然来不及了……"

林非鹿冷笑一声："娘娘可知今夜为何会挨父皇那一巴掌？"

阮贵妃一愣，泪流满面地看着她。

林非鹿不无讥讽地："娘娘当真以为，这些年来阮家的所作所为父皇都一无所知吗？"她不等阮贵妃回答，冷声道，"历来君王最忌外戚专权，阮家这些年把持朝政，在权力巅峰待久了，就算知道父皇忌惮，也不愿意下来吧？"

阮贵妃脸色一白，匆匆反驳："不……"

林非鹿无情地打断他："娘娘不如好好想想，这些年长嫡两派的交锋中，父皇的态度是什么？他不阻止，难道就是默许你阮氏一族争储吗？当真如此的话，为何阮氏这些年越争越式微？"

阮贵妃的脸色越来越白。

在这场长达六年的夺嫡之争中，林帝从不是全无所闻。

他只不过是冷眼旁观，想借由太子一派打压阮氏罢了。

阮氏当年扶持林帝登基，得林帝重用，的确为朝廷做出过很大贡献。阮家子弟乃至阮相门生遍布朝中各处，成为就连林帝也很难瓦解的一股力量。

林帝不可能给未来的继承人留下这样一个外戚隐患。

这天下姓林，不姓阮。

林廷从一开始就注定了不可能是储君，林帝培养他、看重他，只不过是给阮家一个痴心妄想的假象罢了。

当阮氏一族开始踏上夺嫡之路，就落入了林帝早已布下的圈套。他根本不用亲自动手解决阮氏势力，只需默许两派相斗，纵容太子党对阮氏的撕咬，就可将阮氏羽翼一一摘除。

就像这一次的宗祠倒塌事件。

哪怕他知道这其中可能有蹊跷，也生气太子一派竟敢在宗祠上动手脚，但在处理起工部尚书以及阮相派的那群官员时，丝毫没有手软。

林非鹿看着床上仍无意识的林廷，头一次觉得，皇家是真的无情。

林帝难道不知道自己这个儿子这些年来的无助和无奈吗？他定然是知道的，不然不会打阮贵妃那一巴掌，说出那样的话。可他什么也没干涉，冷眼旁观两派的斗争，也冷眼旁观了林廷日趋一日的绝望。

亲情，有时候真的比不过权势欲望。

林非鹿觉得可笑，连语气都带上了讥讽："娘娘觉得，是太子想对你们阮家赶尽杀绝吗？如今的大林，难道是太子说了算吗？如果没有父皇的纵容和默许，单凭太子一派，如何能撼动你阮氏这棵扎根多年的大树？"

这些道理，阮贵妃岂能不知。

否则，她怎会情愿答应武安侯那样无理的要求，也要将他拉拢过来。

只是从来没有一个人，这样当面直白地点出来罢了。

这一次的宗祠事件，阮相一派遭受重创，朝中好几处要职官员都因此事牵连下狱，太子党趁机在这些职位上安插了自己的人手，任职书呈到林帝面前时，当天就批了应允，完全没给阮相反应的时间。

武安侯也因为这件事拒绝了和阮家联姻的提议，雪诗宴还未开始，已经连夜将女儿韦洛春送回了元洲老家，摆明了是担心阮家动手脚强行让韦洛春与林廷结合。

不是她该放手了，是她不得不放手了。

阮贵妃呆坐在床边，不知过了多久，突然一膝盖朝林非鹿跪下来。

林非鹿躲了一下，她却扑上来抓林非鹿的裙角，痛哭道："小五！小五我知道你跟廷儿关系好，你救救他，你救救我的廷儿……"

眼前的女子再也没了往日的高傲金贵，多年来的夺嫡之争对她又何尝不是一种折磨！而如今，林廷的自杀终于成为压垮她的最后一根稻草。

"就算我现在放手了，阮家放手了，太子也不会放过他的。阮家能退，阮相能告老归乡，可廷儿退不了，他是齐王，他是大林的皇长子，有他在一日，太子就不会安心，一旦太子登基，他不会留他……"

两派相争，结下的岂止是生死之仇。

林廷都知道他的死是唯一阻止这场夺嫡之争的办法，太子又岂能不知。

有他在一日，皇长子一派就永远不会死心。

林非鹿不知道在如今的林倾心中，是否还有一丝对于这位长兄的情谊。

但……

她将自己的裙摆从阮贵妃手中拽回来，看向床上的林廷，像是说给她听，也像在给自己保证："有我在一日，绝不会让大皇兄出事。"

林廷服毒自杀的事没有传出去，对外只说是他病重，阮相一派本就萎靡不振，听闻这个消息，更如雪上加霜，有些人甚至私底下偷偷投向太子派。

林非鹿没回宫，直接在齐王府住了下来。

最先来探望的是林念知，她就住在宫外，翌日一早就来了，刚好跟阮贵妃打了个照面，看着妆发凌乱、憔悴不堪的阮贵妃，第一时间竟没认出来。

下午时分林景渊和林济文也来了，两人看太医面色凝重的样子，也就没去跟前打扰，只在门外远远地看了一眼，之后就一直在院外沉默地坐着。

林景渊闷闷道："前日我才来齐王府找过大哥呢，那时候好好的，怎么说病就病了？"

林济文抓抓脑袋："大哥自出宫后身体好像就不如以前好了，是不是在宫外吃的没宫内好啊？"

林景渊：……

各宫听闻齐王病重，都派了人来探望。东宫也派人送了两根百年血参过来，但林倾一直没来过。

有各位太医每天会诊，林廷体内的风璃草毒总算一点一点排干净了，但他还是昏迷着，每日就靠些水和流食进补，本就消瘦的身子越来越虚弱。

林非鹿急得不行，可又叫不醒他，后来想了想，打算试试现代"话疗"的办法。

她每天什么都不做，就坐在床边给林廷讲故事，一开始讲《一千零一夜》，后来讲童话故事，最后又讲起自己看过的武侠剧。

这一日，正讲到郭靖的七位师父不允许他跟黄蓉在一起，非要把他跟穆念慈凑成一对。

林非鹿盘腿坐在脚凳上，手里还拿了把说书用的醒木，说到精彩处便在床上拍一下："那郭靖当然不干啦，他只喜欢他的蓉妹妹。他的七位师父就说，混账！东邪黄药师是个杀人不眨眼的狂魔，从今以后，我不允许你再见这个小妖女！郭靖就急了，说蓉儿不是小妖女，蓉儿是很好很好的姑娘！"

她叹了声气，不禁撑着脑袋开始幻想，如果自己一开始穿的是武侠剧本，说不定现在也拥有自己的靖哥哥了吧？

床上突然传出一道虚弱的声音："那最后郭靖和他的蓉妹妹在一起了吗？"

林非鹿有一瞬间没反应过来，意识到是谁在说话后，猛地从脚凳上蹦了起来。

林廷睁开了眼，正含笑看着她。

林非鹿转头就往外跑："孟扶疾！孟扶疾！大皇兄醒了！"

候在齐王府的太医全部跑了进来，又是一番望闻问切，终于肯定林廷确实是没事了。他体内余毒已清，今后只要注意调养身体，就不会再出问题。

太医又开了新的药方，等他喝完药，厨房也端来了清淡的白粥。

林非鹿看着他渐渐恢复的脸色，有点儿想哭，又有点儿想笑，等房间内的人都离开。林廷半躺在床上，伸手摸了摸她的脑袋："对不起，让小鹿担心了。"

她摇摇头，想说点儿什么，却发现自己什么都说不出来。

林廷似乎意有所感，虚弱地笑道："那之后呢？郭靖是怎么说服他的七位师父跟黄蓉在一起的？"

林非鹿吸吸鼻子，忍住眼中酸意，又将剩下的剧情粗略地讲了一遍："后来他们生了两个女儿，一个叫郭襄，一个叫郭芙，这就又是另外两个故事了，以后再讲给大皇兄听！"

他眼睛弯弯的："好啊。"

林非鹿看了他一会儿，慢慢伸出自己的手指去钩住他的小指头，声音瓮瓮地说："大皇兄，我们约好了，以后不要再伤害自己了，好不好？"

林廷脸上的笑意渐渐淡下去。

他垂了下眸，长长的睫毛就搭在眼睑，投下一片浓郁的阴影。

过了好一会儿，林非鹿才听到他沙哑的声音，他说："小鹿，死太多人了。"

夕阳的余晖透过半开的窗户透进来，恰好将他笼罩。那样温暖的光芒，却再也照不亮他的眼睛。

林非鹿不是第一次看到林廷哭。

他们第一次遇见的时候，他就抱着兔子躲在草丛里哭。

他其实一直都爱哭，心肠是那样柔软，总容易为了这个世界落泪。

可此刻眼泪从他眼里流出来，一点儿声响都没有，滑过他苍白的脸颊，一滴一滴落在他布满细弱青筋的手背上。

他轻声说："那么多人因我而死，何其无辜！我早该结束这一切的，哪怕是死了，也要在地狱背负这罪孽。"

林非鹿眼眶红了，紧紧抓着他颤抖的手指："不是你的错，跟你没关系。"

他抬头看过来，很绝望地笑了下："那么多条人命，我永远无法原谅自己。"

04

一个连小动物都不忍心伤害的人，看到那么多人因他而死，该是何其痛苦！他陷在抑郁的情绪里，负罪感只会越来越深，直至被黑暗吞没。

林非鹿握住他的手，像想努力给他温暖和力量似的，语气却放得轻轻的，问他："大皇兄，你以为没有你，就不会死那么多人吗？"

林廷还流着泪，湿着睫毛看着她。

林非鹿说："没有你，也会有别人的。总有一个人，会站在你如今的这个位置，成为这场权势之争中最重要的那颗棋子。反而因为如今站在这个位置上的人是你，才让很多事免予发生，很多无辜之人免受牵连。"

林廷怔怔地望着她。

林非鹿认真地说："换成另外任何一个人，甚至是我，都做不到像你这样善良。我不会为了别人伤害自己，为了自保，为了活得更好，很多我们不愿意做的事，到最后都会试着去做。可是你一直没有，廷哥哥，你一直到现在，都守住了自己内心的原则与善良。因为你的存在，这场夺嫡之争中，很多人免受其难。"

没有人因你而死，反而因为你的存在，救了很多人。

林非鹿的这一番话，其实有偷换概念的存在，却也说的是事实。

换成另外任何一个人，可能早就跟阮家站在统一战线上，为了储君之位大打出手了。争得越厉害，波及越广，死的人就会越多。

而这一切因为林廷无声的反抗和阻止，都控制在最小的范围内。

林非鹿伸出手去，轻轻揩了下他眼角的泪。

她的手指还是跟小时候一样，软软的、暖暖的，就像她此刻的声音："你可以为那些死去的人感到难过，但不必因此愧疚。因为愧疚并不能改变什么，也不能让一切变得更好。哪怕你想赎罪，也得活着才能赎，对不对？"

林廷看着她漂亮又温柔的眼睛，好像回到了小时候。

每次当他被母妃逼得不知道该怎么办，急得只知道抹眼泪的时候，小鹿总会聪明地帮他找出解决的办法。

她从小就这么无所不能，他不仅宠爱她，更信赖她。

就像现在她这么一说，他好像就真的没那么难受了，好像黑暗里透了一缕光进来，让他能得以喘息。

院外传来一阵匆匆的脚步声，在里头时就听见外面火急火燎的声音："我的廷儿可是醒了？廷儿！"

紧接着房门便被推开，阮贵妃脚步匆匆地走了进来，一进屋看见林廷坐在床上，顿时哭着朝他扑过来，将人搂进怀里。

林廷也是很久没有被母亲这么抱过，一时之间都愣住了。

阮贵妃边哭边道："廷儿，是母妃对不起你，母妃不该逼你，母妃以后再也不逼你了，你想做什么母妃都不拦着你了，我的廷儿，我的孩子啊……"

林廷竟有些手足无措，求助似的看向一旁的林非鹿。

林非鹿不得不开口："娘娘，大皇兄才刚醒，身子还虚着。"

阮贵妃一听赶紧将他松开，但还是拉着他的手哭泣不止，一直到林帝进屋来，才堪堪收住了。

林廷见父皇进来，想起身行礼，被林帝止住了。他眸色复杂地看着自己这个长子，关心了几句林廷的身体，最后才又叹又痛道："为什么这样作践自己？寻常百姓都知好死不如赖活着，你堂堂大林皇子，有什么事非要用死来解决？"

林廷垂下眸去，没有说话。

太医进来回禀了病情，得知林廷无恙，林帝和阮贵妃又交代几句，才终于回宫了。

林廷得知自己昏睡多久小鹿便在这里守了多久，一时之间又感动又愧疚，对她道："你也回宫去吧。"

林非鹿叉着腰大声说："我不！我就要在这儿看着你！万一你又喝那个什么什么草怎么办，哦对了，那东西你是从哪儿搞来的？我要去把给你药的人抽筋扒皮乱棍打死！"

林廷忍不住笑起来。

他一笑，她也就笑了。

两个人对视着笑了一会儿,林非鹿突然问他:"大皇兄,现在贵妃娘娘不逼你了,你可以过自己的人生了,你有什么想做的事吗?"

林廷愣了愣,好像认真地想了想,最后只是摇头:"我也不知道,好像没有什么想做的。"

哪怕因为林非鹿偷换概念的开解,他不如之前有那么重的负罪感了,但抑郁的情绪不是三言两语就能化解的。

这么多年的逼迫和折磨,那些黑暗早已如蛛丝一般缠住他的心脏,让他无时无刻不感到压抑和厌倦。除非彻底将那些蛛丝连根拔净,否则他永远变不回曾经那个林廷。

林非鹿袖下的手指捏成了拳头,指腹贴在掌心时,能感觉到自己的脉跳。

她抿了下唇,眼睛弯起来:"大皇兄,你今天听我讲了郭靖和黄蓉的故事,觉得好不好听?"

林廷点点头:"好听。"

林非鹿问:"那你想不想去体验一下刀光剑影、快意恩仇的江湖生活?"

林廷愣了愣:"嗯?"

林非鹿眯了眯眼,做出一副遥想的表情,语气突然变得深沉起来:"唉,你不知道,其实我最大的梦想就是当一个行侠仗义的侠女,我从小跟着奚贵妃娘娘习武,打雷下雨都不放弃练功,不就是为了有一天仗剑天涯嘛!"

林廷顺着她的话问下去:"所以?"

林非鹿非常开心地拉住他的手:"所以大皇兄要不要跟我一起去行走江湖啊?"

林廷半天没说话。

林非鹿已经开始美滋滋地畅想了:"我们可以取一个艺名,叫没头脑和不高兴!路见不平便拔刀相助,劫富济贫,惩恶扬善!从京都走到江南,再从江南游至塞北,看遍大好河山,踏遍黄沙绿水。渴了喝酒,饿了吃肉,困了便以地为席以天为被!红尘做伴,潇潇洒洒,策马奔腾,共享人世繁华!"

不妙,差点儿唱出来。

林非鹿及时闭嘴,眼睛却还是闪闪发光,比天上的星星还亮,充满期待和热情地看着林廷,等待他的答复。

过了好半天,林廷终于"扑哧"一声笑了出来,边笑边说:"其他的我都同意,但没头脑和不高兴是什么?"

林非鹿："喏，你要是不喜欢，我还有别的。"她眨巴眨巴眼睛，特别认真地问，"奥特曼和小怪兽怎么样？"

她总是爱说一些别人听不懂却又十分有趣的话。

他的五妹，是这个世界上最漂亮、最善良、最有趣的女孩子。

林非鹿也笑起来，然后伸出自己的小手指晃了晃："那我们说好啦？拉钩！"

林廷垂了下眸，半晌，慢慢地将自己的手指伸出来，认真地同她钩住，轻声说："嗯，说好了。"

事不宜迟，林廷醒来后，林非鹿又在齐王府待了两天，看着他好好吃药，好好吃饭，气色一点点儿地好转过来，才终于放心回宫，回宫之后，就直奔养心殿而去。

林帝刚睡完午觉起来，懒洋洋地坐在软榻上看奏折，看到她跑进来，便笑吟吟地坐直身子，拍了拍身边的位置："到这里坐。"又吩咐彭满去拿她爱吃的点心和爱喝的酥茶。

总说小五是皇宫的小福星，这话真的没错，以前救了太子，现在又救了齐王。林帝真是越看越喜欢，对她道："等开春之后，朕打算赐你一个封号。"

按照大林的规矩，得有大功的公主才能赐封号，否则就是以排行来论，比如长公主、三公主、五公主。

林非鹿这一辈，甚至往上一辈，都没有哪位公主被赐过封号，这可是莫大的殊荣。林非鹿虽未做出过什么功绩，但就凭她于生死之际救了两位皇子的性命来说，也该论大功的，不算违背祖制。

但是林非鹿对这个不是很了解，还以为赐封号是一件很寻常的事，便点了点头："好呀，父皇要赐什么封号给我？"

林帝沉吟道："你素来爱花，朕见你这两年来尤爱种茶花，你那花田之中绿色山茶长得最好，便赐你封号'绿茶'如何？"

林非鹿：？

林帝独自沉吟："绿茶公主，此名也甚是莞尔动听，似有茶香。"

林非鹿：……

我怀疑你在内涵我。

05

林帝完全没察觉自己女儿呆若木鸡的神情，越念越觉得这个封号真是太动听了，韵味十足，唇齿留香，简直绝美！

不愧是朕！

林非鹿眼睁睁看着林帝就要提笔拟旨了，吓得一把抱住他的胳膊："父皇等等！"

林帝笑呵呵地说："不必拒绝，这是你应得的殊荣。"

林非鹿：……

她挤出一个十分真挚的假笑，状似疑惑地问："父皇，这个封号虽然动听，可会不会寓意不太好呀？"

林帝说："此话何解？"

林非鹿深沉道："绿茶虽美，却易逝易谢，花不常在，朝荣暮落……"

林帝一听，对啊！小五正值花季，若用此封号，未免太不吉利了。

思及此，他只能忍痛放弃，拿笔的手也收回来了，思忖道："改日朕还是叫礼部的人拟几个封号上来，你自己选吧。"

林非鹿总算松了口气。

两人又随口聊了几句，林帝便问道："你可是刚从齐王府回来？你大皇兄的身体如何了？"

林非鹿眼神暗下去，语气也变得沉闷："大皇兄虽然醒了，身体也在日益好转，但精神状态始终不见好。孟太医说，郁疾在心，很难靠药物医治。"说着，眼眶渐渐红了，哽咽道，"孟太医还说，若长此以往下去，大皇兄可能就会陷入昏睡，再也醒不来了。"

林帝本来以为人醒了就没事了，哪里想到情况居然如此严重，神情顿时凝重起来。

林非鹿坐过来一点儿，抱住他的胳膊，把小脑袋枕在他肩上，就像小时候依赖他一样。

林帝叹着气摸摸她的头，听她轻声道："父皇，我想带大皇兄出去走一走。"

不等他说话，她便继续道："我这几天翻看了几本医书，上面记载说，郁

405

疾虽不能靠药物治疗，却可以用改变生活环境、放松身心自由的方式来排解。大皇兄自出生便一直常居京中，若换个地方，看看其他风景，对他而言可能会好很多。"

林帝是眼睁睁看着自己这个长子走到今天这个地步的。

他也曾赞赏林廷的温柔与善良，最后却也利用了这份温柔与善良，偶尔回想起那一日在齐王府看到那孩子生死未知的模样，心头也会闪过一丝愧疚，如今听林非鹿这么说，便顺着她的话问道："那你想带他去哪儿？"

林非鹿早就想好了，抬头道："五台山！我们从京中出发，一路游山玩水，行至五台山，刚好去看望皇祖母。大皇兄心中难过，五台山修佛圣地正好解他忧虑。"

这倒不失为一个好办法。

林帝沉思了一会儿，又道："可你二人出京，若遇危险……"

林非鹿说："届时我们隐了身份便是，父皇可安排护卫暗中保护我们呀。"她又甜甜地笑起来，抱住他的胳膊撒娇，"何况父皇治理下的大林，夜不闭户，路不拾遗，哪里会有危险？"

林帝被这句马屁拍得浑身舒畅。

太后自太子大婚之后就离宫回五台山了，若这两个孩子前去探望，想必她老人家也会很高兴。

林帝心中已有了决断，但没立即答应，等林非鹿走后，又宣了孟扶疾和那几名给林廷会诊的太医过来询问病情。几位太医的说法跟林非鹿讲的大体一致，都建议齐王多出去走走，越是闭门不出，越会沉郁忧闷。

于是等到第二日，林帝便将禁卫统领叫来，言明五公主和大皇子将出宫前往五台山，让他在禁卫军中挑两个身手好的侍卫，一路护送，再派一队人马暗中保护，万不可出差池。

禁卫统领领旨之后，很快将人挑了出来。

这两人是一对双胞胎，从京都十六卫出身，拳脚功夫十分利索。因各自姓名中一个有"白"字，一个有"黑"字，往日在军中大家都戏称他们为"无常兄弟"。

这头林帝在安排护卫，林非鹿那边也开始为这趟江湖之旅做准备了。

奚贵妃当年送她的那把据说斩过雍国三千兵马的宝剑一直被搁置在杂物间，现在被她找了出来。平淡无奇的剑鞘上蒙了一层灰，但剑身依旧削铁如泥，林非鹿在院子里舞了两下，感觉还挺顺手的。

她拍拍宝剑笑眯眯道："既然你长得如此平淡无奇，那我便给你取名为古仔吧。"

既要行走江湖，之前那些宫装就再穿不得了。织锦坊到了一批春丝锦缎，萧岚连夜给她缝了几套衣裙，轻便又好看。

林瞻远不知道行走江湖是什么意思，只知道妹妹要出去玩了，要去玩很久才回来，一直哭闹着要一起去。林非鹿哄了好几天，最后答应会给他带一只猴子回来，他才勉强同意了。

五公主和大皇子要出宫的事并没有大肆宣扬，只亲近的几个人知道。

最近因为阮氏一族后撤，前朝风云变幻，林倾一心都扑在上面，一直到林非鹿离宫前一天，才知道这件事。

一向都是林非鹿去东宫找他，他倒是很少来明玥宫，小太监一见到太子立刻下跪便要通报，被他伸手止住了。

进去的时候，林非鹿正在院子里练剑，用的是奚贵妃那把剑。

她一边练，林瞻远就在一边卖力地拍手鼓掌，叫人忍俊不禁。

林倾在廊下站了一会儿，林非鹿才发现他，收了剑朝他跑过来时，鼻尖还有汗珠。少女轻灵秀美，明媚烂漫，是他一岁一岁看着长大的。这么多年过去，每个人都变了，包括自己，只有在她身上，他还能找到少时熟悉的纯真与温情。

林非鹿抬手擦了下汗，笑着问他："太子哥哥怎么过来了？"

林倾也笑了下："听说你要离京？"

她神情有一瞬间的慌张，身子也不自觉地颤了一下，但转瞬又掩盖下去，努力保持语气轻快："对呀，我打算去五台山看望皇祖母。"

林倾比她高出很多，站在她面前俯视她时，有种居高临下的压迫感，语气也显得深沉："小五，你刚才在怕我？"

少女脸上的笑似乎有点绷不住了，眼神也心虚地往旁边挪了挪，不敢跟他对视。

林倾不知道自己是愤怒还是可笑："你以前从来没怕过我。"

她有好一会儿没说话，垂在身侧的手指绞着衣服，那是紧张不安的表现。

林倾拳头捏了又捏，最后只是沉声说："你不必害怕，我不会对你和长兄做什么。"

林非鹿这才一点点移回眸子,鼻尖有点儿红,看上去委委屈屈的,很小声地问:"真的吗?"

林倾知道她从小就聪明。

她看似天真无忧,其实心里对他和林廷之间的争斗跟明镜似的。有一次他听到她偷偷跟老四感叹,为什么皇长兄和太子哥哥不可以像以前一样和和睦睦啊,皇位真的有那么好吗?

他不知道皇位有多好,但属于他的东西,谁都不能夺走。

如今因为林廷病重,阮家明显开始打算放弃夺权了,但他不可能让他们全身而退,这些年来的仇怨,一桩桩一件件,他都要跟他们清算清楚。

但这个清算里,不包括林廷。

他就算要对林廷做什么,也不是现在。

林倾点了点头:"真的。"

她似乎很开心,唇角都弯了起来,不知道为什么眼眶却越来越红,眼泪猝不及防就掉下来。她用手背捂住眼,却越哭越凶,像难过得不能自已。

林倾很少见她哭过,如今已然杀伐果断的太子,一时之间不知道该怎么办。

他正手足无措的时候,听到她一边抽泣一边说:"大皇兄差一点儿、差一点儿就死了……他服了毒,他差一点儿就死了,呜呜呜……"

林倾一下僵住。

他根本不知道。

这件事瞒得很严,对外都是说病重。毕竟皇子服毒自尽这种事,传出去不知会引起多大的波澜,又给后世留下怎样的非议,林帝下了旨封了口,谁都不敢乱说。

林倾也一直以为是他病重,毕竟这两年来林廷确实日渐消瘦,透出几分孱弱之相。

他跟林廷已经生疏很多年了。

他不知道林廷现在变成了什么样的人,他一直都把林廷当作敌人。哪怕知道林廷可能没有夺位的心思,可身处这个位置,谁不是身不由己?

他没想到林廷会做到这个地步。

林非鹿的哭声渐渐小了下来,两人兀自沉默着。

过了好久好久,林倾才低声说:"出门在外,一切小心。"又将自己随身的玉佩摘下给她,"拿着这个以防万一。"

那玉佩上刻着储君的印，若真遇到什么事，比她的公主身份好使多了。

林非鹿伸手接过来，吸吸鼻子，蹭过去扯他袖口："太子哥哥最好最好了。"

林倾笑起来，摸摸她脑袋："这话可不能再让老四听到。"否则又该跟他闹了。

他又嘱咐了林非鹿几句才离开，林倾一走，躲起来的林瞻远才从屋内跑出来。他跟林倾交集不多，比起林帝，他反而更怕这个严肃老成的少年。

看到林非鹿眼角的泪还没干，他顿时紧张兮兮地问："妹妹哭了？妹妹受欺负了？"

林非鹿看着掌中的玉佩，勾唇笑了笑："妹妹用一场哭戏换了一道护身符，厉不厉害？"

林瞻远听不懂她在说什么，但还是啪啪鼓掌："妹妹厉害！妹妹最厉害了！"

这次离京远行，相比于江湖，其实更大的危险是来自太子一派。

只要他们存了心要大皇子的命，林廷一旦离京，一路上都会危机四伏。就算林倾不做什么，也保不准手底下的人不"为主分忧"。

但今日之后，林倾必然会传下令去，不准他们动手。

这个离京后最大的威胁，算是解除了。

06

林非鹿提前几天就找钦天监的人卜了吉凶，查了皇历，今日宜出门，宜远行！

她许久没有起这么大早了，几乎兴奋得整晚没睡，天蒙蒙亮时好不容易睡了一会儿，还做了一个非常复杂的梦，梦见自己跟周芷若和赵敏抢张无忌，最后没抢到，拿剑怒砍张无忌一只手臂……

就很迷惑。

这次出行，除了随身保护他们的无常兄弟，是不带下人随侍的。松雨哭了一宿，给她梳洗时眼睛都肿得睁不开，林非鹿好说歹说，才没让她哭着鼻子送自己出宫。

林非鹿背着包袱，拿着古仔，觉得自己真是浑身上下连头发丝儿都透着侠女的气质。

她们走到宫门处时，无常兄弟已经驾着马车等在那儿了。

409

两人体格看上去并不属于那种五大三粗的壮汉，中等身材，不胖不瘦，笑起来还有点儿敦厚。两个人长得几乎一模一样，林非鹿愣是分不清谁是谁，最后建议道："一会儿你们各去买几件衣服，小白以后只穿白衣，小黑以后只穿黑衣，怎么样？"

两人同时回道："但凭公主吩咐。"

连声音都一样，林非鹿服气了。

马车一路行到齐王府，林非鹿人还没进去，声音已经到了，跟春季回归的鸟雀似的充满欢快："大皇兄，我们准备出发啦！"

林廷从里头走出来，穿了一身蓝色长衣，越发显得人如白玉，只不过这一次服毒到底是伤了身子，面色难掩孱弱病气。他也已收拾好了包袱，没什么好带的，不过几件换洗的衣裳。

小厮一路将他送到府门口，抹着眼泪交代他千万要照顾好自己。

林非鹿跟着他蹦跶到门外，无常兄弟站在马车旁朝他行李："拜见齐王殿下。"

林廷笑道："出门在外，今后不必再多礼。"

两人又同时道："是。"

林廷朝林非鹿投来一个迷茫的眼神，林非鹿秒懂他的感觉，赶紧掏出一锭银子递给他们："事不宜迟，快去买衣服！"

两人领命而去，很快就回来了，这下黑白分明，总算是一目了然。

马车终于摇摇晃晃朝城外驶去，林非鹿和林廷坐在马车内，你看看我，我看看你，最后都不约而同地笑出来。

她做了个伸展的姿势，语气里都是惬意："好开心呀。"

林廷点点头："我也很开心。"他顿了顿，又轻声说，"很久没有这么开心过了。"

林非鹿从包袱里摸出两块点心，递给他一块，边吃边问："大皇兄，我们现在就要开始闯荡江湖了，为避免身份暴露，还是给自己取个艺名吧？"

林廷："不是奥特曼和小怪兽吗？"他认真询问，"我叫小怪兽？"

林非鹿笑到方圆百里公鸡打鸣。

边笑边说："你才不是小怪兽呢！你是小仙男！"

林廷意识到什么，神情有些无奈，等她笑完了才道："林是国姓，自然不能再用。不如用你母族的姓，如何？"

林非鹿顿时反驳:"不行!他们不配!"

她想了想,美滋滋地说:"我要叫黄蓉。"

林廷倒还记得她给他讲过的那个故事,"扑哧"笑出来:"那我呢?"

林非鹿说:"黄蓉的大师兄叫曲灵风,那你就叫黄灵风吧!"

林廷念了一遍,笑道:"倒是个风雅的名字。"

"马甲"一换,林非鹿顿觉自己浑身上下都透出了丐帮帮主的气质,两三下把点心塞嘴里,蹭过来道:"哥,我们先去打听打听最近江湖上有没有什么热闹盛事吧?什么武林大会之类的。"

林廷自然什么都依她:"好,不过该去哪里打听?"

林非鹿兴奋道:"当然是去找丐帮啊!丐帮弟子遍布江湖,没有他们不知道的事儿!"

林廷道:"……那丐帮弟子,该去何处寻找呢?"

林非鹿冲他挤了下眼,半跪着掀开马车车帘。此时马车已经驶出京城,行走在官道上。路两旁偶尔有行人经过,多是些住在城郊的山户。

走了一段路,便看见路边有一衣衫褴褛的乞丐在乞讨,林非鹿顿时大喊:"停车!"

驾车的是小黑,稳稳当当将马车停下,恭敬地询问:"小姐,发生何事?"

林非鹿拽着林廷下车,直奔那小乞丐而去。

小乞丐突见有两位衣着华丽的贵人过来,顿时捧着自己缺口的碗迎上来,讨好道:"贵人,打赏点儿吧。"

林非鹿扔了块碎银子给他,在他千恩万谢中笑眯眯地问:"我问你,你可是丐帮弟子?"

那小乞丐正拿起那块碎银子放在嘴里用牙咬,想也不想便点头:"是的是的,小的确为丐帮弟子。"

林廷一脸愕然。

林非鹿激动极了:"那我问你,最近江湖上可有什么大事发生?"

小乞丐看了她两眼,将碎银子揣进脏兮兮的怀里才说:"小的一向只在这条道上要饭,不是很清楚啊。"

林非鹿倒是不气馁:"那你的上级在哪儿?什么香主舵主九袋长老之类的。"

小乞丐抓了抓脑袋,显然完全听不懂她在说什么,但又怕自己回答不出来,碎银子会被拿回去,只好道:"您往前再走二十里,那里有一个城隍庙,里面乞丐多，辈分也高，您去那里问！"

林非鹿郑重地一点头，坐回马车上便吩咐小黑前往城隍庙。

在车上的时候，她简单地把丐帮的英雄事迹给林廷讲了一遍，重点讲述了乔峰以及洪七公两代帮主的传奇人生。

听得林廷一愣一愣的，最后不无向往道："没想到丐帮竟是如此侠义之帮，若能见到此代帮主，定要与他把酒言欢。"

林非鹿得意扬扬："黄蓉就是洪七公的弟子，后来也当过一段时间的帮主哦。"

林廷忍俊不禁，朝她作揖："嗯，见过黄帮主。"

林非鹿的武侠虚荣心得到了极大的满足，开心得小脚都开始乱蹬。

马车很快行至城隍庙，如小乞丐说的一样，这里的确乞丐多，庙宇早已破败，显然成了乞丐们遮风挡雨的聚集地。

林非鹿方一过去，周围的乞丐立刻围了上来，有的递碗，有的伸手，都是脏兮兮黑漆漆的，散发着难闻的味道。

小白和小黑往她身前一挡，一副看上去不好惹的样子，乞丐们才畏惧地往后退了退，林非鹿便出声问："你们这里谁是老大？"

大家你看看我，我看看你，最后一个五大三粗、皮肤黝黑的乞丐往前走了走。他长得壮，力气也大，平日这块儿都是他说了算，只见他弓腰笑道："正是小的，贵人找我有何吩咐？"

林非鹿问："你在丐帮中是什么身份？"

壮乞丐"呲"了一声，说："怎么着也该是个帮主吧。"

林非鹿：？

就你？！

也配？！

小白见公主有些生气，顿时用佩刀指着那壮乞丐冷声道："不准嬉皮笑脸，给我好生回答！"

壮乞丐连连求饶："大侠饶命大侠饶命，小的只是为了混口饭吃，要……要不，这位小姐中意的话，小的把帮主之位让给她也是可以的，只要你们每日赏两个馒头，不不不，一个就够了！"

林非鹿：……

她转头一看，林廷笑到全身发抖，站都快站不直了，见她看过来，笑着喊:"黄帮主?"

林非鹿:……

她要气哭了。

回到马车上之后,林非鹿就不说话了,揣着手埋着头在那儿生闷气。

林廷戳戳她的发髻,忍着笑意安慰:"小五乖,这些人定不是真的丐帮弟子,我们才刚出京城,再走一段时间,说不定就能遇到了。"

林非鹿用手捂着脸嘤嘤道:"不必安慰,我已经明白电视剧都是骗人的了。"

马车一直行至傍晚,才来到一处可供歇脚的小镇。此时已经远离上京繁华,四周透着一股贩夫走卒的气息。林非鹿本来已经不对自己的武侠剧本抱期待了,谁料吃饭的时候却听邻桌两个走货商说起近来金陵城的大事。

"金陵现在人多,我们去那里摆摊,准能赚大钱!"

"虽然人多,但也危险,听说黑白两道的人都去了不少,太混乱了。"

"富贵险中求嘛!何况他们都是冲着陆家那本剑谱去的,跟我们有什么关系,我们只管卖我们的货!"

林非鹿黯然一整天的神情顿时恢复了光彩。

林廷一见便知她的意思:"想去吗?"

她疯狂点头。

林廷笑道:"那明日便出发吧。"

翌日一早,四人便出发前往金陵。林非鹿和林廷久居皇宫,对江湖上的事了解甚少,并不知道金陵其实就是江湖人士最常聚集的都城之一。

那里的繁华程度并不比京城低,而且因为山高皇帝远,江湖气息十分浓厚,比京城还要开放自在得多。

马车行了两天,到第三天时,便要走水路了。

无常兄弟去把马车换成了银子,然后四人去栈边坐船。

过去的时候,栈边恰好停着一艘船,撑船的是名妇女,戴着斗笠,披着蓑衣,招呼他们:"过河吗?"

林非鹿说:"我们要去下游,安春渡那里。"

船娘说:"可以,一两银子,上船吧。"

林非鹿美滋滋地跟林廷说:"还挺便宜。"

这船不大不小，坐他们四个人刚好合适，林非鹿趴在船边欣赏了一会儿河心景色，转头就看见一只羽翼纤长的白鸟停在了船顶上。她还没来得及细看呢，只见那船娘伸手一招，不知道甩了什么东西出去，那白鸟就吧唧一下摔下来了。

水是顺流，船娘收了长篙，走过来把那白鸟捡起来，自语道："今晚吃烤白鹭。"

林非鹿"腾"的一下站来，几步蹭到了船娘身边，激动道："大侠好身手！敢问大侠是隐姓埋名的江湖人士吗？！师出何处？可有门派？"

船娘手上提着鸟，转过头看着她，阴沉沉地说："把随身财物都交出来，不然就扔你们下江中喂鱼！"

林非鹿：？

07

五分钟后，船娘被小黑按在了地上。

林非鹿说："你，下河去喂鱼。"

河匪踢到了铁板，怎么也没想到这两个其貌不扬甚至有点儿敦厚的护卫身手这么厉害，连连求饶："贵人饶命！这船不好控制，若把我扔下河就没人送你们上岸了。"

林非鹿想了想觉得也是这个理，吩咐小黑："看好她，等上岸之后押送官府吧。"

林廷蹲在一旁捧着那只白鹭，神情有些难过。这船娘还是有点儿本事的，白鹭脖颈处扎着的那枚暗器只露了个尖在外面，其余全部深入白鹭体内，救是救不活了，最后只能叹着气把白鹭扔进水中。

怎么也没想到坐个船居然也能遇上劫匪，也不知是他们运气太好还是太巧。

林非鹿唉声叹气："我彻底醒悟了，这根本不是我想象中的武侠世界。"

唯一相似的地方可能只有"江湖险恶"……

初入江湖的兴奋感已经完全被打击了，从现在开始，她要摒弃以前从小看到大的武侠小说，重新探索这个陌生的剧本！

一个时辰后，船行至安春渡。

这个渡口十分热闹，河面船只也多了起来，岸上用于水陆中转的城镇叫作飞凤城，听说这里以前出过一位皇后，也不知道是真是假。

一上岸，小黑和小白就把船娘绑起来了，想把人送交官府。

这人打劫业务这么熟练，也不知道害过多少条人命，按照大林律应该直接问斩。但不知为何，越是接近官府，这船娘的表情就越是轻松。

林非鹿本来打算让小黑把人送过去就行，他们先去找落脚的客栈，见船娘这副表情，便跟着一起去了。

行至当地府衙，门口两个衙役一副凶神恶煞的模样，手按着佩刀一副随时要拔刀的样子："来者何人？！"

林非鹿笑吟吟地说："两位大哥，这是我们刚才抓到的河道劫匪，特意送至官府交由你们处理。"

两衙役对视一眼，其中一个说："知道了，人带到这儿就行，回去吧。"

林非鹿做出一副好奇的神情："府衙大人不升堂审问此人犯过何罪、杀过几人，再如何定罪吗？"

衙役顿时怒道："话多！衙门办事何时轮得到你来多嘴，还不快滚！"

林非鹿"哦"了一声，若有所思地点点头，看看旁边一脸得逞笑意的船娘，笑着问衙役："我知道了，你们官匪一家吧？"

那衙役登时拔出佩刀："竟敢在衙门胡言乱语，我看你是敬酒不吃吃罚酒！"

刀刚一拔出来，就被旁边的小黑一脚蹬回去了。衙役被他一脚踹到地上，难以置信竟有如此"狂妄"之人，还没来得及出声，林非鹿已经走到鸣冤鼓跟前拿起鼓槌大力敲了三下。

鸣冤鼓一响，府衙必须上堂，两名衙役忌惮她身后的黑白护卫，边往里跑边不忘放狠话："你们竟敢藐视府衙大闹公堂，府衙大人绝不轻饶！"

林廷低声叹道："没想到在父皇的治理之下，竟还有这种官匪勾结的事。"

林非鹿心说：你还是太单纯，这样的事我在电视剧里看得多了。

几人走到公堂之上，两旁已经站了一排拿着杀威棒的衙役，均是一副凶神恶煞的模样看着他们。

可能是头一次见到这么胆大包天的刁民，穿着官服的府衙大人很快过来了，一坐下便猛拍惊堂木，怒道："堂下何人，还不速速跪下，报上名来！"

林非鹿还没说话，旁边小白便冷笑道："跪你？你也配？"

415

林非鹿：……

短短几天相处，小白已经被她影响如斯了吗？

府衙大怒，重重地一拍惊堂木，吩咐两旁衙役："刁民胆大妄为，先给本官打上二十大板！"

说罢，两旁衙役便要来拿人，林廷被衙门这副办事态度气得不轻："如今衙门便是这样审案的吗？不审犯人反审报官之人？谁给你们这样大的官威？！"

府衙大人可能是有点儿近视，站起身往前探了探，眯着眼看了林廷半天。

他也不是蠢人，看出堂下一男一女满身贵气，恐怕来历不凡，倒也不敢乱来，便挥手止住衙役，试探着问："那你倒是说说，你是何人，为何报案？"

林廷便将方才船上的事说了一遍，衙役听完，装模作样地问跪着的船娘："本官问你，这位公子所言可有假？"

结果船娘说："大人，民妇冤枉，民妇不过跟几位贵人开了句玩笑，他们便二话不说将民妇殴打一顿，押送至此，求大人为民妇做主啊！"

林非鹿、林廷被气得无话可说。

林非鹿拉了下还想辩解争论的林廷："别跟他们废话。"她把自己的公主印佩交给小白，略抬下巴，"拿上去给那老东西看看。"

小白脚尖一点便飞身上去，在府衙惊恐大叫之中将印佩伸到了他眼前。

然后府衙就叫不出来了，欻的一下跪下了。

他不仅跪下，还动作十分麻溜地跪着从上面挪到下面，跪挪到林非鹿面前连连磕头："下官……下官有眼不识泰山，冲撞了五公主殿下，请五公主恕罪！"

那船娘终于笑不出来了。

府衙拿出这辈子最快的速度判了船娘死刑，那船娘被拖下去时还在挣扎大喊："大人！大人你不能这样对我！我平时可没少孝敬你啊，大人！"

府衙吓得脸色惨白，哆哆嗦嗦地跟林非鹿说："五公主，这这这……这贼人胡言乱语，污蔑朝官！公主千万不要听信她一面之词！"

林非鹿很和蔼地笑了下："好的。"

府衙冷汗涔涔掉，继续哆哆嗦嗦地说："公主驾临鄢县，下官不胜惶恐，下官这就为公主安排下榻之处，公主需要什么尽管跟下官说！"

他小心翼翼地看了眼旁边的林廷："这……这位公子……"

林非鹿很贴心地给他介绍："这是齐王殿下。"

衙役双眼一翻，差点儿晕过去了。

最后林非鹿没让府衙给他们安排住处，处理完船娘的事便自行离开了。府衙还没缓过来，暗中保护的侍卫便来了一人，拿着禁卫军的令牌，将府衙耳提面命警告了一番。

林非鹿知道暗卫会帮她善后，也不担心，在街上买了个可以随身携带的小本子，找到客栈之后，便将衙役的名字记在了本上。

林廷笑问："这是做什么？"

林非鹿像个反派一样："这就是以后令人闻风丧胆的'死亡笔记'，谁得罪了我，我就把他的名字写上去，回京之后交给父皇！"

林廷被她的神情逗得笑个不停。

自从离京之后，他笑的次数越来越多了。

林非鹿好开心，拉着林廷的袖口说："哥，我们就这么一路走，一路惩恶扬善替天行道，好不好！"

林廷眉眼温和地点头："好。"

她眼睛笑得弯弯的："那我们下去用饭吧，在这儿休息一晚，明日继续出发！"

飞凤城作为水陆中转地，相当于现代的交通枢纽，还是很热闹的。他们住的这家客栈是城中最好的酒楼，一楼用饭，二楼住宿，走到楼梯口一看，底下已经座无虚席，只剩一张空桌了。

林非鹿眼见门口有人走进来，直接飞身从二楼跳下去，先把位置占了，然后眉飞色舞地朝楼上的林廷挥手。

她不过是占了个位置，在别人眼中，却只看见轻灵秀美的少女纵身一跃，青衣飞舞，身姿绰约灵巧，又见她回头一笑，眉眼恍如三月桃花，明艳得晃眼。

林廷走下楼梯坐过去，林非鹿正招呼小二点菜，方才刚进门的一行人便朝她走来。

她心道，不是吧，抢不到位置就来找她麻烦？

无常兄弟对视一眼，往前走了两步，作势要拦，走到跟前的那名男子却只是笑着朝她作了一揖："姑娘、公子，你们只有两人，可否让在下拼桌？"

男子长相俊朗，手持佩剑，举手投足不失风度，应该也是富贵出身。

林非鹿问林廷："哥，可以吗？"

她是无所谓的。

林廷一向与人为善，自然不会拒绝："请便。"

那男子笑容越深："这位原是兄长，失礼了。在下官星然，不知两位名讳？"

林非鹿自然是报上了自己的艺名。

本以为自己说出名字对方会有所反应，没想到这位黄姑娘还在专心致志地点菜，官星然不由得有些失望。

他身后跟着的那名护卫见他坐下，便出门去了。没多会儿，门外便又进来一行人，是一名衣着华丽的女子带着两名丫鬟，被护卫引过来时，脸上本来笑盈盈的，看到旁边的林非鹿时，笑意顿时就淡了，施施然走到官星然身边坐下时，半是撒娇半是不满地问："官公子，我们为何要和陌生人同桌？"

官星然道："只剩这一张空桌了，多亏了黄姑娘和黄公子同意拼桌。二位，这是雀音姑娘。"

四人互相打了招呼，就算是认识了。林非鹿这趟带林廷出来，本就希望他能多认识一些人，多结交一些朋友，也就不排斥官星然的热情。

边吃边聊了会儿天，得知他们也要前往金陵，官星然便相邀："不如同行，也有个照应。"

林非鹿看向林廷，询问他的意见，见他没说话，便婉拒："我们还要在此逗留一段时间，就不拖延二位了。"

没想到官星然很热情地说："没关系，我们也不着急赶路，黄姑娘若是有些什么需要官某帮忙的，尽管开口。"

林非鹿：这个人不会是看上我了吧？

旁边的雀音脸色已经很难看了，对林非鹿的恶意只差没写在脸上。

她素来知道官星然风流，这一路都看得紧，没想到就是在马车上等他找个酒楼的工夫，就不知道从哪儿冒出来这么个勾引人的小狐媚子，把他的眼神全都勾过去了！

接收到雀音厌恨的目光，林非鹿回了她一个非常无辜的眼神：你瞪我干什么？你瞪他啊！我干啥了吗？

本来以为是个正人君子，没想到是个风流成性的渣男，林非鹿没了跟他结交的心思，吃完饭就上楼去了，傍晚正打算上街溜达溜达，一出门就遇到了雀音。

她喊了两声"黄姑娘"，林非鹿才反应过来她是在喊自己，笑着问："雀音姑娘,有事吗?"

雀音走过来,眯眼将她上下打量一番,一副阴阳怪气的语气:"黄姑娘,我见你气质不凡,想来也是富贵人家出身,饱读诗书,应该不会不知道勾引有妇之夫是十分无耻的行为吧?"

林非鹿:"我?勾引谁?"

雀音道:"你今日与官公子相谈甚欢,眉来眼去,难道不知我与他指腹为婚,早已定下婚事吗?你就算能嫁入玉剑山庄,也不过是妾,想来以黄姑娘的出身,也不会甘心为妾吧?"

林非鹿:……

啊?

雀音生气极了:"你不必再装傻,你这样的女子我见得多了,就算现在得官公子青睐,也不过以色侍人,迟早被他厌恶,下场凄惨。我可是好心警告你,若是识相,趁早从他身边消失!"

林非鹿一言难尽:"你哪只眼睛看到我勾引他了?"

雀音怒道:"他眼珠子都快落在你身上了,你还说没勾引他?"

林非鹿道:"他眼珠子落在我身上,那你收拾他去啊,你找我干吗?长得美是我的错?"

雀音道:"你还敢狡辩!真是不知廉耻!"

莫名其妙被骂成狐狸精的林非鹿:好的,我要让你看看什么叫真正的不知廉耻。

于是翌日早上,林非鹿按照之前的计划,继续前往金陵。官星然本来还打算拖延几天等她一起,见她不再逗留,自然是高高兴兴一路同行。

林廷皱了下眉,但看林非鹿没反对的样子,也就随她去了。

之前他们的马车卖了还没买,官星然便邀请她跟自己同坐。这辆马车既宽阔又舒适,雀音也坐在里面,一见林非鹿弯腰进来,鼻子差点儿气歪了。

林非鹿朝她露出一个非常友好的笑。

马车缓缓行驶,林非鹿对面一直看着她的官星然一笑,软声问:"官公子,听雀音姐姐说,你是玉剑山庄的少庄主?"

官星然笑容自得,"是,黄姑娘若是得空,可以前去做客。"

林非鹿甜甜一笑:"好呀,我长这么大,第一次出远门,好多地方没去过呢。"她十分怅然地看向雀音,"真是羡慕雀音姐姐,已经见过这世上许多风景了。"

雀音觉得自己的笑有点儿绷不住:"黄姑娘,你叫我姐姐不太合适吧?"

林非鹿眨眨眼:"我年方十三,雀音姐姐难道不比我大吗?"

雀音:……

你骂我老!

雀音感觉自己被气得心脏疼,不由得垂眸捂住了心口。

官星然不愧是风流老手,见状立刻关切地问:"雀音姑娘,你哪里不舒服?"

雀音泪眼涟涟地偏头看了他一眼,努力挤出一个坚强的笑,我见犹怜道:"可能是心疾犯了,不碍事。"

官星然便从怀中拿出一个白瓷瓶,倒出一颗药喂给她:"快服一颗莲心丹吧。"

雀音感动道:"如此珍贵的丹药,官公子不要浪费在我身上了。"

官星然说:"给你吃怎么叫浪费呢?"

林非鹿:……

演戏呢你们?

话是这么说,还是把药吃了,她趁官星然不注意,转头看了林非鹿一眼,眼中尽是得意与挑衅。

林非鹿脸上露出一抹失落的怅然。

雀音心中更高兴了。

官星然收好药瓶,转头看见对面少女的神情,不由得柔声问:"黄姑娘,你怎么了?"

林非鹿抿唇摇了摇头,抬眸看了他一眼,又看了看雀音,小声说:"官公子,你对雀音姐姐好好哦……蓉儿也想遇到像你这样的男子。"她委屈巴巴地皱了下鼻头,"可惜都没人喜欢蓉儿。"

雀音:!

08

官星然已经完全被这位可爱漂亮不做作的蓉儿姑娘迷住了。

他昨日本就是见色起意,一走进酒楼便见少女飘然而下,回眸一笑仿若人间仙子，才会要求与她拼桌，以此套近乎。以他玉剑山庄少庄主的身份、风流倜傥的样貌以及不凡的身手，这江湖上少有女子不动心的。

此时听她这么说，官星然当即心神激荡道："蓉儿姑娘如此可爱，怎会有人不喜欢？除非对方眼瞎心也盲！"

在一旁被气成河豚的雀音：我看你心就挺盲的！

林非鹿腼腆一笑，偏头看见身边的林廷正眼神复杂又好笑地看着她，偷偷朝他挤了下眼。

林廷眼中的笑意越发明显，暗自摇了下头，随她玩儿去了。

对付雀音这种人，林非鹿都不用怎么发力，随口两句话就能让她心疾复发。林非鹿这一路逗着她，给平淡的旅途增添了不少乐趣，觉得还怪好玩儿的。

中午在林间歇脚休息的时候，林廷低声说："你不喜欢他们，我们不跟他们一路就是了，你还故意去气那姑娘做什么？"

林非鹿吃着风干的牛肉气鼓鼓地说："她昨天骂我不知廉耻。"

林廷一向温和的神情顿时有些气愤，皮肤本就白，一生气脖颈染上的红就格外明显，低怒道："真是岂有此理，分明是那官星然不守礼数。我还未同他们计较，她倒敢反咬一口！"

林非鹿见他真生气了，赶紧顺毛："哎呀，没事，我逗她好开心的，你不觉得她生气的样子很像一只奓毛的鹦鹉吗？"

林廷被她这个比喻逗笑了，摇了摇头，摸摸她脑袋："玩够了便罢，那官星然不怀好意，不必与他多做纠缠。"

林非鹿笑眯眯地点头："好的。"

行至傍晚，一行人便到了距离金陵城只有半日距离的银州城。金陵和银州一衣带水，中间隔着一条金银河。因靠近金陵，此地也不甚繁华，江湖气息十分浓厚，一路过来时策马佩剑的江湖人士明显多了起来。

林非鹿从官星然口中套了一下午的话，对这个世界的武侠江湖终于有了一个大概的印象。

金庸老爷子写的那些东西自然是没有的，但也分黑白两道、三教九流，江湖上屹立着几大家族几大门派几大山庄，以武为尊。他们还有一个江湖英雄榜，每年都会更新，上榜的都是江湖上武功造诣最高的大佬。

官星然说了一串名字，林非鹿一个都没听过，但敏锐地捕捉到了一个姓：纪。

官星然说："好几年前，霸占英雄榜第一的一直是剑客纪凉，纪大侠被称作天下第一剑客，一手剑法使得出神入化，每年前去讨教的人全都折服在他的剑术之下。只可惜近几年来纪大侠销声匿迹，他曾经常居住的苍松山也人去山空。有传言说他比武时重伤身亡，也有传言说他彻底隐居不问红尘，英雄榜上他的名字便也渐渐淡去了。唉，不知官某此生还有没有机会领教纪大侠的剑意。"

林非鹿心道，不会吧？自己随随便便一碰，就碰到了天下第一剑客？

那小漂亮也未免太厉害了！

那自己也算是领教过第一剑客剑意的幸运儿了？

林非鹿觉得下次再见小漂亮，一定要仔细问一问，顺便看能不能偷学点儿纪大侠的剑法，那可就赚到了。

林非鹿不过是在套话，但在雀音眼中，这就是小贱人和未婚夫眉来眼去相谈甚欢，完全没将她放在眼里。她生了一下午的闷气，马车一进城找到落脚的客栈，雀音便径直下车，不理官星然的招呼，头也不回地走了。

官星然叹道："又闹小脾气。"

林非鹿一脸自责："官公子，对不起，都是因为蓉儿，雀音姐姐才生气的。蓉儿不是有意的，你们不要因为我吵架，好吗？"

官星然道："跟你没关系，蓉儿姑娘千万不必自责！"

林非鹿甜甜一笑，然后毫无心理负担地转身走了。

赶了几天路她也挺累的，用过晚饭便直接回房睡觉了，外头发生了什么一概不知，一觉睡到天亮，林非鹿一边梳洗一边盘算今天怎么毫无痕迹地甩开官星然。

等她梳洗完毕下楼吃早饭的时候，才发现好像根本不用甩。

官星然压根儿没出现。

林非鹿怡然自得地坐在窗边喝粥，吩咐小白去准备马车。

林非鹿吃到一半，官星然身边的那个护卫倒是回来了一次，只是行色匆匆，很快又出去了。

林非鹿问守在一旁的小黑："他们怎么了？"

小黑为了保证主子安全，随时都注意着周遭发生的一切，自然知道发生何事，回禀道："与他们同行的雀音姑娘不见了，昨晚出门之后便没回来，官公子正在寻找。"

林非鹿差点儿被噎住："昨晚就不见了？怎么回事儿？是不是走了啊？"

小黑回道："官公子打听过了，雀音姑娘并未出城，就是在这城中消失的。"

林非鹿看着面前的白粥，开始没胃口，结结巴巴地问林廷："哥，我是不是逗得太过了啊？"

林廷想了想，吩咐小黑："帮着去找一找吧。"

等小白准备完马车回来，小黑便出门去寻人了。

林非鹿虽然逗人家，可也没想过逗出人命来。

这江湖儿女，怎么这么不禁逗啊……

出了这种事，她自然不可能一走了之，一直跟林廷在客栈等消息，快到中午，便看见官星然行色匆匆地回来了。一看见她，官星然脸上才涌上一抹喜色，走过来道："黄姑娘，我还以为你走了，你是在专程等我吗？"

林非鹿："……雀音姑娘找到了吗？"

官星然脸上浮现一抹古怪的神色，支吾一下才道："她……她出城离开了。"说完又殷切地看着她，"黄姑娘，我们也启程出发吧。"

林非鹿信他才有鬼。

好在小黑也紧跟着进来，过来耳语了几句，林非鹿脸色变了变，再看向官星然就有些真实的气愤了："你说雀音姑娘出城了？我怎么听说她现在还被人扣在城中呢？"

官星然脸色变了又变，一会儿红一会儿白的，好半天才支吾说："黄姑娘，你初入江湖，不懂不与朝廷为敌的规矩。扣住雀音的是平豫王，官某实在无能为力。"

林非鹿骂他："那不是你未婚妻吗？对方是王爷你就不救啦？你还是个男人吗？"

官星然被她骂得无地自容，还强撑着说："平豫王是当今陛下的皇兄，银州城是他的封地，得罪他十分不明智，又何必挑起江湖与朝廷之间的纷争！"

何况玉剑山庄在银州城还有生意，若是开罪了平豫王，这生意就别想做了，断了山庄的经济来源，他爹不扒他一层皮。

林非鹿冷笑了声："说得那么冠冕堂皇，不就是胆小怕事儿！"

她站起身，招呼小黑："走，看看去。"

官星然急急道："黄姑娘，那平豫王平生最好美色，凡是他看上的女子全部掳在府中，你这不是自投罗网吗？！"

林非鹿没理他，跟林廷一起出门后，才小声问："平豫王是谁啊？"

她不知道也正常，林廷解释道："平豫王是先皇的第九子，虽是九子，但因是先皇醉酒后临幸一名宫女所出，所以一直未得封号。后来父皇登基，大赦天下，才封了他郡王，又将他封至银州。"

皇子分封，都是封一片州府。这平豫王只封了银州城，可见林帝只是随便打发了他。

没想到他倒是在这里当起了土皇帝。

小黑早已探了路，将两人带到了平豫王府。这府门修得十分低调朴实，院墙却高，林非鹿担心叫门会打草惊蛇，便打算带着小黑先溜进去探探情况。

林廷有些不放心："若是暴露，平豫王为了掩饰罪行对你动了杀心怎么办？"

林非鹿说："暗卫不是跟着吗？一炷香我若是没出来，你就带人……"她顿了顿，侧着耳说，"哥，你听里面是不是有声音啊？"

紧闭的府门内似乎隐隐有打斗声传出来，林非鹿小跑两步走上台阶，把耳朵贴在门缝上，声音便清晰了不少。

确实是在打斗，动静还不小。

她转头道："里面打起来了！我们趁机进去看看！"

林廷不会飞，只能眼睁睁地看着她和小黑从院墙翻了进去。

光天化日翻墙是很显眼，但整个平豫王府的人马似乎都聚集到了一处，林非鹿带着小黑轻轻松松就摸了进去，顺着打斗声一路寻过去，却见是一座极尽奢华的庭院。里头酒池肉林，奢侈靡华，更有无数衣不蔽体的女子，简直是一幅活生生的春宫图。

因为打斗，这些女子都瑟瑟发抖地缩在边上，院中酒宴乐器掀了一地，侍卫正在围攻一名红衣女子。

她一人对上几十名护卫却丝毫不惧，一把宽刀舞得虎虎生风，直逼躲在帘帐后被护卫围着的平豫王而去，口中喝道："淫贼！今日必取你狗命！"

平豫王惊恐尖叫："来人！来人！把她给本王乱箭射死！"

身旁一人道："王爷，若是放箭，这些美人可都没命了。"

平豫王大怒："本王的命都快没了管她们做什么！全部射死！"

红衣女子听闻此言，刀法越发凌厉，但架不住人海战术，一直突围不出去。侍卫很快拿着弓箭围过来。林非鹿赶紧领着小黑跳进去，大声道："住手！"

平豫王眼见又跳进来两个人，顿时崩溃道："今日刺客扎堆来的吗？"

林非鹿大喊道："九王叔，别来无恙啊。"

平豫王愣了愣，透过人群往外看："谁？是谁？谁喊我王叔？"

林非鹿仍是大声道："我与太子哥哥途经银州，本想来拜访九王叔，没承想王叔这里如此热闹。"

平豫王惊呆了："什么？什么？太子殿下来了？"

他赶紧拨开人群往前看了看。

他当年是在生辰宴上见过林非鹿的，虽然她如今长大了，但五官还是能寻到当年模样。

平豫王失声道："五公主？！"

他赶紧对周围的侍卫道："都放下！把弓放下！不可误伤五公主！"

那红衣女子还在奋力厮打，林非鹿带着小黑径直走过去。平豫王一身肥肉，一笑起来两个眼睛都看不见了，连连道："五公主，实在是失礼了。今日府中来了刺客，待我把这刺客拿下，再好生招待你和太子殿下！"

林非鹿已经穿过重重护卫走到他跟前，朝小黑使了个眼色。

小黑瞬间领会，佩刀一拔，架在平豫王肩上将他挟持了。

平豫王被这个反转搞蒙了，哆哆嗦嗦地问："公主，这是做什么啊？"

林非鹿也不跟他笑了，淡声说："叫你的人住手。"

刀锋挨着脖颈，都能感受到一丝冰凉的痛感，平豫王立刻大叫："住手！都住手！"

院子里的打斗终于停下来，红衣女子将一人踢到池中，回头看向林非鹿，脸上闪过一抹疑惑。

林非鹿笑眯眯地朝她招手："女侠，过来说话呀。"

09

红衣女子手持宽刀，身段挺直，黑发用一根木簪高束在头顶，垂下半截马尾，气质利落。听到亭内的少女喊她，她却并未上前，宽刀横于身前，一副警惕的模样。

她刚才虽在打斗，却没漏听这少女跟平豫王的对话。

那淫贼口口声声喊的是"五公主"，这两人分明是一家，不知是在演什么戏给她看。

红衣女子不为所动，林非鹿猜到她心中所想，一脸正直道："女侠，我跟他不是一伙的。"

平豫王急了："五公主，你这是说的什么话？我、我可是你皇叔啊！"

林非鹿转头，眼神冷幽幽的："闭嘴，老淫贼，就你也配？昨晚被你抓回来的那个黄衣女子在哪儿？"

平豫王结结巴巴地说："我……我不知道公主所言何意。"

林非鹿："小黑，先断他五根手指。"

平豫王尖叫一声："在柴房在柴房！她不听话，我让人把她关起来吃点儿苦头。快，恁白，还不快把人给公主带上来！"

他身旁那个侍卫领命而去，很快就把雀音带了过来。

雀音一路还哭着，一直求他们放过她，待被带至跟前，看见满院打斗过后的狼藉，再一看林非鹿带着侍卫挟持了平豫王，顿时失声道："黄姑娘！"

她现在不觉得林非鹿面目可憎了，只觉得"天啊，这是什么人美心善的仙子下凡来救她于深渊之中啊"。

平豫王被她一声"黄姑娘"喊蒙了，又定定地看了一会儿林非鹿，以为是有人冒充五公主。

林非鹿直接拿出太子玉佩在他眼前一晃："看得够清楚吗？"

平豫王双腿一软。

他虽是个闲散王爷，但也是暗地里支持太子一派的，这些年也给太子一派提供了不少银钱，视太子为尊。

此时一见那玉佩，他哪儿还敢豪横，连连求饶："五公主，我真不知道这位姑娘是你朋友，我什么都没做呢，你把人带回去便是了，都是一家人，何必打打杀杀的。"

林非鹿瞪了他一眼，吩咐小黑："叫暗卫来。"

小黑便从袖口里摸出一个哨子，哨音奇特，犹如绕梁，不过片刻，一队穿着深紫衣衫的人便从墙外涌入，直奔林非鹿身前，下跪行礼："公主。"

林非鹿这才让小黑收刀。

平豫王岂能不认识暗卫，发软的腿跟跄了一下，被身旁两个护卫扶住了。

林非鹿笑眯眯道："九王叔，得罪了，人我就带走了，就此别过。"

平豫王努力朝她挤出一个笑："恭送公主殿下，有时间常来玩儿啊。"

林非鹿便朝外走去,经过雀音身边时,见她还呆呆地站着,拉了她一把:"走啊。"

　　雀音猛地一回神,脸色精彩极了,嘴唇动了又动,才低嚅道:"黄……五公主殿下……雀音、雀音不识,冒犯了公主……"

　　林非鹿说:"别的倒也没有什么,就是想提醒你一句。"

　　雀音一下站直身子,紧张地看着她。

　　林非鹿说:"你那个未婚夫可以不要了。"

　　雀音连连点头:"公主说得是!"

　　她等了一夜官星然,以他的功夫和在银州的人脉,不可能找不到她。等来等去,却只等来了黄姑娘,她并不是傻子,黄姑娘都能知道她在这儿,官星然能不知道?

　　他却没来,可想是不愿得罪平豫王,弃她于不顾了。

　　这一夜雀音备受折磨,甚至差点儿失身,经过这么一遭,也算彻底醒悟了。

　　林非鹿没再管她,小跑几步走到那红衣女子身前,离得近了,才看清这侠女样貌,不过是二八少女的年纪,虽穿了身红衣,眉目却透着冷冷的清秀,眼睛生得极其漂亮,眼眸澄澈,似有雪光。

　　林非鹿笑着说:"看吧,我真的不是坏人。"

　　红衣女子还是一言不发,却缓缓收了刀。她似乎也知道今日杀不了平豫王,倒是不莽撞,跟着林非鹿便朝外走去。

　　平豫王在后头喊:"五公主!那刺客……"

　　林非鹿挽着红衣女子的胳膊笑吟吟地回头:"哪里有刺客?我怎么没看见?"

　　平豫王没话说了,只能眼睁睁看着这红衣女子杀他上百精卫后平安离开。

　　出到府外,暗卫便自行消失。林廷等在门外,见人平安出来,总算松了口气。这两人既为兄妹,可见这位也是皇子,雀音脸色惨白地朝他行了一礼,林非鹿便跟小白说:"你送雀音姑娘先回客栈。"

　　她这头吩咐人,回头一看,红衣女子已经径直离开了。

　　林非鹿赶紧追上去:"女侠!女侠留步!"

　　她回过头来,神情并无不耐,倒是很认真地询问:"何事?"

　　林非鹿笑眯眯地:"敢问女侠芳名?"

红衣女子说："我叫砚心。"

林非鹿觉得这名字有点儿耳熟。

想了半天，猛地反应过来，这不是昨日官星然提到的那个江湖英雄榜上，排名第十的名字吗？

当时官星然还叹说："砚心是英雄榜上最年轻的高手，如今不过十七岁，已单挑胜过三门四派的传承人，刀法造诣尤其高。她是千刃派掌门的嫡传弟子，听说是掌门从襁褓中捡回来的孤儿，从小便研习千刃刀法，是个武痴。"

林非鹿难掩激动："砚心？你就是千刃派的那个小师妹？"

砚心奇道："你认识我？我们以前见过吗？"

林非鹿说："我听说过你，你刀法很厉害！"

砚心笑了一下。

她一笑，属于少女的气息便浓郁起来，左脸颊边露出一个浅浅的酒窝，透出几分天然的娇憨，只不过这笑很快消散在她清冷的眉间，她朝林非鹿抱了下拳："公主谬赞。"

天啦，英雄榜上的人物叫林非鹿遇上了。

林非鹿心底那簇武侠小火苗又蹿高了不少，抿唇道："砚心姑娘，你为何要刺杀平豫王？"

砚心眉眼一横："此人强掳民女，作恶多端，我既知晓，自然不能袖手旁观。今日没能杀他，是我学艺不精，改日必再取他性命！"

林非鹿说："他是皇室，你若杀了他，定会被朝廷通缉。"

砚心冷笑一声："我有何惧？"

林非鹿沉默了一下，从怀里掏出自己那个小本本："话虽如此，但何必为了这样一个人给自己惹上麻烦，我们用律法制裁他不好吗？"

她不由分说地拽住砚心的手腕："跟我来。"

砚心愣了一愣，倒是没甩开她。

砚心其实甚少跟人接触，每次下山都是直奔比武切磋而去，打完就散，绝不纠缠。

千刃派位于秦山之中，她自小长在山上，满门都是喊打喊杀的师兄弟，她又醉心武学刀法，性子其实十分单纯，看待世间万物的目光也十分直白，好便是好，坏便是坏，黑白分明。

眼前的少女虽是公主，但明显跟平豫王不是一伙的，还救了一位姑娘出来，可见是个好人！

砚心任由好人林非鹿把她拉到了街边的一个茶摊坐下，招呼小二上茶之后，还顺带要了支笔。

林非鹿将平豫王的名字写到死亡笔记上，后面还跟了几笔他的罪行。

砚心便问："这是何意？"

林非鹿深沉道："我这一路行来，凡是看到作恶多端迫害百姓的朝官，便将他们的名字记在上面，待回京之后呈给父皇，再叫他一一降罪。"

砚心不由得道："公主侠义仁心，令人佩服。"

林非鹿把小本本收好，笑吟吟的："所以砚心姑娘也不必再冒险去杀他。"

她见砚心还要说什么，又立刻道："杀人虽能解气，但难保他死后，又有第二个这般作风的人冒出来。恶人犹如蝗虫，杀之不尽，不如从源头解决问题。待我回禀父皇，降下罪来，这些人便会知道哪些事能做，哪些事不能做，有时候，威慑比杀人更有用。"

砚心想了想，倒是接受了这个说法："公主说得在理，那我暂时饶他一命，若将来威慑不够，再取他性命也不迟。"

两人相谈甚欢，那边林廷也从小黑口中知道了府中发生的一切，见他走过来，林非鹿热情地介绍道："哥，这是砚心姑娘。"

既是公主的兄长，那自然就是皇子。

砚心抬眸打量，却见这位皇子跟自己想象中满身威仪贵气的皇子不太一样。

他一身蓝衫，身姿颀长，举手投足十分文雅，却难掩孱弱之态，五官极其俊秀，眉眼温柔世间罕见，只可惜脸带病容，唇色略白，整个人给她一种白玉之感，仿佛稍不注意磕着绊着便会碎了。

砚心不懂那些繁文缛节，便只一抱拳，算作招呼了。

林廷也回了一礼，便对林非鹿道："你今日闹了平豫王一场，他日后应当会有所收敛。不过此人行事荒唐，未免夜长梦多，我先修书一封传于父皇，将之罪行言明，再由父皇定夺。"

林非鹿连连点头："还是哥思虑周全！"

砚心仰头喝尽杯中茶，拿着刀站起身来："公主、殿下，若无其他事，就此别过了。"

林非鹿赶紧问："你接下来要去哪儿呀？"

砚心道："金陵。"

林非鹿开心极了："我们也要去金陵，不如同行？"

砚心习惯独来独往，一时之间有些迟疑。

林廷看出她的顾虑，温声笑道："砚心姑娘不必多虑，舍妹好武，只是敬佩姑娘刀法。姑娘若不愿意，也无须勉强。"

砚心又看了林非鹿一眼。

少女噘着嘴眨眨眼睛，模样既无辜又可爱，见她看过来，双手握成拳头抵住下巴，软乎乎又甜糯糯地喊："砚心姐姐，拜托拜托。"

从小跟着一群打赤膊练霸刀的师兄弟长大的直女砚心，登时就不行了。

10

既要同去金陵，自然要先回客栈拿行李。

砚心性格很随和，完全没有那种传说中高手的古怪脾气和癖好。林非鹿说要先回客栈，她便跟着一起。林非鹿说到时候一起坐马车，她也说没问题，反正很好说话的样子，不动武的时候，只是个真诚又单纯的姑娘。

林非鹿一路行来，对金陵发生的大事并不是特别了解，此时便问道："砚心姐姐，金陵到底发生了何事？为什么大家都要往那儿去？"

砚心解释道："此次江湖人士齐聚金陵，是为陆家保管的那本《即墨剑谱》。前不久有消息传出，陆家长子在与人比武时使出了即墨剑法，陆家历来只有保管之权，陆家长子擅自偷学即墨剑法，引起武林众怒，此番前去便是叫陆家给出说法。"

林非鹿疑惑道："那本剑谱不是陆家所有吗？"

砚心摇摇头："不是，那是即墨大侠的独门剑法。当年即墨大侠遭人暗算逃至金陵，被陆家所救，临死时将《即墨剑谱》交由陆家保管，并留下将来谁能铲除赤霄十三寨便由谁传承即墨剑谱的遗言。"

经过砚心一番解释，林非鹿才终于了解了其中的弯弯绕绕。

即墨吾乃是当年江湖上鼎鼎有名的独行剑客，义薄云天，德高望重。而赤霄十三寨则是一群占山为王的土匪强盗。当年即墨吾为救人与十三寨结下仇怨，十三寨的人便趁他不在时砍杀了他的妻儿。

从此两方便不死不休，即墨吾在世时，曾一人一剑破一寨，重创十三寨元气。

只可惜十三寨的势力非常大，专门收留江湖上无处可去、人人喊打的恶人，仅凭即墨吾一人，根本无法将其铲除。

　　所以当他重伤不治过世时，便留下遗言：谁能铲除十三寨，谁就是即墨剑法的传承人。

　　这些年来，江湖正派确与十三寨发生过几次交锋，但十三寨皆是一群亡命之徒，打起架来命都不要，而名门正派多有顾忌，哪敢真的跟他们拼命，所以一直没能将之彻底铲除。

　　这陆家身负遗命，本该妥善保管大侠遗物。谁料陆家长子陆邵元却偷学了即墨剑法，那大家肯定不干了。

　　有些是真的前去讨要说法，有些则是想浑水摸鱼，将《即墨剑谱》据为己有，所以金陵城才会黑白齐聚，如此热闹。

　　林非鹿听得热血沸腾，觉得虽然这江湖跟自己想象中的不太一样，但同样很精彩！

　　她问："砚心姐姐，那你是去干吗的？"

　　本来以为像她这样的女侠定然是去讨公道的，结果砚心说："这次年轻一辈的高手齐聚金陵，正是切磋比武的好时机，我自然不能错过。"

　　林非鹿：……

　　她还真是个武痴啊。

　　回到客栈，小白已经将马车备好了，官星然竟然还没走。

　　自早上林非鹿离开，他就一直坐立难安，想去救吧，又觉得不过徒劳，就这么来回纠结的时候，竟然看到雀音回来了。

　　官星然当时都惊呆了，急忙迎上去，还没说话，一向对他温柔顺从的雀音就甩了他一个大大的白眼。

　　不管他说什么，雀音都不理他，回到房间梳洗一番，竟是直接带着丫鬟准备离开了。

　　官星然又一路跟出去，最后问她："你回来了，那黄姑娘呢？你总得告诉我黄姑娘在哪儿吧？"

　　雀音这才回了他一句话。

　　她说："就你，也配提黄姑娘的名字？癞蛤蟆想吃天鹅肉，吃屎吧你！"

　　官星然都被骂蒙了，不过一夜时间，到底发生了什么，为什么会变成这样？！

所以他才一直没走，想等林非鹿回来问个清楚，此时见人回来了，顿时激动地迎上去："黄姑娘，你可算回来了！官某实在是太担心你了。"

林非鹿瞄了他一眼："你就靠嘴担心啊？"

官星然有些讪讪，还想说什么，林非鹿直接抱着砚心的胳膊说："姐姐，他纠缠我！"

砚心冷眼一扫，官星然看清她手中那把宽刀，以及刀柄上雕刻的千刃派的标志。

千刃派只有一个女弟子，那就是掌门的嫡传弟子，如今江湖英雄榜上排名第十的武痴砚心。

官星然脸色一变，在砚心面无表情的扫视中灰溜溜地走了。

等他走了，砚心才转头认真道："此人脚步虚浮，内力涣散，可见只是个花架子，心思没用在正道上。江湖上这种人比比皆是，万不可被他们蒙蔽。"

她也不过是个十七岁的少女，说教起来倒是像模像样。

林非鹿笑眯眯的，抱着她的胳膊把脑袋蹭她肩头："知道啦。"

砚心没了方才的老成，有点儿不好意思地笑了笑。

她还没跟人这么亲近过，少女蹭着她撒娇的样子，很像秦山上那只毛茸茸的小狐狸，抬头时，恰好对上旁边林廷的视线。

他方才也只是在看小五撒娇，觉得可爱又好笑，突兀地与砚心的目光对上，便颔首一笑，眼若春水，尽是风华。

砚心不仅没见过林非鹿这样的软萌妹子，更没见过林廷这样的温柔浸到骨子里的少年，一时之间被他笑得耳根有点儿红，赶紧移开了视线。

砚心之前都是一人一刀一马走江湖，现在林非鹿搞了辆马车，她便把马交给小黑，跟着林非鹿一起坐马车。

两人坐在马车内等了一会儿，林廷才回来，手里各提着一串用绳子穿起来的油皮纸。

林非鹿坐马车就喜欢吃零食嗑瓜子，他每次都会提前去买，如今多了一位姑娘，便多买了一份，上车之后一包拿给林非鹿，一包递给了砚心。

砚心似乎有些意外："给我的？"

林廷笑起来："嗯，给你的。砚心姑娘看看是否喜欢，若是不喜欢，下次我再换别的口味。"

砚心看了看他，又低头去解开绳子，几包油皮纸，装了各式的点心、果脯、蜜饯、瓜子，都是小姑娘爱吃的。

砚心没吃过这些。

山上那群每天练刀的爷们儿，哪知道给小姑娘买什么好吃的零嘴。

她从小到大就没吃过这些，如今行走江湖，心里只有刀法，更不可能流连市井，还是第一次有人把这些东西送到她手上。

砚心拣起一块果脯放进嘴里，安静又认真地吃完了，又挨着尝其他的，把油纸包里所有的零嘴都尝了一遍，才有些开心地跟林廷说："我喜欢。"

他眉眼柔软，声音也温润："砚心姑娘喜欢就好。"

欸，声音真好听，比自己那些每天天不亮就在练武场上喊号子的师兄们好听多了……

不是！

砚心赶紧低下头，默默在心里给自己的师兄们道了个歉。

马车行驶得不快不慢，渡过金银河到达金陵时，太阳已经落了一半。

还未进城，便见四周车马来往，络绎不绝，进到城内，更是喧嚣起伏，热闹非凡。他们来得算迟的，城中客栈早已满了，寻了一圈，天快黑了还没找到落脚的客栈，小二倒是建议他们去城郊小树林过夜。

林非鹿倒是无所谓，还挺想体验一下古代露营的，但顾忌林廷的身子，只好去敲响了县衙的大门。

于是一炷香之后，一行人住进了府衙别院。

府衙还带着他的大小老婆过来拜见，临走时特意道："齐王殿下、五公主，下官治理的金陵城夜晚尤其热闹，两位殿下有空可以去逛一逛，喜欢什么只管挑！"

林非鹿最喜欢逛夜市，于是用过晚饭之后，拖着砚心和林廷出门了。

江湖约定声讨陆家的日子就是明天，所以此刻该来的基本都来了。

货贩们自然要抓住商机，如今的金陵城比以往任何时候都要热闹。因多是江湖人士，脾气都大，动辄就是拔剑弄刀，一路行来，林非鹿已经目睹了好几起打架斗殴事件。

不过他们周身倒是清净，全赖有砚心在。

她那把刀就是最显眼的标志，一般没有谁敢不长眼地往她身边撞。

林非鹿一路蹦蹦跳跳地跑在前面，这里摸一摸那边看一看，林廷和砚心便跟在后面。

街边叫卖起伏，有个小贩正在吆喝："卖棉花糖咯，祖传的手艺，不甜不要钱。"

林廷往前走了几步，发现砚心没有跟上来。

他回过身，看见砚心正看着插在木桩上的大朵棉花糖，神情有些近乎认真的疑惑。

林廷走过去，问她："砚心姑娘，怎么了？"

砚心回头看了看他，抿了下唇，才抬手指着棉花糖，有些不解地问："棉花也可以吃吗？"

林廷一下子笑了出来。

砚心耳根不由得有些泛红，她低声说："我没吃过的，见笑了。"

说话时，林廷已经走向摊贩，那小贩热情地问："公子，要一朵棉花糖吗？"

林廷点点头，付了钱，小贩说："您自己挑！"

他长得高，略一抬手，便摘下了插在最上面的那朵最大的棉花糖，然后转身走回来递给了砚心，温声道："棉花糖不是棉花做的，是将蔗糖融化打丝，卷成了棉花的形状，你尝尝看。"

砚心看了他一眼，慢慢伸手接过来，那么大一团，凑到鼻尖时，就闻到浓浓的甜香，再轻轻贴在唇上，就立刻融化成了糖汁。

砚心用舌尖舔了下唇，甜甜的。

林廷笑着问："好吃吗？"

她点了点头，虽然耳根红红的，但声音十分诚恳："多谢。"

于是整个金陵城的江湖人士，便看着英雄榜上排名第十的武痴砚心，一手拿着她那把遇强则强从不怯战的宽刀，一手握着一朵跟她气质完全不相符合的棉花糖，一路面无表情地从城东舔到了城西。

第八章 惊鹿再现

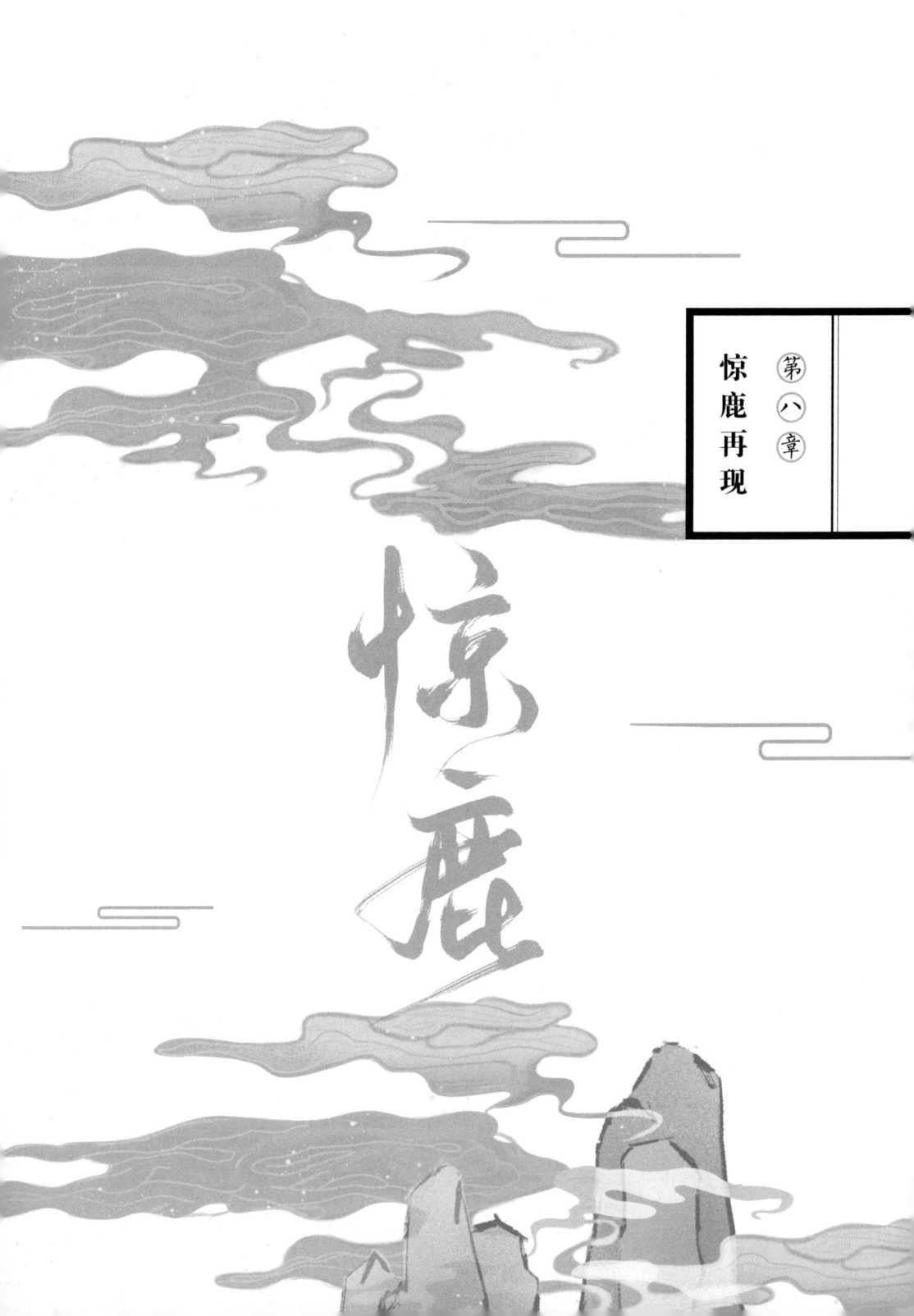

01

  翌日一早,林非鹿精神抖擞地前往陆家看热闹。
  这陆家也是传承已久的武学世家,在江湖上屹立多年,名望很高,否则当年即墨吾也不会把《即墨剑谱》托付给他们。
  只是当年托付遗言的陆家家主已经过世,人心叵测,一代复一代,怀揣绝世剑法,生出异心也是人之常情。
  自从消息走漏,陆家便知大事不妙。匹夫无罪,怀璧其罪,江湖各路本就因为即墨剑法一直盯着他们,只是各方牵制,才没有出手争抢,如今发生这样的事,《即墨剑谱》肯定是留不住了。
  这段时间以来,他们一直在寻找解决此事的合理办法。
  一大早,陆家门外的练武场上便站满了人。
  林非鹿来得早,早就占好了一个视野开阔的好位置。她掏了把瓜子分给砚心一半,一边嗑一边问:"你说陆家这次要怎么做才能平息众怒呀?"
  砚心回道:"《即墨剑谱》定然是要交出来了。"
  林非鹿又问:"那交给谁呢?"
  砚心看了眼四周密密麻麻的人群:"这就是大家今天来的目的。"
  有多少人是真的因为陆家违背即墨大侠的遗言而愤怒呢?
  不过都是想将那本绝世《剑谱》据为己有罢了。
  林非鹿回想昨天砚心三言两语描绘出的那位侠肝义胆的即墨大侠,心中不由得有些感叹,叹完了,看见砚心还捧着那把瓜子没嗑,便问:"砚心姐姐,你不喜欢吃瓜子儿吗?"
  砚心说:"喜欢的,只是……"
  她也不是不好意思当众吃东西,昨晚她当街吃棉花糖就没什么心理负担。只是嗑瓜子那声儿实在太响了,在场的又都是习武之人,耳力过人,刚才林非鹿在旁边嗑得咔咔响，都引来好几道愤怒的视线了。

这么严肃的场合，你还心安理得地嗑瓜子，合适吗？！

林非鹿不是江湖中人便也罢了，她作为英雄榜上的人物，还是要收敛一下的。

林非鹿了然地一点头，理解了她的大侠包袱："那我拿着吧，万一你一会儿要跟人交手，总不能把瓜子当暗器撒出去。"

砚心被她逗笑了，正要还给她，旁边林廷伸出手来，温声说："给我吧。"

砚心以为是他要嗑，也没多想，便将手中的瓜子全部放进他掌中。

他手指很长，指根白皙，一看就不是舞刀弄枪的手，手掌却比她大，她握满了手的瓜子放在他手中时，看上去却只有那么小一团。

林非鹿对这个江湖好奇得很，砚心便将在场她认识的高手一一指给她看。

过了片刻，砚心的袖口突然被轻轻扯了扯。

她转过头，便看见林廷将剥好的瓜子仁用一方干净的蓝色手绢包着，递了过来。

饱满香脆的玉色瓜子仁就躺在他掌中的手绢上，手绢四个角垂下来，随着风微微飘扬。

他温声说："吃吧。"

春日的阳光才刚刚冒出云端，他的眼睛里好像有万里晴空，既清澈又温暖。

砚心又开始觉得耳根发烫，默默地接过来，看着他的手指说："多谢。"

林廷笑着："不客气。"

太阳逐渐将这片人山人海的练武场笼罩，站得久了，许多人心中生出烦躁来，四周逐渐开始躁动不安。

正当林非鹿以为就快打起来的时候，陆家紧闭的大门突然开了，一位燕颔虎须的中年人走了出来。

砚心偏过头低声说："这就是陆家如今的家主。"

陆家家主一现身，四周立刻群情激愤，全都在责骂陆家背信弃义、卑鄙无耻。

陆家家主也不还嘴，任由他们骂，一双眼睛沉沉地扫过在场之人，等声音渐渐小下去，才开口道："各位，陆某知道你们今日齐聚所谓何事。这件事确实是陆某教子无方，辜负了即墨大侠的信任。陆某深感惭愧，已重罚犬子。

不过各位也当知晓,犬子只习得即墨剑法第一式,此生绝不再使此招。今日,陆某便当着大家的面儿将《即墨剑谱》,转交他人。"

底下顿时一片哄然。

陆家这么爽快,大家之前准备的说辞都没用上。

但陆家既然说要交出来,那些对《即墨剑谱》志在必得的人立刻站了出来。

全都是江湖上的名门正派,每个人都觉得自己才是重新接手《即墨剑谱》的不二人选。有长篇大论的,也有说要比武论输赢的,现场一时十分混乱。

林非鹿看着看着,突然觉得没什么意思。

这跟争皇位有什么区别?

都是利欲熏心,为了争抢那个唯一的东西大打出手。

她转头去看林廷,不知道是不是阳光照射的原因,他的脸色显得有些白,浓密的眼睫毛耷下来,垂眸不知道在看着哪里。

砚心站在他们之间,发现林非鹿担忧的目光,便也转头去看林廷。

他像是在走神,总是温和的眉眼几不可察地轻皱着,没了往日的笑意,砚心突然很想伸手帮他拂开眉头。

她捏了下手指,凑过去关切地问:"你身体不舒服吗?"

林廷过了好一会儿才反应过来她在跟自己说话,弯唇笑了下:"无碍,只是觉得有些吵。"

他脸色和唇色都泛白,看上去确实不太妙。砚心眉眼一横。

她转过身,右手往后一捞,拔出自己背在身后的那把宽刀,面无表情地往前一掷。

隔着这么远的距离,那把宽刀破风而行,犹如利箭,"噌"的一声插进了陆家家主身后的房门上。

现场顿时安静下来,正在打嘴炮争论的两名高手也惊讶地看过来。

无人不识千刃宽刀,无人不知武痴砚心。

全场视线聚焦,嗑瓜子的林非鹿默默放下了自己的手。

女侠,你做什么?!你要抢《即墨剑谱》也不用这么明目张胆吧!

有人沉不住气问道:"砚心姑娘,这是何意?"

砚心说:"你们太吵了。"

她看向陆家家主,还带着少女音色的嗓音十分沉着:"陆家家主既然已有决定,何必看着各位前辈争来争去?不如直接说出你打算交付的人选吧。"

听她这么说，现场的目光又齐刷刷地移到陆家家主身上。

刚才他们一听说《即墨剑谱》要易主，便迫不及待地争抢起来，倒是一时之间没能察觉陆家家主的言外之意，此时被砚心点醒，都不安地看着陆家家主，却见陆家家主笑了一下，远远地朝砚心抱了下拳，然后才朗声道："陆家身负即墨大侠遗志多年，有负所托，今日，便在整个江湖的见证之下，将《即墨剑谱》转交给纪凉大侠，从今以后，陆家与《即墨剑谱》再无瓜葛。"

此言一出，众人皆惊。

纪凉？！

他没死，也没隐居？

林非鹿被这个转折惊得瓜子都掉了，只见陆家家主身后那扇门缓缓打开，一抹高瘦冷清的人影走了出来，到门口时，毫不费力地将插在门上的那把宽刀拔了下来，然后又随手一掷，宽刀便再次回到了砚心手上。

砚心朝他抱拳行礼："多谢纪前辈。"

纪凉一现身，刚才还在争抢《即墨剑谱》归宿的几大家族和几大门派都蔫了。

天下第一剑客可不是虚名，败在苍松山上的人不计其数，纪凉这个天下第一的名头，不是江湖给的，是他一剑一剑比出来的。

当着众人的面，陆家家主从怀里掏出了一本剑谱，恭恭敬敬递到了纪凉眼前。

纪凉随手接过，塞进了怀里。

没人敢从纪凉手上抢东西，但这剑法诱惑太大，素来一派的几大家族互相使了个眼色，便有人站出来道："我辈素来敬佩纪大侠风采，但这《即墨剑谱》是即墨大侠临终所托，哪怕是陆家也无权随意转让。就这么交由纪大侠，恐怕不妥吧？"

周围顿时一片附和。

不过一些真正讨要说法关心大侠遗志的人倒是很赞同："纪前辈剑法出神入化，自成一派，如今武功已臻化境，是这世上最不可能练习即墨剑法的人，交由他保管，的确不失为一条良策。"

两派各执己见，都有话说，现场顿时又争论起来。

直到纪凉随手一招，将几张染血的令牌扔了出来。

众人定睛一看，竟是赤霄十三寨几大寨主的令牌。

439

陆家家主这才兴奋地开口:"即墨大侠遗言,谁若灭赤霄十三寨《即墨剑谱》便归谁。前些时日,纪大侠凭一己之力取五寨首领性命,算是灭其一半!如今《即墨剑谱》必须易主,除了纪大侠,还有谁比他更有资格吗!"

你名门正派这些年数次围剿十三寨,杀的都是些小猫小狗,连寨主一根毛都没伤到。

如今纪凉仅凭一人之力便杀五大寨主,你们有什么资格跟人家争?!

为《即墨剑谱》而来的那些人看着这几张令牌,再看看纪凉冷若冰霜的脸,都知道此事无望了。

而那些打着歪门邪道主意的人,也没勇气从纪凉那儿抢东西,纷纷歇了这心思。

本来以为要大战几天几夜才能解决的事情,居然不到一上午就完美解决了,在场好多人都感觉自己云里雾里的。

不过纪凉现身,算是破了之前的传言。

他不仅好好活着,而且武功修为大有精进,能单枪匹马取五大寨主性命,这江湖上又有几人能做到?就算有这能力,也不敢轻易与十三寨为敌,看看当年即墨吾的下场不就知道!

不过纪凉无妻无儿,孤家寡人,就算跟十三寨结下仇怨,好像也没什么可怕的。

江湖上一时议论纷纷。

林非鹿自从纪凉出场整个人就已经惊呆了。

纪凉真的是小漂亮的纪叔!

她有点儿激动,又有些说不明道不清的情绪,想打招呼吧,又觉得纪大侠大概是不会理她的。

事情一解决纪凉就消失了,林非鹿就是想找他也不知道该去哪儿找,而且她也没办法跟林廷解释自己怎么会认识天下第一剑客,只能忍住心中翻涌的情绪,先回府衙了。

林廷一回来便回房去休息了,他身子还是太虚,风璃草的毒虽然都排干净了,但毒性给他身体造成的伤害还未痊愈。

砚心等他离开后才问林非鹿:"齐王殿下受过伤吗?"

林非鹿摇摇头,想了想还是告诉她:"他中过毒,身子不太好。"

砚心眉头锁起来:"什么毒?何人所下?"

林非鹿说:"是风璃草……"

她话没说完,只抱歉地笑了笑。

砚心以为此事涉及皇家秘闻,便也没多问,只是认真道:"秦山之上有一天然药泉,对于疗伤排毒十分有效,你们接下来若无别的事,可随我一起回山。"

林非鹿一下子高兴起来:"好呀!早听闻秦山风景秀美,正好去见识见识!"

砚心此番下山就是为了找人切磋,精炼刀法,但事有轻重缓急,林廷既然身子不好,当务之急还是为他治病要紧。

几人一合计,便决定明日启程,前往秦山。

林非鹿没想到这次游历江湖还能有这样的机遇,那药泉在千刃派门派之内,外人入派都难,更别说使用里面的药泉。若不是遇到砚心,林廷的病恐怕还要拖下去。

善良的人果然是有好报的!

因着明日就要赶路,林非鹿收拾好行李早早就睡了。

金陵城的热闹一直持续到很晚才渐渐安静,她在睡梦中翻了个身,突然感到一阵冷意。

不,不是冷意,是令人战栗的剑意。

林非鹿一下子清醒了,睁眼时,猛地喘出一口气。

就在她喘气的同时,那股包裹她的剑意也顿时消失。

借着窗外朦胧月光,林非鹿看到屋内坐着一人。要不是这剑意无比熟悉,她就要尖叫了。

虽然……但是……纪大侠你叫醒人的方式也太另类了吧!

林非鹿哆哆嗦嗦地从床上爬起来,挤出一个笑:"纪……纪叔……"

纪凉在黑暗中站起身,站在原地,从怀中摸出什么东西,一言不发地朝床上扔来。

林非鹿手脚并用地去接,待看清他扔来的是什么之后,整个人都战栗了。

林非鹿欲哭无泪:"纪叔,你给我这个干什么啊?想让我被全江湖追杀吗?"

纪凉冷冰冰地说:"没人知道在你这儿。"

林非鹿试探着问:"是让我帮你保管吗?"

纪凉:"不是,给你的。"

林非鹿:……

441

她看着书上"即墨剑谱"四个字倒吸了一口凉气。

全江湖争抢的绝世剑谱，就这么轻而易举地落在自己手上了？

林非鹿抓抓脑袋，百思不得其解："为什么给我啊？"

难道纪大侠看出自己骨骼清奇乃是百年难遇的练武奇才？

纪凉看了她好一会儿没说话，仿佛心情十分复杂。林非鹿等得都快又睡着了，才听到他十分冷漠的声音。

他说："那小子送你的生辰礼物。"

02

困恹恹的林非鹿瞬间清醒了，她十四岁的生辰是快到了，就在下月。

小漂亮离开已有半年，这个时代没有通信，又隔着国与国之间的严防密控，她想打听有关他的情况都打听不到，更别说传信问好。有时候一个人静下来，她也会担心他的安危。

以往每一年生日，他都会送她别出心裁的礼物。

那些礼物或许并不贵重，但全部符合她的心意，她喜欢什么，他一向都是最清楚的。

本来以为今年生日来自小漂亮的专属礼物就要落空了，没想到峰回路转，他居然给了她这么大个的惊喜。

试问，哪一个心怀武侠梦的人，不希望得到一本整个江湖竞相逐之的绝世剑谱呢！

哪怕她不会练，搞来收藏也是极好的啊！

林非鹿看着手中的《即墨剑谱》，顿时心潮澎湃，这感觉就像岳不群得到了《辟邪剑谱》、东方不败得到了《葵花宝典》、张无忌得到了《乾坤大挪移》！

纪凉看着床上兀自激动的少女默了默，然后面无表情道："东西送到，我走了。"

林非鹿赶紧喊："纪叔等等！"

纪凉的身影已经掠到窗口了，又堪堪折回来，透出些许不耐烦："还有何事？"

林非鹿问："殿下还好吗？"

纪凉惜字如金："好。"

林非鹿手脚并用地从床上爬起来，拎起床边的单衣披上："纪叔，你还会去见他吗？能不能帮我带封信给他啊？"

纪凉：……

林非鹿感觉他可能有点儿想一剑砍死自己。

她揽着衣领子往前蹭了两步，水汪汪的眼睛可怜巴巴地望着纪凉，眼尾在银月之下泛着一丝红，声音也溢出了哽咽："分别多月，我一直担心殿下的安危，纪叔，求求你了……"

纪凉："……写快点儿。"

林非鹿麻溜地去拿纸笔。

满心的担忧，在握起笔之后，她反而不知道该怎么说出口了。

她想了想，觉得自己收到回信的概率等同于零，问他如今怎么样也是得不到回答的，便只将自己的情况说给他听。为免纪凉等得不耐烦，她写得很快，寥寥几行，最后在末尾画了一个可爱的笑脸。

想了想，她又去自己包裹里拿了一只竹编的小蝴蝶出来。

这是她今天逛街时买的，她每次看到什么好看有趣的小玩意儿都会买下来。目前手边暂时也没什么珍贵的回礼，她送只小蝴蝶意思一下吧。

她用信纸卷着小蝴蝶一起递给纪凉，还嘱咐："纪叔，千万别弄丢了哈。"

纪凉一言不发，把东西往怀里一塞，面无表情地跳窗走了。

林非鹿跑到窗前，热络地冲着空无一人的夜色挥了挥手，才恋恋不舍地把窗户关上，然后飞扑上床，抱着那本《即墨剑谱》在床上翻了好几个滚。

小漂亮怎么能这么深得她心！

她激动得一晚上都没怎么睡，翌日出发前往秦山时，就开始在马车里打瞌睡。

这件事不足为外人道，就算林廷和砚心她也瞒着了，只每晚睡觉的时候偷偷在被窝里拿出来翻一翻，看一看，虽然看不懂也练不会，但她还是兴奋得仿佛拥有了全世界。

秦山山脉延绵千里，千刃派就坐落在秦山某一座山峰之中。

林非鹿第一次来这种武林门派做客，还以为气氛会十分严谨，说不定上山的路布满了重重陷阱机关，没想到一到山脚下，就看见鳞次栉比的村落和农田。正值春季，正是锄田栽种的时候，农户们忙忙碌碌，又十分热情。

有个魁梧黧黑的壮汉正站在田里插秧，远远地就朝她挥手："小师妹回来啦！"

林非鹿问："这也是你千刃派的师兄吗？"

砚心点头："嗯，师兄们平时练功之余，也会下山来帮农户干活。"

林非鹿这才知道，千刃派上千弟子的吃食都是山下这些农户提供的，山上山下形成了十分友好的生态圈。

入山之后，阳光都被参天古木遮住。她们走了足有一个时辰，千刃派的大门才终于在眼前开阔起来。

为了迁就林廷，他们走得很慢，山下的弟子早就跑上来将砚心回派的事情禀报了。山中管事知道她带了朋友回山，提前便把住宿安排好，等林非鹿一到，便有人带着他们去住处。

砚心一回来就先去拜见掌门，并说明了要使用派中药泉的事。

千刃派掌门就是她师父，自将她捡回来，便视作女儿一般教导，对她几乎是有求必应，自然是同意了。

派中少有外人做客，如今这一对兄妹风姿绰约，兄长温润俊朗，妹妹轻灵秀美。一年四季与刀为伍的魁梧汉子们都觉得稀奇极了，跟他们说话时声音都不敢大，怕把小师妹的朋友吓到。

特别是那些操心小师妹下半生幸福的师兄，他们以前都觉得小师妹一心练刀性子无趣肯定找不到良人，没想到这次居然拐了个这么温柔俊朗的公子上山，一定要好吃好喝招待着，千万不能把人吓跑了！

千刃派弟子对于刀法的钻研跟砚心如出一辙，是以整个门派的派风都十分淳朴，没那么多钩心斗角弯弯绕绕。

态度热情友善，环境优美清静，林非鹿对这个度假地点十分满意。

砚心倒是有点儿担心他们在这里住得不习惯，毕竟是知道这两人的真实身份的，这里岂可与皇宫相提并论。

林非鹿安慰她："我就喜欢这种练武的氛围，至于我哥，他只要有动物陪着就开心。"

砚心奇道："动物？"

林非鹿点头："对呀，我哥喜欢动物，动物也喜欢他。"

砚心若有所思。

翌日练过早课，她便挂着一圈绳子，背着一个大竹篓进山了。

林非鹿吃过早饭没找见人，便拿着自己的剑跑到练武场上去，跟千刃派弟子一起练剑。

虽说刀剑不同，招式套路却有异曲同工之妙。她这些天已经在山上混熟了，一口一个大哥哥，一笑两个小梨涡，把这些魁梧大汉喊得面红耳赤，每次她过来练剑，大家都会主动指导她剑法。

这简直就是她梦寐以求的武侠生活啊。

一直接近傍晚，砚心才来到了林廷暂居的院子。

林廷也很喜欢山中清静氛围，每日看看书散散步泡泡药泉，不仅身体好了很多，心情也轻缓了许多。

听见敲门声，他便放下书本起身去开门，一打开门，便看见砚心浑身沾满草叶站在外面，连发尾都染着细碎枯叶，像刚从草丛里钻出来一样，怀里还抱着一个大竹篓。

林廷失笑道："砚心姑娘这是怎么了？"

她抱着竹篓走进院中，打开上面的盖子，转头认真地问："这些你喜欢吗？"

林廷走过去一看，才发现竹篓里竟然装满了小动物，有两只兔子、一只松鼠、一只小狐狸和一只野鸡。

这些动物都被绳子捆住了双脚，各自用布袋装着，只露出一个脑袋在外面，都快在里面互啄起来了。

林廷顿时哭笑不得，赶紧将动物们全部放出来。也不知道是不是砚心留给它们的威慑力太大，现在一解脱，全部都往林廷身后躲，那松鼠更是扒着他的腿一路往上爬，爬到他肩头坐下后，两只小爪子紧紧抓住他的衣衫。

砚心觉得神奇极了，这些动物见着人就躲，自己费了好大功夫才抓到，它们怎么好像一点儿都不怕林廷呢？

她往前走了两步，想摸摸坐在他肩上的那只松鼠，结果松鼠顿时吱吱乱叫起来。

砚心有点儿尴尬地又退回去了。

林廷笑着摇了下头，把那只松鼠拿下来抱在手上，摸摸它的脑袋，半责备半安抚似的："乖一点，不要乱叫。"

他又笑着对她说："要不要再试试？"

砚心看了看他，才又伸出手，慢慢在松鼠头上摸了一把。

这次它果然不动也不叫了，砚心摸了两下，似乎感觉这小松鼠在瑟瑟发

445

抖,又默默把手收回来,然后问他:"你喜欢吗?"

林廷眼睛里都是温柔笑意:"喜欢。"

她也就笑起来,眼睛弯弯的,没了往日的故作严肃,只有属于少女的娇憨。

门外哼哼响了两声,树叶一阵沙沙,像是有什么在撞树。

林廷好奇地看过去:"还有什么吗?"

砚心默了一下,转身走出去,然后牵了一头青面獠牙的野猪过来,试探着问林廷:"这个……你也喜欢吗?"

林廷"扑哧"一声笑出来了。

那野猪还在哼哼,但迫于砚心的威慑不敢乱动,林廷居然在一头凶猛的野猪脸上看出了一丝委屈。

林非鹿练完剑回来,远远看见门口一头野猪,高兴地蹦过来:"哇,野猪!今晚有烤野猪肉吃了!"

林廷、砚心:……

两人对视一番,都不约而同地笑起来。

山上的日子就这么愉快地溜过去了。

林非鹿几乎都没感受到夏日的气息,夏天就结束了。林廷的身体经过这几个月在药泉的浸泡,果然康复了很多,脸上也渐渐恢复了气色,越发显得唇红肤白,俊朗非凡。

最重要的是他的精神状态也好转了很多,似乎又一点点变回了曾经那个温柔爱笑的少年。

她们也是时候离开这个山中桃源了。

虽然千刃派的弟子们一直热情地留他们继续小住,但林非鹿还记着去五台山看望皇祖母的事,只能遗憾拒绝,并保证今后有时间了一定常来。

之前是砚心带他们上山,这次还是她送他们下山。

她似乎有很多话想说,到最后却只是抱了下拳,说了四个字:"各自珍重。"

林非鹿热络地邀请她:"砚心姐姐,有机会来京城找我们玩儿啊!京城也有很多高手,到时候找来陪你切磋刀法呀!"

砚心看了林廷一眼,点头说"好"。

两人上了马车,她还站在原地没动,山风兀自撩着她的红裙飞扬。

车帘突然被掀开,林廷探出头来,温声喊她:"砚心姑娘。"

砚心一下子抬眸看去。

他眉眼温软地笑着："院子里的动物，你先帮我照顾着可好？"

砚心说："好，那你什么时候再来？"

林廷目光温柔地看着她："快则两月，慢则半年，我总会来的。"

她一直沉静的脸上，终于缓缓露出一抹开心的笑。

马车渐渐驶离秦山，来时还是春天，去时却已经生出浅浅的秋意了。从秦山到五台山，路途也挺远的，林非鹿照常是不着急赶路，当作游山玩水慢慢晃悠。

在山中待了几个月，她倒是挺想念红尘繁华的。

林非鹿打算先进城置备一些秋衣，临近傍晚才终于到达最近的一座城镇。找了落脚的客栈，一行人先去一楼用饭，一坐下便听四周议论纷纷，言语间好像都提到什么宋国新君。

林非鹿跟林廷对视一眼，便凑到一旁问："这位大哥，宋国发生何事了？怎么我听大家都在讨论？"

那人转头看见是个年轻少女，倒是很耐着性子："你竟不知？上个月宋国新君继位了。"

"宋国国君去年病重，难不成是国君病逝了？"

听她这么一说，那人像看傻子似的看她："什么病逝？是被那新君直接杀了的！那新君不仅弑父，还杀了本该继位的兄长，才坐上了这皇位。听说手段尤其狠毒，登基之后把不服他的朝官全部处死，还把其他皇子全部囚禁起来了。听说自他登基后，宋国刑场地上的血就没干过！"

林非鹿和林廷同时变了脸色，新君手段如此残暴，宋、林两国的平和必然会被打破。

林非鹿更是惶然不安，担心起宋惊澜的安危来，又转而安慰自己，有纪凉在，他怎么也不可能出事吧？

林廷开口问道："这新君手段如此厉害，不知是宋国哪位皇子？"

那人叹道："这说来就更稀奇了，竟是当年被送到我们大林当质子的那位七皇子，叫作宋惊澜的，你说可不可笑？"

正在疯狂担心的林非鹿：？

03

短短不到一年的时间里到底发生了什么？

为什么她的小漂亮变成了大魔王？！这个心狠手辣弑父残暴的新君真的不是同名同姓吗？！

不仅林非鹿目瞪口呆，林廷受到的震动也不小。他算是大林皇宫中少有的没有欺辱过宋惊澜的人，两人的交集虽不多，但每次照面都彬彬有礼，宋惊澜给他的印象一向是温文尔雅的。

竟然是假象吗？

这人在大林蛰伏多年，不声不响，回国不到一年却能在夺嫡之争中胜出，可见不仅有手段更有谋略心机，曾经在大林平淡无奇的表现原来都是藏拙。

如今他成了宋国的皇帝，刚刚继位便用铁血手段整顿朝纲，跟之前那位沉迷美色的宋帝全然不同，这式微孱弱的宋国看来是要重新崛起了。

旁边的食客见两人震惊到一时说不出话来，不由得有些得意，想当初他刚听闻这个消息的时候，不也是这副表情吗？

他用筷子夹了颗花生米放进嘴里，摇晃头脑地感叹："放虎归山咯。"

林非鹿缓缓地从难以置信中回过神来，转头看了林廷一眼。

林廷叹了声气，低声说："先吃饭吧。"

林非鹿哪儿还有胃口！

只喝了两口热茶，新衣服也不想再买，她直接回房休息去了。

她泡了个澡，天刚黑就躺上床去，一闭眼，脑子里闪过的都是去年暮秋他们分别的那晚。

那个时候，她就觉得小漂亮跟平时有些不一样。

无论是捏住她后颈的手指，还是眼底若有似无闪过的幽冷，都不像她认识的那个温柔殿下。

她不是不知道他一直有所谋划，只是不想参与到古代权谋纷争中去，所以不想不问假装不知道，过自己的小日子就好。

林倾和林廷的争斗这些年她都看在眼里，当然知道夺嫡有多难。按照她的认知，小漂亮就算回国，能当一个享尽富贵平安无恙的王爷就不错了。

谁知道他一直以来谋划的居然是皇位？

一个十多年都待在敌国的质子，是凭着什么样的手段和谋略，才能隔着千山万水布置国内的一切，最后成功上位的？

　　想想她就觉得可怕。

　　不仅这一切可怕，这个人也让她觉得可怕。

　　弑父弑兄、斩杀朝臣、囚禁皇子，就用那双为她刻过木雕、画过武功秘籍、拥抱过她的手吗？

　　她心态崩了啊！

　　林非鹿用枕头捂住脑袋哀号了两声，又爬起来摸出怀里的《即墨剑谱》。

　　这个不远千里送到她手里的生日礼物，是他的心意，也是他对她的独一无二。

　　让她有时候在半夜醒来，也会默默笑起来。

　　她喜欢这种被他放在心上珍重对待的感觉。

　　今后，是不是都不会有了？

　　皇帝啊，九五之尊，万人之上，他开始拥有了全天下的一切，说一句话就会有无数人前仆后继。

　　他会有后宫，后宫会有三千佳丽。

　　林非鹿一时之间竟然不知道自己更害怕他弑父弑兄的所作所为，还是更生气他就要有数不尽的后宫妃嫔了。

　　她盯着那本《即墨剑谱》看了一会儿，像生气似的，把剑谱砸向了床角。

　　独自生了会儿闷气，她又默默爬过去把剑谱捡起来，拍一拍，捋一捋，重新放回怀里。

　　这一夜注定是个难眠夜，她辗转反侧，天蒙蒙亮好不容易眯了一会儿，又做了好几个乱七八糟的怪梦，日出之后，林廷便来敲门："小五，起身了吗？"

　　她在床上懒洋洋地应了一声。

　　林廷道："今日天气降温了，有些冷，我们一道去买些秋衣再出发吧。"

　　她这才有气无力地爬起来，梳洗之后出门，林廷看着她有些憔悴的脸色担忧地问："没睡好吗？"

　　林非鹿想了想，问："哥，我们跟宋国会打起来吗？"

　　林廷一愣，无奈地笑道："你就是因为这个没睡好？这些用不着你来操心。"顿了顿又道，"以我对父皇的了解，只要宋国不主动出兵，父皇是不会开战的。"

449

以前宋君是个昏庸软弱之辈，林帝都瞻前顾后的，更别说如今换了手段强硬的新君。一旦开战，三国鼎立的和平局面就会被打破，何况如果林宋两国交战，雍国必然不会作壁上观，这也是个不安分的好战族群，到时候还不知道会搅出多少事来。

林廷说完，想到什么，又迟疑道："不过……宋国新君来势汹汹，宋国今后只会越来越强大，想要拿下他们，其实现在是最好的时机。"

趁他病要他命，新君继位，还搞出这么多事，宋国正值内乱，此时开战，说不定有出其不意之喜，就看林帝怎么权衡了。

林廷给一脸怅然的妹妹夹了个水晶饺："别多想，吃饭吧。"

林非鹿点点头，听话地吃起饭，但还是觉得食之无味。吃完饭，一行人便出门去置办秋衫。

开始买衣服，林非鹿才终于恢复了兴致。老板一见她就知道是大顾主，十分热情地给她推荐店内新款，不停地叫店内伺候的丫鬟帮小姐试衣服。

林非鹿一口气选了十套，挨套挨套地试，帮着试衣的丫鬟模样生得清秀，嘴跟抹了蜜似的，把她从头夸到脚，就差没夸出花儿来。

林非鹿说："好了，这位金牌销售，都包起来吧。"

丫鬟笑眯眯的，低头帮她系好腰带，突然将什么东西塞到了她怀里。

林非鹿好歹是习武的，反应也是极快，一掌将丫鬟推开几步："你做什么？！"

丫鬟还是那副笑着的样子："小姐身边护卫严密，恕奴婢只能用这种方式将陛下的回信送到。"

林非鹿已经在摸自己防身的刀了，听她这么说，手指突地顿住。

她直愣愣地看了丫鬟一会儿，问："什么回信？"

丫鬟朝她行了行礼，笑着说："自然是陛下的回信。之前小姐一直待在秦山之上，奴婢实在进不去千刃派，只能在山下等候。昨日小姐终于下山，但护卫森严，奴婢难以接近小姐，听到小姐要置办秋衫，特意在此等候。今后小姐若是要给陛下回信，只需认准金衣纺的牌子，将信交至此处，自有人接信。"

林非鹿心脏地怦怦跳了两下，终于反应过来，是宋惊澜给她回信了。

她心情一时十分复杂，看了周围一眼："这……这是你们宋国的暗哨？"

丫鬟笑道："我们是正经的生意人，金衣纺在各地都有分铺，新衣款式畅销各国，引领京都贵女时尚，小姐尽管放心。"

林非鹿：……

我信了你的邪。

她抬手摸摸怀里的信,又往里塞了塞,莫名地有些刺激的兴奋,换好衣服出去后跟丫鬟说:"这些都包起来吧,多少钱?"

丫鬟笑着说:"陛下说,这些衣服是蝴蝶的回礼。"

林非鹿:……

她默了一下,深沉地问:"如果这店里所有的衣裙我都要了呢?"

丫鬟:"小姐请便。"

林非鹿说不上来是高兴还是意外,只觉得,自己在小漂亮那里,好像还是没有变。

林廷已经逛一圈回来了,又买了不少她爱吃的东西,站在门口问她:"小五,选好了吗?"

林非鹿回头应了一声,又跟丫鬟说:"就我选的这些,包起来吧,谢谢。"

逛完街,小黑、小白提着大包小包回到客栈,开始准备马车。林非鹿则回到房间,上锁之后偷偷摸摸拿出了怀中的信。

比起她上次潦草匆忙的问候,宋惊澜的这封回信明显从容很多。

是她熟悉的字迹,篇幅并不长,就像她告诉他自己发生了些什么好玩的事一样,他也在信中写到他回国之后的生活,全然没提夺嫡凶险,三言两语,说的都是他从容清闲的日常,好像他只是换了个地方,过的还是跟在翠竹居中一样的日子。

林非鹿一边看一边在心里骂:骗子!以为我不知道你当皇帝了吗!

信的最后一句,是他问:吾甚思公主,公主思吾否?

透过这句话,她好像看见他提笔坐于窗前,嘴角噙笑的模样。

林非鹿摸了下发烫的耳朵,若无其事地把信折起来,夹进了《即墨剑谱》里。

小白准备好了马车,一行人便出城继续前往五台山。林非鹿穿着新衣服吃着零嘴,随着马车摇摇晃晃,脑子里回响的都是他那句"公主思吾否"。

我很想你,你想我吗?

林非鹿把脆花生咬得咔咔作响,心说,是江湖不精彩吗?我为什么要想你?我才不想你!你也别想我,去想你那后宫三千佳丽吧,"大猪蹄子"!

林廷在旁边翻一本淘来的古书,见状不禁笑问:"怎么了?不好吃吗?"

林非鹿说:"好吃!"

林廷笑着摸摸她脑袋:"你又在这里跟自己生什么气?谁惹着我们小五了?"

林非鹿看了他一会儿,泄气似的耷拉下头,怅然道:"算了。"

他是纳三千佳丽还是八千佳丽,跟她又有什么关系,她又不嫁给他。

她调整好心态,又重振精神,看着林廷手边另一包零食问:"哥,你怎么买了两份?"

林廷翻着书,若无其事地笑了笑:"习惯了。"

林非鹿:"哦——买给砚心姐姐的吧。"

林廷笑着拿书作势要打她,林非鹿哈哈躲过去了。

就这么一路笑笑闹闹,半月之后,一行人终于抵达五台山。

早有暗卫上山通知了太后,一到山下,林非鹿便看见太后身边的柳枝嬷嬷带着几名侍卫等在那里,当即跳下马车笑着跑过去:"嬷嬷,你怎么亲自下来啦?"

柳枝是看着她长大的,对这位五公主也喜爱得紧,行了礼笑眯眯道:"公主可算来了,太后念叨了好久呢。"

柳枝又朝走过来的林廷行礼:"齐王殿下,身子可好些了?太后一直惦记着你呢,五台山清静,来了可要好好养身子。"

林廷笑着应"是"。

一行人便朝山上行去。

五台山作为佛山,又是太后晚年修佛之地,一应设施自然十分完善,一路行来山壁两侧雕着无数的佛像和佛窟,山中大佛石像更是宏伟高大,雕工精湛。

山中空气清新,还充斥着淡淡的檀香味,自然风光也极为秀美,清静中透着令人心情舒缓的禅意,跟秦山又是不同的风格。

一上到佛寺前的平台上,众人便看见太后被人搀扶着等在那里。

这么多年过去,太后老了很多,以往总是挺直的背脊也不由得弯曲下来,是一位年逾古稀的老人了。

林非鹿远远地喊了声"皇祖母",朝她飞奔过去,跑至身前,太后笑着张开手,一把搂住了自己的亲孙女:"可算来了。"

太后又将走过来的林廷拉到眼前来细细打量,最后叹了句:"瘦了。"

林非鹿说:"大皇兄这几个月还胖了些呢,之前更瘦!"

祖孙三人说笑着,不远处掠过一群大雁,搅动了山间缭绕的白雾。

04

五台山上的日子跟千刃派比起来，要更清静悠闲。

毕竟没了那群从早到晚喊着号子练刀的魁梧壮汉，只有每日行走无声低语念经的僧人。

林非鹿睡了一段时间的懒觉，就开始跟着太后一起去佛堂上早课，听高僧讲经。信不信仰是一回事，但听着他们低缓舒适的经声，她的心情确实会平静很多。

特别是林廷，虽然这几个月江湖散心让他情绪好了很多，但对于在那场夺嫡之争死去的人还是心存愧疚。如今来到五台山，他大多数时间跪在佛像前诵经。

高僧说，常诵往生咒可以超度亡魂，消除孽障。他心中所有的不安和愧疚，都能在佛像前得到慰藉。

他跟高僧一走近了，林非鹿就有点儿担心，生怕高僧来一句"我看殿下很有佛缘，不如皈依佛门吧"，林廷的性格本来就很佛，林非鹿生怕他看破红尘剃度出家。

虽然……但是……砚心小姐姐还等着他回去呢！

不过这自然是她想多了，高僧就是再厉害，也不敢出言引导皇子出家。

观察了一段时间，林廷好像的确没有出家的念头，林非鹿放下心来，开始满山逮猴子。

这一路玩得太开心，差点儿忘了对林瞻远的承诺。等从五台山离开，他们便要回宫了，提前抓只猴子养着，有林廷在身边，一定很好调教，到时候带进宫也不担心不好养了。

好在这个时代的野生猴子不是保护动物，林非鹿也不用有心理负担。本来以为上蹿下跳机灵的小猴子会十分难抓，谁知道带上林廷这个动物磁铁在山中逛了两圈，居然就有只小猴子主动从树上荡下来，好奇地打量起眼前的两个人。

林廷蹲下身子，拿出提前准备好的苹果，那小猴子就直接跳到他手上，抱着苹果啃起来，林廷把它抱在怀里，它也完全不反抗，看表情还有点儿怡然自得。

林非鹿看得目瞪口呆，最后不得不朝林廷竖起大拇指："不愧是迪士尼公主。"

林廷还笑着逗小猴子，听闻此言转头问："什么公主？"

林非鹿打了个哈哈，又兴奋道："大皇兄，我们给它取个名字吧，就叫空空怎么样？"

林廷失笑摇头："你在五台山待了这么些时日，悟性倒是提高了很多，释安大师知道了应当会很高兴。"

林非鹿：？

什么悟性？

我说的是"孙悟空"的"空"。

有了空空，林非鹿在五台山上的日子多了不少乐趣。不愧是佛山的猴子，十分有灵性，通人性，养起来也很省心。

山中的气候比山下变换得快，林非鹿那十套秋装轮流着还没穿遍，山上好像突然就入冬了。

太后一边陪着她烤火一边说："等真正入冬下了雪，才叫冷呢，不过雪景也甚美，到时候可得好好赏赏这雪景。"

林非鹿一向是喜欢下雪的，打雪仗、堆雪人、滑雪已经成了她和林瞻远每年冬天必不可少的项目。只可惜今年她不在宫中陪他，傻哥哥估计又要哭鼻子了。

她早早就选好了一处滑雪宝地，无论是坡度还是位置都极其适合滑雪，还提前准备了滑雪用的工具，万事俱备，只等下雪了。

日子总是因为期盼而变得更美好。

腊月的一个早晨，林非鹿一觉睡醒，睁眼就听见窗外飞雪滑落树枝的声音。

她鞋都来不及穿，飞奔过去推开窗。

入目就是漫山遍野皑皑白雪，本就清静的五台山因为这场雪显得越发寂静无声，只可惜这种寂静很快被林非鹿的大呼小叫打破。她裹上自己的斗篷，抱着自己的木盆，一路直奔滑雪场。

山中的宫人知道公主期待着滑雪，昨晚雪积下来后就纷纷把其他地方的积雪运到这里来铺陈开，是以这道陡坡的积雪要厚很多，林非鹿一滑到底，欢笑声顺着飞雪飘出去好远好远。

一直玩到中午,她才兴致不减地回去,刚一进屋,就看见太后跟林廷坐在一起低声说着什么,林廷手上还拿着一封信,两人的神情都有些沉重。

林非鹿脸上的笑渐渐退去,不安地问:"皇祖母、大皇兄,发生什么事了?"

太后抬头看来,和蔼地一笑:"小五回来了?好玩儿吗?柳枝,看看公主衣裙湿了没。"

林非鹿紧张得不行:"到底发生了什么啊?你们别瞒着我。"

林廷笑着摇了下头:"不是什么大事,何必瞒着你,你自己看吧。"

她赶紧跑过去接过信,这一看,才知道发生了何事。

林帝最终还是对宋国用兵了。

就像林廷之前分析的那样,与其看着宋国逐渐坐大,不如趁其不备,主动出击。

不过这个用兵,并不是全面地出兵打仗,只是林帝先行小规模地试探。

两国的边界一直有一片"自由区",这部分领土不属于宋、林两国任何一方,但又因为互通两国贸易的商贩,形成了一座不亚于府州规模的商贸城。虽然危险,但又十分繁华——商业如此发达,税银自然也是一笔不小的收入;但又因为不属于各方,所以不需要交税——如此良性循环,导致这里的商区越来越繁荣。

林帝这次用兵,便是想将这片"自由区"纳入大林版图,今后便可对其实行税收,充盈国库。

按照之前那位宋帝的作风,这块本就不属于宋国的领土他可能直接就让出来了,根本不会跟大林争。

但宋惊澜不是他父皇。

大林刚有动作,宋国边境的军队便直接整队压至自由城边缘,摆明了是要跟大林争这一块地方的所有权。

信是半月前发出的,按照时间来算,两军现今应该有过交锋了,就是不知道结果怎么样。

不过这一次试探也算让林帝了解到了这位宋国新帝的态度。

林非鹿看完信,一时之间心情十分复杂。打仗对于她而言实在是太遥远了,不管是以前在家种花,还是这些年的古代生涯,她从没想过有一天战争会发生在自己身边。

不过好在这次只是小规模的试探交锋,远远不到两国对战生灵涂炭的地步，就像林廷说的，其实不是什么大事。

她有些怅然地在火炉跟前坐下来："也不知道谁赢了。"

林廷安抚道："等消息便是了。"

因为这件事，林非鹿对期待已久的滑雪都提不起什么兴致，每天都抱着空空坐在上山的那条必经之路上翘首以盼，等人送信上来。

一月之后，新年的前两天，最新的战报信件终于送到。

宋、林两国为争夺自由城的所属权，数次交锋，最后打成平手，谁也没能得逞，各自退守领土，自由城保住了它的自由。

这在林非鹿看来是最好的结果，对宋国而言，可能也算不错的结果。

但对大林来说，就真的是噩耗了，平手对大林而言就等同于输。

因为他们没能碾轧曾经被他们轻视的屠弱之国。

那个听闻林帝震怒就战战兢兢送来一个质子的宋国，那个兵微将寡茌弱难持的宋国，那个大林根本就没放在眼里视其为囊中之物的宋国，抵抗住了大林的用兵，显示出了他们不同以往的强悍。

林非鹿突然就想起很多年前，奚贵妃教训她的那番话。

她说，宋国屠弱是当今皇帝荒淫政事所致，他们曾经称霸中原，大林高祖与宋军交战也曾败于淮野，雍国妄图侵占淮岸却被宋军斩三万精兵。

当过狼的人，不会真的变成狗。

一旦这个曾经的中原霸主坐上一位善谋心狠的君王，就会重新苏醒狼的灵魂。

真不可思议，那个人竟然会是在夏日跟她一起吃冰棍、冬日一起烤红薯的小漂亮。

林非鹿抱着空空一路小跑回去，把信交给了林廷。

他看过之后也是叹息："今后这几年，恐怕不会太平了。"

这一年的新年就在这样的忧思中到来了。

太后这些年上了岁数，也懒得再来回折腾，有好几年没回宫过年了，这几年都是在五台山上过的。一个孤寡老人，再有宫人陪着，也觉得凄清。

这一次终于有两个孙子孙女相伴，太后高兴极了，早早就吩咐宫人下山置办年货，务必要让两个乖孙感受到热闹的气氛，过个好年。

林非鹿也是第一次在宫外过年，还带着太后一起剪窗花、贴对联。佛门清净之地，烟花爆竹是放不了了，宫人倒是买了很多祁天灯回来，大年夜吃过团圆饭，林非鹿和林廷便搀着太后一起去山门前放祁天灯。

林非鹿本来还有点儿担心在山中放祁天灯会引起山火，不过这一夜下了很大的雪，宫人们提前试了一盏，祁天灯飞在半空便被大雪浇灭了，倒是解了她的担忧。

太后也说："意思一下就行，不用飞太高，只要心诚，上天会听到的。"

三人各自拿了一盏祁天灯，在纸上写上心愿，然后在风雪中放飞天空。

在雪中忽明忽暗飘摇的祁天灯显得朦胧又美，林非鹿不由得想起七夕那一夜，她和宋惊澜在楼塔顶上看祁天灯的画面。

那一天她离星星很近，离他也很近。

飞雪兜头浇下来，山风呼啸，祁天灯被吹得左右摇晃，没飞出多高，火光就渐渐暗下来，快要熄灭。

林非鹿趁着它未完全熄灭，赶紧双手合十闭上眼睛，虔诚许愿。

虽然这个愿望听上去很矫情。

但此时此刻，她还是虔诚地一字一句许下愿望：希望世间和平。

哪怕是为了自己今后的生活更好呢，拜托不要打仗吧，拜托让这样的和平一直维系下去吧。

身旁林廷拉着太后的手，柔声说："皇祖母，要一直身体安康。"

太后笑呵呵的，眼里却有泪光："当然，哀家还要看着你成婚生子呢。"

林非鹿睁开眼，看到几盏祁天灯最终熄灭，被风吹着飘向了山谷。

过完年，林非鹿又在五台山上待了几个月，毕竟大雪封山，进出都不方便。一直等到开春雪化，山中的树木都抽出新芽，两人才同太后道别，启程回宫。

算算时间，他们出宫游玩也快一年了，林非鹿还是挺想萧岚和林瞻远的。

她有点儿担心林廷的状态，回京时一路都小心翼翼地观察着，发现他好像并没有对回京的抵触情绪。其实如果可以的话，她是希望他不回去的。

但林廷身为齐王，就算不参与夺嫡，也有属于他的职责。

马车一路摇摇晃晃，回到京都那一日，城门口的迎春花开得正好。

05

京城似乎并没有因为年前那场与宋国的交战受到影响，车马行人繁华依旧，林非鹿转头看林廷，发现他明显也松了一口气。

马车先将他们带到齐王府，收到消息的小厮管家们早就候在府门口，一见林廷下车，都抹着泪迎上来。林廷笑着安抚一番，将行李交给他们归置，又回府换了身衣服，才跟林非鹿一起进宫。

宫里也早就得到消息了，林廷先去拜见林帝，林非鹿则先回明玥宫。

远远地就看见青烟搀着萧岚，松雨带着林瞻远等在路口，一见到她，林瞻远就大喊着"妹妹"跑过来，跑近了看见她怀中抱着的空空，顿时又叫又跳："猴子！小猴子！"

林非鹿笑眯眯地问："哥哥更想我还是更想小猴子呀？"

林瞻远想也不想回道："想妹妹！"他抿了下唇，有点儿想哭的样子，委委屈屈地说，"好久没有看到妹妹，想妹妹。"

林非鹿笑着抱了他一下："我也想哥哥。"

林瞻远又有点儿不好意思，嘟囔着："娘亲说，男女授受不亲，但还是给妹妹抱一下吧。"说完，又好奇地看着她怀里的小猴子，迟疑着伸出一根指头来。

林非鹿摸摸空空的头，用商量的语气说："空空，给哥哥抱一下好不好？以后哥哥给你喂很多香蕉哦。"

空空叫了一声，主动朝林瞻远伸出两条细细的胳膊，把林瞻远高兴坏了。

萧岚也走了过来，她喊了声"母妃"，萧岚就泪如雨下。萧岚从来没跟女儿分开过这么久，思念之情自不必说，一年未见，她个头又蹿高了一些，肤色也比之前在宫中时红润了不少，像个大姑娘了。

几个人哭成一堆，林非鹿安慰都安慰不完："好啦好啦，我赶紧回去换身衣服梳洗一下，还要去给父皇请安呢。"

一行人便拥簇着朝明玥宫走去，林非鹿匆匆梳洗一番又前往养心殿。

养心殿的宫人们见着她都笑脸洋溢："五公主一去一年，可算回宫了，陛下总念叨着呢。齐王殿下正在里面回话，公主快进去吧。"

林非鹿走进殿中，便看见林帝半倚在软榻上，屋中燃着暖炉，热气腾腾，林廷坐在下方的椅子上，父子俩正笑吟吟地聊天。

她兴高采烈地喊了声"父皇"，林帝不由得坐直身子："朕的小五可算回来了，快过来让朕好好看看。"

林非鹿笑嘻嘻地跑过去，抱着他的胳膊撒了会儿娇，林帝摸摸她脑袋，已显老相的脸上不由得有些怅然："不过一年时间，朕好像突然就老了，小五也变成大姑娘了。"

林非鹿说："父皇才不老呢，父皇正当壮年！"

林帝笑呵呵地："就你嘴甜。方才正跟你大皇兄说呢，春后你便及笄了，宫外府第朕已给你挑了几座宅子，改日你去挑一挑，选好了，挑个吉日赐匾修缮，待你生辰一过，便可出宫独居。"

林非鹿倒把这件事忘了。

林廷笑道："父皇说，是老四帮你选的宅子，他开年便一直在忙这件事，比你自己还上心呢。"

林景渊去年已封了景王，赐了宫外府第，还订了门婚事，订的是左都御史的嫡女牧停云。

这都御史官至二品，都察院与刑部、大理寺并称三法司，是朝中重臣，很得林帝看重。

都察院中又分左都御史和右都御史，之前想求娶林非鹿却被奚行疆暴揍的冉烨就是右都御史的嫡子。

林非鹿没想到一年时间，连林景渊都有媳妇儿了，又惊又喜："等一会儿我就去找四哥，当面道谢！"

三人又聊了聊这一年来游历江湖的趣事，林非鹿还把自己那本死亡笔记交给林帝，上面不仅记了自己遇到的朝廷蛀虫，还有道听途说的一些不平事，希望林帝都能严查一下。

之前平豫王的事林廷早已传信告知，林帝对这位皇兄本就没什么感情，不过是碍于皇家脸面才封了他一个郡王。

如今听说他竟在府中搞什么酒池肉林，过得比自己还荒淫，早已派了官员前去调查，最后事情属实，削了平豫王的爵位，收回金陵封地，将之贬为平民了。

对于这种人来说，这样的惩罚可能比杀了他还可怕。

林帝一边翻小本子一边笑道："朕的小五不仅是小福星，还是小青天呢。如此优秀，朕都不知这天下何等男儿能配得上朕的五公主。"

他这话里有话，林非鹿知道自己躲了两年的催婚恐怕又要来了，赶紧说："确实没人配得上！让我独美！"

林帝哈哈大笑："你这丫头。"

聊了会儿天，林非鹿热得直冒汗，眼见都入春了，天气也不是特别冷，林帝这养心殿的火炉却依旧燃得旺。她不动声色地打量了几眼，周围伺候的宫人包括林廷在内都面色潮红，只有林帝怡然自得，偶尔还伸出手烤一烤。

不多会儿，便有宫人端上一杯水来，提醒："陛下，该服药了。"

林非鹿一惊："父皇生病了？"

林帝摇摇头，笑道："只是一些进补的丹药。"

林非鹿："丹药？"

她"噌"的一下走过去，看着彭满打开一个盒子，盒子里有一颗赤红色的弹珠大小的丹药，林帝便就着水把那丹药吃了。

林非鹿皱眉问："哪儿来的丹药啊？太医院弄的？"

彭满笑道："是一位道长，游至京城，陛下与他论道三天，道长说陛下真龙天子乃有道缘，便专程留在京中为陛下炼制丹药。"

林非鹿简直服气了。

这是又要重蹈唐太宗、雍正等帝王的覆辙？

这些皇帝到了老年都这么糊涂的吗？

林帝已近五十，年轻时勤于政事，太过操劳，如今渐渐上了年纪，便有些力不从心，服过这丹药之后倒是恢复了不少精力，让他仿若找回了年轻时的状态，因此对这位道长十分推崇。

林非鹿本来想劝几句，但林帝刚愎自用，到了老年越发自负，认定的事儿根本听不进劝，何况这丹药效果的确十分显著。她才刚质疑了那道长两句，见他眼底渐露不悦，便自觉闭嘴了。

不多时有朝臣觐见，林非鹿和林廷便告退离开。

走出养心殿，林非鹿才感觉透了口气："热死我了。"

林廷拎着袖子替她扇扇风，语气有些担忧："父皇的身体好像不如以前了。"

林非鹿说："怎么我们就走一年，父皇就开始吃丹药了？那能是什么好东西，太医也不劝劝。"

林廷道："既然父皇在服用，大概确有效用，你也不必过于担忧。何况父皇的性子你该知道，今后还是不要再提此事，以免他对你不喜。"

林非鹿不知道该怎么跟他解释丹药等同于慢性毒药，毕竟她对这个也没研究，又不能拿历史上死于丹药的那几任皇帝来举例，只能怅然地叹了声气。

林廷和她一同朝外走去，行至路口，便见对面走来一人。

林非鹿抬眼一看，立刻兴奋地跑过去："太子哥哥！"

林倾方才也在想事，听到声音抬头一看，沉肃的脸上顿时展开一抹笑："小五回来了。"

他视线一转，看到对面的林廷，笑意淡了一点儿，却还是温声招呼："大哥，身体可好些了？"

林廷颔首一笑："好转许多，多谢三弟关心。"

两人客客气气的，没有之前的针锋相对，却也没了少时的温情。

林非鹿说："太子哥哥，我晚点儿再去东宫看你和嫂嫂，我给你们带了礼物！"

林倾收回视线，看她时眸色柔和很多："好，我先去拜见父皇。"

三人告别，直到林倾走远，林非鹿才有些担忧地看了林廷一眼，见他眉眼低垂温温和和的样子，心底有些不是滋味，低声道："大皇兄，太子哥哥还是很敬重你的。"

林廷没回答，却转而说起另一个话题："方才在殿中，我询问父皇大林与宋国的情况，他道两国各有倚仗，大林需练兵，宋国需强国，三国鼎立的局面暂时不会打破，也不会有战事发生。"

他看着不远处红墙之上摇曳的花盏，笑了下："三弟沉稳，二弟稳扎军中，四弟也开始学着议政，这朝中没有需要我帮忙的地方，我可以安心离开了。"

林非鹿一惊："离开？你要去哪儿？"

林廷笑起来："有人还在等着我。"

林非鹿知道他说的是谁，迟疑地问："那贵妃娘娘那边……"

林廷温声道："我自会同他们一一道别，再向父皇请辞。若和平被打破，朝中需要我时，我会再回来。"

林非鹿想，这对于他而言，或许是最好的归宿了。

哪怕如今阮氏已倒，但他在朝中一日，太子一派仍会视他为眼中钉，不如闲云野鹤，自在逍遥。

林非鹿郑重其事地拍拍他的肩，坚定道："不管大皇兄做什么，我都会永远支持你的！"

林廷笑着摇头:"这话可不能乱说。行了,你去找四弟吧,我也该去拜见母妃了。"

林非鹿乖巧地点头,跟他分别后下意识地还想往娴妃的长明殿去,走到半路才反应过来,林景渊现在已经出宫封府了,又改道出宫。

林景渊的景王府是他自己经过层层考察筛选出来的,不仅地理位置很好,府中的一应修建都是按照他的喜好来修的。林非鹿来到府门前,一眼就看见立在门口的两座威武雄壮的石……

石书?

林景渊你是不是有病?

人家门口都是石狮子,你门口为什么立着两本书啊?!

你什么时候这么爱学习了?

06

林非鹿站在那两本高大的石书前蒙了好久,也没猜透林景渊的脑回路。

守在门口的侍卫一开始没认出她来,见她徘徊门前,还有些警惕,直到她走近,才认出来是五公主,赶紧行礼。

林非鹿刚踏进府门,听到通报的林景渊就疾步走出来了,一见她便满脸兴奋和喜悦:"小鹿!你终于回来了!"

林非鹿弯眼一笑,甜甜地喊:"景渊哥哥。"

林景渊虽已长成风流倜傥的少年,但行事作风还如以往一样,拉着她的手腕便往里走:"可算回来了,我带你参观我的府第!你都不知道我花了多少心思,绝对算得上京中前十的府宅!"

林非鹿问出自己最关心的问题:"景渊哥哥,你的府门外为什么立着两本石书?一般不都是立石狮子吗?"

林景渊一本正经:"既然是作镇宅辟邪所用,自然要用这世间最凶猛的东西,我觉得书比狮子可怕多了,当然要立书!"

林非鹿:?

林景渊还为此自得:"就这,还常有人来膜拜呢,京中独一份,再找不出第二家。"

林非鹿:……

是的，毕竟这京中也找不到第二个像你这样的不学无术之徒了。

不过有一说一，他这府第确实修得好，林非鹿去过林念知的公主府和林廷的齐王府，都是正统的建筑格局。这景王府倒是有别出心裁的美感，亭台楼榭九曲回廊错落有致，给人一种很生动的感觉，就像林景渊这个人一样，永远都充满了出人意料的朝气。

参观完府第，林景渊又叫人上了她爱吃的茶点，开始询问他们这一年的江湖旅途。林非鹿便一边吃点心一边给他讲游历的趣事，听得林景渊心动无比，连连说自己下次也要跟她一同远行见识见识。

最后林非鹿吃饱喝足，终于问到正事上："景渊哥哥，听说你订婚啦？"

一说到这个，林景渊的脸色顿时沉下来，一脸的不高兴："别提这事儿。"

林非鹿惊奇道："怎么？你不喜欢嫂嫂吗？"

林景渊差点儿跳起来："什么嫂嫂？！你不要乱叫！她还没过门儿，怎么就是你嫂嫂了？何况我娶不娶还不一定呢！"

看他气呼呼的模样，林非鹿赶紧给他顺毛，问了半天才知道，原来这门亲事是娴妃和林帝给他订的。当时呈上来的十多名少女画像，他一个也没看上，娴妃就差把京中年龄合适的小姐们挑了个遍，他还是都不同意。

最后娴妃和林帝都冒了火，直接拍板了左都御史的嫡女牧停云，下了赐婚的诏书，定了今年夏日完婚。

就为这个，林景渊跟娴妃置了很久的气，到现在还冷战着呢。

林非鹿喝了口茶，斟酌问道："你不喜欢牧姑娘那样的？那你有喜欢的人吗？若是有，我就陪你去向娴妃娘娘和父皇说情，总有办法帮你退了，娶你喜欢的。"

结果林景渊说："没有。我也不知道我喜欢什么样的，反正他们选的我都不喜欢。"

林非鹿：……

懂了，这孩子是到叛逆期了。

她道："这么说，你也不知道牧姑娘是什么样的了？你既没见过，又不了解，怎么就断定自己不喜欢？"

林景渊闷闷地道："京中这些贵女还能是什么样？不都一个样！大门不出二门不迈，知书达理贤良淑德，笑都不露齿的！"

林非鹿：……

知书达理、贤良淑德不是褒义词吗,怎么在你这儿整得跟骂人一样?

林景渊又说:"何况那还是左都御史的嫡女,那左都御史生得一脸凶相,审讯犯人都不用动刑,光靠脸就能吓得犯人招供,他的女儿能是什么样!说不定也是个母老虎!"

差点儿忘了,这是个爱"软妹"的。

林非鹿安慰道:"若品性、相貌不好,父皇也不会指给你,想来是不错的。"

林景渊不高兴地问:"你到底是哪头的?!"

林非鹿道:"我当然是景渊哥哥这头的啦!要不这样,我去帮你打探打探,看看牧姑娘到底是什么样的人。"

林景渊烦躁道:"不要!管她是什么样的人,强迫我的我就是不乐意!我定会想办法把这婚退了。"

这人性格里的小霸王属性还是没变,认准什么就是什么,不愧是跟林帝最像的儿子。

林非鹿见他这样,也就没再说什么,两人吃了会儿茶点,便出门去看林帝择的那几座宅子,早日选定,也好提前布置。

这几座宅子都是林景渊选的,选好了之后才呈报给林帝批准。他对林非鹿的事一向是放在心尖尖上的,每座宅子都有各自的优势,且前身干净,格局很大。

林景渊首推的就是挨他最近的那座府宅,也不知道是不是想让五妹住的离他近一点儿,把那宅子吹得天上有地下无一样。

林非鹿假装没察觉他的意图,依着他的心思笑道:"那就这座吧,我回去禀明父皇,景渊哥哥若是有空,帮我设计一番呀,我很喜欢你府中的布局。"

林景渊高兴极了:"有空!我超闲的!"

林非鹿道:"是吗?我怎么听父皇说你已经开始上朝议政了?景王殿下可要好好参政别偷闲哦。"

林景渊笑着戳了下她的脑袋。

回京这段时间,林非鹿每天就是到处去拜访送礼,给每个人都选了自认为最合适的礼物。看到他们收到礼物时脸上欢喜的笑,自己也会很有成就感。

如今朝中局势稳定,阮相告老还乡,阮氏一族彻底放弃了夺嫡的心思,倒也算及时止损,比起历史上那些经历血流成河才能抽身而出的家族已经幸运很多。

林倾的储君地位彻底稳固，但他一向不是冒失的人，如今只需恪守本分收敛锋芒，耐心等候，那个位置迟早是他的。在这之前，完全不必引起林帝对太子的忌惮，何况林倾心中孝顺，也做不出来那样的事。

林廷心无牵挂，一一道别后，便向林帝请辞。

他身为齐王，在朝中还担着官职，此次请辞，就算是彻底告别官场了。

依照林帝的意思，只要阮氏没落收手，林廷作为齐王还是能在朝中参政的。毕竟自己这个长子博学多才心怀天下，是有真才实干的。

但林廷去意坚决，林帝考虑到他的郁疾，也不好强留，只能应允了。

林非鹿本来想再留他一月，等过完自己十五岁的生辰再走，但想到秦山之上还有一位红衣姑娘在等着，便也没有多说。小白小黑有经验，确定好日期，便还是他们送林廷离京前往秦山。

临走的前一天，林景渊在自己府中设宴，算是为大哥送别。宫中这些兄弟姐妹，包括林倾在内，都来参加了。

林景渊向来会搞这些，景王府一整日都欢闹不断。

而总是冷清的齐王府外，却在临近傍晚时，来了一位红衣少女。

少女牵一匹黑马，背一把宽刀，长发用一根木簪高绾于头顶，露出半截白皙修长的脖颈，脸上神情冷漠，眼神却单纯，好奇地打量着眼前这座府第。

门口的侍卫见她久久徘徊，身上又带着刀，对视一眼，警惕地握着佩剑走过来："你是何人？为何在此驻足？"

砚心朝他们抱了下拳："两位壮士，我来找人，齐王殿下可在府中？"

她风尘仆仆，全然不像京中贵人，但林廷手底下的侍卫，倒不像旁人那样狗仗人势耀武扬威，只是公事公办道："殿下如今不在府中，你想见殿下，可有拜帖？"

砚心摇摇头。

侍卫便道："那你便先去京兆尹那里登记，留下拜访信息，届时自有人核实，三日之后你再去京兆尹处领拜帖。"

砚心压根儿不知道京中规矩这么多，倒是明白入乡随俗，来到天子脚下，自然要遵守这里的规矩。

朝两人道谢后，她便一路问路找到了京兆尹府，说明来意后又挨层审查，等她做完登记出来时，天都黑了。

砚心想着，既要三日后才能领拜帖见到林廷，那就先找个客栈住下来吧。

牵着马一路走过长街，入夜后的京城尤为热闹，她穿行其中，边走边看，突然看到前方拐角处有卖棉花糖的。

那棉花糖比她在金陵见到的还要大，看上去香甜极了。

砚心有些开心，打算买一朵回客栈再吃，刚往前走了几步，便看见灯影摇晃的街角有道熟悉的身影负手踱步走了过来。

林廷也是方从景王府出来，今日饮了些酒，就没让人送，打算散步走回去，透气醒酒。

长街人来人往，他随意一抬眸，却看见不远处牵着马的红衣少女。

春夜月色朦胧，长街的花灯却明亮，连她头上那根木簪都照得清晰。林廷顿在原地，看了好一会儿，才终于笑出来。

他抬步朝她走来，走到她面前时，才确定这确实不是自己的一场梦。

"砚心姑娘，怎么来了？"

砚心看到他，眼里的笑也明显起来："我来接你。"

她手边的马儿低下头蹭林廷的胳膊，他抬手摸了摸马儿的头，语气温软："不是给你去了信，我定然不会失约的。"

砚心耳根有些红，语气还是认真："我也想小鹿了，想来见见她。"

林廷牵过她手中的缰绳，"她知道你来了一定也很高兴。走吧，先回府。"

砚心说："可是我拜帖还没拿到。"

林廷愣了下："什么拜帖？"

砚心便将今日在府门口侍卫说的话重复了一遍。

林廷听完，忍不住笑起来："所以你便去了京兆尹？"

砚心点头。

他看着眼前的姑娘，笑着摇了下头，抬手摸了摸她被夜风吹乱的发梢："傻丫头，那是针对外人的规矩，你不用。"

07

齐王府门口的侍卫还记得砚心，此刻见她与自家王爷一起走回来，看上去亲近熟悉的样子，都有些慌张。

不过他们下午的态度并不恶劣，林廷自然也没有责怪什么，将黑马交给他们之后，便带着砚心进府。

除了宫中几位公主，从来没有女眷来过齐王府，府中管事和下人乍见来了位姑娘，还是王爷亲自带进来的，无不惊讶。林廷吩咐管事去安排住处，又让厨子做菜上来。

千刃派虽然大，但无论是环境还是建筑都透着天然的野性，跟京中奢华精致的府第完全不一样。

原来这就是他的家吗？

砚心一边吃饭一边默默打量，林廷见她略显拘束的模样，温声道："把这里当自己家就好，不必拘谨。"

旁边伺候的下人们眼皮子一抖，彼此都在心里激动：我们要有王妃了吗！

林廷替她夹了一块樱桃肉，又说："我原是计划明日离京，不过你既来了，便可多留几日。明日我便派人进宫通知小鹿。"

砚心点头说"好"。

翌日一早，收到传信的林非鹿就飞奔出宫了。

砚心的到来对她而言简直就是天大的惊喜，一进齐王府，就朝砚心扑过去给了砚心一个熊抱。

砚心虽只比她高一点儿，力气却比她大得多，任由她挂在自己身上也毫无负担，笑着抬手摸摸她后脑勺儿："好久不见。"

林廷在旁边笑道："还不下来。"

林非鹿朝他噘了下嘴，乖乖地从砚心身上下来，但眼睛还是笑眯眯的，挽着她问东问西，又带她上街去吃京城最好的美食。

她真是恨不得让全宫的人都知道自己交了一个江湖英雄榜上排名第十的高手朋友，先在宫外浪了一圈，逛遍了景王府和公主府，又向林帝请了旨，邀请砚心参观皇宫。

之前她担心让砚心等太久，才没提出让林廷多留一月陪她过生日的话来，如今砚心来了京城，林非鹿便干脆让砚心和林廷都留下来陪她过生日。

十五岁及笄之年对于女子来说，的确是十分重要的日子，砚心和林廷自然是同意了。

公主府择定之后，林景渊就包揽了建筑师的工作，带着人井井有条地帮她规划府第。林非鹿又有了装修新房的兴奋感，每天都拉着砚心陪她逛街添置新房。

四舍五入,这就等于在北京拥有了一套占地面积几百亩的四合院呢!

知道她喜欢养花养动物,林景渊还专门给她设计了一片花田和动物舍院,明玥宫的花圃她没动,内务府又来来回回用新培育的花草帮她把府中的花田填满了。

正值春季,百花争艳姹紫嫣红,煞是好看。

林非鹿去把自己养的那些小动物都运出宫那天,林瞻远哭得稀里哗啦的。

他通过这些时日萧岚和青烟几人的解释,已经知道今后妹妹就要住在宫外,不住在这里了,本来就很难受,现在小动物们也要离他而去,他越发接受不了。

林瞻远抱着空空扯着林非鹿的衣角抽抽搭搭地说:"妹妹不要走好不好?"

林非鹿握住他的手,哄他:"妹妹不是走,只是搬了一个新家,哥哥今后跟我一起去新家住好不好呀?新家有更多的花花和动物哦。"

林瞻远愣愣的,睫毛上还挂着泪,蒙蒙地问:"我也可以去吗?"

林非鹿笑道:"当然可以呀,哥哥以后就跟我一起住在那里啦。"

他一下子高兴地笑了起来,笑完之后,又想到什么,转头看看旁边的萧岚:"那娘亲呢?"

林非鹿说:"娘亲当然是要跟父皇一起住在宫里啦,夫妻是不可以分开的哦。以后哥哥成婚了,也不可以跟嫂嫂分开呢。"

萧岚笑起来,却抬手抹了抹泪。

按照林瞻远的年纪,今年也该出宫建府了。但谁都知道不可能放他一个人出宫,可随着年龄增长,他也不能一直住在明玥宫里。

林非鹿便去向林帝请了旨,要将林瞻远一起接出宫去,跟自己同住。

这是最好的办法,林帝自然是同意了。

萧岚虽舍不得这一对儿女,可这是祖制,况且她如今也无须再担心什么。她最初希望他们平安快乐长大的愿望已经实现了,她不是个贪心的人,今后只要儿女平安遂顺,就足够了。

林瞻远得知自己今后也要出宫居住,还是跟妹妹一起,顿时开心起来。

虽然有些舍不得娘亲,但小孩子嘛,还是更喜欢总跟他一起玩送他新奇礼物的妹妹,而且妹妹说今后还是可以经常看望娘亲,稍微纠结了一下,就全然接受了,开开心心地收拾起自己的小包裹。

眼见林非鹿及笄之日逼近,林帝命礼部拟了一页封号上来,等林非鹿选定之后，会在及笄那日下旨册封。

林非鹿盘腿坐在养心殿的软榻上一边吃点心一边挑。

古代这些封号都透着一股端庄娴熟的劲儿，她挑了半天，觉得"永安"这个封号的寓意最好，而且还挺好听的，便高兴地指给林帝："父皇，我选好了！"

林帝一看，沉吟道："永安？寓意倒是极好，你既喜欢，那就这个吧。"

林非鹿笑吟吟地点头，头还没点完，林帝又从旁边拿出一沓画像递过来："再挑挑这个。"

林非鹿：？

画像上都是适龄的男子，这一幕非常眼熟，不就是当年自己帮林念知挑驸马那一幕吗？

林非鹿难得有点儿惊慌，吞了口口水，观察了下林帝的神色，见他笑吟吟地看着自己，只能先埋头把画像都看了一遍。最后一张居然是奚行疆，林非鹿手都抖了一下。

看完之后，林帝便问："可有喜欢的？"

她噘着嘴摇摇头。

林帝倒是不意外，只说："你自小跟老四关系好，在婚事上倒是也跟他一样，不让人省心。"

林非鹿抿了下唇，慢腾腾地蹭过去，抱着他的胳膊撒娇："父皇，我就是不想这么早嫁人嘛，我的府第才刚建成，还没体验过独居的快乐生活呢，如果现在就嫁人，会遗憾一生的。"

林帝不为所动："可以先定下来，明后年再成婚。"

林非鹿嘴巴一抿，眼圈就红了，委屈地抽抽搭搭："父皇不喜欢小鹿了，嫁出去的女儿泼出去的水，父皇就是不想要小鹿了，呜呜呜——"

林帝无奈又好笑："你就知道朕吃你这套。"

林非鹿："嘤嘤嘤……呜呜呜……"

林帝叹了声气，神情有些松动，却依旧道："朕希望你能嫁心仪的男子，自不会逼你。但你终归是要嫁人的，再给你些时日，好好挑一挑。"

林非鹿没想到以前没体会过的父母催婚来到这里了还能感受一把，心情真是万分复杂。

她决定了，到时候如果实在躲不过，就偷偷跑去秦山找林廷！

大皇兄都可以归隐山林，她也可以！实在不行，她搞个死遁，以后逍遥江湖也不错嘛，办法总比困难多。

从养心殿离开时，林非鹿的心情已经十分平静了。

刚一下殿前的台阶，迎面走来一位身穿盔甲的将士，春日的太阳落在他的玄黑盔甲上，折射出森寒的光。林非鹿愣了好半天，直到人走到她面前来，才反应过来是谁。

"奚行疆？你什么时候回京的？"

一年多未见，他好像沉稳了许多，神色也多了几分刚硬，再加盔甲在身，她居然第一时间没认出来。

直到他一笑开口，就还是那个奚行疆。

"刚到，来向陛下回禀军情。小豆丁，想没想你世子哥哥啊？"

林非鹿做了个嫌弃的表情："衣服都没换，脏死了。你去吧，我走了。"

奚行疆一把拉住她："就在这儿等我！这么久没见，也不跟我多说几句话，小没良心的丫头，亏我天天担心你。"

林非鹿拍开他的手："我忙着呢，你赶紧进去吧。"

奚行疆无奈地松开手，见她一蹦一跳地跑远了，摇头勾了下唇角，才又正了正色，走进养心殿。

这些年他除去在边疆历练，还接手了很多军中要务，几件差事都办得十分出色，不愧是奚家子弟，已显示出几分属于少年将军的风采。

林帝一见到他自然很高兴，听他回禀完军情，又聊了几句军务，余光看见还未收起的那沓画像，突然问道："行疆，你也还未娶妻吧？"

奚行疆一顿："是。"

林帝笑呵呵地："你年纪也不小了，上次朕还跟奚贵妃提起这件事儿呢，你可有心仪的女子？"

奚行疆愣了好一会儿，才缓声说："没有。"

林帝笑道："甚好。"

奚行疆：……

哪里好了？

他没多问，想着还要去找小豆丁，见林帝无话再问，便告退离开。

没想到几日之后，便有消息传出，说林帝打算给奚世子和五公主赐婚。

林非鹿听闻之后都惊呆了，第一反应是奚行疆是不是跟林帝求娶她了？但转瞬又否定，奚行疆这个人虽然不着调，但在这种事上还是很有分寸的，

470

她明确拒绝过，他肯定不会强求。

奚行疆听说这个消息后也很惊讶，当即来找林非鹿，连连否认："可不是我干的啊！我就算想娶你，也是要凭本事让你心甘情愿嫁我，绝不可能背后用这种手段！"

当事人对这件事都很蒙，反倒旁人十分热衷，众说纷纭各抒己见。

最后居然传出了奚世子和五公主青梅竹马早日互订终身的谣言，还说等到了五公主生辰那日，陛下就要正式赐婚了。

林非鹿觉得，这古代人传起八卦来，可丝毫不比某瓣八组差啊。

连砚心这个江湖人士都来问她："听说你要订婚了？"

林非鹿："黄河在哪里，我要跳一跳。"

春去夏来，到了暮春时节，终于迎来了林非鹿十五岁的生辰。

宫里自然是大摆宴席，庆祝五公主的及笄之年。在宴席上，林帝颁旨昭告天下，册封林非鹿为"永安公主"，京中赐"永安公主府"。

那些听了这么久八卦就等林帝赐婚的人没等到赐婚的圣旨，居然还有点儿小失望。

林帝虽然是这么想的，觉得自己最乖巧的公主当嫁天下最英勇的少年将军，但还是顾及林非鹿的想法，说好了给她些时日好好想想，在她没有应允之前，自然不会直接赐婚。

林非鹿胆战心惊地过完自己的成年宴，翌日就高高兴兴地带着林瞻远搬出宫去了。

永安公主府内一切都已安置完毕，除了松雨和一直以来照顾林瞻远的丫鬟、嬷嬷，府内又多了一批新的管事下人。林非鹿正式成为一府之主，自然还是恩威并重，将府中管理得井井有条。

过完林非鹿的生日，砚心和林廷也该离开了。

临行前一夜，她在府中摆了一桌酒宴，没邀请旁人，只给他二人送行。

林非鹿知道，林廷这一去，几年之内估计都不会再回来了。她虽然开心他收获了自己的爱情和自由，却也舍不得这位兄长。

酒过三巡，她便借口要跟砚心看最后一次夜景和她单独出门了。

直至今夜，林非鹿才将林廷服过毒的事情告诉了砚心。

那是她的哥哥，她不仅希望他平安健康，也希望他永远开心幸福。

她跟砚心说了很多，说起京中的夺嫡，说起那场争斗中死去的无辜之人，说起林廷心中难以放下的愧疚，最后只是笑着说："大嫂，我把哥哥交给你啦。"

她眼中有泪，却又分明笑着，砚心看着她的眼睛，认真地点头说"好"。

月上树梢，暮春的星星尤为亮。

林非鹿随手揉了下眼睛，开心地挽着她往回走："那我们回去吧，明天我要在新家睡个懒觉，就不去给你们送行啦。"

砚心点点头。

两人顺着长街往回走，随口聊着天，经过一座酒坊时，里头传出一阵打斗声。砚心耳郭动了动，偏头跟她说："里头有位高手。"

林非鹿本来对打架斗殴这种事没什么感觉，但听她这么说，顿时对那位高手产生了些兴趣，拉着她往里走了走："走走走，看看去。"

两人刚走到回廊处，便有几张椅子砸下来，砚心拉着她避开，林非鹿抬头一看，却见交手的是一名戴着面具的黑衣人和一名蓝衣男子。

她本来是来看戏的，越看越不对劲儿，失声道："是奚行疆！"

蓝衣男子正是奚行疆，他今夜独自在这里吃酒，突然便冒出一个面具人来，招招都是杀招，分明是想取他性命。

两人缠斗片刻，对方功夫明显胜于他，奚行疆渐渐有些不敌，加上喝了酒又有些醉醺醺的，对方一剑刺中他的肩头，带起一串血珠，下一剑又直奔他心口而去。

林非鹿着急道："砚心帮忙！"

砚心眉眼一凝，拔刀就飞了上去。

砚心的加入暂缓了局面，趁着砚心和面具人交手的瞬间，奚行疆及时后退，捂着肩头的伤口喘了口气。

林非鹿本来以为有砚心在，那面具人应该抵抗不了多久就会被制服，没想到片刻之后，砚心居然渐露不敌之相，被对方手中的长剑逼得连连后退。

她可是英雄榜上排名第十的高手，对方竟然比砚心还厉害？

林非鹿心中震惊无比，定定地看着那抹黑色身影，眼底的凝重渐渐化作一丝难以置信的惊诧。旁边奚行疆缓过来，提着剑还想加入战局，那面具人却朝下看了一眼，趁着砚心转身的空当身影一跃，从天窗跃了出去。

奚行疆往前追了两步，林非鹿喊他："别追了！"

酒坊一片狼藉，奚行疆脸色有些难看，咬牙道："要不是你们，今晚我可能就没命了，也不知道此人是何来头，剑法竟然如此厉害。"

林非鹿心脏跳得极快，强作镇定："先回府吧。"

为以免面具人再出现，两人便先将奚行疆送回将军府，奚行疆又派了一队侍卫护送她们回去。

砚心看着一路沉默的林非鹿，安慰道："我虽不敌他，但也不会让他伤你，放心便是。"

林非鹿勉强笑了一下，回到公主府后，砚心本想留下来保护她，林非鹿道："就算那人再出现，也是去找奚行疆，不会来找我。你明日还要赶路，回去吧。"

话是这么说，砚心还是一直在府中等到深夜才终于离开。

林非鹿屏退下人，熄了灯坐在床上。

她闭上眼，在黑夜里回忆刚才那抹身影。

是自己看错了吗？

可……分明就是他。

那张面具，是乞巧那一夜，他们一起戴过的那一张。

可怎么可能？他怎么会来大林京都？如今宋林关系那么紧张，他胆子未免太大了吧，居然还敢在京中行刺奚行疆？

今夜若不是她恰好经过，奚行疆现在说不定已经没命了。

他为什么要杀他？

林非鹿抱着膝盖，感觉脑子嗡嗡地响，正胡思乱想，窗子突然极轻地响了两声，是被小石头砸响的声音。

她浑身一颤，鞋都来不及穿，跳下床跑向窗边，猛地拉开了窗。

夜风带着暮春的花香拂过鼻尖，一抹身影从墙垣跃下，轻飘飘落在她窗前。

他穿一身黑衣，脸上戴着那张熟悉的面具。两年未见，他好像又比之前高了一些，身段越发显得颀长。

林非鹿呼吸有些急促，半仰着头看他。

谁也没说话，半响，她踮起脚，缓缓伸出手，去揭他脸上的面具。他没有动，甚至微微俯身配合她的动作，任由她揭开了面具，面具下的脸是她记忆中熟悉的模样。

他勾着唇角，垂眸温柔地看她，低笑着说："公主，我们又见面了。"

473

08

暮春的花香好像在鼻端浓郁起来。

她怔怔地看着那张风华无双的脸孔，心里像打翻了调料瓶，一时之间说不上是什么滋味。

他的五官比之前更硬朗了一些，眼里像藏着一片夜空，又黑又深邃，除了些许笑意，再看不出半分其他情绪。那些围绕着他的可怕传言，让她不由得将眼前的人和记忆中那个温柔少年分离开来。

林非鹿握着那张冰凉的面具，下意识地咽了下口水。

宋惊澜仍是微微俯身的姿势，神情未变，只状似疑惑地问她："公主在怕什么？"

林非鹿一抖，连连否认："我……我才没有在怕什么呢！"她抿了下唇，结结巴巴地说，"殿下，你怎么会……你怎么来了？"

宋惊澜笑了下，伸手从怀中拿出一个盒子递给她："迟了两日，应该还不算晚。公主，生辰快乐。"

林非鹿瞳孔放大，盯着那盒子看了半天，才慢腾腾地接过来打开，盒子里是一只小小的玉雕。

很久很久以前，她也收到过他送的一只小小的栩栩如生的木雕。

那时候她说，木朽玉不朽，殿下以后有钱了，给我雕个玉质的吧。

如今，玉雕终于送到她手上。

她把那小玉人拿在手上打量半天，最后抬眼看向他，迟疑地问："殿下冒着风险千里迢迢来到这里，就是为了给我送生辰礼物吗？"

宋惊澜点了点头。

她抿着唇，声音有些闷："那为什么要杀奚行疆？"

他语气又轻又随意，好像只是做了一件无关紧要的事情："他想娶你，当然要杀。"

林非鹿难以置信地看着他，半天说不出话来。

宋惊澜垂眸看了她一会儿，伸手很轻柔地摸了摸她脑袋，低笑着问："生气了？"

林非鹿哽了一下，还是没说话。

那手掌从她头顶缓缓后移，抚过她后脑勺儿，最后按在她后颈处，将她身子往前带了带。他力气并不小，隔着窗台，林非鹿一头扎进他怀里。

他手指轻轻捏了下她后颈，像是在笑，又像没什么情绪："公主舍不得他死？"

林非鹿闻着他身上浅淡的冷香，"嗯嗯"两声，伸手把他往外推。

宋惊澜依言松开了力道，令她有缝隙喘息了，但手还是放在她颈后，像是怀抱的姿势，垂眸看她。

林非鹿心跳得好快，被这样陌生又有点儿变态的小漂亮吓到了。可很矛盾的是，她并不怕他，心里也十分清楚，他绝不会伤害她。

她两只小手撑着他的胸口，身子往后仰了仰，半仰着头看他时，对上他幽冷的目光。

林非鹿叹了声气："殿下，你不要这样。"

他笑了笑："哪样？"

她说："不要乱杀人。"

宋惊澜看了她一会儿，唇角笑意渐深，微一低头，额头几乎就贴上她额头，却未真的贴上来，用商量的语气温声问："公主不想我杀他，应该知道自己要怎么做吧？"

他们第一次挨得这么近，她一抬头，唇就能碰到他下巴。

林非鹿僵着身子不敢动，感觉整个人都被他的气息包围，全身每一处感官都被放大，他手指还捏着她后颈，指腹轻轻摩擦，像过电一样，她头皮都一阵酥麻。

林非鹿抖了好半天才结结巴巴地说："是……是谣言啦！我不会嫁给他的！"

他在她头顶笑了一声，缓缓松开手。

林非鹿脸红气喘，从来没觉得自己心脏跳得这么快过。

她明白他话里有话。

她想说，那我不嫁给他，总要嫁其他人的，难道你都要杀吗？难道我只能嫁给你吗？

可她不敢问。

她知道自己一旦问出口，他就会给她肯定的答复。可她不确定自己能不能做到，前方太多未知，她不想把自己的未来在一夜彻底定死，还好宋惊澜没有逼她。

他收回手,后退一些,束在身后的墨发被夜风撩起,又变回温润如玉的翩翩公子。

林非鹿不由自主地叹了声气。

他笑问:"怎么了?"

林非鹿看了他一眼,有些郁闷:"没怎么,就是觉得我的影后奖应该转交给你。"

宋惊澜挑了下眉。

她沉默了一会儿,忍不住问:"那些传言都是真的吗?你……杀了你父皇?"

宋惊澜微笑着:"嗯。"

林非鹿:"……还杀了很多朝臣,囚禁了皇子?"

宋惊澜低头掸了下袖口:"嗯。"

林非鹿不说话了。

他抬眸看过来,低笑道:"我以前跟你说过,夺嫡之路万分凶险。我不杀他们,他们就会杀我,公主希望我死吗?"

她摇摇头。

宋惊澜笑起来,伸手捏了捏她娇软的耳垂。

林非鹿身子一抖,侧头想避开,他手指已托住她脸颊,大拇指指腹从她眼睑下缓缓滑过,俯身到她耳边,温声说:"公主,别害怕我,不然我会很难过。"

林非鹿绷着身子,从鼻尖轻轻应出一声"嗯"。

他心满意足地放开手,回头看了眼身后天色,笑盈盈道:"夜深了,去睡觉吧。"

林非鹿有些紧张:"那你呢?"

他说:"我该走了。"

这样短暂的一次见面,不知道是他布置了多久才抽出来的时间。

林非鹿眼里突然就涌上来一抹酸涩,那种舍不得的情绪让她有些慌乱,她不喜欢这种自己无法掌控的情绪,于是赶紧后退两步,跟他挥手:"一路顺风!"

宋惊澜眸色几经变换,最后只是笑着点了下头:"好,公主也要保重。"

他转身离开,走了两步,又回过身来。

林非鹿本来还眼巴巴地看着他的背影,见他回头,立刻"啪"的一声关上了窗。

窗外，宋惊澜无声地笑了下。

不知道过去多久，那扇紧闭的窗户才在夜色中再次缓缓打开。除了夜风与花香，已经不留什么了。林非鹿按下心中怅然，这才彻底关上窗，爬回床上去睡觉。

直到她躺回床上，呼吸渐渐平稳下来，隐在墙垣树枝后的那抹身影才终于离开。

翌日，将军府和十六卫就开始搜查昨晚酒坊行凶的刺客，自然是一无所获。

好在奚行疆只是皮肉伤，养一段时间便痊愈了。刺客毫无线索，他也要继续执行军务，随着时间过去，此事也就只能搁置翻篇。

林非鹿沉闷了一段时间，又迅速调整好自己的心态，开始开开心心地享受自己在宫外的独居生活。入夏之后，京中最备受关注的一件事就是四皇子景王殿下和左都御史嫡女牧停云的婚事了。

林景渊努力了那么久，各种办法都想尽了，最后还是没能退掉这门亲事。

成婚的前一天，他在林非鹿府里一边喝酒一边声泪俱下："等成亲之后，我就要纳一百个妾，气死她！"

林非鹿：……

她用扇子拍了一下，醉醺醺的林景渊就倒下去了。

翌日，宿醉一夜头痛欲裂的林景渊穿上新郎官的喜服，木着一张脸成亲。拜堂的时候林非鹿在旁边看着，凤冠霞帔的新娘子身段娇小，站在林景渊身边时只到他胸口的位置。

林非鹿这段时间自己的事情也多，没找到机会去偷看自己的四嫂到底是何模样。不过看这身段也不像林景渊之前说的母老虎，皇室中人很多身不由己，她虽然遗憾林景渊的包办婚姻，但也只能祈求日后两人能和睦相处了。

皇子的婚礼虽比不上太子，但排场也足够大，景王府一直闹到晚上才终于安静下来。

永安公主府距离景王府最近，林非鹿也就一直留在这里，等宾客散尽，喝得醉醺醺的林景渊抱着院中的石柱子不肯下来，说要晾新娘子一夜。

林非鹿真是又气又好笑，把人从石柱子上扒下来后，知道他吃软不吃硬，只能哄道："景渊哥哥，你听不听小鹿的话？"

林景渊"哼"了一声别过头去。

林非鹿问:"若是我嫁了夫君,夫君却在新婚之夜弃我不见,景渊哥哥会生气吗?"

林景渊当即怒吼:"我杀了他!"

林非鹿拉着他的袖口苦口婆心:"你既如此,那嫂嫂的家人听闻此事,也该是生气又难过的。你就算再不喜,可如今婚都成了,又何故让嫂嫂难堪?你的婚事做不得主,她难道就做得了主吗?她跟你一样,不过都是天涯沦落人罢了。"

林景渊被她唬得一愣一愣的。

林非鹿一边牵着他往新房走,一边道:"你就算不喜欢她,也不该在新婚之夜冷落她,叫京中人看了笑话。她如今已是景王妃,别人笑话她,不就是笑话你吗?"

就这么说着话的空当,人已经走到庭院门前了。

林非鹿松开手,冲他比了个打气的小拳头:"景渊哥哥加油,去吧!"

然后林景渊就稀里糊涂地走进去了。

他闹了这么久,房中的婆子丫鬟早就退下了,只剩新娘子拘谨地坐在床边。房中燃着一对高高的喜烛,喜盘里摆着一杆喜秤,旁边还有斟满的合卺酒。

林景渊喝多了酒有点儿晕,在门口看了一会儿床上那道身影,才木着脸跟跟跄跄地走了过去。

新娘子听到脚步声,不自觉地垂下头,踮着脚往后缩了缩。

林景渊走到她身边,没拿喜秤,直接一伸手把盖头撩开了,红盖头下是一张格外娇俏的脸。

她似乎也没想到盖头会这么快被揭开,直愣愣地看着眼前的夫君,大眼睛映着两点烛光,泛出盈盈水意。

林景渊也直愣愣地看着她。

牧停云被他看得满面羞红,缓缓抬起双手捂住脸,害羞的声音软软地从指缝中传出来:"别……别看了……"

林景渊:!

啊!是"软妹"!

09

　　林非鹿担心林景渊跳墙逃走，还蹲在墙垣上喂了会儿蚊子。
　　夏夜未经污染的蚊子咬人可真狠啊，一口就是一个包，打都打不过来。但是为了这个不让人省心的四哥，她也只能忍了，结果等来等去，林非鹿发现人不仅没逃，房内的烛火还灭了。
　　口是心非的狗东西！
　　为了避免听到什么不该听的声音，林非鹿赶紧溜了。

　　翌日，林景渊就带着牧停云进宫给林帝和娴妃请安。
　　为了这桩婚事，林景渊闹了很久的别扭，昨天见到娴妃都还木着一张脸。娴妃本以为今天只会看见儿媳妇进宫来请安，哪料想儿子居然把人领过来了。
　　虽然看上去还是有些别扭，但没闹也没吵，跟牧停云一起给她敬了茶。娴妃又交代了牧停云几句身为王妃今后的职责，牧停云乖巧地应"是"，又喝了会儿茶，两人方才离开。
　　临走时，娴妃朝林景渊投去一个似笑非笑饱含深意的眼神，分明是在说：娘还不知道你喜欢什么样的吗？现在满意了吧？
　　林景渊回想自己之前那些行为，顿时有些恼羞成怒，一出宫就埋着头大步往前走。
　　牧停云身段娇小，又穿着宫装，自然比不得他步子迈得大，起先加快脚步还能并排，后面就只能一路小跑才能跟上他的脚步。
　　林景渊独自走了一会儿，突然发现媳妇儿不见了，回头一看，她缀在后面慢腾腾地挪着，跟他隔着老大一段距离。
　　林景渊绷着脸道："走快点儿！"
　　牧停云听到声音猛一抬头，看到他站在前边脸色沉沉的样子，复又低下头去，提着裙摆小跑过来。
　　她跑至身前，林景渊才发现她眼圈儿红了。
　　她眼睛本来就大，这一红，就尤显得可怜。
　　林景渊顿时手脚都不自在了："你哭什么！"
　　牧停云被他凶得一抖，强忍着泪意小声反驳："我、我没哭……"

话是这么说，眼眶却越来越红，林景渊心神都乱了，赶紧回忆了一下以前小鹿这个模样时自己是怎么哄的，却发现自己能自然而然地哄小鹿，面对自己的王妃时反倒有些束手束脚。

眼见她眼眶里打转的泪水儿就要掉下来了，林景渊绷着脸把手伸到她面前："我拉着你，不走那么快了，好吧？"

牧停云眼巴巴地看着他，林景渊不耐烦地勾了下手指："手给我！"

牧停云缓缓地把又软又小的手放到他手上，林景渊一把握住，手掌把她整只手都包裹起来了。

这一次他果然放慢了步子，就这么一路牵着她走出宫去。

成亲三日后，新娘子会回门，左都御史一家都知道景王殿下不满意这门婚事，成亲那天全程黑脸，大家也都有目共睹，说心里不难受是假的。

都是从小宠大的掌上明珠，嫁人之后却要备受冷落，当父母的哪能不心疼？可这是赐婚，他们根本没胆子抗旨。牧夫人这几日一想起这件事就落泪，左都御史也只能劝说好歹嫁的是王爷，光耀了门楣。

等到回门这一日，一家人便早早地在门口等着了。

其实大家心底都七上八下的，担心以景王殿下那性子，若是不喜欢，怕是回门也不会陪着一起的。

一想到女儿就要一个人回门，牧夫人站在门口又是一顿哭，哭着哭着，便见马车渐渐驶近，锦衣华服的景王殿下先行下车，又伸手将牧停云扶了下来。

牧家几位小妾不是安分的主，本来还等着看笑话，孰料景王殿下不仅来了，看上去似乎还对王妃关照有加。

本来一开始大家都觉得这是景王殿下顾及朝官面子，做的表面功夫。

直到用过午膳后，牧停云起身时膝盖不小心撞到了桌角，走路就有点儿一瘸一拐的。走出厅堂，牧夫人正唤丫鬟过来搀扶，却见景王殿下一俯身，直接把牧停云打横抱起来了。

身子悬空的那一瞬间，牧停云小小地惊呼了一下，下意识地搂住他脖子，感受到周围惊诧的目光，特别不好意思地把脑袋埋进了他肩窝。

林景渊在人前还是挺有威仪的，淡声说："本王抱王妃回去休息就行，不必跟着。"

他一走，牧夫人顿时就以帕掩面哭了起来，左都御史也是十分感慨："好了,以前你担心云儿,现在看景王殿下的态度,可算放心了吧?快别哭了。"

牧夫人又哭又笑道:"我这是高兴。"

周围惊过之后,也都纷纷恭贺。

林景渊并不知道自己这一举动给牧家人带来的冲击有多大,十分帅气地抱着媳妇儿走了一圈,然后发现自己迷路了。

都御史府嘛,他毕竟也是第一次来,不得不干咳一声,低头问怀里的少女:"你的闺院怎么走?"

牧停云耳朵红红的,伸出手指朝旁边指了一下。

林景渊这才走过去,牧停云仰着头看他总是绷着的俊朗五官,小声说:"王爷,我可以自己走。"

林景渊低头瞪她:"本王乐意抱着!"

他总是这样做出一副凶凶的样子,一开始牧停云还有些怕,现在却一点儿都不怕了。她抿唇笑了下,脑袋乖巧地往他颈窝蹭了蹭。她全身都软软的,连头发丝都这么软,蹭在他脖颈处,挠得他心痒痒。

景王殿下和王妃在回门之日当众秀恩爱的事很快就传开了,毕竟他当初抗婚也被大家笑话过一段时间,没想到婚后态度来了个大转弯,不仅打了自己的脸,也打了那些等着看他娶一百房小妾的吃瓜群众的脸。

听闻此事的林非鹿:真香定律可能会迟到,但永远不会缺席。

她就说,父皇那么喜欢四哥,怎么会不顾他的意愿强硬赐婚,合着是对自己这个儿子的口味了解得透透的。

不愧是父子!

林景渊这亲一成,林非鹿每天别的事没有,就致力于把哥哥们的老婆都发展成自己的闺中密友,日子过得有滋有味,唯一的不好就是林帝时不时地就把她叫进宫去挑驸马。

时间一晃入了冬,某个天还没亮的清晨,林非鹿还睡着,突然听到宫中传来的九声丧钟。

七声天子崩,九声太后薨。

林非鹿猛地从床上翻坐起来。

与此同时松雨也匆匆进屋来,林非鹿紧张地问:"松雨,你听到了吗?"

松雨缓缓地点了下头:"公主,是太后娘娘……"

林非鹿的心脏好像一下子被揪紧，有那么几秒没喘上来气。

松雨将衣服拿过来，哽咽着说："公主，穿衣吧，该进宫了。"

大林天元四十九年，太后驾崩，举国哀悼。

太后是在五台山过世的，没有病痛也无意外，前一夜还笑吟吟地听高僧们讲经，第二日早上柳枝进屋去时，人就已经不在了。

按照现在的话来说，是喜丧。

消息第一时间传回京中，宫中敲响九声丧钟后，就开始准备太后的丧葬之礼，太子林倾、景王林景渊奔赴五台山，扶灵回京。

林非鹿当天早上就进宫了，之后就是一系列繁复的丧礼仪式，忙得她连难过都顾不上。没几日林廷也赶了回来，等太后灵柩回京，便开始守灵吊唁。

林非鹿从来没经历过亲人去世。

她当初遭遇车祸意外的时候，爷爷奶奶都还健在。

她跟太后相处的时间并不算长，还不如林瞻远多，而且一开始还是抱着目的和心机接近，才获得了太后的另眼相待。

可后来相处中的那些温情不是假的，那一声声"皇祖母"也不是全无真情。她还想着等过完这个冬天，就带林瞻远上五台山去陪老人家一段时间，可谁料想，去年那个冬天的相伴，已是祖孙最后的时光了。

周围哭声起此彼伏，又有几分真情呢？

林非鹿往火盆里扔了一把黍稷梗，在心里默默地说：皇祖母，一路走好。

10

太后驾崩，按照大林祖制，凡皇室子孙守孝两年，孝期禁喜，京中禁娱，举民同哀。

太后葬礼结束后没多久就是新年，宫中取消了终年宴，也取消了团圆宴，这是林非鹿来到这里后过得最冷清的一个新年。

二皇子林济文的婚事本来定在开春，如今也只能延期，林非鹿和林蔚这种还没定亲的自然也就搁置了，林帝总算没有再逼着她选驸马，这让林非鹿轻松不少。

林瞻远经过林非鹿的安慰，已经相信人死后就会变作天上的星星，倒没再哭闹，每晚都坐在门槛上托着腮看星星，想找到哪一颗才是皇祖母。

太后下葬皇陵后，林廷便请愿前往皇陵守灵一年，林帝愧疚没在太后晚年尽到儿孙职责，允了他的请求。

雪化之后，沉寂多月的京城终于迎来了春天。虽还在丧期，但因是喜丧，倒也不至于全民沉痛，除了喜事、娱乐，大家还是该干什么干什么，过着自己的日子。

比起太后的驾崩，更让林帝和朝臣关注的其实是宋国近两年来的动作。

自前年为争夺自由城那一次交战后，宋、林两国再未有过交锋，彼此都驻守边境操练士兵，警惕着对方的一切。

将将入春时，边疆便传来急报，说宋国边防似有调动，又增加了驻守的军马。朝中顿时严阵以待，林帝调派武将，就等宋国宣战，结果等来等去，等来了宋国出兵攻打龟缩在南境的卫国的消息。

如今天下局势大林、宋国、雍国三足鼎立，其周边却不乏卫国这种当年钻了混战的空子自立为王的小国家。

大林周边这种小国家早都被吞并了，如今只剩下几个附属国，年年进贡。

但宋国孱弱多年，国君荒疏政事，根本就没精力也没心思去处理周边这些小国，多年来任由他们发展，互不干涉。

大林倒是觊觎那些小国家，想一并吞了，但因隔着一条淮河，要出兵那些小国，就得经过宋国境内，如此不占地理优势，只能作罢。

如今宋惊澜继位，这些小国家就成了他的眼中钉、肉中刺，整顿完内务之后，自然就该攘外了。

林帝得到消息，立刻宣了武将议事，想趁机出兵大宋，结果却发现，前不久宋国那一次调动，足足给边境增加多出大林一倍的兵力，若想在此时出兵，林帝就必须再从其他地方调遣军马。

但各处军马都有各自镇守的任务，就拿山雍关来说，那头的雍国虎视眈眈，又是好战的游牧民族，巴不得山雍关的林军少一点儿，好让他们一举攻破。

林帝都有点儿无奈："这宋国小儿调派如此多军马镇守边境，哪来的那么多人去攻打卫国？"

武将回禀道："此次出兵卫国，宋帝亲征，只带了三万人马。"

林帝冷笑道："此人虽有几分谋断，却自视甚高，竟妄图凭借三万兵力拿下卫国，那卫家老头当年也是骁勇之辈，宋国小儿真是不自量力。"

结果这个春天还没过完，军探就传来了宋国大胜卫国投降的消息。

被打脸的林帝：？

然而这并不是结束，在吞并卫国之后，接下来的一年时间，宋惊澜亲率铁骑，东征西讨，千里奔袭，将周边小国一一攻破，逐渐收复淮南。

根据军探来报，跟随他打仗的将士中，竟还有一群曾在江湖上为非作歹的恶人。这群人当年占山为王，烧杀抢掠无恶不作，还成立了什么赤霄十三寨，连江湖正派都拿他们没办法。

而不知从何时起，这群土匪强盗渐渐销声匿迹，曾经威风凛凛的赤霄十三寨逐渐没了动静，再也没在江湖上出现过。有人斗胆上山查探，却发现山寨已人去楼空。

起初大家都以为是十三寨内讧，才导致山寨土崩瓦解，也有说是天下第一剑客纪凉端了这座土匪寨。不管如何，这样无恶不作的山寨能消失，大家都松了口气。

怎么也没想到，这群人居然被宋帝收编进军队，成了他攻城略地的得力人马。

没有哪位臣子不希望效忠于强大的君王。

尽管宋惊澜弑父夺位，手段凶残，皇位来得名不正言不顺，可自继位后，一改之前骄奢淫逸之风，贪官斩，弱官削，强练兵马，攘外安内，宋国国力日益强大，终于又显出几分当年中原霸主的气质。

曾经声讨他的人没了声音，曾经反对他的人也甘心臣服。那些奴颜媚骨的蛆虫已被他斩杀干净，如今还剩下的，都是胸怀抱负的能人异士。

短短几年时间，宋国以惊人的速度强大起来，露出了狼的尖牙。

而大林只能隔着淮河这道天堑眼睁睁地看着这一切发生，除了强军练兵，什么也干不了。

林帝倒是想干点儿什么，但雍国这根搅屎棍时不时地就来骚扰一下，他根本无法全心对付宋惊澜。

跟雍国联手对付宋国就更不可能了，雍国当年斩杀大林两代君王，尸体悬于城门半月之久，以此示威。大林当年也在战胜后屠过雍国一整个部族，老弱妇孺全都没放过，两国之间累代世仇，难以化解。

何况以雍国凶残贪婪的国风，一旦灭宋，他转头就能咬你一口。

三国鼎立，互相牵制，就是最好的局面。

好在宋国目前所有动作都止于淮河以南，只要宋惊澜的手不伸过淮河，他干什么都跟大林无关。

但眼睁睁地看着这个对手强大,林帝还是坐立难安,他前两年就已显老相,身体每况愈下,全是靠着丹药维持着状态,到如今丹药也无力支撑他的身体状况了。

林帝若服老也还好,但偏偏愤愤不平,怀念年轻力壮的状态,听多了万岁,坐久了龙位,就真的以为自己是真龙天子可以长生不老,无法接受自己老态龙钟的样子。

林非鹿进宫去请安的时候,就又听闻林帝加重丹药用量的消息。

她心中既无奈又担忧,想了想只能去找林倾。

今年入夏后司妙然怀了身孕,基本都在东宫养胎,林非鹿入宫陪她的次数也多了起来。一听闻永安公主进宫,司妙然就会开心很多,每次都派人等在殿外,等她一请完安便请她来东宫。

这次不等宫人来请,林非鹿自己就过去了。

司妙然坐在软榻上照着她上次来时画的图案给还未出生的宝宝绣帽子和肚兜。

林非鹿觉得这些古代女子都有当画手大师的潜力,这个海绵宝宝真是绣得栩栩如生呀。

两人聊了会儿天,林非鹿又给她画了一套小恐龙连衣服,还拖着一根尾巴,这个难度就有点儿大了,司妙然看了半天,决定还是交给织锦坊的宫人去做。

半个时辰后林倾才回来。

三人又气氛欢快地说了会儿话,林非鹿便将林倾叫到一边,面露担忧道:"太子哥哥,父皇最近又加重了丹药的用量,你能不能劝劝他啊?丹药目前虽有壮体的作用,可长此以往,副作用反而更大。"

林倾很无奈地笑了下:"你当我没劝过吗?上次我刚劝了几句,父皇便动了怒,斥责我是不是见不得他身强力壮,迫不及待看他老去才好。"

林非鹿:……

林倾叹了声气:"我哪儿还敢再劝?"

当皇帝的老了之后都有这毛病,不服老的根本原因还是舍不得皇位,林倾本就是储君,劝得太过,反而会引起林帝的猜忌。

两人无奈地对视片刻,最后林非鹿叹道:"反正你多注意点儿养心殿的动静吧。"

她没有明说,林倾却已明了,沉着地点了点头。

离开东宫前,林倾想起什么,叫住她道:"翻年开春你便十八了,如今皇祖母丧期已过,你的婚事拖了这么久,上次父皇还跟我说起呢,是该定下来了。"

林非鹿正想说什么,林倾又压低声音道:"你也知父皇……别太让他操心吧。"

她回想方才去养心殿请安时,半倚在软榻上面容浮肿老态明显的林帝,心里有些不是滋味,这一次倒是没说什么,只沉默着点了点头。

没过两日,林景渊从宫中出来时,便将一沓画像带到了永安公主府。

林非鹿还在陪林瞻远踢毽子呢,看见那沓画像,顿时提不起劲儿了。

林景渊倒是很兴奋,把画像拍在案桌上:"快挑挑,喜欢哪个?"

林非鹿兴致缺缺地翻了一遍,林景渊看她的神态,皱眉问:"都不喜欢啊?"

她懒懒"嗯"了一声。

林景渊想了想:"那你告诉四哥,你喜欢什么样的,四哥按照你的要求逐条逐条去找,就是翻遍整个大林,也把人给你找出来!"

林非鹿用手撑着脑袋,手指卷着发尾,有一搭没一搭道:"温柔的。"

林景渊神情一凝,赶紧拿笔记下来:"还有呢?"

林非鹿耷耷着眼皮,声音懒洋洋地:"武功高,有谋略,长得好看,穿白衣服尤其好看,跟我说话时会看着我的眼睛,不管我说什么他都同意,每年我的生辰,不管他在哪里,都会把礼物送到我手上……"说到后面,声音越来越小。

林景渊写着写着,觉得这不对劲儿啊。

他仅有的智商终于在此时发挥了作用:"说得这么具体,小鹿,你其实有喜欢的人吧?"

林非鹿:……

我说什么了?

林景渊把笔一放:"是谁?你既有喜欢的人,那还选什么,早点儿定下来才是正事。"

林非鹿沉默了一会儿,又将那沓画像重新拿过来翻看,淡淡道:"我跟他不可能,虚无缥缈罢了,我还是在这里面挑一挑吧。"

第九章 求娶公主

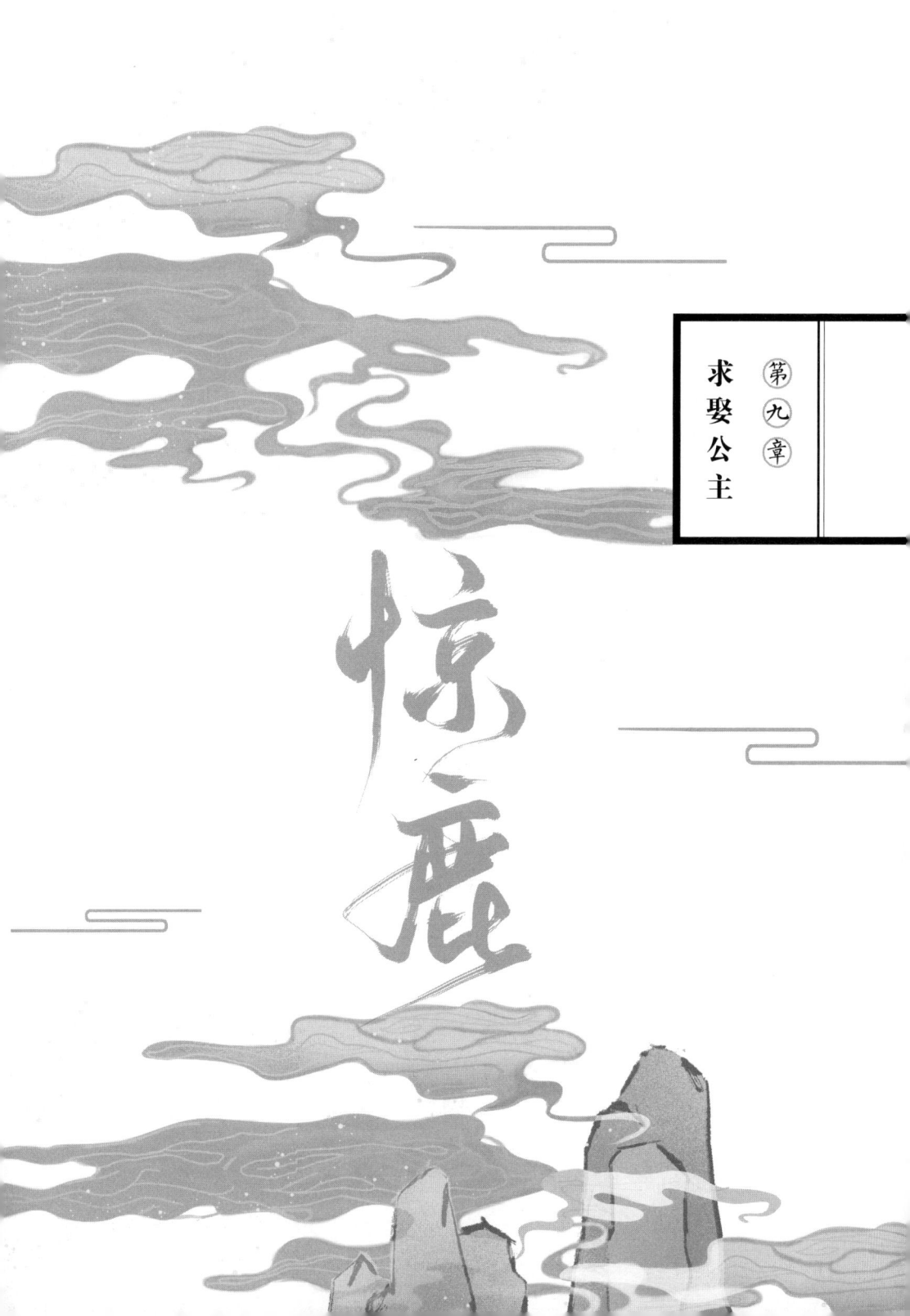

惊鹿

01

说是要在里面挑一挑，结果她挑了一下午，还是一个都没挑出来。

林景渊信誓旦旦地说："你只需告诉我那人是谁，就是天上的神仙，四哥也给你打晕了扛下来！"

林非鹿：……

最后她给砚心去信一封，叫她好好帮自己挑一下如今江湖上年轻有为的少侠，要好看的、武功高的、白衣翩翩的。

寄完信，林非鹿觉得自己在经历宫斗剧本、武侠剧本之后，可能要开始走替身剧本了。

真是令人头秃。

不知是不是上天有所预示，今年冬天的这场雪下得极大，开春之后仍久久不见融化。

低温一直持续到四月，往年这个时候，桃花都谢了，今年京中的桃花却因为这场雪只绽出了花骨朵。

林帝近两年来越发怕冷，养心殿四个角都燃着火炉，还是觉得冷。太医看过后说他这是因为寒毒侵骨，试探着劝了两句让他先把丹药停了，还没说几句，就被林帝扔砚台砸了出来。

林非鹿一到养心殿门外就看见捂着额头的太医，太医见到她，先是行了一礼才叹气道："公主，你还是劝劝陛下吧，依靠丹药维持的状态不过是在透支身体，这样下去，药石无医啊。"

林非鹿虽点头应了，但其实知道林帝是听不进去劝的。

哪怕如今已经发现长期服用丹药不妥了，可他一旦停下来，就会陷入更加虚弱的状态，这就像鸦片，根本戒不掉。

进到殿内时，林帝正沉着脸在翻奏折，见她进来，脸色才缓和了一些。

林非鹿没提丹药的事，把自己在宫外做的糕点拿出来，陪他一边吃一边聊天。

父女俩正其乐融融，殿外突然传来一串急促的脚步声，伴随着铠甲相撞的声音，是一名将士步伐匆匆小跑进来，急声道："陛下，密探急报！"

密探就是大林安插在各国的奸细，为了避免身份暴露，一般甚少传消息出来。

一旦有消息，就说明是大事。

林帝将手中糕点一放，神情凝重地接过了急报。

林非鹿也有点儿紧张，在一旁定定地看着林帝拆开信封，随着目光扫过字迹，他的脸色越来越难看，到最后脸上竟然呈现出一种愤怒的惨白。

林非鹿挨得近，听到林帝的呼吸声急促地喘了两下，正想开口询问，却见林帝突然捂住胸口，眼睛一闭朝后倒了过去。

殿中一时惊慌无比。

林非鹿眼疾手快地抱住林帝晕倒的身子，着急道："快去请太医！"

不等她吩咐，彭满已经一路小跑出去了。

太医匆匆赶来的时候，林帝已经被扶着在软榻上躺好了，只是人还没醒，额头虚汗不止，手脚冰凉。太医看诊的时候，宫人们也迅速通知了林倾和皇后。

林倾一直注意着养心殿这边的动静，一听到消息立刻赶过来，询问从内间退出来的太医："父皇如何了？"

太医道："回殿下，陛下这是急火攻心所致，吃两服药便能醒来，只是……"

林倾怒道："不要吞吞吐吐！直接说！"

太医立刻道："只是陛下常年服用丹药，寒毒入体，这次急火攻心导致血气逆流，引发寒毒入侵四肢百骸乃至五脏六腑，就算醒来，恐怕也会一病不起了……"

林倾身子晃了一下，看向旁边捏着一封信沉默不语的林非鹿："父皇为何会急火攻心？"

林非鹿一言不发地将那封战报递过来。

林倾接过一看，脸色顿时凝重起来。

密探传来的急报上，言明雍国国君亲派皇子出使宋国，传信宋帝，提出联宋攻林的建议。

这不是雍国第一次向宋国提出结盟了，早在十多年之前，雍国就干过这事儿，只是当时宋国的反应是忙不迭地将宋惊澜送来大林当质子，以向大林表明态度。

而这一次，接到这封国信的人是宋惊澜。

这个比狼还要凶狠的帝王，又会做出怎样的抉择呢？

偏偏是他，是那个在大林水深火热过了那么多年的质子。

林帝丝毫不怀疑他对大林的憎恨。

雍国还真是贼心不死，非要与大林不死不休，一旦宋国答应，大林就将面临腹背受敌的局面。宋国已不是当年的软骨头，两国结盟，大林面临的将是灭国之灾，难怪林帝会在看到这封急报时气得晕过去。

密探既将消息传出，此时雍国皇子可能已经见到宋帝了。事不宜迟，林倾立刻宣召朝臣进宫，林帝还昏迷着，他只能担起身为储君的责任，商议此事如何解决。

宫内的气氛一时紧张起来，林非鹿把那封急报看了很多遍，思考宋惊澜答应雍国的可能性有多大。

可思来想去，她发现自己不知道。

他早不是当年在大林皇宫那个人畜无害的殿下了，她拿不准自己在他心中的分量，比不比得上江山和权势重要。

林倾跟朝臣紧急议政的时候，她就一直陪在养心殿。

最后朝臣一致商量出来的方案是立刻派遣使臣前往宋国，哪怕知道宋帝可能憎恨大林，也要从三国制衡上说通宋帝不可与雍国结盟的重要性。

与此同时，传信奚大将军和各处军防、朝中武将待命，随时准备奔赴边疆，以防宋国开战。

大林这边紧急部署的同时，那一头，雍国皇子果然已经到了宋国。

雍国常居草原，马背上的族群，极擅骑射，可因为雍山和淮河两道天堑，他们一直无法拿下中原万里沃土，如今来到宋国，所过之处土沃物丰，富饶昌盛，真是羡慕得眼睛都要滴血了。

只是比起宋国，他们更觊觎的是大林。

一来是地理位置，他们跟大林才是毗邻之国，跟宋国隔得还是太远了。

二来是世仇累积，雍国是个非常记仇的族群，当年大林那一屠，血流三日不干，成为他们心中永远的仇恨，大林不灭，这个仇就永远不会散。

雍国皇子这次亲自前往宋国，雍国的态度可以说十分真诚了。以他们对这位宋国新帝的了解，他根本没有拒绝的理由。

在他们看来，多年的质子生涯等同于囚禁。如今宋帝有机会一洗当年屈辱，攻破囚禁他的监牢，又怎么会拒绝呢？

雍国皇子就带着这样的信念兴致勃勃地来到宋国，并在鸿胪寺官员的接待下高高兴兴地住了下来，就等宋帝传召。

没想到这一住就是七日，宋帝好像把他们遗忘了一样，宫中一点儿反应都没有。

雍国皇子坐不住了，又向接待他们的官员传达了要见宋帝的意思。如此又过了三日，宫中才来了旨意，宣雍国皇子觐见。不过这段时间的冷落，已将雍国皇子之前十拿九稳的心态搞崩了。

早听闻历代宋帝荒淫，皇宫十分奢华精丽，美人妃子多如云，就连宫女都美得不要不要的，雍国皇子早就想见识一番。这一路进宫，他自然四处打量，却见这皇宫华丽归华丽，好看也好看，气氛却十分森然，行走的宫人无不低头垂眸，小心翼翼，严谨又凝重，好像连呼吸声都不敢大了。

宫人将他和随行侍卫引至一扇殿门外后便退下了，里头传来一道沉声："宣，雍国皇子觐见。"

雍国皇子跨过殿门，穿过一道长长的走廊，又穿过一扇门，绕过高耸的云屏，才终于走进内殿，看见了传闻中的宋帝。

这一眼，倒是叫他惊讶无比——太年轻了。

不仅年轻，还好看，若不是抬眸时眼中闪过的阴鸷戾色，恐怕任谁看了都以为这只是一名翩翩公子。

他一身黑色华服，衣袍之上金线绣龙纹，领袖处透出暗色的红，就那么随意地坐在榻上，却给人一种喘不上气来的压迫感。

雍国皇子突然有点儿明白这宫里的气氛是怎么回事了。

他按照使者的身份行了礼，说明来意，又递上雍国国君亲手所书的书信。宋惊澜随手一招，候在旁边的天冬便走下来拿过信，又走回去交到他手上。

宋惊澜拆开信，扫了两眼，似笑非笑地看过来："你们与孤结盟的诚意是什么？"

雍国皇子一听，这是有戏啊，立刻道："陛下，我有一皇妹，是我们雍国的草原明珠，愿将此颗明珠送给陛下，永结秦晋之好。"

宋惊澜挑了下眉，将信扔在案几上，朝后靠了靠："可惜了。"

雍国皇子顿时有些紧张："什么可惜了？"

宋惊澜说："可惜孤不喜女色，无福消受明珠之美。"

雍国皇子愣了一会儿，脑子倒是转得很快，又立刻道："陛下将皇妹嫁予我们草原男儿也是可以的。两国结盟，'诚'字当先。若陛下愿意与我们联手攻林，今后划城而治，和平共处，岂不美哉？"

他既然作为使者代表，自然准备了一肚子的说辞。宋帝的态度看上去还是挺友好的，雍国皇子越说越觉得结盟之事十拿九稳了。

滔滔不绝说了半个时辰后，他满含期待地问："陛下觉得如何？"

宋惊澜撑着头微合着眼，轻飘飘道："孤考虑一下。"

雍国皇子顿时有点儿着急："陛下，机不可失时不再来，大林皇帝如今身中丹药寒毒，没多久命活了，你们中原不是有句俗话，趁他病要他命，此时不出击更待何时？"

宋惊澜这才挑眼看过来，笑着问："丹药寒毒？你如何得知？"

雍国皇子面露骄傲："那炼丹的道士就是我们的人，我如何不知。陛下，我们布置已久，已将前方的路铺好了，如今邀请陛下和我们一起享受这硕果，便是我们的诚意。"

宋惊澜眉梢扬了一下，又将那信拿起来看了一遍，最后淡声道："事关国运，容孤与朝臣商议后再给三皇子答复。"

雍国皇子觉得这事儿多半是成了，高兴地一点头："行，我等陛下的好消息！"

等他离开，宋惊澜便朝椅背靠去。见宋惊澜闭上眼，殿中越发沉默，生怕呼吸声太大打扰到陛下。

不知过去多久，宋惊澜突然开口："大林那边怎么样了？"

天冬道："林帝病重，太子监国，大林使臣已经渡过淮河，刚刚入境。"

宋惊澜睁开眼，低头理了理宽大的暗红袖口："宣舅舅和威武将军进宫吧。"

天冬立刻宣召下去，等传完旨意，又吞了下口水道："陛下，你这就要去啦？"

宋惊澜微一斜眼："连雍国皇子都知道趁他病要他命……"

他顿了顿，手指抚着眼尾笑了下："何况孤要的还不是他的命。"

02

林帝是三日之后转醒的，可惜只是醒来，连起身都做不到。

太医说得没错，经年累积的寒毒已经侵入他的五脏六腑，他这些年来的活力都是以透支生命为代价，至如今，已然药石无医。太医开的药他喝进去之后又吐了很多，哪怕殿中燃着熊熊火炉，照顾他的人被热得大汗淋漓，他还是喊着冷。

宫中已开始准备国丧。

林倾根本顾不上父皇的病，也没心情难受。宋国密探再次来信，雍国皇子已经面见过宋帝，虽不知两人说了些什么，但那皇子回去的时候神色愉悦，之后宋帝又宣召了国舅容珩和跟随宋帝东征西讨的威武将军进宫，可见是要有所动作了。

大林的使臣还在赶往宋国都城临城，按照这个形势，恐怕不等他们赶到，宋军和雍军就要联手压境了。

大林一时人心惶惶，在外执行军务的奚行疆也接到旨意赶回京中，然后率领调配的三万兵马赶往边疆，等候命令。

就在雍国等候结盟答复，大林严阵以待的时候，宋惊澜亲率十万兵马御驾亲征，前往宋、林两国淮河交界处，还在使馆安心等宋帝回复的雍国皇子听闻这个消息都惊呆了。

我人还在这儿等着呢，你就去了？那你这到底是结盟还是不结盟啊？

宋惊澜亲征，大宋便暂时由国舅容珩监国，雍国皇子不等鸿胪寺的官员通传，直接领着人去了国舅府要说法。

容珩刚从宫中出来，一下马车便看见气势汹汹的雍国皇子。

容家基因好，一家子都是美人儿。容珩虽人过中年，但难掩风流之态，一双漂亮的狐狸眼看人时略显轻佻，眯眼笑起来时好像藏了无数个坏心思。

被没礼貌的雍国皇子拦住去路，他也不恼，只风度翩翩地笑着问："三皇子，何事让你动这么大的怒？"

雍国皇子都被气死了："你还好意思问？你们的皇帝到底是什么意思？"

容珩十分诚恳："你也看到了，情况呢就是这么个情况，什么意思三皇子可自行领会。"

雍国皇子：？

他来之前就听闻中原人爱打哑谜，说话不直爽，尤其喜欢拐弯抹角，如今一见，果然名不虚传！

这狡猾的宋帝不等和自己签订盟约，便带着兵马前去打仗，摆明了是想独占先机吞并大林，抢夺他们筹谋多年的胜利果实！雍国皇子哪里还敢再等，从国舅府离开便直接带着随行的人离开临城,快马加鞭赶回雍国,争夺战机。

几日之后,宋惊澜带兵亲征,抵达淮河南岸的消息传回大林京中。

所有人都在此刻清晰地认识到,要打仗了。

林倾这段时间日日议政,半分不敢松懈,连觉都不敢睡熟了。

半夜突听殿外一串急促的脚步声,不等宫人来喊,他自己便瞬间惊醒了,猛地翻身坐起,沉声问小跑进来的宫人:"可是宋军出兵了?"

那宫人"扑通"一下跪在床前,吊着嗓子哭道:"太子殿下,陛下驾崩了。"

与此同时,宫中传出七声丧钟,用汤药吊了这么一段时间命的林帝终于在这个深夜去了。

林倾眼前一阵眩晕,偏偏是这个时候。

尽管早有准备,可林帝的驾崩还是给本就人心惶惶的京中带来了沉重的阴郁,已有不少人收拾包袱连夜离京。可他们又能逃到哪里去呢?一旦雍国和宋国联手进攻,大林的每一片土地都将布满烽烟战火。

翌日一早,百官披麻,林倾登基。

先皇的丧事有条不紊地进行着,可任何人都没时间悲痛。毕竟照目前的情况来看,宋、雍两国很快就要打过来了,当务之急,是如何调集全国兵力抵御两国的进攻。

大林几百年的基业能不能在林倾手中守住,就看这一仗了。

淮河以北,镇国将军奚洵率七万兵马扎营淮河岸,与一河之隔的十万宋军遥遥相望。两军对峙多日,谁也没有异动。宋军那头因是宋帝亲征,士气高涨,每日士兵操练的喊声直上云霄。

而林军这边,因先皇驾崩新帝继位,又听雍国整军准备出征的消息,都知道即将面临的是背水一战,气氛相当凝重。每个人都捏紧了自己手中的武器,做好了死战的准备。

这一日,严阵以待的林军们突见对岸宋军扬起了一面蓝旗。

在这里,蓝旗意味着谈判,传令兵立刻将这个消息告诉了正在帐中跟手下将士研究舆图的奚洵。

"谈判?"多年征战沙场的中年男子面仪威严,声音也透出常年练兵的喑哑厚重,"确定消息无误?"

传令兵道："确实是蓝旗无误！"

周围将士顿时面面相觑，奚洵身边的副将沉吟道："都这个时候了，他们搞谈判，是想谈什么？"

奚洵一沉思，当即大步朝外走去："谈一谈就知道了。"来到淮河岸边时，却见河中心已经停着一艘船。

船板上站着一名身穿玄甲、身形高挑的男子，因隔着一段距离，看不清他的模样，只看见他肩上的猩红披风被河风吹得飞扬，笑吟吟的声音穿过淮河岸："奚将军，久仰大名，今日孤有幸一见，名不虚传。"

竟是那宋帝！

隔着江水之声，他的声音却无比清晰地飘过河面传进岸边的林军耳中，副将低声道："听闻这宋帝武功高强，内力深厚，果然如此。"

奚洵沉沉地看着河中心船上的身影，以及船后岸边黑压压的宋军，提足内力沉声道："宋帝有何指教，还请直言。"

宋惊澜扬手朝后指了一下，笑问："奚将军可看到孤身后这十万大军？"

奚洵回道："奚某还未至老眼昏花，尚有一战之力！"

宋惊澜悠悠道："奚将军误会了，孤领这十万人马，不是来跟你打仗的。"他顿了顿，含笑的嗓音不紧不慢地飘进岸边大林每一个将士耳中，"孤是来提亲的。"

奚洵一时之间以为自己真的耳聋听错了。

他转头看了眼周围将士，大家果然都一副迷茫又震惊的神情，唯有跟在他身边的奚行疆猛地瞪大了眼，脸上浮现出一抹难以置信。

淮河两岸呈现出一种诡异的寂静。

奚洵好半天才重新提足内力，沉声问："宋帝所言何意？"

船板上的男子笑了下，远远地朝他一拱手："奚将军，回去告诉你们陛下，孤只要永安公主。"

淮河两岸的芦苇被风卷起漫天的白色芦花，飘飘洒洒落满了水面。

奚洵还未做出反应，他身边的奚行疆低吼一句脏话，拔剑就冲了出去。

奚洵一愣，顿时喝道："行疆！住手！"

奚行疆哪里会听，身形一掠就要往河中心去，奚洵喝道："拦住他！"

河岸几名暗哨猛地飞身上前将奚行疆按住，见他还想挣扎，奚洵大步走过去，两招夺过他手中剑，怒斥道："胡闹！"

奚行疆眦眦欲裂，眼球瞪得血红，吼道："我要杀了他！"

奚洵面色沉怒："把他给我押下去，看好！"

奚行疆牙关紧咬，眼眶红得几乎滴出血来，看着父亲沉重的神情，却再说不出一句话。

等解决完自己这头的动静，奚洵才深吸一口气再次看向船上的年轻男子。一国之君岂有戏言，他摇了蓝旗要求谈判，又孤身上船，做了这么多铺垫若只是为了开一句玩笑，那这宋帝未免也太可笑了。

奚洵本就疑惑为何宋军陈兵却不出战，此刻才渐渐想明白这其中的意图。

他略一思忖，便吩咐道："开船来，我要上船与他细谈。"

副将担忧道："将军，恐有埋伏。"

奚洵沉声："他都不怕，我有何惧。"

很快有士兵划了一艘小船过来，奚洵独自一人上船，等靠近河中心那艘船时，才身形一掠飞上了船板。

他也是第一次见到这位传说中比狼还要凶狠的宋帝，免不了生出跟雍国皇子一样的惊讶。只是他什么都没表露，仍是一张威严的脸，沉声问："奚某听闻，宋帝已与雍国缔结盟约，今日之言又是何意？"

宋惊澜一笑，手朝后一招，候在旁边的侍卫便将一道圣旨放到他手上。

他将圣旨卷筒递到奚洵面前，笑道："此乃孤亲书盟约，愿与大林永结为好，凡孤在位期间，宋林互通友好，共御外敌，永不交战。"

奚洵瞳孔微微放大，伸手拿过盟书一看，上面果然将一应条例写得清楚明白，旁边盖着大宋的玉玺。

奚洵久经沙场，见多识广，此刻仍不免心中震动。他缓缓将圣旨卷起来，深深看了一眼眼前的年轻皇帝，沉声道："此事奚某自会回禀陛下。"

宋惊澜微微一笑："静候佳音。"

奚洵略一抱拳，转身飞下小船。

几日之后，边疆军情便随着这封盟约传至京都。

林倾这段时间心力交瘁，听闻边疆战报传来难免心神紧张，担心有不好的消息。

直到看到奚洵的信和这封盟约，他心中的担忧全部化作了震惊，坐在高位上久久不能言语。伺候他的侍卫还以为是战败的军情，正心惊胆战，却听他缓缓道："传，永安公主。"

林非鹿这段时间一直在守丧，膝盖都跪到没有知觉了，突听林倾传召，心里隐约觉得可能是有什么大事发生了。

是战败吗？

是让她带着即将临盆的皇后逃走吗？

她心情十分复杂地走进殿中，直到看完林倾交给她的那封信和盟书，林非鹿都有点儿没反应过来。

过了好久好久，她缓缓抬眼看向神情凝重的林倾，怀疑地指了下自己："永安公主？"

林倾沉重地点了点头。

林非鹿：……

等等，说好的替身剧本呢？怎么突然换成了要美人不要江山的剧本啊？！

03

林非鹿从震惊中回过神来，沉默了好一会儿，正要开口。

林倾眉目一拧，掷地有声抢先道："小鹿大可放心，朕就是死守国门，也绝不会将你交出去！"

林非鹿：……

她沉默了一会儿，又低头看了看手中的盟书，上面逐字逐条，都是对大林有百利而无一害的条约。她抬头看向林倾："皇兄知道这份盟约，对你、对大林而言，意味着什么吗？"

林倾岂能不知。

百年的和平，足够他坐稳皇位，守住大林的江山，目前一切的困难麻烦全部迎刃而解，雍国面对林、宋两国的联手，将不堪一击，可这是他看着长大、真心疼爱的皇妹。

林倾双拳捏得紧紧的，声音从齿缝中挤出来："大林并不是没有一战之力……"

林非鹿摇了摇头："既能不战，为何还要一战？"

林倾定定地看着她。

她手指无意识地揉搓着那张盟约，叹了声气："战火一起，生灵涂炭，百姓遭殃，届时尸累荒原，谁的命不是命呢？"

在法制社会下长大的人，她永远无法跨过的底线就是人命。

她突然想起几年前，太后还在世的时候。那一年，是她和林廷陪皇祖母过的最后一个年。那时候她在五台山上许愿，希望世间和平。

她怎么也没想到，这个愿望最后要靠自己来实现。

这些天她跪在林帝的灵柩前也想了很多，甚至想过要不要给小漂亮写一封信，请求他不要和雍国联手。可她用什么身份来提出这个要求呢？他如今已是一国之主，她与他之间那份虚无缥缈的"交情"又能有多重的分量？

此刻看到这封盟约，她其实是有些高兴的，高兴她在他心中的分量还是不轻的，起码足够熄灭这场战火。

更何况，她还有自己的私心。

那是她喜欢的人呀，是她两辈子加起来，唯一喜欢过的人。

那喜欢不知道从什么时候开始在她心底埋下了种子，一点点儿扎根发芽，这些年来无声无息地长大，等她意识到这件事时，已经成为她骨中根血中花。

既能双全，她何乐而不为？身处这个时代，总有或多或少的身不由己，她已经很幸运啦。

林非鹿弯了下唇角，双手将盟约递向林倾："皇兄，让我去吧。"

林倾身体绷得笔直，薄唇紧抿，一动不动地看着她。

她甜甜一笑，露出颊边两个浅浅的梨涡："就当是小鹿送给皇兄的登基礼物啦。"

林倾眼眶渐渐红了，随即一拂袖转过身去，僵着声音道："容朕再考虑几日。"

但国事当前，民心慌乱，雍国蠢蠢欲动，留给他考虑的时间并不多。

林非鹿一再表明她是自愿的，她就喜欢宋国那个年轻的皇帝。虽然林倾完全当她在胡说，但最终还是在盟约上盖上了大林的玉玺印。

五日之后，林、宋两国同时昭告天下，宋帝求娶大林永安公主，两国联姻结盟，永结秦晋之好，互通有无，永不交战。

诏书发出的同时，淮河岸对峙的十万宋军和七万林军同时撤离，奚洵率领七万军马赶往雍山关，阻挡雍军攻山。五万宋军顺淮河北上，阻绝了准备绕淮河袭击大林的部分雍军。

正蠢蠢欲动打算吞并大林的雍国：？

雍国皇帝听闻此事，把战报砸在三皇子头上："这就是你说的他不好女色？！"

出使宋国的三皇子：……

他怎么知道怎么回事儿？

中原人，离谱！

直到诏书下达，宫中的人才知道这件事。

萧岚这些时日一直在给林帝守灵，身体本就虚弱，听闻这件事当即就哭晕过去了。等她醒来，林非鹿屏退下人，坐在床边握着她的手一字一句告诉了她自己心中所想。

萧岚苍白的脸上才缓缓恢复了气色，回忆女儿这些年来的表现，终于反应过来："原来你喜欢的人是他……"她顿了顿，又有些哽咽，"可路途遥远……"

林非鹿抱住她，笑眯眯道："我会经常回来看母妃的，他对我很好，以前就对我很好，以后一定会对我更好。"

萧岚心疼地看着她："帝王之爱最是无情，他即便对你好，可三宫六院，还有那么多女子。娘这一生经历过的事情，实在不愿你再经历一次。"

林非鹿也不知道哪来的自信觉得小漂亮肯定不会纳一后宫的美人气她，但又怕自信过头，于是只道："不会啦，我很厉害的！会保护好自己。"

萧岚既开心她嫁了心爱的男子，又心疼她这一去千里迢迢，可事已至此，也只能如此了。

林景渊和林念知去找林倾闹了一场，最后也都是被林非鹿劝下来的，只有林廷没去找林倾，而是来询问她自己的想法。

每个人都觉得林非鹿说喜欢宋惊澜是安慰他们的假话，只有林廷相信她说的是真的。

小五从小就那么厉害，如果不愿意，就一定有很多办法解决这件事。

她说喜欢，那就是真的喜欢，她从不会委屈自己。

所有人中，林非鹿唯一不放心的就是萧岚，但有自己送的这个"登基礼物"，想来林倾今后也不会亏待她。

在大林好像没什么牵挂了，身边每个人都拥有了自己圆满的生活，她也可以安心去寻找自己的幸福啦。

只是她想带上林瞻远一起去大宋的提议被林倾一口否决了。

499

"六弟不管怎样都是大林的皇子，他一旦前去，无论是什么理由，都会被看成质子。林宋是联姻结盟，一旦牵扯到皇子，就会演变成大林求和，就像当年宋国那般，大林绝不能留下这一笔屈辱历史。"

林非鹿一开始也没考虑到这一层，最后还是林廷站出来说，今后把林瞻远接到他的封地上和他一起生活。

小时候的兔子哥哥长大了，但笑起来还是很温柔，拉着他的手也暖暖和和，笑着问他："我那里养了许多小动物，有小猫、小兔、小狐狸、小松鼠，还有一头大野猪，六弟以后要不要跟我住在一起？"

林瞻远睁大了眼睛："大野猪！"

林廷笑起来："对，大野猪。"

他拍着手开心地笑："好！跟兔子哥哥一起去养大野猪！"

秦山临近南方，靠近淮河，她今后想去看他，倒是方便。

这是最好的安排，林非鹿便点头同意了。

一切安排妥当，林帝下葬皇陵一月之后，宋国接亲的使团便到达大林京城。

这次宋国前来接亲的使团足有千人，不仅递上了宋帝求娶永安公主的诏书，连聘礼都一件不少，倒是显得很有诚意。礼部将礼单呈上来时，林倾还被惊了一下。

聘礼是分等级的，民女和贵女的聘礼内容不一样，皇后与王妃的聘礼又不一样，宋国送来的这份聘礼，竟然全是按照皇后的位分。

联姻诏书只言明求娶公主，可没说是聘为皇后，宋帝这番手笔倒是叫林倾疑惑不已。

一切安排妥当，钦天监的人择定良辰吉日，林非鹿便穿上最隆重的公主华服，一一拜别众人后，在百官声呼"千岁"中走上了华丽的车驾。

林景渊作为皇室代表，率京都十六卫为永安公主送亲，京中百姓夹道相送，痛哭流涕。

在百姓们眼中，永安公主是用自己换取了他们的和平，怎能不让人感动？

呜呜呜，听说那宋国皇帝杀人如麻，变态可怕，公主这一去，还不知道将禁受怎样的折磨，实在是太可怜了！这，就是身为公主的职责吗？何其伟大啊——

被大家脑补很惨的永安公主正在马车内脱掉繁重的华服，然后盘腿坐在舒服的软榻上，等松雨给她剥橘子吃。

松雨本来还有点儿伤感，看公主这样，顿时伤感不起来了，一边剥橘子一边问："公主，你真的不难过吗？"

林非鹿说："有什么好难过的？不就是移民，拿的还是两国绿卡，以后想回来就回来呗。"

松雨说："……可是路途遥远。"

林非鹿道："路途遥远，又不要你用腿走，马是用来干吗的？"

松雨：……

林非鹿觉得美滋滋："体验新生活，开拓新人生，听说宋国依山傍水，海鲜特别多。"

松雨觉得自己一点儿都不伤感了。

不过想想觉得也是，既能不打仗维系了和平，公主还能嫁心爱的男子，好像真没什么可伤感的，于是松雨也高兴起来，和公主一起开开心心地畅想今后的新生活。

林景渊一直将她送到大林边境。

跨过那块界碑，就是宋国的疆土了。

这两年他倒是沉稳很多，不像以前那么不靠谱了，看林非鹿高高兴兴地下来和他道别，倒也没再木着脸，只说："他若欺负你，我一定帮你教训他！"

林非鹿笑着点头。

她不想搞得哭哭啼啼的，挥手催他走："景渊哥哥，快回去啦，以后对嫂嫂温柔一点儿呀！"

林景渊说："我对她还不够温柔吗？我都快忘记自己凶起来是什么样子了。"

两人笑了一阵，终是互行一礼，就此别过了。

送亲队返程离去，接亲使团倒是没着急赶路，借着宋林边界这一片树林就地扎营休息片刻。

林非鹿坐久了马车也腰酸背痛的，下去溜达了一会儿，一直到车队再次拔营，才慢悠悠地走回车驾上。

刚一掀车帘，便见里头人影一晃，有人一把捏住她的手腕将她拖了进去，她还没来得及出声，就看见里头是谁，到嘴边的叫声又被她咽了回去。

两人对视良久，林非鹿叹了一声气："奚行疆，你要做什么？"

里头的男子黑衣黑发，风尘仆仆，面容憔悴，像日夜兼程才终于追上她，眼球里都是血丝。

他看着她不说话，只是固执地抿着唇，握着她的手腕。

过了好一会儿，林非鹿才听到他哑声问："你是自愿的吗？"

她点点头："嗯，我是自愿的，我喜欢他，想嫁给他。"

他眼眶越来越红，喑哑的声音从齿缝中挤出来："我不信。"

林非鹿问："你不信又能如何呢？"

是啊，他又能如何呢？

一边是家国大义，一边是他心爱的姑娘，他唯一能做的，好像就是私自追上来，见她最后一面。

车马拔营，外头传来松雨跟随行丫鬟说笑渐行渐近的声音。

林非鹿低头看看握住自己的那双手，又抬头看向他，无奈地叹了声气。

她说："奚行疆，放手吧。"

奚行疆一动不动地看着她，良久，缓缓放开了手。

他知道，他这一放，就是永远地放开她了。

04

松雨掀开车帘走进来，怀里还抱着一个果盘，笑吟吟道："公主，使团带来的水果可甜了呢，一路用冰保存着，十分新鲜，快尝尝吧。"

林非鹿看了眼手腕渐渐消失的红印，随手一拂袖，将手腕遮住了。

没多会儿，车子一晃，车队拔营继续出发。林非鹿趴在窗边问护卫领队："陈统领，此处到临城需多少时日？"

陈耀是宋国禁卫军的副统领，这次陛下安排他来接亲，在别人看来简直是大材小用，陈耀却知道这份差事有多重要。听到公主开口，陈耀立刻毕恭毕敬地回答："若疾行十日便能到，但未免公主舟车劳顿，车队慢行，日落扎营日出出行，约莫需要二十日。"

林非鹿：……

啊，好怀念飞机和高铁啊。

她一脸不高兴地坐了回去。

陈耀听到小公主在里面嘟囔："要坐这么久，突然不想嫁了。"

502

陈耀：……

他吞了下口水，转头朝跟在公主车鸾后的护卫队看了一眼。此次接亲的护卫队也是从禁军里挑的，武力值十分高，纪律严明，足有三百人，统一着装禁卫铠甲跟在后面，一眼望去黑压压一片。

陈耀刚看了两眼，就跟一道悠悠目光对上，吓得一抖，赶紧将视线收了回来，老老实实骑马跟在车鸾旁边。

过了会儿，一阵马蹄声不紧不慢地追了上来，陈耀回头一看，立刻就要行礼。

端坐在马背上的黑衣男子略一挥手，淡声说："回去吧。"

陈耀一颔首："是。"

他掉转马头朝后面的三百禁军走去，守在公主车鸾旁边的护卫便换了人。

林非鹿吃完了水果，又趴在软榻上看了会儿专门带着在路上解闷的游记，想到还要在路上走二十天，哀号一声，翻了个身把书扣在脸上："为了小宋我真的付出太多了！"

就这么一会儿，她已经换了不下十个姿势，用胳膊枕着脑袋，像只咸鱼似的躺在软榻上，无精打采地说："宋惊澜没有心。"

松雨赶紧道："公主，可不能直呼陛下名讳！"

林非鹿在宽阔的马车内滚来滚去："宋惊澜变了——宋惊澜以前不是这样的——宋惊澜是不是不爱我了——宋惊澜是不是后宫有女人了——"

松雨吓得脸色都白了，车窗外突然有人笑了一声。

林非鹿愣了一下，一个激灵翻坐起来，定定地盯着车窗外。松雨也听到了，试探着说："是陈统领吧？"

林非鹿没说话，只是心脏跳得有些快，手脚并用地爬到车窗跟前，猛地掀开了帘子，入目还是一匹高大的黑马，马背上的人穿着玄色衣衫，云纹墨靴踩在马镫上，衣摆边缘有暗红的纹路，晃晃悠悠地垂在空中。

她仰起脑袋，目光一点点上移，扫过精瘦的腰腹、挺直的背脊，最后落在那张盈盈含笑的脸上。

他微侧着头，垂眸看着探出窗来的小脑袋，薄唇挑着浅浅的弧度。

林非鹿倒吸一口冷气，"噌"的一下坐了回去。

车帘自行垂落，挡住了窗外的视野。松雨问："公主，怎么了？"

林非鹿惊恐地说："见鬼了。"

过了一会儿，车鸾一晃停住了，林非鹿不由得坐直了身子，驾车的宫人在外边喊了声："松雨姑娘。"

松雨还以为有什么事找她，赶紧走了出去。

片刻之后，车帘再次被掀开，林非鹿看着弯腰走进来的人，一时之间不知道该做出什么表情。

他好整以暇地在她旁边坐下，还是那副笑意融融的样子，只是眉梢微扬，有些疑惑地问她："我哪里变了？"顿了顿，"我以前是什么样的？"

林非鹿：……

她默默地往后挪了挪。

她一挪，他也不紧不慢地跟过来，最后林非鹿都被逼到角落，实在没地儿挪了，他终于摇头笑了声，抬手摸了摸她的脑袋，温声说："公主，好久不见。"

林非鹿屏住了呼吸，好半天才难以置信地问："你什么时候来的？"

宋惊澜说："我一直在。"

林非鹿：！

她愕然地看着他："你一直在接亲使团里？"

他点点头。

林非鹿内心真是难以描述："那你……那你为什么现在才出现？"

他笑了笑："你和你四哥最后一段路程的相处，我不便打扰。"

林非鹿一时不知道该说些什么，只定定地望着他。这是十五岁生辰那个夜晚之后，他们第一次见面。这么多年过去，他好像变了，又好像没变，一点儿也不让她觉得陌生。

她愣了一会儿才迟疑地问："这样是可以的吗？你可以跟着使团一起来吗？"

宋惊澜将她有些局促不知道该往哪儿放的手拉过来放在了自己掌中，指腹轻轻揉捏她的指尖："我来接我的妻子，有什么不可以？"

林非鹿"唰"的一下脸红了。

啊啊啊，小漂亮真的变了！变得好会说情话了！

他微微侧头看她脸红的模样，眼中笑意更浓。

林非鹿害羞了一会儿，突然想到什么，身子一僵，连被他握在手中的手掌都冒了细细一层汗，打量他几眼，试探着问："你一直在，那你……那你刚才有看到……"

她有点儿说不下去。

宋惊澜若无其事地接话:"看到奚行疆?"

林非鹿:……

果然。

宋惊澜朝她微微一笑:"没我的允许,他如何进得了你的车驾?"

林非鹿被他笑得心惊胆战,想起这个人变态的占有欲,赶紧解释:"我们就是说了两句话,什么也没干!"

"嗯。"他点点头,低头看着她细软的手指。

林非鹿有点儿紧张:"你不会派人去追杀他了吧?"

宋惊澜抬起头,唇角的笑似有若无:"我答应过你,不会食言。"

只要你不嫁他,我就不杀他。

她松了口气,想把手抽回来擦擦汗,他却不松开,略微粗糙的指腹从她每一根指节上细细摩擦而过,像在抚摸珍宝一般,最后轻轻擦去她掌心细润的汗,手指穿过她的指缝,与她十指相扣起来。

不过摸个手,林非鹿却被摸得面红耳赤。

她还是有点儿适应不了新身份的转变,这个人怎么这么有经验?

想到这里,林非鹿顿时不羞也不脸红了,气呼呼道:"松开!"

宋惊澜眉梢一挑,脸上的笑意染上几分无奈,却还是依言将她的手放开了。

林非鹿双手叉腰,挺着胸脯,十分有气势地逼问:"说!你后宫养了几个美人?!"

然后她就看见宋惊澜果真认真地想了想,然后回答:"六七个。"

林非鹿:?

好了,这下她是真的生气了。

公主很生气,后果很严重。

她转头就往外走。

宋惊澜不得不拉住她的手腕,低笑又无奈地问:"公主要去哪里?"

林非鹿面无表情地说:"不嫁了。"

宋惊澜没说话,只握住她手腕的手指微一使力,马车本来就摇摇晃晃的,林非鹿没站稳,被他这么一拉,顿时连连后退几步,然后一个趔趄跌坐到他腿上。

他手臂从善如流地搂过她的腰,将她整个身子都圈进怀里。

这姿势太过亲密，林非鹿生怕碰到某些不该碰的地方，也不敢过分挣扎，只能别过头不看他，哼了一声。

宋惊澜无声地笑了下，微一抬头，唇畔碰到她的下巴。

林非鹿更生气了，一下子转过头来瞪他："不准偷亲我！"

他总是深幽的眼神透出几分无辜："不小心碰上的。"

林非鹿说："鬼才信你！那六七个美人也是你不小心娶的吗？！"

宋惊澜把她往怀里按了按，额头贴着她的身体，嗓音里带着一丝懒："是太后选进宫的，没有封位分，我也没见过她们。"

林非鹿低头看他，半信半疑："真的？"

他笑了笑，一抬头，温软薄唇轻轻亲了下她的下颌："我永远不会骗公主。"

林非鹿一下子用手捂住自己的下巴："你又亲我！"

他笑着："嗯，这次是故意的。"

她耳根又开始泛红。

林非鹿觉得自己可能要完。

堂堂一个"绿茶"，被人一亲就脸红，你也配叫"绿茶"？

她别扭地动了动身子，过了会儿闷声说："我不喜欢她们。"

宋惊澜似乎很享受这个姿势，抱住她的手臂越收越紧，鼻尖浅浅地"嗯"了一声："回宫后就全部赐死。"

林非鹿赶紧说："我不是让你杀了她们，赶出宫就好了呀！"

他的手指从她腰窝抚到背心："好。"

她有些痒，身子不由得往里缩，却靠他更近，想了想又说："以后也不准再娶别的美人，知道吧？"

他笑了声："知道了。"

他说完，她又不相信了，低着头狐疑地问："真的吗？身为皇帝没有三千佳丽，你不会觉得可惜吗？"

宋惊澜终于抬了下头，幽深的目光对上她狐疑的视线，唇边溢出一抹笑来："我只要你。"

林非鹿一哽，脸又红了。

宋惊澜微微眯眼，抬手抚摸她泛红的脸，大拇指轻轻从她唇边滑过，温柔的嗓音又低又沉："我只要你，公主也只能嫁我。"

战栗和羞红从她的唇延至全身，她不由得避开他有些令人喘不上气的视线。

宋惊澜突然抬手托住她的后脑勺儿，然后一挺身，抬头吻住了她绯红的耳垂。温软又冰凉的唇贴上来时，林非鹿直接颅内爆炸，下意识地就想挣扎，但被他按着动弹不了，羞得紧紧闭上眼。

他吻完，又轻轻咬了一下，温热的呼吸尽数喷在她颈边，低哑着声音问："知道了吗？"

半晌，听到少女结结巴巴的声音："知……知道了……"

宋惊澜心满意足地笑了笑。

05

车队继续摇摇晃晃朝前驶去。

林非鹿在他颈窝埋了好久好久，才终于平复心跳和气息。她偷偷抬眼打量了一下他坚挺又俊朗的侧脸，几个字从鼻尖哼哼出来："你的腿麻吗？"

宋惊澜的手指有一下没一下地抚过她的背，语调透着一股惬意的慵懒："不麻，公主很轻。"

林非鹿："哦，我麻了。"

他笑了声，手臂穿过她的膝窝，将她往上一抱。林非鹿本来以为他要把自己放下来了，谁知道他只是抱着她换了个方向，然后她就发现自己变成了面朝他跪坐在他腿上的姿势。

他的手还掐着她的腰，把人往跟前揽了揽，好整以暇地问："这样呢？"

林非鹿简直羞耻心爆棚。

浅色的流苏长裙铺在两侧，她脸红心跳，若是叫外人看到，真是要叫一声"好一幅昏君白日宣淫图"！

她扭了两下，有点儿崩溃地用手捂住脸："放我下来啦，快点儿！"

眼前的人只是笑，把她按进怀里，温柔地摸了摸她的后脑勺儿："可我想跟公主亲近一点儿。"不等她说话，他又低声说，"几年未见，担心公主对我生疏，这一路都吃不好睡不好。"

林非鹿怀疑自己耳朵出问题了，否则怎么会从他的声音里听出一丝丝委屈？

她动了动脚，自己稍微调整了一下姿势，以便更舒服地埋进他怀里，然后才慢腾腾地说："好吧，那就再给你抱半炷香时间吧。"

宋惊澜嗓音带笑："多谢公主。"

不过身体的亲近好像真的有助于减少距离感，她埋在他胸口，听着那一声声沉而有力的心跳，方才刚见时的局促和紧张已经完全消失，好像他们从未分开过那么久，好像他们一直都是这么亲近，好像不管他是质子还是皇帝，她在他面前都可以肆意妄为。

她侧头贴着他的胸口，抬手摸摸他领口暗红的纹路，语气已经完全放松下来："你偷偷跑来接我，朝中政事怎么办？以后你的那些臣民会不会骂我是红颜祸水啊？"

宋惊澜捏着她柔软的后颈，嗓音里的笑意懒悠悠地："他们不敢。"

林非鹿叹了声气，自个儿演上了："唉，大臣们就想啊，这陛下为了区区一个公主，放弃统一天下的机会就算了，娶回来还独宠六宫。春宵苦短日高起，从此君王不早朝，作孽啊。"

宋惊澜揉捏她后颈的手指一顿，过了好一会儿，才低笑着重复："春宵苦短，君不早朝？"

林非鹿：？

等等，我念错诗了，对吗？

宋惊澜抬手握住她玩自己领口的手指，放到唇边吻了一下，嗓音十分温柔："既然公主已经把今后的日子安排好了，那孤就却之不恭了。"

给自己挖坑的林非鹿：……

她羞愤地把手抽回来，腿一抬，就从他身上跳下去了："时间到了！"

宋惊澜有些遗憾地看着她："不可以延时吗？"

林非鹿叉腰："不可以！"

宋惊澜说："好吧，那孤明日再来。"

林非鹿：？

小漂亮变了，他真的变了。

他以前没这么不要脸的。

她气呼呼地跑到角落去，捡起地毯上那本没看完的游记继续看。宋惊澜这次倒没跟过来，坐在对面以手支额笑吟吟地看着她，那视线分明是温柔的，落在她身上却又是灼热的。

林非鹿哪儿还看得进去书，把书往腿上一放，气鼓鼓地说："我要出去骑马！"

她当然知道作为联姻的公主，在出嫁路上是不能随意露面的，她就是想试试小漂亮对她能有多纵容。

十分钟后，林非鹿坐上了那匹高大英俊的黑马。

宋惊澜勒着缰绳坐在她身后，手臂将她环在怀里，驾马走在队伍的左侧。

千人使团中并不是所有人都知道陛下来了，乍一眼看到永安公主竟离开马车跟一名男子同乘一匹马，姿态还如此亲昵，都震惊地瞪大了眼睛，待看清那男子是谁，神情又迅速变为畏惧，赶紧收回了视线。

陈耀带着四名侍卫不远不近地跟在他们后面以作保护，接亲的队伍一眼看去望不到头，不紧不慢地行驶在荒原上。

荒野无边，白云悠悠，林非鹿在马车里闷了太久，此时骑着马吹着风，感觉全身都舒畅了不少，靠在他怀里小声抱怨："坐马车一点儿都不舒服！"

其实那马车比起她以前坐的已经舒服很多了，又大又宽敞，铺满了柔软的地毯，人可以在里面行走打滚，就像一个移动的小房车，但她就是莫名其妙地想跟他耍小脾气。

宋惊澜下巴轻轻抵着她的头顶，温声道："那以后每天都出来骑马。"

林非鹿想了想又说："等到了有城池的地方，我们可不可以休息一天再出发？听说你们宋国每个地方都有自己的特色美食，我都想尝一尝。"

宋惊澜笑着说："好。"

之前听陈耀说要走二十天，她人都萎了，现在却觉得二十天好像一点儿也不长。有他陪着，这一路吃吃喝喝耍耍，就好像公路旅游一样，简直不要太爽。

欸，这就是还没结婚就先度蜜月吗？

她美滋滋地畅想了一下接下来的蜜月旅途，又有点儿紧张地问他："你不着急回宫吧？"

宋惊澜说："不着急，公主想玩多久都可以。"

林非鹿半转过身，歪着头看他，一副意味深长的表情，那眼神分明是在说：你还说自己不是昏君！

宋惊澜从善如流地点头："嗯，孤是。"

林非鹿又不干了："你是昏君，那我成什么啦？你才不是！"

宋惊澜道："好吧，我不是。"

林非鹿扯扯他垂落的宽袖："小宋，你能不能有点儿底线呀？"

509

宋惊澜笑了一声，低下头亲亲她动来动去的小脑袋，温声说："公主就是我的底线。"

糟糕，小鹿撞死了。

车队一直行驶到傍晚，才来到一处十分贫瘠的边镇。两国交界处向来容易打仗，是以总是很荒凉，能有一座小镇已经是宋、林两国多年和平的产物了。

使团很快打扫了一座小院出来，作为陛下和公主今夜的下榻之处。虽说按照规矩，公主和陛下还未成亲，是不该住在一处的，但看陛下这一路宠爱永安公主的模样，使官觉得自己要是不把两人安排在一处，可能明早起来脑袋就没了。

不过到底还是没有坏了规矩，虽同处一院，但整理了两间屋子。

分屋而居是他们在畏惧之下最后的倔强！

宋惊澜拉着林非鹿的手走进来时，候在两旁的官员瑟瑟发抖地观察陛下的神情，见他看见两间屋子并没有表现出不高兴的神情，才稍稍松了口气。

农家小院里分了主屋和偏房，尊卑有别，自然是陛下住主屋，公主住偏房，不过两间屋子布置得都很舒适，使官们都静候着，结果刚走了两步，就听见永安公主说："我要睡那间大房子。"

众人倒吸一口冷气，还没吸完，就又听见陛下温声回道："好。"

使官们再一次刷新了对陛下的认知。

他们都是宋惊澜弑父夺位的见证者，这些年对这位陛下的畏惧已经深深刻在了骨子里，却还是头一次见到他这么温柔耐心的模样。

其实一开始宋惊澜选择跟大林联姻，朝中还是颇有微词。

跟雍国的想法一样，那个囚禁过陛下的地方，只有彻底消失，才能洗去这一段屈辱，但最后发出这些声音的人都消失了。

后来大家又觉得，陛下说"只要永安公主"不过是宋、林两国做给雍国看的结盟手段。毕竟谁都知道陛下不好女色，登基这些年从未踏足后宫一步，宫中那些美人全是太后选的。

起初太后每年都要选一选，各家的女儿也愿意进宫，毕竟陛下年轻有为又俊美非凡，谁见了不希望得他临幸。而且后宫全无位分，四妃两贵一后的位置全都空着，简直令人眼馋。

结果年复一年，不仅无人得宠，反而时不时地就有美人的尸体送出宫去。

听说死的都是些不安分的，杀起朝臣不眨眼的陛下，杀起美人来似乎也丝毫不手软。

后来各家渐渐也就歇了进宫争宠的心思，知道这位陛下跟上一个不一样，只有野心和权欲，性情阴晴不定，宫中人人自危，哪儿还敢把女儿送进宫去。

那哪儿叫送进宫？那叫送命。

如今宫中活下来的那些美人安静如鸡，抱团取暖，无欲无求，只想活着。

这样的陛下，居然对永安公主有求必应，百依百顺，岂止令人惊讶，简直让人惊吓。

不过这位永安公主也过分骄纵了一点儿，仗着陛下宠爱，什么要求都敢提，若再如此娇纵下去，惹了陛下不喜，恐怕小命就要不保了。

官员们看着永安公主高高兴兴地跑进那间大房子，都在心里默默叹了一声气。

车队扎营完毕，林非鹿吃完饭又舒舒服服地洗了个澡，总算感觉人活过来了。宋惊澜过来的时候，她刚换好衣服，头发都没干，湿答答地垂在背后，额间还有水珠滴下。

宋惊澜接过松雨手中的帕子，把她拉到身边来，一边给她擦头发一边笑着问："不远处有处仙女湖，公主想去看看吗？"

林非鹿撑着下巴问："仙女湖有仙女吗？"

他动作轻柔地擦过她的发尾，目光专注："去看看就知道了。"

她噘了下嘴："可是我不想骑马。"顿了顿又说，"也不想走路，我好累。"

宋惊澜笑了声，等帮她擦完头发，一俯身把人打横抱了起来。

林非鹿眨眨眼，手都搂着人家脖子了，还明知故问："这是做什么呀？"

宋惊澜低头看下来，也不说话，只眼里含笑，直勾勾地看着她。

林非鹿在他的深幽目光之下逐渐心虚。

她是不是太"作"了？

唉，那她以前也不知道自己还有一谈恋爱就变"作精"的潜质啊。

06

陛下抱着永安公主一路走出营地的画面再次令众人受到了惊吓。

一个心狠手辣的皇帝突然变得这么温柔和善，不仅没有宽慰到大家，反而让人感觉更可怕了啊！总有一种一会儿陛下就要拎着永安公主血淋淋的尸体冷笑着走回来的错觉……

林非鹿并不知道自己在大家的脑补中已经非正常死亡了。

宋惊澜的步子迈得又稳又沉,她缩在他怀里,一会儿玩玩他的头发,一会儿摸摸他的领口,最后又忍不住用鼻尖去嗅他修长漂亮的脖颈。

他身上有股淡淡的龙涎香味,被体温晕开之后,属于他的气息就越发浓郁,有种令人安心的好闻。

柔软的鼻尖蹭上他的肌肤时,宋惊澜脚步顿了一下。

他垂眼看怀里不安分的少女,沙哑几分的嗓音透着一丝无奈:"公主。"

林非鹿又使劲儿嗅了两下,把整张脸埋进他的颈窝蹭了蹭:"小宋,你好香呀。"

宋惊澜抱着她的手臂都收紧了,手背青筋显露。

他闭了闭眼,缓缓呼出一口气,有点儿无奈地无声一哂,然后大步朝仙女湖走去。

夜色已经降了下来,荒原的夜空无边无际,既澄澈又明亮,像是凡·高笔下的星空,美得不真实。仙女湖就沐浴在这片星光之下,湖面闪闪发光,像落满了星星一样。

湖边还有几棵倒垂杨柳,随着夜风拂过水面,搅碎一湖星光。

林非鹿真情实感地被大自然的风光美到了,心中突然好像被什么情感充盈,仿佛四肢百骸都在战栗,生出特别满足的感觉。

她转头看看身边长身玉立的男子,他的手还与她十指相扣,唇边笑意温柔,比这星光还要好看。

她突然就明白这感觉因何而起了,是因为她是和自己最喜欢的人在赏这世间最美的风景呀。

宋惊澜察觉到一直落在自己脸上的视线,轻笑了下,转过头问:"公主在看什么?"

林非鹿看着他一脸严肃地说:"小宋,原来仙女湖真的有仙女!"

宋惊澜其实已经猜到她要说什么了,但还是配合地问:"嗯?在哪儿?"

结果林非鹿不按套路来。

她说:"是我。"

宋惊澜默默地看了她好一会儿,终是摇头一笑:"嗯,是你。"

夜风在荒野上拂过,传出空旷又悠远的声音。林非鹿在他的注视下感觉自己的"作精"体质又发作了,一伸手:"抱。"

他笑了下,俯身温柔地抱住她。

林非鹿环着他的腰,埋在他胸口哼哼唧唧:"以后不管在哪里,我累了你都要抱我哦。"

他低下头,亲了亲她柔软的长发:"好。"

林非鹿仰起头看他,表示怀疑:"这样也好,那样也好,我说什么你都说好啊?"

他的手掌抚着她的后脑勺儿,然后手指一根根下滑,捏住了她的后颈,低沉的嗓音温柔到了极致:"只要公主在我身边,什么都好。"

林非鹿又被他捏出了一身鸡皮疙瘩。

她算是发现了,每当这个人变态的占有欲发作时,就会捏她的后脖子。

关键是她竟然还为这该死的占有欲疯狂心动。

她有点儿脸红,一下子推开他:"回去啦。"

宋惊澜点点头,俯下身要来抱她,林非鹿赶紧说:"这次我自己走!"

他挑了下眉:"不累了?"

林非鹿把他的手拉过来,手指穿过他的指缝,紧紧扣在一起,笑着晃了晃:"你牵着我就好啦。"

他也笑了下,拂去她掠在颊边的长发:"嗯,走吧。"

没多会儿,营地的人就看见陛下牵着永安公主回来了。看到公主还好生生地活着,大家心里纷纷松了口气。

阿弥陀佛,还好还好,真是上天垂怜啊。

一夜休整之后,车队继续拔营出发。

宋国地处南方,向来有沃土之称,穿过荒芜的边境之后,所过之处便渐渐繁华起来。农耕商贸井井有条,风土人情也较之大林有所不同。江南水乡,吴侬软语,各有风情。

林非鹿在路上迎来了自己十八岁的生辰。

往年大林这个时候,气候还有几分春意,但此时的南方已经有夏天的影子了。不过这一路经过官驿都会补给,消暑的冰块够用,马车内还是很凉爽的。

天气一热起来,林非鹿就不想在路上瞎晃悠了,吃吃喝喝的接亲使团终于加快了行进速度。

林非鹿其实已经忘了生日这回事。

　　这段时间发生了太多事儿，她又在路上走了这么久，加之气候的改变，时间概念都模糊了，压根儿没想起今天是自己生日，坐上马车之后就趴在地毯上跷着腿翻看前几日淘来的戏本。

　　正看到男女主偷偷幽会被父母撞见，她跷在空中晃来晃去的脚突然被一双有些冰凉的手握住了。

　　她没回头，只蹬了下脚以示抗议，后头笑了一下，紧接着有一圈凉凉的东西环上了她的脚踝。

　　林非鹿半撒娇半不满地说："干什么呀！"

　　她回过头来，才看到自己脚踝上戴了一串红色的链子。

　　林非鹿一下子翻身坐起来，盘着腿把脚往上抬了抬，凑近去看那条脚链，细细的，不知用什么材质，既精致又漂亮，透着血色的红，挂在她雪白的脚踝上格外扎眼。而最精巧的地方在于链子的环扣处，是一只首尾相衔的红色凤凰。

　　凤凰在古代是皇后的代表。

　　林非鹿有点儿发愣，好半天才抬头问坐在对面的人："这是什么？"

　　宋惊澜温声说："生辰礼物。"

　　林非鹿这才反应过来今天是自己的生日。

　　不，这不是重点！

　　她指了指脚链："凤凰欸！"

　　宋惊澜点头："嗯，这是凤凰扣，喜欢吗？"

　　"这不是喜不喜欢的问题……"她抓了下脑袋，迟疑着问，"凤凰是只有皇后才能用的吧？"

　　宋惊澜笑着点头："对。"

　　林非鹿瞪大了眼睛，迟迟没说话。

　　就她？就她？她这样的也能当皇后？

　　虽然知道小漂亮的后宫没有别人，但她也没想过自己过去了直接就坐上后位啊。历史上哪有和亲公主当皇后的，宋国的朝臣不闹翻天了才怪。

　　但看宋惊澜的神情，好像完全不是在开玩笑。

　　林非鹿吞了下口水。

　　见她迟迟不说话，宋惊澜往前靠了靠，拉过她拧来拧去的手指，低声问：

"公主不愿意当孤的皇后吗？"

林非鹿有点儿苦恼："愿意当然是愿意的啦，可是……感觉好麻烦的样子，要守很多规矩，还要管理后宫，这要来请安，那也要来觐见，懒觉都不能睡了。"

宋惊澜看她小脸皱成一团，为今后生活操心的样子，忍不住笑起来："不会，那些你都不用管，没人会打扰到你。"

林非鹿嘬了下嘴："那为什么还要当皇后？"

他摸摸她的脑袋，温声说："因为我想把天底下最好的东西都给公主。"

林非鹿睫毛颤了一下，好半天，耳根都烧红了，面上还若无其事地说："好吧，既然你诚心诚意地请求了，那我就大发慈悲地满足你吧。"

她又埋头看了看那根红色的链子。

凤凰扣——名字好好听，样式也好好看。

她忍不住扑上去抱住宋惊澜，趴在他肩头撒娇："我好喜欢这个礼物呀。"

他笑起来，回抱住她。

林非鹿在他怀里扭了一会儿，心尖上的那朵花好像快要从心口开出来了，藏都藏不住的喜欢和情意。

她抿了下唇，凑在他耳边小声说："殿下，你送了我这么多礼物，我也送你一个好不好？"

宋惊澜笑道："好，公主要送什么礼物给我？"

她神神秘秘的，小气音吹在他耳畔："你把眼睛闭上。"

宋惊澜依言闭上眼，感觉趴在自己肩上的少女离开了，过了会儿，软软的、轻轻的气息，渐渐逼近面门。

她屏气凝神，半跪在马车上，双手背在身后，抬着下巴慢慢凑近，然后轻轻吻了吻他的唇，像云端的温柔，像微风的轻触，像一场春雨浇落在荷叶上，又不留痕迹地滑落。

宋惊澜睁开了眼。

林非鹿还没来得及离开他的唇，突然跟他深幽的视线对上，一瞬间呆住，连后退都忘了。

被自己吻住的那双薄唇突然勾了一下，一双手掌抚住了她的后脑勺儿，将她往下一带，林非鹿反应过来的时候，人已经躺在马车柔软的地毯上，被他压在身下了。

他的手还垫在她脑后，微侧着身子，不至于压到她，另一只手却抚着她的腰，将她死死地按住，然后吻了下来。

她总觉得他身上的味道很好闻，而此刻这味道全然将她笼罩，穿过她的鼻腔，盈满她的每一处感官。

他的温柔变了调，带着不由分说的侵略性，不准她退，也不准她紧咬牙关。可他又不急不缓，耐着性子一寸寸亲吻吮咬，直至她浑身发软不由得松开唇齿，然后他便乘虚而入，掠夺她的一切。

林非鹿被吻到全身无力，脑子发晕，心尖的花在这一刻开出了身体，花瓣将她和眼前的男子包裹起来。她忘记了他们还在马车上，忘记了外面还有旁人。

她忘了所有，只想回应他。

意乱情迷之间，温软的触感从她的唇滑向下颌，然后吻着脖颈一路往下，她手指握成了拳，连脚背都绷直。

宋惊澜却在锁骨的位置停住，他微微抬头，深幽的眸子里都是欲念，看着身下情动的少女，手指温柔地拂过她眼角的湿意，然后低下头，亲了亲她紧闭的眼睛。

林非鹿气喘吁吁，听到他低笑的声音："多谢公主的礼物，孤很喜欢。"

07

当皇帝的自制力就是不一样。

林非鹿瘫了一会儿，借着他手臂的力慢腾腾坐起来。宋惊澜看她发丝散乱眸光涟涟的模样，眼底幽光更深，却什么也没做，只是手指轻柔地拂过她发间，替她理了理散乱的长发。

林非鹿跪坐在地毯上，裙衣散了一地，又开始发嗲："嘴巴都被你咬痛了！"

他替她理好长发，弯下腰轻轻地吻了一下她的唇，带着安抚的温柔："抱歉。"

她叉着腰一副作威作福的模样："罚你回宫之前都不准亲我了！"

宋惊澜眸色凝了一下，好半天才慢悠悠地说："公主听过宜疏不宜堵吗？"

林非鹿：……

然后这一路她嘴巴就没好过。

初夏，接亲使团到达临城，满城百姓围观，渴望一睹永安公主容颜，但车驾紧闭，接亲队伍从镂雕龙凤天马的正门进入，一路将永安公主送入皇宫。

宫中一应事务早已安排妥当，林非鹿住的宫殿是几年前宋惊澜下旨重新翻修过的，靠近他的临安殿，后来他又亲赐了"永安宫"的牌匾，这几年一直空着，如今终于迎来了它的主人。

在大林的时候，马车是不能随意在宫中行走的。林非鹿不知道是宋国没这规矩，还是小漂亮对她的又一次纵容，反正她一直坐到永安宫门前，摇晃的车驾才终于停下。

车马入宫之后，使者团就已经散了，现在外头只有四个伺候的宫女和驾车的宫人，以及后面跟着的她从大林带过来的人。

宫殿前已经跪了一群分配到永安宫伺候的宫女太监，车马停下之后，便一齐恭声道："奴婢/奴才恭迎公主殿下。"

她还没册封成婚，自然就还是称呼之前的身份。

这些人应该不知道车内还坐着他们的陛下吧？

林非鹿戳戳旁边气定神闲的人："你要跟着我一起下去吗？不会吓到别人吧？"

宋惊澜笑了下，握住她的手："不会，走吧。"

松雨在外头撩开了宽大的车帘，林非鹿被他牵着走下马车后，先好奇地打量了一下四周，然后才对跪在前面的宫人们说："都起来吧。"

众人应"是"，这才依次起身，正各自露出自己最恭敬的笑容朝这位远道而来的公主看过去时，就看见了站在公主旁边的陛下。

宫人们：？

啊，裂开了！

然后林非鹿就看到面前这些宫人笑容僵在了脸上，冷汗涔涔、瑟瑟发抖地垂下了脑袋。

她转头瞪了宋惊澜一眼。

你还说你不会吓到他们！

始作俑者毫无自觉，牵着她朝里走去："看看喜不喜欢这里。"

林非鹿一下来就看见"永安宫"三个字了，心里甜蜜蜜的，知道他肯定会把她的住处安置得特别好，但千想万想，实在没想到踏进殿门之后，入目的景象会令她惊诧到说不出话来。

这不是明玥宫吗？

一草一木，一砖一瓦，她的花田，花田旁边的动物居舍，连院中那棵石榴树都一模一样。

但细看，又有不同，因为一切都是新的，比起明玥宫更加精致华丽。

她一下转过头看向身边的人。

宋惊澜眉目含笑，温声问她："喜欢吗？"

她心里说不上什么感觉，就感觉又酸又甜。她明明没有远嫁的乡愁，现在被他这么一搞，反倒生出几分心酸来。

她翁着声音问："什么时候修的？"

宋惊澜说："我登基的那一年。"

林非鹿不可思议："你那时候就知道我会嫁过来吗！"

他笑了下，牵着她朝内走去："是我从那时候就想娶你了。"

尽管他们已经很亲密，可每次他说这种话的时候，林非鹿还是会忍不住脸红。

不过进入主殿之后，里头就跟明玥宫不一样了，一切规格都是按照皇后的位分来布置的，华丽无比。穿过主殿，还有后殿，这后面就完完全全是宋国的建筑风格了，整体要比明玥宫大很多。

外头传来松雨的失声惊呼。

林非鹿已经平复下心情，把他往外推推："离宫这么久，你先回去处理政事吧，我自己熟悉一下就好啦。"

宋惊澜抬手摸摸她的脑袋："好，你休息一会儿，晚上等我过来用膳。"

她连连点头。

宋惊澜一走，永安宫的气氛才终于没那么凝重了。

这些被分配到永安宫伺候公主的宫人都是陛下亲自挑的，勤快、机灵、心眼少，都是宫里的老人。他们何时见过陛下对谁这样和颜悦色过，受到的惊吓丝毫不比当初的接亲团小。

不过没人敢多问，他们在这森然宫中早已养成了少说少看少问的习惯，林非鹿逛了一圈出来，看着这些低眉顺眼的宫人，还觉得他们怪没活力的。

她这次从大林带了不少东西过来，包括她养了很久的小动物。松雨震惊之后，就开始领着宫人高高兴兴归置东西了。

林非鹿在宫人的服侍下泡了个热水澡,爬上柔软的大床睡了两个时辰,才恢复精神。

给她梳洗打扮的两个宫女年岁都比她大,性格十分沉稳,一个叫听春,一个叫拾夏。她虽然跟松雨更亲近,但这里毕竟是宋国,还是需要两个本地人才能更快地入乡随俗。

林非鹿随口问了两句生活起居方面的问题,发现完全不用自己操心,宋惊澜连私厨都给她备好了。

听春手巧,给她梳了一个她以前没见过的发髻,笑着说:"公主真是奴婢见过最美的女子了。"

林非鹿左看看右看看,也觉得很满意,等梳妆完便兴致勃勃地道:"带我出去逛一逛吧。"

都说宋国皇宫揽尽天下富丽绝色,犹如人间天堂,她早就想见识一番了。

听春和拾夏躬身应"是",陪着她走出永安宫,一边介绍一边带她熟悉各处宫殿。

她也算是在皇宫长大的,眼界和见识都不低,但见了这宋国的皇宫,才明白之前那位君王为何会荒淫政事沉迷享乐了。

当真是应了杜牧那句"五步一楼,十步一阁,廊腰缦回,檐牙高啄",四处望去花团锦簇如云,瓦以玉砌,墙以金镶,像是神仙住的地方,眼睛都不够看的。

宋惊澜还是人吗,住这么漂亮的人间宫阙,居然还能不沉迷享乐专心政事?!

他的克制力实在令人钦佩!

她流连忘返,听拾夏介绍道:"公主的永安宫和陛下的临安殿挨得最近,穿过这条路就到了。永安宫和临安殿位处正宫,其他各处宫殿如今大多空着呢。"

林非鹿想了想问道:"太后呢?"

她从来没听宋惊澜提起过他这位母妃,但能坐到太后这个位置,想必也不是常人。婆媳关系自古都是大难题,她还得先了解下太后的情况,才方便以后针对性攻略。

拾夏听她问起,恭声回道:"太后娘娘住在重华殿,不属于正宫区域。"她放低了声音,继续道,"宫中的美人们也都住在重华殿附近,平日从不踏足正宫，公主可是独一个呢。"

林非鹿若有所思地点点头："既然都到这儿来了，那就去临安殿看看吧。"

听春和拾夏的脸色瞬间惊恐起来，赶紧道："公主不可！临安殿是陛下平日理政休息的地方，不得传召，不可前往！"

拾夏心有余悸道："公主有所不知，前些年，有位美人自作主张提着自己亲手做的点心前往临安殿求见陛下，人都未进殿，就被陛下叫人拖下去关进内刑司了。没几日，那美人就……"

俩人都是宫中的老人，是看着宫人们如何一步一步变成如今这副噤若寒蝉的模样的。

公主初来乍到，不知道陛下性情有多乖张，她们做奴婢的，自然是要警醒。

林非鹿"哦"了一声："那么可怕啊？"

听春和拾夏忙不迭地点头，声音都不敢大了："公主，我们还是先回去吧。天色也不早了，明日奴婢们再陪您逛。"

林非鹿弯眼一笑："不，我就要去临安殿。"

听春和拾夏脸都白了，连连恳求，林非鹿一边走一边安抚道："放心啦，陛下对我很好的，不会有事的。"

两人哪里敢信。

对你再好，那也是在规矩之内啊！你若是坏了规矩，陛下杀起人来不手软的啊！

可任由她们怎么说，这位倔强的公主都不听劝，一路走到临安殿前的台阶，听春和拾夏已经脸色灰白，彻底认命了。

林非鹿还特别关切地说："你们若是怕，就在这下面等着吧。"

她们被赐到永安宫，就是公主的人，这种时候哪能因为贪生怕死抛下主子？两人对视一眼，都颤抖着跟着她走上台阶，朝着殿门而去。

这临安殿恢宏大气，门口站着两名侍卫，门内候着一名通传太监，听春壮着胆子走上前去："洪公公，我们公主求见陛下，麻烦通传一声。"

那洪公公一听，赶紧笑着迎出来："奴才参见公主殿下，公主可算来了，陛下可吩咐好久了，快进去吧。"

听春和拾夏愣了愣，林非鹿已经跨过殿门走进去了。

殿门之后就是一段高阔的长廊，长廊两侧每隔几步就站着一名侍卫，任由她经过打量也目不斜视，穿过长廊，入目便是一座十分巨大的玉质云屏，镂空雕刻，精美又华丽。

绕过玉屏，才是正殿。

跨入正殿，低头不语瑟瑟发抖跟在公主身后的听春和拾夏就听见公主开心地说了一句："我来啦。"

两人心里七上八下的，斗胆抬眼朝前看了看，就看见公主提着裙摆朝坐在软榻上批阅奏折的陛下跑了过去，陛下手里还拿着笔呢，一手搂住她，一手将笔搁到砚台边，然后笑盈盈地把人抱到了怀里。

08

众目睽睽之下，林非鹿还是有点儿不好意思的，抱了一下就从他怀里挣脱开了。

宋惊澜把她拉到旁边坐下，才又拿起笔继续批那本没批完的奏折，听到她问："你怎么知道我要来？"

他还执笔在回折子，没有抬头，只笑着说："猜的。"

林非鹿见他还在忙也就没打扰了，坐在软榻上好奇地左看右看，一转头就看见站在旁边的清秀小侍卫。她愣了愣，惊讶道："天冬？！"

天冬脸色潮红，难掩激动："五公主！"

再见熟人，她倒是很高兴，走过去打量他一圈："天冬，你长高啦，我差点儿没认出来。"

天冬既羞涩又高兴："多年未见，公主也长高了许多。"

两人聊了几句，林非鹿突然想到什么，有些惊恐地朝他下方扫了一眼："天冬，你现在不会……"

天冬见她眼神扫过来，脸上顿时爆红，连连摇头，话都说不顺了："属下……属下没有！属下只是陛下的贴身护卫！"

旁边宋惊澜批完那本奏折，搁了毛笔，笑着伸手把人拉回来："别逗他了。"

林非鹿往案桌上瞄了两眼："你忙完啦？"

他按了下眉心："堆了太多折子，恐怕要看到晚上。饿了吗？我叫人先传膳。"

林非鹿摇头："不饿，我等你一起吃。"她抬手摸了摸自己的发髻，笑眯眯地问，"好看吗？"

他早就注意到她今日的新发型了，笑着点头，"好看。"

她指了指候在下面的听春："是听春给我梳的哦。"

宋惊澜顺着她的手指往下看了一眼，笑意温和："赏。"

听春一抖，立刻跪下领赏："多谢陛下赏赐。"

她跟拾夏两个人今天受到了极大的冲击和惊吓，到现在还有点儿没缓过神来，突然又得了赏赐，心中更是万分复杂了，还跪着，就听见永安公主说："你这里好气派好漂亮啊！"

她们听到陛下温柔地笑了一声："喜欢这里？那以后就住过来吧。"

两人震动之余，心中都同时冒出一个念头：今后这宫中的日子，怕是要变了。

临安殿作为皇帝起居理政的正殿，比永安宫还要大一倍，也更气派恢宏。林非鹿趁着宋惊澜批阅奏折，让天冬带着里里外外参观了一遍，还扑到龙床上滚了一圈，把跟着的听春、拾夏两个人吓了个心惊胆战。

参观完回到前殿时，她就发现批改奏折的案桌边又搭了一张小桌子，上面已经摆满了点心、水果和酥茶。

林非鹿一眼就看到里面有芙蓉流沙糕、溏心桃花酥，都是她以前喜欢吃，还拿去翠竹居给他吃过的点心。

她自觉地坐过去，拎了块糕点塞进嘴里，一边吃一边看他执笔垂眸批阅折子的模样。

接亲这一路他都穿着常服，此时换上了玄色龙袍，帝王气息冷锐逼人，不说不笑的时候，看上去还的确蛮吓人的，不过吓人归吓人，帅也是真的帅。林非鹿一边吃一边欣赏帅哥，觉得自己胃口都好了很多。

她还要吃第五块点心的时候，宋惊澜拿着折子转头看过来，语气像哄小孩子一样："糕点吃多了容易腹胀，晚些还要用膳，喜欢的话明日再吃，嗯？"

林非鹿喝了口酥茶润嗓子，拍了拍好像是有点儿噎的胸脯："好吧。"

宋惊澜便叫人把糕点都撤下去，案桌上又重新摆上了她爱看的话本和戏文，还有一些弹珠、九连环之类的，都是她以前爱拿到翠竹居跟他玩的小玩意儿。

林非鹿趴在案桌上弹了下弹珠，偏头跟他说："幼稚！"

宋惊澜摇头笑了下，批完最后一笔，伸手拿过另一本折子。

宋国的经济一直都挺繁荣的，经济产业带动文化产业，是以这边的话本戏文诗词歌赋也十分鼎盛。这些民间传奇话本也不知他是从哪儿淘来的，一个比一个传奇，林非鹿起先还有一下没一下地翻着，后来就完全被小说吸引，津津有味地看起来了。

殿内一时十分安静，只有书页翻动的声响。

林非鹿起先坐在软榻上，坐久了不舒服，又在榻上躺了躺，之后还把宋惊澜的腿当枕头靠了一会儿，最后又拿了张垫子坐到地上去，趴在案桌上看。

底下候着的宫人们除了天冬外，都被永安公主这一顿操作吓得时时吸气，战战兢兢，惶恐不安，最后却发现屁事没有。陛下怡然自得地批着奏折，时而转头看她一眼，眼里的笑意就没散过。

临近傍晚时，通传太监一路小跑进来，跪在玉屏前恭声道："陛下，中书侍郎和礼部尚书应召求见。"

宋惊澜仍在看奏折，淡声说："宣。"

林非鹿这才从传奇小说中醒过神来，转头小声说："那我去后面啦。"

皇帝议政旁人自要回避，她正要起身，就听见宋惊澜温声说："不用。"

林非鹿有点儿迟疑："不太好吧……"

他笑了下："小事而已，无妨。"

林非鹿心道，我信了你小宋的邪。你哪次不是这么说的？哪次跟你说的一样了？

不过他既然这么说了，她正看到精彩处，也懒得挪位置，便继续趴下去看小说了。

没多会儿便有两人穿着朝服躬身走进来，行礼之后，两人一抬头看见坐在前方的少女，登时都惊住了。

林非鹿就是不抬头也能感受到那两道惊诧视线，知道自己又被小漂亮忽悠了。她把脑袋往下埋了埋，就差埋进书里，尽量减少自己的存在感。

宋惊澜的淡声拉回两人的神思："召两位卿家前来，是有关册封皇后和孤的大婚一事，交由你二人去办理。"

他挥了下手指，天冬立刻得令，接过他早拟好的圣旨拿下去递给两位大臣。

可怜两人还没从上一个惊诧中回过神来，就又被这个消息震惊到天灵盖发麻了。

朝臣向来不只关心国家大事，还关心陛下的子嗣问题。陛下登基数年，却从不纳妃，也不踏足后宫一步，讲道理，这些朝臣私底下为此担忧很久了。

陛下年轻有为，能文善武，宋国在他的治理下蒸蒸日上，大家当然希望这种繁荣能继续下去，陛下能早日诞下皇子立下储君。可现在别说皇子，妃子都没一个，着实令人着急。

但又不敢提，毕竟陛下实在不是什么纳谏如流的仁君，他们一边臣服，一边畏惧，可谓痛并快乐着。

此时突听他要册封皇后，简直心神震荡，喜意还未流露，接过圣旨一看，看到上面写的居然是要册封永安公主为皇后，两人又迎来了第三次惊吓。

宋惊澜丝毫不在意下面两人变幻莫测的神情，一边批奏折一边淡声道："让司天监的人择好吉日，各个环节不可疏漏，安排妥当再来回禀。"

中书侍郎和礼部尚书将那封圣旨看了两遍，又看了看坐在陛下旁边的那名少女。

今晨得知那位和亲的永安公主入宫了，难道便是此女？

君臣议政却不回避，如今陛下竟还想立她为后，这大林哪送的是和亲公主，分明是送了一个红颜祸水祸国妖姬过来，媚惑主上，想趁机搞垮我们大宋！

礼部尚书白胡子一颤，立刻下跪道："陛下，册封皇后乃是大事，事关大宋基业，还请陛下三思啊！"

中书侍郎虽未说话，也跟着跪下了。

宋惊澜执笔的手顿了一下，终于抬眼朝下看来。

两人接收到陛下幽冷的目光，心中均是一颤，正想说什么，就见他勾着唇角缓声问："孤是在跟你们商量吗？"

他分明是笑着，语气里一点儿温度也没有，两人冷汗涔涔，在他冰冷的注视之下竟再也说不出一个劝诫的字来。

过了会儿，宋惊澜笑了一声，收回视线继续批阅奏折，声音也听不出半分怒意，反而显出几分愉悦："此事交由两位卿家，孤很放心，下去吧。"

两位大臣拿着圣旨又是一拜，忙不迭地退出正殿。

在一旁默不作声假装看小说实则竖起耳朵的林非鹿：有……有被帅到！

她果然拿了红颜祸水的剧本呢！

刚才因为礼部尚书惹恼陛下而噤若寒蝉的宫人们此刻心神同样震荡，后宫多年未封妃，一来就直接立后，立的还是联姻的公主，简直颠覆他们的认知。

听春、拾夏二人偷偷对视一眼，都在彼此眼中看到了震动和惊喜。

原来公主真的没有骗她们!

陛下真的对她很好,好到令人难以置信!

她们今后就是皇后娘娘身边的人了,与有荣焉,岂能不开心。

一直到夜色降临,宋惊澜才终于批完奏折,传了膳来临安殿。饭菜上桌,果然又都是她爱吃的菜,林非鹿吃多了点心还没饿,一样尝了一点儿就放筷子了。

伺候他们用膳的宫人见陛下又是夹菜又是舀汤的,短短一下午时间,居然已经有了见怪不怪的错觉。

吃过晚饭,林非鹿就抱着自己没看完的小说溜回永安宫了,睡龙床什么的,她感觉自己还没做好准备,且先苟住。

本来以为宋惊澜不会让她走,但见她偷溜的模样,他只是笑了一下,交代她晚上要好好休息,就没再多说什么。

林非鹿来到宋国的第一晚睡得很好,可能是因为跟明玥宫一样的环境带给了她熟悉的安心,只是翌日起床后听拾夏说,昨夜陛下来了一次,询问公主睡得是否安好。

得知她已经熟睡,陛下才又离开了。

礼部和中书省已经开始准备皇后册封大典和帝后大婚仪式,仅仅一日时间,陛下迎娶永安公主为后的消息就传遍整个临城。

住在重华殿中的太后听闻此事,惊得摔碎了碗碟。

半晌,人过中年却不减美貌的太后沉声吩咐宫人:"传哀家懿旨,宣永安公主来见。"

09

宋惊澜在路上耽误那么多天,早朝也就搁置了很久,今日天不亮就去上朝了。

林非鹿吃了早饭,本来打算继续宋朝皇宫一日游,刚踏出殿门,就接到了太后传召的口谕。

听春、拾夏两人的神情都有点儿紧张,太后这时候传召,想也知道所为何事,恐怕来者不善。松雨低声道:"公主,奴婢去请陛下吧?"

林非鹿随意摆了下手:"不用。你帮小白换个笼舍,我看它好像有点儿嫌小了,听春和拾夏陪我去见太后。"

三人得令,林非鹿便在两人的陪伴下出门了。

重华殿位处边缘,走过去都要半小时,林非鹿正好在途中询问有关太后的事情。但听春、拾夏两人虽入宫早,但也不过二十多岁的年纪,当年的事没有亲身经历过,都是道听途说。

拾夏低声道:"因先皇美人众多,太后娘娘虽位列四妃之一,却并不十分受宠。后来陛下被选作质子送往大林,太后娘娘在宫中就更加深居简出了。奴婢们当初进宫的时候,几乎没见过太后娘娘,直到前几年陛下回国,方才露面。"

听春接过话头:"但陛下和太后娘娘并不亲厚,陛下甚少去重华殿,对太后娘娘选进宫的美人也置之不理。有一回,陛下下令杖毙了一位美人,那美人是太后母族选进宫的贵女,算起来,还是陛下的表妹。"

林非鹿完全不知道还有这些事,有些惊讶:"杖毙?为何?"

拾夏看了看四周,才小声道:"那美人贿赂了御膳房的宫人,在陛下的吃食中下了药,想趁机……"

她话没说完,但林非鹿已然明白是什么意思,不由得惊叹,这些美人为了爬龙床还真是敢啊。

听春现在回想起来都后怕,声音虚虚的:"那一次宫中死了许多人,凡涉及此事的宫人全部赐死,那位美人的父兄也被削官逐出了临城,就连给那美人拿药的民间大夫都没逃过一死。"

美人出身容家,身为太后的侄女,行事如此大胆,恐怕也有太后的首肯,以宋惊澜的本事,不难推断。

宫中森然凝重的气氛不是没有原因的,这些宫人对宋惊澜的畏惧就是在这一次次杀戮中奠定的。

听春继续道:"容家美人死后,太后便去找陛下讨要说法,结果当时陛下说……"

她哽了一下,一时有点儿不敢说下去。

拾夏抿了抿唇,在林非鹿追问的眼神下鼓起勇气道:"陛下、陛下当时说,母后既然如此喜欢这位美人,不如……不如下去陪她……"

难道还能指望一个弑父杀兄的人心中有多少皇家亲情吗?

那之后,太后就再也没去过临安殿。

这几年母子俩相安无事，因为国舅容珩的关系，宋惊澜对太后其实还算不错，一应用度从不消减，她说宫中寂寞想选些美人进宫陪她，宋惊澜也没有阻止。只要那些美人不去他面前晃，他也不会随便杀人。

林非鹿一边走一边听她们说起这些旧事，对那位素未谋面的太后容荷渐渐有了一个大概的印象。

宋惊澜幼年离国，初到大林便能稳住脚跟，那时才七岁，却能迅速在敌国找到正确的生存之法，可见之前在宋国的生活也并不是一帆风顺、优渥舒适，因此才磨炼出冷静防备的性子，在短时间内适应危险的新环境。

容家当年出过几位皇后，在大宋根基很深，可后来被皇帝打压，逐渐没落。直到先皇继位，好美色，一向出美人的容家才终于找到复宠的机会，将美貌的容荷送进宫来。

容荷被寄予了家族全部的厚望，一步一步坐上四妃的位置，生下皇子后，自然会将这种厚望转移到自己儿子身上，盼他成才，盼他在众皇子中脱颖而出，盼他能得皇帝青睐。

想必宋惊澜从很小的时候，就已经被灌输争夺皇位的思想了吧。

林非鹿记得很久以前，她跟他坐在廊下吃冰棍，他若无其事地提起过他的家人。

那时候他笑着说，他被选作质子送往大林，整个容家除了舅舅容珩一人担心的是他的安危，其余人包括他母亲在内，担心的都只是容家就此失去了复宠的机会。

七岁离家，成年方归，他能对这位母后有多少感情，一想便知。

如今宋惊澜如愿坐上了皇位，太后也得到了她当初想要的一切，却不知她独坐中宫无子相伴时，有没有过后悔。

林非鹿走到重华殿时，初晨的太阳方才冒出云头。

这附近的景色不似正宫那么华丽精美，但也自有一番雅意，通传的小太监领着三人走进重华殿，穿过廊檐后，便对林非鹿身后的听春、拾夏二人道："太后娘娘只传召了永安公主，两位便在这儿等着吧。"

两人面露担忧，林非鹿朝她们投去一个宽心的眼神，跟着太监走进殿中。

一进去，林非鹿就闻到空气中淡淡的幽兰之香，绕过玉帘，便看见一名容貌美艳的妇女坐在榻上绣花，虽上了年岁，但保养得当，加上底子好，仍能一睹年轻时的美貌风华。

林非鹿一见她，就知道小漂亮为何长得那么好看了，这容家的美人基因是真的强。

她规规矩矩地行礼："小鹿拜见太后娘娘。"

那声音软软甜甜的，透着天然的乖巧，太后停住手中的动作，淡声道："起来吧。"

底下行礼的少女这才起身，微微抬头朝她看过来，极为清丽的一张脸，明眸皓齿，双瞳剪水，浑身自有一股钟灵毓秀的灵气，微微抿着唇笑时，颊边还有两个浅浅的梨涡，倒是跟她想象中媚主的狐媚子相完全不一样。

她偷偷打量自己，清澈的眼眸里有些好奇，还有些紧张。

太后本以为这公主一来便被封后，又跟宋惊澜有一起长大的情分，势必恃宠而骄。她本想杀杀这公主的神气威风，但见人生得如此乖巧，倒不好多说什么，便吩咐旁边的宫人："赐座。"

林非鹿乖乖坐下，不乱看，也不乱动，就这么坐了一会儿，突然听到太后问她："听说你和陛下很多年前便认识了？"

她这才抬头，微弯着唇回道："是，我小时候就认识陛下啦。"

太后问："是如何认识的？"

林非鹿歪着脑袋想了想，笑眯眯道："陛下那时候住在翠竹居，我喜欢去池边钓鱼，恰好要从翠竹居经过，所以便遇上了。我把钓的鱼分给了陛下两条，从那日开始便熟识了。"

太后听她嗓音里难掩的童真和单纯，不由得顺着她的话去想象儿子幼时的生活。

母子分离多年，他回国时，她都没认出他来。

他初回国时，先皇病重，朝政混乱，几位皇子夺位，险象环生，她也没时间、没心思去关心他之前十多年的生活。等儿子顺利登基之后，等她一跃成为太后之后，想去靠近自己的孩子时候，才发现他们之间早已隔了天堑。

他对他在大林的生活只字不提。

他幼时就因为她的严厉跟她不亲近，如今更加生疏了。

她缺席了他最重要的人生阶段，连打听都做不到。

而此时，少女轻快又雀跃的声音就像给空白纸卷画上内容的墨，填补了她缺失的那一块。

"翠竹居前有一大片竹林，每到春天地上就会结出新鲜的竹笋，陛下去挖笋，我就去钓鱼，然后一起做竹笋鱼吃。

"我跟陛下就坐在太学殿的第一排，有时候我太困了在课堂上打瞌睡，陛下就会帮我看着太傅，我被点名起来回答问题，陛下就偷偷把答案写给我。"

太后不由得笑出声："那太傅就该把你们两个一起罚。"

她不好意思地笑了下。

林非鹿直说了半个时辰，最后舔了下嘴巴，太后才反应过来，吩咐道："给公主上茶。"

她乖巧地笑了笑："多谢太后娘娘。"

太后看了她一会儿，等她喝完茶，才笑着摇了下头，低叹道："难怪皇儿喜欢你。"

虽然小公主尽拣些有趣的事说给自己听，但太后也明白，身为质子，怎么可能过得那么轻松。孤苦无依的境地，却有这么一个天真乖巧的公主陪着，想必平时也帮衬了不少，是他少时唯一的慰藉吧。

她今日传召这位公主前来，就是想看看让儿子一而再，再而三破例的女子到底是何许人。

她虽知自己无法干涉宋惊澜的决定，他又是一位独断专行的皇帝，多说什么，恐怕会使母子俩的关系更加僵冷。

但若真的是祸国媚主的女子，她说什么也要想办法联合容家以及宋惊澜唯一信任的舅舅容珩，将这皇后废了。

可此刻眼前分明只是一个天真乖巧的小姑娘，自小没尝过苦楚，一生顺风顺水，心思单纯又简单，就算立为皇后，也干不出她担心的那些事。

太后这心总算放了放，回过神时，却见对面的少女捧着茶杯正专心致志地看着自己搁在案桌上没绣完的手绢。

她不由得问道："你在看什么？"

林非鹿抿了下唇，软声说："太后娘娘绣的这朵墨兰真好看。"

太后喜爱兰花，这殿内不仅用的是兰香，各处垂帘上也绣着兰花。

这不巧了，当年的惠妃也喜爱兰花，林非鹿跟林念知厮混那段时间，见识了全天下所有的兰花品种，还移栽了很多到自己的花田，此时一眼就认出太后绣的是墨兰了。

太后听她这么说，果然意外地一笑："你倒知道这是墨兰。"

她有些骄傲地昂了下小脑袋，摇头晃脑地指着旁边的垂帘说："我还知道这上面是蕙兰，那个是建兰，太后娘娘身上这件衣服上绣的是寒兰。"

太后被少女这副可爱又有些小得意的样子逗笑了，笑问道："你怎么识得这些兰花？"

她眼里笑意分明："因为我母妃也很喜欢兰花，我以前住的宫殿里，养了许多兰花。"

太后笑了笑，拿起桌上没绣完的手帕，将剩下的几针钩了，收针之后，白丝手帕上的墨兰栩栩如生，她朝林非鹿招了招手："来。"

林非鹿乖乖走过去，太后便将这块新绣的手帕递给她："你既喜欢，哀家便送给你了。"

她有些开心，接过手帕之后手指慢慢抚过那朵墨兰，好半天才抬头说："小鹿很喜欢，多谢太后娘娘。"

她原先雀跃的声音此刻听着有些闷，太后抬眼一看，发现她眼圈也有点儿红，不由得柔声音问："怎么了？"

少女抿着唇，嘴角向下撇，像强忍泪意似的，好一会儿才捏着那块手绢哽咽着小声说："我想我娘了。"

太后心中一恸，想到儿子对自己的淡漠生疏，一时悲从心来，拉过少女的手将她拉到身边，怅然道："好孩子，你就要与皇儿成婚，今后哀家便是你的娘。"

10

虽然林非鹿知道，有小漂亮在绝不会让自己吃亏，太后对自己的态度如何其实影响不了什么，但"绿茶"生存手册之一就是能做朋友的绝不当敌人。

化敌为友不硬杠，五湖四海皆兄弟。

她在来的路上听听春、拾夏两人说完之后就明白，太后心中缺失的亲情，和想拉近与宋惊澜母子距离的迫切感，就是自己着手攻略的方向。

人一旦攀上巅峰，权力、地位都拥有了的时候，就会开始回忆过去，向往最平凡的温情。这是人的劣根性，也是这个时代高位者的通病，也深刻地展示了一个道理：拥有的时候不珍惜，失去了才追悔莫及。

小公主是太后唯一能了解儿子过去的途径，又是一个听话孝顺的乖巧孩子，她若是跟自己亲近，皇儿又喜爱她，想必今后自己跟皇儿之间的关系也能缓和。

林非鹿红着眼睛从殿中离开时,手上还戴着太后赐的一枚冰玉手镯。

这冰玉质地奇特,夏日戴在手上,就像随身携带的小空调一样,能降暑散凉。宫中只有一对,太后戴着一枚,另一枚如今就赐给了她。

听春、拾夏二人正焦急地等在外面,看见林非鹿红着眼睛出来,顿时一脸紧张地迎上去,"公主,没事儿吧?"

她朝两人安抚地一笑:"没事儿,太后娘娘待我极好。"

听春看见林非鹿手腕上的镯子倒是有些惊讶,她自然认识这玉镯,知道其稀奇性。太后竟然将这仅有的两枚玉镯赏给公主一枚,可见是真的对公主很好了,两个人这才松了口气。

南方入夏早,三人离开重华殿时,外头的太阳已经有些晒了,刚一出去,就看见殿门外的树下等着一行抬着轿辇的宫人。

为首的是临安殿的掌事太监孙江,一见她出来便笑着迎上来:"奴才参见公主殿下。"

林非鹿问:"你们在等我?"

孙江恭声笑道:"是,陛下吩咐奴才在这儿候着,送公主回宫。"

回程路途远,有轿辇坐倒是很舒服。林非鹿坐上轿,一行人便往回走,她撑着下巴转头问孙江:"陛下下朝了?"

孙江回道:"还没呢,怕是要忙到午时,公主是想去临安殿用膳还是回永安宫?"

她想了想:"去临安殿吧,等陛下回来了再一起用膳。"

她今天起得太早,去临安殿坐了没多会儿就开始犯困,屏退寝殿伺候的宫人后就爬到宋惊澜的龙床上去补觉。

这龙床睡起来其实跟自己的床也没什么区别,只是床顶悬着一颗硕大的夜明珠,以明珠为点,从上垂下了宽大华丽的帘帐,对隔绝蚊子起到了非常显著的效果。

她裹着轻薄的锦被在又大又软的床上滚了几圈,才终于一翻身睡了过去。

搁置多日的早朝一直到午时才结束,宋惊澜处理了堆积的政务后,还在朝上宣布了立后大婚的事。有了礼部尚书昨日经历的那一幕死亡凝视,朝中无人提出质疑,纷纷表示恭喜陛下。

散朝之后,宋惊澜回到临安殿,殿中燃着熏香,静悄悄的。

531

孙江小声询问:"陛下,公主在里头睡着呢,传膳吗?"

宋惊澜朝里走去:"传。"

寝殿里一个人都没有,林非鹿睡觉时不喜欢有人守着,宽大的帘帐自顶垂落到地面,逶迤铺开,安静的殿内只有她清浅的呼吸声。

宋惊澜缓步走近,一根手指撩开了帘帐。

床上的少女侧身而躺,面朝外面,睡得正香。应该是嫌热,她没盖被子,只穿了件单衣,领口扯得有些松,隐约露出白皙的锁骨。

墨发铺了一床,他眯了下眼,松开手指,那帘帐便又垂下,将他和床上的少女全然挡住。

林非鹿不知道自己睡了多久,半梦半醒伸手的时候,摸到一个胸膛。

她眼睛还闭着,手指迟疑地往上摸一摸,又往下摸一摸,摸到他小腹的位置时,被一只手捏住了手腕,睁眼时,就看见宋惊澜侧躺在自己身边,手肘撑着头,唇边笑意融融。

林非鹿往前一蹭,脸贴着他的胸口蹭了蹭,困恢恢地问:"你在做什么?"

他嗓音含笑:"在看公主睡觉。"

她有点儿不好意思:"睡觉有什么好看的?我睡相又不好。"

宋惊澜笑了一声,握着她的手腕搂住自己的腰,低头亲了亲她乱糟糟的额头:"起来用膳吧。"

她顺势埋进他怀里,"不饿。"顿了顿又说,"我今天去见太后了,她还送了我一枚冰玉镯呢。"

宋惊澜很喜欢她的主动亲近,手掌抚着她的后脑勺儿,手指插进她发间,鼻尖溢出的嗓音透着几分慵懒:"嗯。"

林非鹿抬了下头,只能看见他精致的下颌:"你不喜欢她吗?"

他呼吸平缓,连声音也没有起伏:"谈不上喜欢,也谈不上厌恶。只要她不逾越,我也不会动她。"

林非鹿有一会儿没说话。

宋惊澜低下头,手指轻轻捏了下她的后颈,缓缓问:"公主讨厌这样的我吗?"

弑父杀兄、冷落生母,他所有的行为都跟这个重孝重仁的时代不符,将来史书上,势必也会留下这一笔污点,谓之暴君。

可他不在乎那些,他只在乎怀里的少女会怎么想。

林非鹿微微往后仰，抬起头用鼻尖蹭了蹭他的下巴，像安抚，又像心疼，在他的凝视下轻声说："我们小宋，以前一定过得很辛苦吧。"

一定过得很辛苦吧，不管是在宋国，还是在大林。

宋惊澜下垂的睫毛轻轻颤了一下，然后低头吻住看着自己的那双眼睛。

他动作好温柔，一下又一下地轻触，像怕吻碎了一样，从眼睛吻到鼻尖，又含住她的唇。

他这一生的温柔，全都给了她一个人。

他无奈地笑了一下，手指拂了拂她额前的碎发："起来用膳吧。"

林非鹿老实巴交地说："用膳吧，我饿了。"

好半天，他才笑了一声，慢悠悠坐起来，揉揉她乱糟糟的脑袋："乖一点儿，我想给公主一个完整的大婚。"

外头传的膳已经凉了，见陛下拉着公主出来，孙江才又唤人重新传膳。

正吃着饭，司天监的人便来回禀，说大婚吉日已经择定，就定在下月初七。

林非鹿一听只有一个月的时间，还有点儿担心会来不及准备。她最近也查阅典籍了解了一下，知道帝后婚礼的流程十分繁复，而且还要在婚礼上册封皇后，就更复杂了，各个步骤都耗时耗力，却听宋惊澜有些不悦道："下月？"

司天监的官员满头大汗，欲哭无泪："回陛下，这已经是下官们卜出来的最近的吉日了。"

他这才挥了下手："行了，去准备吧。"

官员忙不迭地退下。

吉日已定，宫中自然就开始忙起来了。

大婚之日百官参见，上拜黄天，下祭高祖，穿衣打扮也有讲究。制衣局的宫人给林非鹿量了尺码，便开始赶制大婚凤袍。

林非鹿除了配合宫人量了三围，好像就没她什么事儿了，每天就吃吃喝喝耍耍，偶尔大胆地勾引一下陛下，撩起火了又不负责地跑掉。

不过这毕竟是她第一次结婚，心里有些紧张又有些期待。

她偷偷搞了一个日历，过一天就撕一张，知了的叫声布满树梢时，日历也终于撕到了最后一张。

第十章 帝后生活

惊鹿

01

林非鹿之前参加林倾和司妙然的大婚时就感叹过，看上去好累好复杂啊，没想到这次轮到自己，更累更复杂。

她感觉光是那身凤袍就有五斤，虽然制衣局的宫人已经在陛下的吩咐下尽量精简了，但毕竟是大婚凤袍，里外配饰都有规制。更别说还有一顶凤冠，漂亮是漂亮，重也是真的重，真是应了那句"别低头皇冠会掉"。

她从天不亮就起床开始梳洗打扮了，吉时一到，新娘出阁，八抬大轿过龙凤天马正门，将她抬到了正殿前的广场。

广场四周已经站满文武百官，按照品阶从上到下，正殿前有一条玉石铺就的百米长阶，平日官员们上朝就要从这里过。此时玉阶两旁站着两排笔直的侍卫，她要走上这条玉阶，宋惊澜就在最上面等着她。

晨起的太阳已经很耀眼了，林非鹿深吸一口气，在百官注视之下，双手无比端庄地放在身前，挺直背脊，微抬下巴，然后一步一步朝台阶上走去。

红色的凤袍在身后透迤出长长的裙摆，裙摆之上凤凰于飞，百鸟而慕，阳光洒下来，缝制图纹的丝线闪耀金色的光。她每走一步，凤冠垂下的珠帘便轻轻晃动，发出清脆的声响。

等她终于走上这条台阶，看见对面眉眼含笑的宋惊澜时，林非鹿感觉自己腰都要断了。

而这才是开始。

接下来就是告黄天，祭高祖，帝后同受百官之礼，承制官宣读制命，册封为后，持节展礼。

入夏的天本来就热，一整套仪式下来，林非鹿已经晕头转向，感觉快窒息了。关键是在百官注视之下，她还不能失了仪容，要一直挺胸收腹微抬下巴，端庄微笑，简直要命。

从祭天台下来的时候，她没踩稳脚下一软，差点儿摔下台阶，好在宋惊澜眼疾手快一把扶住了她的胳膊，低声问："还能走吗？"

众目睽睽之下，林非鹿也不好撒娇，脸上还维持着身为皇后的端庄笑容，唇齿间挤出的声音却已经要哭不哭了："好累，脚好痛……"还没说完，旁边宋惊澜就一俯身，把人打横抱了起来。

林非鹿惊呼一声，下意识地抬手按住自己摇摇欲坠的凤冠。

四周随着他的动作顿时起了一片骚动，她面红耳赤，有点儿着急："你干什么呀？快放我下来！"

宋惊澜面不改色，稳稳地抱着她朝下走去。

林非鹿挣扎了两下没什么用，索性放弃，只小声嘟囔："凤袍和凤冠好重的。"

他微微抿唇笑了一下，很淡的一个笑，只有在他怀里的她才能看见。

走下祭天台，负责整个仪式的官员候在两边，见陛下抱着新册封的皇后往正殿走去，丝毫没有放她下来的意思，鼓起勇气上前一步道："陛下，这不合规矩……"

宋惊澜微一偏头，眼尾狭长："规矩？"

四周顿时噤声。

官员默不作声退了回去，百官便眼睁睁看着陛下抱着皇后走完了剩下的仪式。

之后林非鹿就被送入了临安殿。

其实按照规制，她应该被送回皇后的寝殿，等夜幕之后皇帝临幸才对，但她喜欢临安殿的香味，这一个月也总是在寝殿内的龙床上打滚，所以宋惊澜就把喜房设在了临安殿。

平日总是庄严森然的临安殿今日看上去格外喜气洋洋，一眼望去尽是大喜的红。

寝殿内地铺重茵，四设屏嶂，一对半人高的喜烛静静燃烧。林非鹿一进去就把压垮她脖子的凤冠摘下来了，又两三下脱了几层厚的凤袍，往柔软的龙床上一躺，才感觉整个人活了过来。

听春、拾夏二人知道陛下宠爱她，也没有阻止，听她的吩咐又去御膳房端了吃食，林非鹿吃完之后就躺在床上困得睡过去了。

夜幕之后喜房之中还有仪式，睡了一会儿，听春、拾夏二人就将她从床

537

上拖起来。林非鹿洗了个澡，又重新梳洗打扮，穿上凤袍，戴好凤冠，规规矩矩在床边坐好，傍晚时分，便有尚食官员端着馔品进来。

林非鹿刚睡醒，还有点头晕脑涨，看着宋惊澜从外面走进来，打了个哈欠。

两人又在礼制官的主持下先行祭礼，再行合卺礼。礼毕之后，侍者撤馔，寝殿内的礼制官们才终于一一退下，只剩下帝后二人。

窗外的天色已经黑了，林非鹿再次扒拉下凤冠，往案桌上一扔，然后整个人就呈大字形躺在了床上。

宋惊澜去梳洗一番回来后，发现人已经又睡着了，凤袍都没脱，被她皱皱地压在身下，从床上铺到了床下。

那凤袍颜色明艳，质地光滑，在烛火映照之下泛出层层水纹般的光影，她歪头躺在那里时，像躺在一片红色的水面上，黑发铺在身后，有种诱人的风情。

宋惊澜就站在床边，垂眸看了好一会儿。

半响，他无声地笑了一下，然后俯身解开她的腰带。

林非鹿在睡梦中蹬了一下脚，声音软绵绵的："困……"

他把人抱起来，脱掉繁复的凤袍，又伸手取下她的簪花和耳环。林非鹿像没骨头似的瘫在他怀里，半合着眼，任由他摆弄。

好一会儿，他才把她身上多余的配饰都取了，然后把人抱起来，轻轻放在了靠床里面的位置。

林非鹿其实已经醒了，但是累到不想说话，躺好之后就半眯着眼看他，看他脱掉了自己的外衫，伸手放下了垂帘，挡住了外头摇晃的烛火。

墨发散下来，他逆光而立，比她还像个妖精。

旁边的床铺往下塌了塌，他睡在了她身边，伸手把她揽进怀里后，低头亲了亲她的额头。

林非鹿内心有点儿激荡，强装着镇定静静等待。

结果她等啊等啊，等得瞌睡都又来了，宋惊澜还是只温柔地抱着她，头顶呼吸平稳，像睡着了一样。

林非鹿默了一会儿，忍不住问："你睡着啦？"

半响，传来他有些懒意的低声："嗯？"

她快气死了，一下子挣脱开他的怀抱从床上翻坐起来，恶狠狠地看着他："嗯什么嗯！洞房花烛夜，你就这样？就这？！"

宋惊澜躺平身子，笑着看她："不是累了吗？"

林非鹿说："还没开始你就累了？体力不行啊，陛下！"

宋惊澜：……

他的笑淡下来，眼神也危险起来。

林非鹿马上认怂："是我累了，是我不行！"

宋惊澜眯了眯眼，缓缓坐起身。

林非鹿顿觉不妙，手脚并用就想跑，刚爬了没两步，脚踝就被一只手拽住了。她听到他略微低哑的声音："洞房花烛夜，皇后要去哪儿？"

那脚踝上还戴着他送她的凤凰扣，血红映着细腻的白，引人遐思。

林非鹿蹬了两下，想把他的手甩开，那只骨节分明的手反而越握越紧，半响，指尖轻轻滑过她的脚心。她怕痒，全身一下子就没力了，尖叫着瘫在了床上。

身后笑了一声，他终于松开手，林非鹿刚翻了个身，他已经欺身而下压了过来。

烛火映在华丽的帘帐上，透进暗色的光，朦朦胧胧又摇摇晃晃。他眼眸幽深，手指拂过她额间的碎发，低笑着问："还累吗？"

林非鹿不敢再挑衅他了，乖乖回答："不累了。"

他眼中笑意越深。

她紧抿住唇，双手不自觉地搂住他的脖子。

宋惊澜顺着她的动作低下头，吻住她的唇。

他的吻犹如他的动作，温柔又极具耐心，问她："公主，喜欢我吗？"

林非鹿鼻尖"嗯"了一声。

他低下头，轻轻吻她："说出来。"

她脚趾蜷在一起，发出的声音好像不是自己的："喜欢——"

他笑着，往上吻她的耳垂，嗓音低得像蛊惑："喜欢谁？"

那吻从她耳边到颈边，来来回回，像过电一般。她手指紧紧攀附他的肩，身子却忍不住往后躲："喜欢你——"

他手掌握住她的腰，又将她扯回身下："我是谁？"

她浑身紧绷，眼角溢出了泪意："陛下……夫君……"

他喜爱这样的游戏，一遍一遍问她，一遍一遍听她的回答。

02

　　半夜的时候,宫人提了热水进来,倒进屏风后沐浴的大木桶里。
　　林非鹿简直没脸起来。
　　这该死的古代,洗澡还有外人进来,天知道她有多想念浴室花洒。
　　听着宫人进进出出,倒水哗啦的声音,她埋在床上一动不动装死,等人全部退下,披着一件黑色单衣的宋惊澜才撩开帘帐,俯身来抱她去洗澡。
　　木桶比她以前用的浴缸还要大,水面还漂着玫瑰花瓣,旁边的檀木架子上洗浴用品一应俱全,除了换水需要人工,其他的其实都挺方便舒服的。
　　她在水里找了个舒服的姿势,靠着边缘半躺了下来,手指挑着水面的花瓣玩。
　　片刻之后,宋惊澜走了过来。
　　他绕过屏风,身上那件黑衣无风自动,墨发垂在身后,像在夜里出没的妖精,专门以美色诱人的那种。
　　林非鹿拿着花瓣搓搓脸:"你洗吗?还是先换水?"
　　宋惊澜笑了下,直接跨了进来。他没脱衣服,宽大的黑色衣摆就漂在水面上,那些殷红的花瓣浮在衣摆之上,交缠着他的墨发,有种惊心动魄的美。
　　林非鹿一惊:"衣服湿了……"话没说完,人就被他扯过去了。

　　洗完澡,她手脚并用地从水里爬出来,迅速用浴巾把自己裹住:"不行了!我真的不行了!"
　　宋惊澜很轻地笑了下。
　　林非鹿机敏地从他的笑里领会到某种意思,顿时有点儿崩溃:"陛下,你明天还要上朝啊!"
　　他朝她走来,经过檀木衣架旁时,顺手扯下一件青色纱衣。
　　林非鹿连连后退,他步步逼近,低笑着问:"公主不是说过,春宵苦短日高起,从此君王不早朝吗?"
　　她退到了墙角,紧紧揽着浴巾,痛心疾首道:"那是昏君才做的事!陛下难道要效仿昏君吗?"
　　宋惊澜已经逼近,身影伴着气息压下来,将她完全笼罩,他低下头来,嗓音低得像叹息:"公主在怀,效仿昏君又有何不可?"

林非鹿:……

过了好一会儿,她才听到他笑了一声,把那件纱衣递给她:"穿上吧。"

林非鹿无比嫌弃:"这么透,穿这个跟不穿有什么区别!"

宋惊澜微一挑眉:"那就不穿?"

林非鹿一把扯过纱衣,背过身去,只留给他一个纤细漂亮的后背,飞快擦干水珠后,忙不迭地将纱衣穿上了,青衣轻薄,像披了雾的夜色。

她躺在他怀里沉沉睡去。

虽然两人早已有过亲密接触,但真正在一张床上过夜还是头一次。宋惊澜虽然是个罔顾法理教条的人,但在有关林非鹿的事情上,依旧愿意遵守那些墨守成规的礼俗。

听着怀中熟睡的呼吸声,他垂眸静静地看着她,看着她安静又乖巧的睡容,只是低下头,轻轻亲吻了她的眼睛。

翌日一早,林非鹿还睡着,宋惊澜已经准备起床上朝了。

感觉他要走,她搂住他的腰不放手,埋在他怀里半梦半醒地撒娇:"陪我……"

他无奈地一笑,只能躺回去,抱着娇软身子轻轻抚着她的背心,温声哄她:"近日没什么事,我很快就回来,你再睡一会儿,嗯?"

成为皇后的第一天,她决定恃宠而骄一下:"不准去。"

宋惊澜笑了一声,手指轻柔地抚摸她耳后的肌肤,薄唇贴着她的耳郭,像亲吻,又像耳语:"皇后不是没给孤不早朝的机会吗?要不然,现在继续?"

怀里的少女果断把他踢开,身子一翻朝内躺着,还嫌弃地挥了下手:"你走吧!"

宋惊澜无声地笑了一下。

他没在寝殿梳洗,换好朝服后就走了出去,让她继续安静地睡觉。

他一走,宽大柔软的龙床上好像顿时就没那么舒服了,少了温热,也少了温存,林非鹿翻了几个身,明明还觉得累,却再没了睡意。

不过今天也不容她睡懒觉,天刚亮,听春和拾夏就过来唤她起床了。林非鹿腰酸腿软地爬起来,成为皇后的第一天,按照规矩,要去给太后奉茶,还要接受宫中美人的请安,以及去祖庙上香。

但是宫中的美人都没位分,所以这一步可以省略。

听春和拾夏一进来便笑盈盈地行礼:"奴婢拜见皇后娘娘。"

林非鹿听着还怪别扭的。

不仅称呼变了,连衣服和配饰都变了,处处彰显皇后的身份。

梳洗完毕,她便坐着凤銮前往重华殿给太后奉茶。为了避免宫人看出异样,腰酸腿软也得忍着,一下轿,太后宫中的人便都笑着迎上来叩见皇后娘娘,这是讨喜头,林非鹿一挥手,听春便将早已准备好的银子递给他们。

这一个月她时不时就来重华殿陪太后说说话,她讨好长辈又是一把好手,独居深宫多年的太后从未有过这种子女绕膝的温情,被她哄得服服帖帖的。

现在太后心中就只有一个想法,就算无法缓和和儿子之间的关系,多个贴心的女儿也很赚!

林非鹿奉完茶,太后拉着她的手规劝了几句身为皇后应当秉持的品质与责任,又将早已备好的赏赐赏给她。

从重华殿离开,她又去祖庙上香,几个时辰过去,宋惊澜都散朝了,她还没忙完。

不过除了成为皇后的第一天忙了一天,那之后,林非鹿基本就又恢复了之前吃吃喝喝耍耍的清闲生活。

她怕麻烦,也不想生活中有太多糟心事、糟心人,宋惊澜把这一切都处理得很好,无论是后宫还是前朝,都没有任何事能影响到她的心情。

宋惊澜不忙政事的时候,有时候会在永安宫陪她练剑。

她其实也不会什么系统的剑法,毕竟奚贵妃擅使长枪,会几招防身的剑术,轻功足够上房揭瓦,就是她全部的武学家底了。

但宋惊澜师承纪凉,两人虽名为叔侄,但其实早已师徒相待,纪凉独身一人,无妻无子,便将毕生剑法都传授于他,可谓天下第一剑客唯一的传人了。

江湖英雄榜上虽无他的排名,但从上次他跟砚心交手就能看出来,他的武功造诣绝非常人能及。

林非鹿看看他,再看看自己的花架式,突然开始明白自己的体力为什么跟不上了。

宋惊澜收了剑转过身时,就看见少女坐在台阶上托着下巴一脸凝重地看着他。

他失笑摇头,走过去在她面前蹲下:"怎么了?"

林非鹿气鼓鼓地说:"我也要学!"

宋惊澜挑了下眉："剑法吗？"他想了想，温声道，"因这是纪叔的剑术，我不能直接教你。待他下次来宫，我问过他的意见，若他同意，我再教你可好？"

林非鹿撇了下嘴："谁说要跟你学了？"

她转身跑回寝殿，翻腾了一会儿找了什么东西出来，又兴高采烈地跑出来，十分得意地说："我要学这个！"手上拿的是《即墨剑谱》。

她翻了两下，有些兴奋地问他："纪叔的剑术厉害，还是即墨剑法厉害？"

宋惊澜想了想："应当不相上下。"

毕竟即墨吾已经过世多年，江湖上早无擅使即墨剑法的人，也无从验证。

这剑谱放在她身边多年，没事的时候就拿出来翻翻，可惜没人指导，她担心自己胡乱学习会走火入魔，一直都不敢下手。现在有宋惊澜这个剑术高超的人在身边指导，应当没问题吧？于是恃宠而骄的皇后对着皇帝发号施令："你教我练这个！"

03

即墨吾死后，即墨剑法就相当于失传了。尽管后来陆家长子偷学剑谱，时间也不短，却只学会了第一招，可见这绝世剑术也不是一般人能研究透彻的。

反正林非鹿没这个本事，她殷切地看着宋惊澜。

他刚练完剑，额头还有浅浅一层汗，接收到她热切的目光，无奈地笑了一下，接过剑谱道："好，我学会了再教你。"

林非鹿不干："等你学会都多久啦？边学边教！"

于是宋惊澜的日常多了一项练剑教学。

宋惊澜有时候批阅奏折累了，休息的时候就拿起旁边的剑谱翻一翻看一看。天下剑术尽管分门别类，但剑法同宗，他武功造诣又高，在识海之中便可演练剑法。

于是林非鹿发现，这个人为什么每次从临安殿出来就会新招式了啊？！

他到底在里面是批阅奏折还是在偷偷练剑？

他学会一招，便教她一招，林非鹿为了以后在体力上不落下风，学得可认真了。

没想到练武天赋教她做人，独自研习的宋惊澜已经学到第十七招了，她还在第七招苦苦挣扎，教学进度因此被大大拉开。

她就很气！

自从成亲之后，她的脾气被他越惯越大，发挥出来的"作精"潜质简直令人惊叹。从满级"绿茶"到满级"作精"，转型转得非常顺利。

宋惊澜刚教完她一套剑法，就看见眼前的少女一屁股坐在地上不起来了："不学了！你耍赖！"

他提剑走过去，在她面前半蹲下，剑尖朝下撑在地面，笑着问："我怎么耍赖了？"

她别过头，气鼓鼓的："你都学到后面去了，每次都能猜到我的出招，我根本接不住你的剑！"

宋惊澜叹了声气，故意做出疑惑的表情："那怎么办呢？"

林非鹿叉腰："你不准再往后学了，等我追上你的进度再说！"

他笑着伸出手："好，那继续吗？"

她哼了一声，声音闷闷的："不要，反正又打不过你，不想自取其辱了。"

宋惊澜柔声说："我不用即墨剑法，就用普通招式和你对剑，可好？"

她这才转过头，半信半疑地瞅了他一眼："真的哦？"

他点头："真的。"

林非鹿得寸进尺："也不准使纪叔的剑法！"

宋惊澜笑着："好。"

他把人从地上拉起来，俯身拍了拍她裙角的灰，再握剑时，姿势就变了。即墨剑法既为绝世剑术，自然有它的过人之处，林非鹿学了这么久，虽然学得慢，但一招一式都学得精，一旦宋惊澜不使用相同的剑术见招拆招，她就开始占上风了。

她练剑也有自己的一套风格，因为轻功不错，所以身法更为飘逸灵动。宋惊澜有心喂招，只守不攻，两人从永安宫一直纠缠到殿外景台，看得周围的宫人胆战心惊。

最后看她体力用尽，宋惊澜才终于露出一个空当，被她挑离了手中剑，拱手笑道："我输了。"

虽然他让得很明显，但乐意让，林非鹿也就乐意赢，于是骄傲地挺直了腰杆。

目睹这一切的宫人们都是普通人，自然看不懂这其中的弯弯绕绕。在他们眼中就是陛下一直被皇后娘娘拿剑追着砍，最后还弃剑认输了！

自从多了一个皇后，宫中的气氛就不如以前森然凝重。以前被林非鹿嫌弃没有活力的宫人们也渐渐恢复了生气，偶尔也会在私底下聊一聊帝后日常，羡慕一下帝后的恩爱。

纪凉时隔一年再来皇宫时，就听到宫人们都在议论陛下每日在皇后娘娘剑下花式认输的事情。

天下第一剑客的脑袋上缓缓冒出了一个问号，自己的嫡传弟子如今已经如此不济了吗？

他习惯在夜里出没，因身上有宋惊澜特赐的通行玉牌，也不用按照程序走正门，每次都趁着夜色一路悄无声息地潜入皇宫，来到临安殿时，宋惊澜还在批奏折。

他还未现身，宋惊澜就已经察觉到了熟悉的气息，微一勾唇角，吩咐天冬："都退下吧。"

天冬知道这是纪先生来了的意思，得令之后便将殿内的侍卫和宫人全部遣退。纪凉跟有社交恐惧症似的，等人全都走了，才终于从阴影里走出来。

宋惊澜搁了笔，笑吟吟地喊："纪叔。"

纪凉还是那副面无表情的模样，只是看他的眼神透出几分疑惑。

宋惊澜挑了下眉："纪叔，怎么了？"

过了好一会儿，才听见纪凉冷冰冰地问："你打不过那个小女娃？"

宋惊澜愣了愣，才反应过来他说的是什么意思，无奈地一笑："纪叔，我得让着她。"

纪凉冷声说："习武一道，岂有'让'字？"

宋惊澜悠悠道："纪叔，你知道夫妻情趣吗？"

纪凉："不懂。"

他这一生心中只有剑。

宋惊澜笑了笑，揭过了这个话题。两人正在殿中说话，过了片刻，纪凉突然凝声说："有人进来了。"

宋惊澜笑道："无妨，是鹿儿。"

这个时候能自由进入临安殿的，也只有她了。

纪凉又露出那副面无表情中还带点儿嫌弃的模样。

林非鹿跨入殿门，穿过长廊没看见值守的侍卫时就觉得奇怪，直到绕过玉屏看见坐在垫上的纪凉，才明白是什么回事儿。她一抿唇，有些惊讶又有些开心："纪叔，你什么时候来的？"

纪凉眼皮都没抬一下，冷冷地回了两个字："刚刚。"

她早就习惯他这个态度了，笑眯眯地跑过去："纪叔，好久不见呀，我可想你啦。"

纪凉终于有反应了，抬头朝她投来一个疑惑的眼神。

我们有这么熟吗？

林非鹿假装没看懂他的眼神，还是那副甜美又乖巧的表情："既然来啦，就多待一些时日吧。"她手上还提着一个小食盒，本来是给宋惊澜的，现在直接揭开盖子端出里头的甜品递给他，"纪叔，这是我做的嫩豆糕，你尝一尝呀。"

东西都递到眼前了，纪凉就是再别扭，也还是伸手接了过来。

他本想放在一边，但林非鹿就跪坐在他对面，眨着大眼睛不无期盼地看着他，搞得他不尝一口都不行，只好一言不发地把那碗嫩豆糕都吃完了。

她脸上笑意更盛，歪着脑袋问："纪叔，好吃吗？"

纪凉面无表情地"嗯"了一声。

她却好像从这敷衍的回应里得到了莫大的夸奖，眼眸晶亮道："那我以后天天做给纪叔吃！"

纪凉一生漂泊江湖，跟宋惊澜虽然亲密但并不亲近，江湖上就更不必说，远远地就会被他冷冰冰的剑意吓走，什么时候有人对他这么热情过，顿时觉得全身上下每个地方都不自在了。

宋惊澜在旁边问："我的呢？"

林非鹿偏头看了看他，又看了看食盒里剩下的那碗嫩豆糕，小小地叹了声气，委委屈屈地说："那就把我的给你吃吧。"

宋惊澜倒是怡然自得。

嫩豆糕还在胃里没消化的纪凉：……

怎么办！他吃了小女娃的嫩豆糕！小女娃没的吃了！他为什么要吃这该死的嫩豆糕？！

不知道为什么，林非鹿总感觉旁边冷冰冰的剑意更汹涌了呢！

纪凉每隔一年便会来一次皇宫，考察宋惊澜的剑法。江湖上无事时，他偶尔也会在皇宫中住上一住，跟自己的嫡传弟子论论剑，和好友容珩喝喝酒。

他一生漂泊无定，又喜爱清静，苍松山上总有人前去找他比剑，他也不爱回去了，倒是这皇宫清静。宋惊澜给他拨了一处十分清幽的庭院，既无侍卫也无宫人，他住着很喜欢。

结果这日天刚亮，他还坐在房中运气打坐，便察觉有人渐行渐近。

不多会儿，院门便被敲响，传来少女清甜的嗓音："纪叔，我给你送早饭来啦。"

纪凉：……

他面无表情地走出去拉开了院门。

外头林非鹿笑得跟朵花儿一样，把食盒递过来："早上好呀纪叔，不知道你喜欢吃什么，我各样都做了一点儿，你喜欢哪道跟我说呀。"

纪凉默默地接过来，少女朝他挥挥手："那我不打扰纪叔啦。"说完，蹦蹦跳跳就走了。

纪凉看着她雀跃的背影走远，才关上门。回到屋中，他等打坐完才打开了食盒，里头果然菜品丰富，虽然有些凉了，但他还是全都吃了。

中午时分，林非鹿又来敲门，提着丰盛的食盒，笑眯眯道："纪叔，早上那些菜你最喜欢哪道？"

纪凉："……都可。"

她开心地点头："那再试试中午的！"

她送完就走，也不过分打扰。

到了晚上，人又来了。

纪凉接过沉甸甸的食盒，想说什么，她已经笑着挥挥手跑走了。

翌日一早，院门准时被敲响。

纪凉耳朵动了动，仍闭着眼运气，假装自己不在。

外头敲了一会儿就没声了，他听到脚步声远去，一直等没动静了，才慢慢走出去，打开了院门，看见门口放着一个眼熟的食盒。

如此几日，不管他是真不在还是假不在，一日三餐就没断过。

每次到了饭点，他就会不自觉地竖起耳朵，注意周围的动静。

纪凉觉得这习惯实属不妥。

等林非鹿再一次来送饭的时候，他拉开院门不等她开口便冷冷道："以后不要送饭来了。"

门外的小女娃一愣，脸上本来甜甜的笑意顿时有些僵。

纪凉看到她提着食盒的手指渐渐收紧，虽努力维持着笑容，却很小声地问他："纪叔不喜欢吃我做的饭吗？"

纪凉也不知道怎么回答，只好"嗯"了一声，就看见小女娃的眼眶渐渐红了。

她却没哭，还是很乖地朝他笑了下，轻声说："知道啦，我以后不会来打扰纪叔了。"说完，朝他又是一笑，才转身走了。

纪凉耳力过人，百米之内什么动静听不到？

刚关上门，就听见走出一段距离的小女娃小声哭了起来，抽抽搭搭的，听着别提多委屈了。

纪凉：……

他就很慌。

04

令江湖中人闻风丧胆的天下第一剑客一时间手足无措地僵在了门后，发生了什么？我该怎么办？

一直等那难过的抽泣声远去，再也听不到了，纪凉才终于正常喘了口气，再一看掌心的冷汗，这简直比他早年跟邪道中人交手差点儿丧命时还要令人惊恐。

下午饭点时，在房中打坐的纪凉不由得又竖起了耳朵。

四周静悄悄的，一点儿动静都没有。

小女娃说到做到，说不会再来打扰他，果然就没来了。

纪凉心里一边松了口气，一边又觉得怪怪的。

直到天黑，他才无声无息地离开房中，前往临安殿。近日宋惊澜因为参破了即墨剑法，在剑术上又有新的心得，师徒俩常在夜里论剑，钻研剑道。

他过去的时候，林非鹿也在。

她还是坐在她平日固定的小桌子那里看书，垂着脑袋看上去有气无力的，宋惊澜正在旁边哄她："松雨说你晚膳也没吃，我叫他们做些汤食来可好？"

她闷闷地摇头："不要，不想吃。"

宋惊澜无奈地摸摸她蔫蔫的小脑袋："今日到底怎么了？谁惹孤的皇后生气了？"

刚进来的纪凉顿时感觉全身每一个毛孔都紧张起来。

林非鹿恰好抬头，看到他之后，只愣了一小下，随即朝他宽心地一笑，那笑分明是在说：纪叔放心，我不会乱说什么的。

纪凉：……

果然，他就听见小女娃努力笑着回答："没有啦，就是太热了，有点儿没胃口。纪叔来啦，我先回去了。"

纪凉：……

心里这突如其来莫名其妙的愧疚是怎么回事？

纪凉如临大敌一般往后退了两步，面无表情又有些干巴巴地说："我明日再来。"说完，身影一闪就消失了，看上去大有落荒而逃的意思。

宋惊澜若有所思地眯了眯眼，再低头一看眼里闪过丁点得逞笑意的少女，忍不住笑起来，捏了下她软乎乎的小脸："你是不是欺负纪叔了？"

林非鹿顿时大声反驳："我哪有！"

他把人抱起来放在腿上，手指捏着她柔软的耳垂，眼角似笑非笑："我听宫人说，你这几日天天都给纪叔送饭？"

林非鹿理直气壮："对啊！纪叔难得来一次，当然要对他好一点儿。"

他低头咬她下巴："孤都没这待遇。"

林非鹿被他又亲又咬得浑身发痒，一边躲一边拿手推他："连纪叔的醋都吃，陛下是醋缸里泡大的吗？"

他闭着眼笑，睫毛从她侧脸扫过，嗓音又低又哑："嗯，是。"

因为纪凉的到来，宋惊澜的教学日常也就暂时搁置了。林非鹿觉得挺好的，可以趁机追赶一下学霸的进度，每天除了练习已经学会的剑招，自己也会拿着《即墨剑谱》钻研钻研，自己学一学，练一练。

她却不在永安宫练，而是去宫中的一片竹林里。

竹海成浪，生机盎然，哪怕夏日也透着清透的凉爽，风过之时，竹叶翩飞，她便用竹叶试招，一套剑法练下来，剑上都能串一串翠色竹叶。

最关键的是，这片竹林位处临安殿和纪凉住的庭院之间，纪凉只要去临安殿，就会从竹林附近经过。

以他的武功，自然能捕捉到竹林中练剑的动静。

如此几日，纪凉终于忍不住悄无声息地靠近竹林，以他的身手，想不被

549

人察觉，简直轻而易举。

竹海中的小女娃正盘腿坐在地上翻剑谱，神情严肃地看了半天，又站起来拿着剑练习。

纪凉看了一会儿，冷冷地出声："不对。"

林非鹿像被吓到，猛地朝声音的方向看过来，待看见踩在一根弯竹上的身影，脸上也溢出惊喜的笑容，朝他跑过来："纪叔！"

刚跑了两步，又突然想到什么，脚步一下停住了，脸上的笑也变得小心翼翼起来，她缓缓地退回去，怯生生地小声问："纪叔，你怎么来了？我……我吵到你了吗？"

纪凉：……

啊！这该死的愧疚怎么又冒出来了？

纪凉默了一会儿，在小女娃紧张的神情中飞了下来，随手在地上捡了一根竹枝，沉声道："即墨剑法，重在出招诡谲，要快，要变，要反行其道。"

他将她刚才练的那几招重现一遍，分明是一样的招数，在他身上却突然变得眼花缭乱起来，哪怕手上拿的只是一根竹枝，却破开了风声和竹叶。

林非鹿看得目不转睛，心里已经乐开了花。

天下第一剑客终于开始教自己练剑了！

纪凉示范了两遍，转头看着旁边已经被自己惊呆的小女娃，沉声问："会了吗？"

她似乎这才回过神来，水汪汪的大眼睛一眨不眨地望着他，结结巴巴地说："没……没有……"纪凉还没说话，就见她垂了垂眸，红着眼角特别难过地问，"纪叔，我是不是太笨了？"

纪凉：……

她又要哭了！

他毛孔都要乍开了，立即斩钉截铁地说："不笨！我再细教你！"

她抿着唇可怜巴巴地看着自己，抬手揉了揉眼睛，这才翁着声音认真地说："纪叔，我会好好跟你学的！"

纪凉从来没正儿八经地教过徒弟，宋惊澜天赋异禀，根本无须他手把手地教，现在却开始每天来竹林指导小女娃剑法了。她虽练的是即墨剑法，但纪凉这种级别的剑客，只需一扫就能勘透其中剑道，教起刚入门的林非鹿来轻而易举。

他对剑法钻研到了极致，练剑一道多有心得，传授给林非鹿的全是干货。

林非鹿又不是真的笨，有这么个高手日日指教，自然进步神速。

然后纪凉就发现，不知道从什么时候开始，小女娃对自己的称呼从纪叔变成了师父。

"师父，这一招我还是不太懂。"

"师父，喝口茶呀，是徒儿亲手泡的！"

"师父，我学会十七招啦！超过小宋了哦！"

纪凉：……

唉，算了，师父就师父吧，自己要是不准她喊，说不定又要哭了。

天下第一剑客丝毫没发觉，这套路跟当初宋惊澜对他的称呼从纪先生变为纪叔一模一样。

他孤身一人，膝下无子，早已习惯独来独往无人问候，现在多了个徒儿每天嘘寒问暖，师父来师父去的，倒让他有了几分女儿陪伴的感觉。

这感觉……还不错！

他以往从未在皇宫中住过这么长时间，这次却一直从夏天待到了秋天。

国舅容珩之前被宋惊澜派去治理水患，一直到入秋才终于回到临城，本以为这次无缘和自己的好友相见了，没想到进宫面圣的时候，得知纪凉居然还在宫中住着。

翌日，他便提着去年冬天埋在梅花树下的两坛酒兴致勃勃地去找纪凉。

纪凉见到好友，总是面无表情的脸上才终于有了几分笑意。两人性情相投，少时又有过命的交情，否则当初容珩也请不动他下山前往大林皇宫保护宋惊澜。

两人把酒言欢，谈天论地好不快乐，临近傍晚，外头突然有人敲门。

容珩知道好友孤僻，喜好清静，宫人得了吩咐也从来不来此，怎会有人来敲门？正奇怪着，他却见纪凉面色自然地起身走出去开门了。

容珩端着酒杯跟到门口，倚着门框朝外看，待看见门外站的居然是林非鹿，一双狐狸眼惊讶地挑了一下。

他跟林非鹿没见过几次面，毕竟虽是国舅，但前朝后宫有别，加之他事情也多，宋惊澜信任他，宋国各地的政事都交由他处理，常年不在临城，连帝后大婚都没赶得及参加。

只不过这次回来，他去见了一次太后，太后说起这位小皇后时，一口一个"小鹿",表现得极其喜爱,倒是让他有些惊讶。

他本打算趁着此次回临,见一见那位被陛下放在心尖上的少女,没想到会在这里遇到她,只听纪凉问:"怎么了?"

小皇后的声音听着乖巧无比:"师父,这一招我还是不会。"

师父?

容珩更惊讶了。

更让他惊讶的是,好友居然就这么丢下自己开始专心致志地指导小皇后练剑,好像完全忘了自己还等在屋中。

容珩觉得有趣极了。

他慢悠悠地喝完杯中酒,才笑着走出去:"你何时收了个徒儿?"

林非鹿这才发现里头还有个人,剑式一收站在原地,待看见来人是谁,端庄一笑:"舅父。"

容珩朝她行了一礼:"皇后娘娘。"

林非鹿跟这位国舅虽少有接触,有关他的事迹却听过不少,知道他是少有的真心爱护宋惊澜的人,心中对他还是十分尊敬的,面对那双狐狸眼的打量面不改色,只笑道:"既然师父和舅父有约,我就先回去啦。"

纪凉点点头,容珩却道:"天色不早,我也该走了,改日再来同你喝酒。"

林非鹿不动声色地看了他一眼,倒是什么也没表露。

告别之后,她往外走去,容珩果然不紧不慢地跟在她身后。

之前她就听闻,国舅容珩心有七窍,当年能跟宋惊澜里应外合收服朝臣拉拢势力,扶持他登基为帝,可见也是一位心机与谋略并存的厉害人物,跟这种人打交道,那些小手段就完全没必要了。

林非鹿顿住步子转过身去,笑吟吟地问:"舅父,您可是有话要跟我说?"

容珩挑了下眉,狭长的狐狸眼看人时总有一种被他看透的无措感,但林非鹿还是镇定自若,连笑容的弧度都没变。

过了片刻,林非鹿才听他笑着说:"倒也没什么别的话,只是皇后娘娘竟能让天性淡薄的纪凉收你为徒,着实令珩惊讶。"

林非鹿笑了一下,在容珩的审视中从容不迫道:"为陛下永远留住他,不好吗?"

05

容珩就喜欢跟聪明人打交道。

这小皇后出乎他意料地聪明，又一心为陛下着想。纪凉既收她为徒，从今往后自然有所牵挂，江湖人最重传承，这种牵挂比纪凉和他的友情要稳固得多。

容珩打量的目光逐渐转为了赞许，略一拱手，又正色道："皇后娘娘深谋远虑，令人钦佩，但纪凉乃珩好友，还望娘娘切莫辜负好友的赤子之心。"

林非鹿笑盈盈道："舅父放心，一日为师终身为父的道理我懂得。"

容珩这才放心挥袖而去。

等他的身影消失在视线内，林非鹿才松了端庄笑意，捏着小拳头撑了撑自己的脸。

舅父看上去怪聪明的，她缠着师父学剑法的事儿可千万不能被发现了。

入秋之后，南方的天气便渐渐凉爽下来，林非鹿也终于学完了第一部分的剑法，学武宜精不宜多，纪凉也就没继续往下教了。他这次在皇宫待的时间最久，也到了离开的时候。

往年他都是悄无声息地离开，招呼都不打一个。这一次本来都打算趁着夜色走了，转而又想起万一明日徒儿眼巴巴地来敲门怎么办？思及此，便多留了一夜，等第二日见到林非鹿了，他才跟她说了自己要离开的事。

她果然巴巴地问他："那师父你什么时候再回来啊？"

纪凉说："等你熟练所学剑法之后，我自会回来。你切莫懈怠，习武一道最重持之以恒。"

林非鹿赶紧点头。

纪凉想了想又说："待我回来，会试你剑术，若无长进，自当受罚。"

林非鹿道："……好的！师父放心！我会努力的，'奥力给'！"

纪凉：？

算了，他今天说的话已经很多了，该走了。

纪凉在的时候，林非鹿自然是跟他练剑，现在纪凉一走，她消停了几天，就又开始缠着宋惊澜了。她自觉自己大有长进,而且即墨剑法也学完第一部分,超过了宋学霸的进度,迫不及待地就想试一试深浅。

秋阳高照,宫中遍地金菊,清香四溢,正应了那句"满城尽带黄金甲"。林非鹿也穿了身黄裙,拿着剑跃跃欲试:"你不要让着我哈,我要试试自己的真实水平!"

宋惊澜笑着说:"好。"

她屏气提剑,全神贯注,无比兴奋又认真地期待着接下来的比试。

十招之后——

坐在地上的林非鹿:"我不想学剑了,这是一个没有前途的梦想。"

宋惊澜忍俊不禁,俯身去拉她:"师妹进步已经很大了。"

林非鹿面无表情:"人贵有自知之明,师兄不必安慰,我都懂。"

话是这么说,宋惊澜拉了两下,没能把人拉起来。她往下坠着身体,嘴嘬得已经能挂水桶了。

他无声地一笑,把手中剑放在一边,用双手把人从地上抱了起来。林非鹿顺势搂住他的脖子,埋在他颈窝嘤嘤了两声。

宋惊澜低头蹭蹭她的鼻尖,忍着笑意:"怎么了?"

她委委屈屈地:"不高兴了。"

宋惊澜轻啄她额头:"我带你出宫去玩儿,嗯?"

她又叹气:"好玩的都玩过了,没意思。"

宋惊若有所思,倒是没再多说什么,把人抱回永安宫。

林非鹿蔫了几日,因为在宋惊澜这里受到的挫折太大,连每天去竹林练剑都不如之前有动力。过了没几天,宋惊澜下朝之后便换上了常服,说要带她出宫去玩儿。

虽说宫外能玩的地方她都玩过了,但闲着也是闲着,外面总比宫内热闹,林非鹿也就点头同意了。

只是梳洗换衣的时候,他笑着问:"想不想试试男装?"

女扮男装什么的,她还没试过,听他这么一说,倒是起了些兴趣,立刻让松雨帮她把长发都扎了起来,用玉冠束好,又换上了一件蓝色衣衫。

男女的差别还是很明显,不是穿件男衣就看不出来了,以前电视剧里那些都是在鄙视观众的智商。林非鹿围着铜镜转了一圈,对自己的装扮很满意,高高兴兴地跟着宋惊澜出宫了。

临城一如既往地热闹。

宋惊澜治下手段虽厉害，但在治理民生上还是颇有几分仁君风范，宋国这些年农商文蓬勃发展，蒸蒸日上。

因为跟大林开通了商贸，互通有无，最近两国工部还在合作修建连通淮河两岸的长桥，两国互利互惠，百姓的日子也越过越好。茶楼里的说书先生们最爱讲的就是大宋陛下领军十万提亲永安公主，永安公主为苍生舍己身，和亲宋帝之后传唱帝后佳话的故事。

林非鹿第一回出宫就在茶楼里嗑着瓜子听了一下午自己的故事，听着说书先生口若悬河地把自己夸成了解救苍生的再世活菩萨，她还怪不好意思的。

出宫多了，她也有了自己常爱去的几个地方，吃耍一条龙。

两人出宫时没用午膳，留着肚子去她爱吃的那家浅醉楼。酒楼上至掌柜下至小二都已经认识这对郎才女貌的小夫妻了，见他们一踏进来便热情招呼："二位好久没来了，楼上请，还是老位置？"

老位置自然是林非鹿最喜欢的靠窗的位置。

众所周知，古往今来，只有有身份的人，才敢坐这个位置！

酒楼地处闹市，装修华丽，菜也做得十分可口，宋惊澜点菜的时候，林非鹿就趴在窗口朝下看。

楼下车水马龙，叫卖起伏，一派繁荣昌盛的景象，不远处三岔路口搭的一个台子吸引了她的注意。

那台子四周已经里三层外三层地围了一群人，台子最上方立着一个硕大的牌子，上书一个"擂"字，牌子下方摆着一张案桌，桌上放着一个玉质的大盒子。看那盒子的华丽程度，也知道里头装的东西不简单。

台上站了个五大三粗的大汉，手持一把斧头，正高傲地环视下方，旁边站着主持人模样的中年男子朗声道："第七局比试，这位壮士胜出，可还有人上台挑战？若没有，这出自藏剑山庄的天蚕宝甲，可就归这位壮士所有了。"

底下一阵骚动，不出片刻便有人跳上台去，却是个精瘦的像猴儿一样的男子，微一拱手，笑嘻嘻道："我来一试。"

底下开始叫好。

这精瘦男子看上去瘦瘦弱弱的，似乎完全不是对面那壮汉的对手，但直到两人交上手，众人才发现这精瘦男子的身手十分灵活，还真像只猴儿一样上蹿下跳，那壮汉根本摸不到他一片衣角，不出片刻便被他一脚蹬在屁股上，踹下了擂台。

林非鹿以前就听闻过藏剑山庄的名声，天下神兵宝甲皆出自此处。方才两人交手她看得仔细，这两人确有几分真功夫，这擂台不是什么小打小闹的比试，敢上台的都有底气。

宋惊澜点完菜，看她探着身子张望的模样，笑着问："一会儿吃完饭，你要不要也去试一试？"

林非鹿倒是没想到这茬，有点儿怀疑地指了下自己："我啊？"

宋惊澜给她倒了杯热茶，悠悠地道："那天蚕宝甲能挡利器火烧，是不可多得的宝物。你不是有一位行走江湖的朋友？赢下来，可送给她。"

"你是说砚心？"林非鹿眼里开始发光，"好啊！那我去试一试！"

宋惊澜笑道："不急，先吃饭。你没打过擂，看看他们的套路，观摩一番再说。"

林非鹿被他几句话说得心潮澎湃。

她从小到大学武，还从未跟谁真正交过手，一时之间既期待又紧张，毕竟前不久才刚在宋惊澜剑下折了信心，自己正处于极度不自信的时候。

这顿饭自然也就没怎么吃，一直关注着擂台上的动静，直到一个使剑的男子拿下这局比试，林非鹿顿时来精神了："他使剑！我要去跟他打！"

宋惊澜笑吟吟道："那走吧。"

林非鹿生怕有人抢了先，一下楼便脚下生风地往擂台跑。

但此时台上的年轻男子并不是什么简单人物，剑法极其凌厉，一时之间根本无人敢上台，林非鹿跑到跟前时，便听主持人说："没人敢上台挑战这位公子吗？那这天蚕宝甲……"

林非鹿顿时大喊："我来！"

她人太矮了，又缀在人群最后面，声音飘上台之后，大家四下寻找一番，愣是没看见人在哪儿。

直到宋惊澜在身后握着她的腰托了她一把，林非鹿凌空而起，便飞上了擂台。

虽是一身男装打扮，但大家都不是瞎子，看这清瘦的身材和秀致的五官，也看出来是位姑娘了。

台上持剑的男子眼中一亮，十分有风度地朝她一拱手，笑容别有深意："姑娘，刀剑无眼，不可儿戏，官某不愿伤你，还请下去吧。等官某拿下擂台,再与姑娘把酒言欢不迟。"

林非鹿道:"少废话!给我把剑!"

台下有人喊道:"姑娘,这位可是玉剑山庄的二公子官月辉,官公子剑法超群,你就别自讨苦吃了。"

玉剑山庄?官月辉?

这名字听着有点儿耳熟啊。

当初自己和林廷一起闯荡江湖时,遇到的渣男官星然不就是玉剑山庄的少庄主吗?

都姓官,看来这二人是兄弟了?

林非鹿一叉腰,十分嚣张:"打的就是你玉剑山庄的人!"

官月辉脸色一变,就算对面是位美人,也不由得沉着脸道:"姑娘出言不逊,就别怪官某出招教训了。"

底下不知哪位看热闹不嫌事大的围观群众大喊道:"姑娘接剑!"

林非鹿一回身,便见有人扔了一把剑上来,抬手接住,有些兴奋地抿了下唇:"来吧!"

官月辉冷笑一声:"为免旁人说我玉剑山庄欺凌弱小,我且让你五招。"

林非鹿愣了愣,迟疑地朝着台下看了一眼。

宋惊澜不知道什么时候已经站到前排来,正抄着手笑盈盈地看着她。见她投来询问的目光,他动了动唇,无声道:"无须他让。"

林非鹿顿时像有了后台似的,底气十足大吼一声:"无须你让!看招!"

见她提剑攻来,出招毫无章法,官月辉轻视地一笑,心道,就算你说了无须我让,那我也得让,不然传出去,我玉剑山庄二公子的名声……

欸?我剑呢?

官月辉根本不知道发生了什么,手中长剑就已经被对方挑离。

她握着那把随意扔上来的铁剑,剑刃就搁在他颈上,一偏头还能闻到铁锈的味道。

四周鸦雀无声。

对面女扮男装的少女愕然地看着他,似乎比他还惊讶:"就这?"

06

其实按照官月辉的真实水平，不至于这么快被打掉武器，主要是他太过轻敌，又打着让她几招的心思，才被林非鹿攻了个措手不及。

但事已至此，对方的剑都架在他脖子上了，比试结果已定，四周经过短暂的静默之后，瞬间爆发出了拍手叫好兴奋震惊的呼喊声。

官月辉一张脸涨成了猪肝色，好好一个小白脸愣是转眼变关公，剑都来不及捡，身姿一掠就逃也似的冲下台了。

林非鹿在身后喊："你的剑！"

官月辉头都没回一下，转瞬消失在人群中。

她看了眼手中的铁剑，又看了看地上质地上乘的宝剑，美滋滋地换了过来。比试结束得太快，她也有点儿云里雾里的，但赢了比试终归很开心，毕竟在宋学霸那里受挫太多，这一场比试又让她重拾了信心。

林非鹿转头看向主持人："我赢了吧？"

主持人也还震惊着，听她询问才反应过来，赶紧走到台中道："第十九场比试，这位姑娘获胜，可有人敢上台挑战？"

底下围观群众面面相觑。

都是老江湖了，对玉剑山庄二公子的水平还是有所了解的，台上这位姑娘却在几招之内制胜，令人震惊的同时，又有一丝怀疑。

毕竟众人都能看出刚才官月辉的轻敌，这姑娘可能确实有几分真材实料，但方才能赢得那么轻松，也是带了运气成分，这么一想，不少人就觉得自己又能行了。

一个瘦高的使刀的男子率先跳上擂台，一拱手道："我来领姑娘剑招。"

林非鹿体内的武侠因子澎湃激昂："请！"

有了官月辉这个前车之鉴，瘦高刀客自然不敢大意，全神贯注应付接下来的比试。

二十招之后——

宽刀脱手，林非鹿收剑拱手，笑吟吟道："承让。"

如果说之前围观人群只是起哄，此刻就是真的被台上这年纪轻轻的少女震惊到了。

接下来还有几个人不信邪，纷纷上台挑战，最后都败在林非鹿剑下。

而且她似乎越打越顺手，起先还需要几十招才能制胜，后面十几招就能把人逼到绝路。

时而爆出的哄闹吸引了四周的注意，围观的人越来越多，不仅街上，最后连酒楼外廊和树上都站满了围观比试的人。

自从林、宋两国结盟之后，不仅促进了两国的商贸经济，江湖武学也顺势蓬勃发展，融会贯通，江湖人士遍布天南地北，五湖四海。此刻在繁华的临城中，就有不少武学造诣不低的侠客。

当林非鹿又赢下一场比试时，终于有人惊呼道："好像是即墨剑法！"

即墨剑法已沉寂多年，当初陆家长子能被认出来，也是因为陆家本来就保管着剑法，所以格外被人注意。此刻林非鹿在台上打了半天，认出剑法的人却只敢说"好像"。

毕竟这太令人匪夷所思了。

一个年纪轻轻的陌生少女，如何会使即墨剑法？

众所周知，《即墨剑谱》如今为天下第一剑客纪凉所有。早些年，赤霄十三寨人去寨空，销声匿迹，再也没在江湖上出现过。大家都默认是纪凉灭了十三寨，对他也很是服气。

这少女难不成……

底下有人忍不住问道："姑娘，纪凉纪大侠是你什么人？"

终于到了这一步，气势不能输，她必须给师父长脸！

只见台上的少女朝底下一看，微抬着下巴，三分淡笑三分薄凉四分漫不经心地回答："是我师父。"

一石激起千层浪，四周顿时轰动了。

纪凉居然收了徒，还是个小女娃，还把即墨剑法传给了她？！

纪凉灭了赤霄十三寨，按照即墨大侠的遗言，这本绝世剑谱自然就归他所有，也没什么好争论的。不过纪凉自身剑术高超，大家都以为他不会再学前辈的剑术，还有些遗憾不能再观即墨剑法的风采。

没想到他居然收了个徒弟，教的还是即墨剑法！

大侠的脑回路果然不是我等常人能懂的。

底下有人后知后觉地反应过来："我观这位姑娘的剑招，确有几分纪大侠的影子，真是名师出高徒啊。"

这又是纪凉的徒弟，又是即墨剑法的，哪儿还敢有人再上台跟她打，林非鹿如愿赢到了这场比赛的奖品天蚕宝甲。

她抱着盒子跳下台的时候，宋惊澜就站在下面笑盈盈地张开双手接住她。

林非鹿扑进他怀里，声音里都是雀跃："我赢啦！"

她一时之间不知道自己更开心赢了奖品，还是更高兴自己原来这么厉害，激动得耳根都泛红。

宋惊澜笑着搂住她："我说过，师妹很厉害的。"

林非鹿哼了一声："都怪师兄太变态，搞得我平时那么没自信！"

他笑着亲她额头："嗯，我的错。"

她扑在他怀里自顾高兴着，没发现四周想要靠近搭讪的人都被宋惊澜扫过去的阴鸷眼神吓跑了。

今日有了这么一场擂台赛，林非鹿可谓玩得酣畅淋漓，回宫的时候兴奋劲儿都没下来。她说错了，宫外还是很好玩的！如果这样的擂台赛能再来几场，那就更好玩了。

不知道是不是老天爷听到了她的心愿，过了几日之后，她再一次跟着宋惊澜微服出宫的时候，又遇到了一场擂台赛。

这次的擂台赛跟上次有所不同，需要先报名，报名通过之后，再通过抽签的方式随机匹配对手，第一轮比试结束，胜者再继续匹配，直至最后决出第一名。

这个赛制和规格更为复杂，相应的奖品也就更厉害。

奖品依旧出自藏剑山庄，是一件杀人于无形的暗器，叫作千针。江湖上曾有句传言，说的是千针一现，必有命丧，可见其威力。

林非鹿迫不及待就跑去报名了。

她本来担心自己拿不下比赛，还鼓动宋惊澜一起报名，多层保险，结果宋惊澜笑着问她："如果最后交手的是我和你，我是让还是不让呢？"

让，她舍不得他当众出丑。

不让，她又不想众目睽睽之下堕了纪凉的名声，于是只好放弃。

这次的擂台赛较为复杂，分了三天来进行，第一天报名，第二天比第一轮，第三天决赛。

所以林非鹿也就连着三天出宫，其间还把松雨、听春、拾夏她们也带上了。

不能让她们只看到自己是怎么被陛下虐的，也要让她们看看皇后娘娘是怎么虐别人的!

第一轮比赛她几乎没怎么用力就拿下了，经过上一次的擂台赛，有些人已经认识她了，议论决赛的名单时，大家几乎都在说"纪凉的徒弟"。

林非鹿听着，觉得这大概就是所谓的种子选手吧。

这一次比赛含金量比上一次要高很多，林非鹿比到后面时，就有些吃力了，毕竟实战经验少，不过还是仗着有位大佬师父和身负绝世剑术，在最后的决赛中有惊无险地拿下了第一，成功获得暗器千针一枚。

经过这几场比试，林非鹿也算对自己的剑法和能力有了一个比较清晰的认知，跟宋惊澜这种江湖英雄榜上的变态肯定是比不了，但比上不足比下有余，属于中等偏上吧。

革命尚未成功，大侠还需努力，自己的进步空间还是很大的。

不过她也明白，比起自己练剑，实战的进步其实会更快，想想当初砚心满天下寻找比刀的人就明白了，所以现在有事没事就爱往宫外跑，看能不能遇上擂台赛给自己打一打。

然后她就发现，临城这擂台赛是真的多，而且为什么每一次的奖品都出自藏剑山庄？

藏剑山庄是在搞什么批发吗？

令人迷惑。

不过迷惑归迷惑，擂台还是要打的，就这么打了一段时间，有输也有赢，毕竟每次的奖品都是藏剑山庄的宝物，令人眼馋，时不时会吸引一些大佬。

不过输了她也高兴，经验就是这么一架一架打出来的嘛。

她进步神速，有关她的传言也早已传遍江湖。

纪凉的关门弟子，传承了即墨剑法，这两句话随便扔一句出去都是重磅炸弹。

而林非鹿完全不知道这些，入冬之后，临城的擂台赛就渐渐没了，她也玩得很尽兴，打算趁着这个冬天温故知新一下，来年再战!

07

往年这个时候，大林已经开始下雪了。但宋国地处南方，气温虽降了下来，却甚少落雪。虽然今年滑不了雪有点儿遗憾，但能过一个温暖的冬天林非鹿也很高兴。

擂台赛消失后,她就没那么频繁地出宫了,但宋惊澜似乎已经养成了每隔几日就要陪她出宫逛一逛的习惯。

他还在宫外置了一座宅子,不算大,也不算华丽,就是普普通通那种小宅院,地处幽巷,门前就是一棵辛夷花树,巷子两边的墙垣上爬满了不知名的藤蔓,开着紫粉色的小花,巷子最里头还有一间卖酒的铺子。

有时候两人会在宅子住上几天,久而久之,跟邻里也熟悉起来,大家和和睦睦地打招呼,并不知道这一对恩爱小夫妻的真实身份。

因为见过林非鹿不走正门,提着剑直接飞上墙垣,邻居都觉得这一对夫妻是什么武林高手,对于他们神出鬼没的踪迹也见怪不怪。有时候两人很长一段时间不在,邻里还会帮忙照看宅子。

之前林非鹿打完擂台赛也会回宅子歇一歇,对纪凉关门弟子好奇的人不在少数,偶尔远远地跟上一跟,渐渐大家也就知道那位纪大侠的徒弟,即墨剑法的传人,就住在那条辛夷巷中。

临近年关,朝中各项政事也到了收尾回禀的阶段,没有宋惊澜陪着,林非鹿不大愿意自己一个人出宫去玩,是以最近也有半月没出过宫了。

一直等宋惊澜忙完政事,趁着今日天晴风微,两人才又换上常服,准备出宫逛一逛年底的庙会。

还未过年,宫外的年味却已经很足了。

庙会整条街上都是人,求神拜佛舞狮杂耍,十分热闹。

林非鹿担心这么多人挤来挤去,她又爱看新鲜,不注意会跟宋惊澜走散。两人便去月老庙求了一根红绳,别人都是系上心愿袋绑在树上,他俩却用红线系住手腕。

红线在皓腕之间缠了几圈,不松不紧,轻轻一扯,就能感应到彼此的存在。

林非鹿很满意,举着手腕晃了晃:"你现在就是我的腕部绑定挂件啦。"

宋惊澜笑着往回扯,她又扯回去,两人你来我往扯来扯去,像两个幼稚鬼,旁边卖豆糕的小贩都看不下去了:"两位借过,麻烦不要挡我的生意好吗?我还要努力赚钱娶媳妇呢!"

林非鹿一副我有钱的气势:"让我为你的娶妻大业添砖加瓦!来十份豆糕!"

宋惊澜失笑摇头:"你吃得完?"

林非鹿在小贩笑逐颜开中掏出了钱袋："还可以带回去给天冬他们尝尝嘛。"

于是宋惊澜一手提着包豆糕的黄油纸，一手牵着缠着红线的手，逛起了庙会。

林非鹿最爱热闹，什么都要停下来看一看，什么都想尝一尝，吃完了东西，嘴巴一噘，宋惊澜就笑着拿手帕给她擦嘴。

广场的空地上在表演舞狮，林非鹿也一边吃着零嘴一边挤进去看，正看得津津有味，却见对面人群中似乎闪过一抹熟悉的身影。但人实在太多，待她细看时，又不见了踪影。

宋惊澜见她踮着脚打量，低头问："在找什么？"

她皱了下鼻头："我好像看见砚心了，不过应该是看错了吧。"

话是这么说，有了这个小插曲，后面再逛的时候，她就开始仔细留意了。方才在人群中看到的那个红衣背影确实跟砚心有几分相像，虽然她会在此时来到此地的可能性只有百分之零点一，不过林非鹿还是抱着找小彩蛋的心情边逛边找起来。

庙会不仅杂耍多，吃食也多，听春、拾夏、松雨她们一生也未能出宫几次，她每次在宫外遇到什么好吃的、好玩的都会多买一些带回去给她们尝尝、看看。

前头的小贩推了一车的葫芦，葫芦里装的是自家酿的米酒，林非鹿尝了两口觉得还挺好喝的，兴致勃勃地让小贩再来五葫芦，用线穿起来，方便她拿。

她正看着小贩用线穿葫芦呢，旁边卖棉花糖的摊贩突然飘来一个熟悉的声音："小哥，我要一串棉花糖。"

林非鹿大脑反应过来之前，脑袋已经转过去了，穿着红衣、背着宽刀的侠女正接过小贩递来的一大朵棉花糖，神色虽然淡漠，眼里却溢出丁点笑意。

林非鹿一声尖叫："砚心！"

砚心正低头咬棉花糖，被这声尖叫吓得棉花糖都差点儿掉了。她愕然一转头，林非鹿已经三步并作两步冲到了她身边，一把握住她的手腕激动地原地直蹦跶："砚心姐姐，你怎么来临城啦？你什么时候来的？！我哥来了吗？"

砚心终于反应过来，淡漠的脸上也露出惊喜："小鹿，好久不见，我来了有几日了，只我一人，王爷没有来。"

林非鹿激动得不知道说什么才好，又转过头跟宋惊澜说："我就说我没看错吧！"

宋惊澜笑着走过来，砚心虽未见过他，但见两人姿态亲密，也猜出了他的身

563

份，略一拱手算作行礼。宋惊澜伸手虚扶，笑吟吟道："砚心姑娘，久闻大名。"

林非鹿怎么也没想到今日出宫居然会有这么大的收获，庙会也不想逛了，此处人多吵闹，不是说话的地方，三人便朝外走去。

等嘈杂声在身后远去，她才挽着砚心的胳膊开心地问："砚心姐姐，你怎么来临城啦？是来看我的吗？"

砚心摇了摇头，正色道："我此番来临城，是来寻人比刀的。"

林非鹿居然不觉得意外。

这才是武痴砚心嘛。

她笑吟吟地问："不知是哪位厉害人物，值得你跑这么远来比试？"

砚心语气里不无向往："近来江湖传言，纪凉纪大侠的嫡传弟子现身临城，你可还记得当年陆家交出的那本《即墨剑谱》？如今便是这位姑娘传承了这绝世剑术，实乃我辈豪杰。我此番前来，就是为了找她比试。"

林非鹿：……

她的笑容逐渐僵硬。

砚心说完，转头认真地问她："我听闻，那位姑娘就住在临城之中的辛夷巷，我这几日都在巷中寻找，却未见她踪影，你可听过她的消息？"

林非鹿："……听……确实是听过。"

砚心脸上一喜："那你可知她如今在何处？"

林非鹿："就在你面前。"

砚心：？

林非鹿：……

她觉得既羞耻又尴尬。

砚心看了她好一会儿，确认自己没有听错，脸上的茫然逐渐化作了震惊，迟疑道："小鹿……你……"

林非鹿语气沉重："对，没错，传说中的你辈豪杰，就是我。"

回辛夷巷的路上，林非鹿把自己拜师纪凉学习剑法，又为何会打擂台赛的事逐一说了一遍，砚心总算知道了事情的来龙去脉，一时之间啼笑皆非。

她寻了那么久的人，没想到竟会是自己认识的人。

她当时听闻消息决定来临城寻人时，林廷还嘱咐她："若是找不见人，可去国舅府拜见宋国国舅容珩，言明你与小鹿的关系，他应当会带你入宫，届时便可让小鹿帮你打探。"

她不是个爱麻烦别人的性子，虽然这几日没找到人，也只想着再多蹲几天，看能不能遇到。

她走到巷中时，玩弹弓的小男孩儿看见她，远远便喊："大姐姐你又来啦？你找到你要找的人了吗？"

砚心笑着说："找到了。"

正值冬天，辛夷花树还没开花，树枝光秃秃的，伸展在清澈的蓝天下，却别有一番景致。

两人许久没出宫，院子里也落了一层灰，宋惊澜温声说："你们先在院中叙旧，我进去打扫一番。"

林非鹿点头："快点哦，我腿腿痛。"

他笑着说"好"。

砚心在旁边看着，唇角不由得也带了笑意，等宋惊澜走了才低声说："他待你很好，王爷若是知道也当安心了。"

林非鹿笑弯了眼，正想问一问林廷和林瞻远的情况，就见砚心一收笑意，拔出了背后宽刀，正色道："事不宜迟，我们现在就来比一场吧。"

林非鹿：……

她开始笑不出来。

她抱着砚心的胳膊撒娇："我打不过你，那些传言都太夸张啦，其实我只是个'小菜鸡'。"

砚心不为所动："纪大侠既收你为徒，自然是看中你的天赋，我相信他的眼光不会错。"

林非鹿：……

你不明白事情的真相，我也无法跟你解释什么叫"绿茶大法"。

没办法，她拗不过武痴。

林非鹿只好道："我今日有些累了，而且也没带兵器，等今日在此歇一晚，明日你和我一道入宫，我们再比如何？"

砚心这才笑起来："好。"

于是第二日，林非鹿开开心心地带着砚心进宫了。

记得上一次在大林，林非鹿也带她参观过皇宫，那次就像景点一日游，这一次却仿佛是在带好姐妹参观自己的家一样，又开心又满足。

宋国皇宫没两三日是参观不完的，砚心见她兴高采烈地介绍各处，也不好打断她的兴致，便也没提比武的事。

直到三日之后，就连皇宫厕所都参观了一遍，实在找不出参观的地方了，林非鹿不得不硬着头皮接受砚心的比武邀请。

冬日的风卷起竹林的落叶，林非鹿提着剑看着对面的红衣女侠，脑子里开始回荡"风萧萧兮易水寒，壮士一去兮不复还"。

她只是一个刚刚入门的"小菜鸡"罢了，为什么都要来"虐"她？

英雄榜上排名第十的人物，打她不跟王者打青铜一样吗？

砚心等了半天，见她一直站在原地不动，便沉声道："那我先出招了。"

林非鹿大呼一声："等等！"

砚心刀势已去，不由得又收回来，还把自己震了一下："怎么了？"

林非鹿重重地叹了一声气，十分沉重道："事到如今，我不得不告诉你这个秘密了。"

砚心不由得紧张起来："什么秘密？"只见对面的少女飞快地转身把剑扔给了在不远处观战的宋惊澜，扔下一句"其实他才是纪大侠的嫡传大弟子，你跟他打吧"，然后就脚下生风地溜了。

砚心：……

宋惊澜：……

竹林的风一时之间仿佛都静止了。

半晌，砚心"噗"的一声笑出来，有些抱歉地问宋惊澜："我是不是吓到她了？"

宋惊澜也笑了下，捡起地上那把剑，温声道："我替她比武吧。"

砚心本以为林非鹿刚才那句话只是托词，但小鹿不愿意比，她自然也不会逼她，见宋惊澜提剑走来，便友好地点头："好，切磋武艺，点到为止。"

直到交上手，她被对方手里那把剑逼得连连后退，几乎没有招架的余地，才知道原来小鹿所言非虚。

片刻之后，还是宋惊澜先收了剑，抱拳道："承让。"

砚心凝神看着他，沉声道："我见过你，你是当年酒楼行刺的那个面具人。"

宋惊澜挑了下眉。

砚心拱手，目光敬重："你的剑法比当年厉害了很多，当年我仍有一战之力，如今却已无力招架，是我眼拙了。"

宋惊澜微微一笑，温声问："砚心姑娘打算在临城待多久？"

砚心一愣，想了想才回答："我此番前来便是为了比武，如今已经比过，也是时候离去了。"

宋惊澜神情温和，将手里的剑挽了个剑花："姑娘若是愿意在宫中多待些时日，我可每日与姑娘比武论剑，修你心道与刀法，如何？"

与高手论武，最能提升自身，这种机缘可遇不可求，砚心不由得脸上一喜："当真？"

宋惊澜颔首一笑："自然。"

砚心喜道："好，那我便多留些时日！"她顿了顿，不由得问道，"你是想我留下来多陪陪小鹿吧？"

眼前的男子一点也不像传说中杀人如麻、手段残忍的暴君。

他低笑着，说到她时，连眉眼都显得温柔："是，有你在，她很开心。"

08

林非鹿不愿意跟砚心打，一方面是不想丢脸，另一方面也是清楚自己这个不正宗的传人给不了砚心多大的帮助，还不如让她跟宋惊澜讨教，对提升刀法更有作用。

她了解砚心的性子，砚心既为比武而来，比完之后也自当离开了。

回到永安宫后，林非鹿就将打擂赢来的奖品都打包起来，除了天蚕宝甲，还有一些暗器、丹药之类的，反正她也用不上，打算一并送给砚心。

打包完礼物，她又让松雨拿了笔墨纸砚过来，准备给林廷写封信，连着给林瞻远准备的小玩具，让砚心一起带回去。

她正写着，砚心就回来了。

林非鹿一边写一边笑着问："砚心姐姐，比试结果如何？"

砚心坐到她身边："自然是他赢了，我受益匪浅，今后这段时日还要多多讨教。"

林非鹿手一顿，惊讶地抬头看过来："欸？你不走啦？"

她笑了笑："暂时不走。"

林非鹿果然双眼发光，把笔一扔扑过来抱她："太好啦！还以为你明日就要离开，连临别礼物都准备好了呢。"

砚心不由得好奇:"是什么礼物?"

林非鹿便将自己赢来的奖品献宝似的递给她看:"这是天蚕宝甲,这是千针,这是百花解毒丸,都是我打擂台赢来的哦!"

砚心接过来一一打量,目光露出几分疑惑。

林非鹿不由得问:"怎么啦?不喜欢吗?"

砚心摇摇头。"谢谢小鹿,我很喜欢,只是……"她想了想才道,"天蚕宝甲和千针都是出自藏剑山庄的绝品,已消失于江湖多年了。我记得我曾听师父说过,这两件宝物归了宋国皇室,收纳国库之中,如今却成为你打擂的奖品,实在令人奇怪。"

林非鹿一愣,结合她的话,又回想起那段时间层出不穷的擂台赛,顿时反应过来什么,心中一时又暖又甜。

这个人真是,连国库的宝物都舍得拿出来打擂,就没想过万一她输了怎么办?岂不白白被外人赢走宝物?

哼,真是个不会持家的男人!

她一边哼哼一边忍不住笑,砚心在旁边看着觉得小鹿奇怪极了。

砚心进宫这几日都住在永安宫,林非鹿向来没有什么身份有别的顾虑,跟砚心睡一张床,像闺密一样聊天笑闹才合她心意。

宋惊澜也没有多说什么,虽然这是他们大婚之后第一次分房,但只要她开心,他也一向没什么意见。两人只每日一起用午膳,其余时间她都跟砚心待在一起,连伺候的宫人都说:"皇后娘娘不来临安殿,总感觉少了点儿什么。"

今日用过晚膳之后,宋惊澜屏退下人,又批折子批到深夜,才回寝殿就寝。临近年关,他希望过年的时候能清闲一些多陪陪她,把政事都集中到了最近处理。

寝殿内静悄悄的,他灭了烛火躺上床去,手臂下意识地摸了摸旁边空荡荡的位置,又摇头一哂,片刻之后,外头传来窸窸窣窣的声音。

宋惊澜在黑暗中睁开眼,听见寝殿的门被无声地推开,有人猫着身子轻手轻脚地走了过来。

他无声地笑了笑,下一刻,有个冰凉的小身子就钻进被窝里来,直往他怀里拱。

宋惊澜顺势把人抱住。

她身上还残留着冬夜的冷香,趴在他胸口笑眯眯地问:"给你的惊喜,开不开心呀？"

他笑着亲她下颌："开心。"

她从他怀里翻下来，躺进他的臂窝，用手搂住他的腰，亲亲他的嘴角："我来陪小宋睡觉啦。"

宋惊澜顺着她的唇亲回去，用炽热驱散了她身体的凉意，才终于满足地把人按进怀里："乖，睡吧。"

过了一会儿，怀里的小脑袋往外拱了拱，贴近他耳边，小声说："谢谢你的擂台赛，我很喜欢。"

黑暗中，他没说话，只是笑了笑，又把人按回怀里。

砚心又在宫中待了半月，每日除了和宋惊澜比试，就是陪着林非鹿宫内宫外到处闲逛，直到年关逼近，才不得不离开了。

林非鹿心里虽然不舍，但总不好一直把大嫂扣在这儿，让大哥独守空房嘛，便也没多说什么。为免砚心不忍心，面上也没表露离别的怅然，她只是将给大家准备的东西又都一一打包了一遍。

宋惊澜这几日越发忙得不见人影，有时候她半夜偷偷溜去临安殿想摸上床再给他一个惊喜，却发现他根本就没睡，还在前殿看折子。

林非鹿也就不好再去打扰。为了方便送砚心离开，两人前一日就出宫去了辛夷巷的宅子，宫人把她提前备好的马和盘缠都送来了。两人在宅中过了一夜，翌日一早林非鹿便送她出城。

刚一出门，她就看见宋惊澜拎着包裹牵着马站在辛夷花树下笑盈盈地等着。

林非鹿还没反应过来："你怎么来啦？我送她就好了。"

宋惊澜笑着说："不如与她同去？"

林非鹿愣了一会儿，还以为自己听错了："同去哪里？"

他走近两步，把人从台阶上拉下来，摸摸充满疑惑又不敢相信的小脑袋，温声说："就快过年了，我们去秦山和他们一起过年可好？"

天还没亮，身后的天色雾蒙蒙的，远处连绵的山头却溢出一缕熹光。

林非鹿定定地看了他好一会儿，一头扑进他怀里。

宋惊澜不得不放开缰绳接住怀里的小姑娘，还好那马听话，被放开之后只是原地踱步没有跑走。

她在他的颈窝蹭了好一会儿，又抬头在他动脉处咬了一口："不早点儿告诉我！"

宋惊澜笑着问："给你的惊喜，开不开心？"

她哼了一声，又吧唧在他下巴上亲了一口。

砚心听说两人要与她一起前去，自然极为开心，转而又有些担忧地问宋惊澜："陛下无须处理国事吗？"

林非鹿坐上那匹黑色大马："他这段时间忙得不见人影，肯定都处理完啦。"

宋惊澜笑着点头："她说得对。"

砚心喜道："那便好，此去可多住些时日！师兄们也一直记挂着你，见你去了定然高兴。"

宋惊澜微一偏头，林非鹿赶紧说："我跟他们不熟的，我也不知道他们为什么要记挂我！"

砚心：……

宋惊澜忍不住笑起来。

天还未亮，三人骑马同去。林非鹿和宋惊澜同骑一匹，冬日的风虽然寒冷，但她缩在他怀里，觉得莫名地温暖。

秦山邻近南方，距离宋国边境很近，过边境之后如若快马加鞭不过一日就能到。

为了给林廷和林瞻远一个惊喜，砚心没有提前去信，三人掐着过年的时间紧赶慢赶，在过年的前两日来到了秦山脚下。

上次来是春天，正值播种劳作的时节，到处都生机勃勃。这一次却是冬天，干涸的农田里扎着几个破破烂烂的稻草人，四周的村庄却比上一次繁华了很多，炊烟袅袅，喜气洋洋，一派人间烟火气。

林倾继位之后，处理完当堆积的政事和与宋国的外交后，便着手国内政务。

林廷就是在那时被分封到此处，秦山一带成了他治下的封地。虽然此处偏远又不繁华，看上去像是林倾对这位兄长的忌惮和针对，实则是他给这位皇兄最好的礼物。

如今秦山一带在林廷的治理下欣欣向荣，加之有秦山上的千刃派作为后盾，无论是江湖人士还是达官贵人都不敢在此闹事造次，这里仿若成了一处世外桃源。

砚心不在时，林廷也就住在山下的王府中。

齐王府本该修在城中，林廷却将其搬到了秦山山脚，每日跟周围的农户们日出而起日落而归，生活十分惬意。

林非鹿跟在砚心身后边走边看，听她介绍这一切的改变，惊叹连连。

走过路口的门楼时，不远处摆着几个石磨台的打谷场上正蹲着一群孩童在玩弹珠，一群几岁大的稚童之中，却蹲着一个清瘦俊俏的少年，兴致勃勃地参与其中，好不欢乐。

林非鹿顿时激动起来，拍了拍宋惊澜牵着缰绳环住她的手。

宋惊澜会意，松开手臂，林非鹿便从马背上跳下去。

她却没立刻喊他，而是绕到一边，藏到那座石磨台后面，然后捡了几颗小石子，偷偷朝蹲在地上的少年的后背扔去。

少年疑惑地回过头来，什么也没看到，又转过去专心致志地弹弹珠。

林非鹿又扔了一颗，他又回过头来。

如此几番之后，少年气呼呼地站起身，叉着腰大喊："是谁打我？"

林非鹿笑得肚子疼，躲在石磨后说："你猜！"

少年一愣，本就漂亮清澈的眼睛瞪得更大了，白净的一张脸都涨红了，激动道："是妹妹的声音！是妹妹！是妹妹！"

林非鹿笑着从石磨后面钻出来，张开手臂："哥哥！"

林瞻远尖叫着朝她扑来，一头扎进她怀里。

两人抱着又叫又跳。

"妹妹！"

"哥哥！"

"妹妹！"

"哥哥！"

林瞻远高兴得满面通红，拉着她就朝那群小孩儿跑去，热情地介绍："是我妹妹！妹妹，她叫小鹿！"

小孩们仰起脏兮兮的一张笑脸，笑容却格外纯粹，齐声喊："小鹿姐姐！"

林非鹿笑眯眯地从怀里摸出在路上买的没吃完的糖，一一分给这些小朋友。林瞻远看得眼馋，着急地伸手来拿，林非鹿在他手背拍了一下："哥哥手脏，不准摸！"

他委屈巴巴地收回手，又张开嘴凑过来："啊——"

林非鹿笑着喂了他两颗糖。

他这才高兴了，笑得眼睛弯弯的，林非鹿摸摸他的脑袋，轻声问："哥哥，在这里过得开心吗？"

林瞻远重重地点头："开心！好玩的！好多朋友！"他顿了顿，又吸吸鼻子，委委屈屈地说，"就是想妹妹了。"

林非鹿俯身抱抱他："妹妹来啦，妹妹以后每年都来看你呀。"

他有些不好意思地扭了下身子："只给妹妹抱一下哦，我长大了，不能抱妹妹的。"

林非鹿忍不住笑起来。

09

宋惊澜牵着马走近。

林瞻远羞答答地离开妹妹的怀抱，一抬头，看见旁边笑盈盈的人，又高兴一指："是七弟！"

他没有见过很多人，也没有遇到太多事，在他单纯的一生中，对他好的人他都记得。

林非鹿纠正他："说过多少次啦，不是七弟！"

林瞻远还是像以前一样，指指自己："六！"又指指宋惊澜，"七！"然后十分理直气壮地喊，"七弟！"

宋惊澜笑吟吟地点头："嗯，六哥。"

林瞻远高兴极了，还转头跟林非鹿说："对吧！"

林非鹿："对对对，哥哥说得都对。"

林瞻远摇头晃脑，本来想伸手去牵妹妹，但又想起自己刚才玩弹珠手上都是灰脏兮兮的，于是在衣服上蹭了蹭，改牵住林非鹿垂落的袖口："妹妹，带你去看小动物哦！"

林非鹿笑着问："有哪些小动物呀？"

林瞻远边走边掰手指："有很多的！小狗、小猫、兔兔、狐狸、猴子，还有好多刺刺的！是新来的！"

林非鹿一脸的配合："哇，是小刺猬吗？"

其实林瞻远也不知道秦山上的师兄们新送来的那只小动物叫什么名字，不过妹妹说是，那就是吧。

于是他认真地点点头:"是的,是小刺猬!"

齐王府就建在村庄的后面,背靠着秦山,自山涧流下的一条溪流汇入旁边的湖泊中,湖面浮着几只水鸟、白鹅,湖边用栅栏圈着一块很大的空地,里头布满木屋、假山,俨然一座动物居舍。

林非鹿远远地就看见一只猴子在树枝上荡来荡去,追着一只上爬下蹿的毛茸茸的松鼠。

她双手放在嘴边捧着小喇叭喊:"空空!"

小猴子循声看来,认出林非鹿后,顿时不追那只松鼠了,从树上远远地一荡,跳出栅栏后,一溜烟儿蹿上了林非鹿的肩。

它长大了很多,也重了很多,林非鹿不得不用手托住它的红屁股。

她转头有些得意地跟宋惊澜介绍:"这是我养的小猴子。"

她清清嗓子:"空空,给小宋敬个礼。"

小猴子已经很久没有执行过这项指示,愣了愣,才迟疑地举起小爪爪放在脑袋边挠了挠。

林非鹿痛心疾首:"空空,你变笨了!"

空空抱着脑袋吱吱叫了一声,像在反驳。

宋惊澜看着这一人一猴,失笑地摇了摇头。

齐王府门口没有站岗的侍卫,里头伺候的人也不多,大多数时候,林廷喜欢亲力亲为。只是从小一直跟着他的小厮和当初在京中的王府老管家跟了过来,听到外头笑闹的声音,正在院中给花圃除草的小厮跑出来一看,顿时欣喜道:"五公主!"

他匆匆行了一礼,林非鹿还未说话,小厮已经转身兴奋地跑进去报信了:"王爷!砚心姑娘把五公主抢回来了!"

林非鹿:?

这个"抢"字就用得很有灵性。

林廷很快走了出来。

他向来是温和从容的,一举一动都给人如沐春风的感觉,此刻匆匆赶来的身影却难掩急切,看到门外笑盈盈的少女,还未说话,眼眶就已经先红了。

不过他很是知礼,看见站在林非鹿身边的宋惊澜,很快掩去失态,一拱手朝宋惊澜行了一礼。

573

宋惊澜笑道："齐王别来无恙。"

林非鹿已经蹦了过去："大皇兄，有没有被我吓到！"

林廷笑着摇摇头："怎会被吓到？这是天大的惊喜。"他接过砚心手里的包袱，一边往里走一边问林非鹿，"赶路很累吧？先回府梳洗休整一番，这次回来打算待多少时日？"

林非鹿说："起码过完年吧！"

林廷难掩喜悦："好，我们一起过年。"

比起京中的齐王府，秦山脚下的这座王府显得十分简朴，更像归隐之后的农家小院，充满了生活气息。林廷把两人带到别院，那院子里还种着两棵核桃树，虽然冬天枯了枝丫，但看盘根交缠的树枝也能想象到季节之后它们能结出多大的核桃。

府中没有伺候的下人，林廷倒是习惯了，有些抱歉地对宋惊澜说："居室简陋，不比皇宫，还望海涵。"

宋惊澜温和道："我与小鹿在临城中也置了一处宅院，与你这座乡间别院倒有异曲同工之妙。"

林廷这才放下心来。

小厮烧了热水给他们送来，他现在才知道原来跟在五公主身边的那名男子就是宋国的皇帝，想到自己听来的那些传言，再想想自己刚才说的那句话，提水过来的时候双腿都在打战，送完水之后就忙不迭地跑了。

为了早日到达秦山，这一路快马加鞭确实有些疲惫。

为了让他们好好休整一番，林廷把林瞻远也带走了。小朋友好哄，说要带他去给妹妹买新年礼物，一下子就同意了。

林非鹿泡了个热水澡之后就上床瘫着了，等宋惊澜洗浴完过来时，床上已经传出熟睡的呼吸声。

他没叫醒她，轻手轻脚地躺上床去，将娇软的小身子搂到怀里，闭上了眼睛。

外头天还没黑，黄昏的光影透过窗户漫进来，柔软的浅金色光芒似乎将这张床笼罩，好像连时间都慢了下来。她在他怀里皱了皱眉，似乎因为光有些刺眼而睡得不安稳。

她睡觉一向不喜欢太亮。

宋惊澜微微抬手，挡在她眉眼的位置，挡住了黄昏的光，她才终于又安心睡去。

这一觉并没有睡太久,大约半个时辰林非鹿就醒来了。

院外还有一轮橘红色的夕阳,光照在那两棵核桃树上,隐约地能听见远处犬吠,大人叫小孩儿回家吃饭的声音。

林非鹿伸了个懒腰,往他怀里挤了挤,嗓音还透着几分懒懒的沙哑:"我好喜欢这里呀。"

宋惊澜手掌抚着她的背,轻轻抚摸着:"那以后我们每年都来。"

林非鹿微微抬头,额头蹭着他的下巴,笑嘻嘻地问:"宋国陛下老往大林跑,不怕被刺杀呀?"

头顶传来他的低笑:"皇后这么厉害,会保护好孤的。"

林非鹿说:"那万一我打不过刺客怎么办?"

宋惊澜想了想,沉吟道:"那孤就只能自我保护了。"

怀里的小东西一边扭一边哼哼:"说来说去,陛下就是非要跟着我一起来咯。"

他捏了下她的耳垂:"嗯,皇后去哪儿,孤就去哪儿。"

林非鹿感叹:"真是个昏君啊。"

宋惊澜笑了一声,捏了捏她的后颈:"起来吧,小六过来了。"

林非鹿凝神去听,什么都没听到,不过他都这么说了,肯定没错,于是一溜烟儿从他怀里爬起来,跳下床去穿衣服。果然,她刚穿好衣服,就听见踢踏踢踏的脚步声由远及近,紧接着房门被大力敲响,传来林瞻远气喘吁吁的声音:"妹妹!妹妹!"

林非鹿跑过去打开门,林瞻远怀里抱着一个盒子,高兴地递过来:"给妹妹的礼物!"

不远处传来林廷无奈的声音:"小六,我说过要等到过年那一天才可以给妹妹。"

林瞻远转过头气呼呼地说:"等不及了!我现在就要给妹妹!"

房中宋惊澜缓步走近,笑着问:"六哥,我的呢?"

林瞻远一回头,紧张兮兮地看着他,手指绞着袖口,心虚地说:"我……我没有给七弟买……我的钱不够……"

宋惊澜一脸难过地叹了声气。

林瞻远顿时说:"我现在就去给七弟买!"话落,转头就跑了。

林非鹿笑得不行,转身打了宋惊澜一下。

吃晚饭时林瞻远才回来，手里捧着一个袋子，直奔宋惊澜面前，献宝似的："七弟，你的礼物！"

宋惊澜挑了下眉，笑着接过来："这是什么？"

林瞻远骄傲地叉腰："是我最喜欢的哦！"

宋惊澜打开袋子一看，里头装满了五颜六色的弹珠，林瞻远踮着脚凑过来，悄悄地说："你现在是我们这里有最多弹珠的人哦！我才只有三十……三十二个。"

他指了指袋子，用小气音无比羡慕地说："这里面有五十个哦！"

宋惊澜把沉甸甸的袋子收起来，放进袖口，一转头，看见林瞻远还眼巴巴地看着自己，不由得笑道："怎么了？"

他眨巴眨巴眼睛，神情像极了林非鹿："你不玩吗？"

宋惊澜若有所思，又把袋子拿出来："那就玩一局吧。"

林瞻远兴高采烈地一点头："好！"

于是等林廷和林非鹿过来的时候，就看见大宋皇帝蹲在地上跟林瞻远弹弹珠。

林瞻远还嫌弃他："七弟，你的弹珠都要被我赢光了！"

宋惊澜叹了叹气："六哥让让我吧。"

林瞻远扭捏了一下："好吧，那我就让让弟弟吧。"他一脸舍不得地看了看手中的弹珠，又自言自语地鼓励自己，"妹妹说过，谦让是一种美德！"

林非鹿笑着走过来："明天再玩吧，准备吃饭啦。"

林瞻远看看七弟，又看看妹妹，最后认真地询问："七弟，我明天再让你好吗？"

宋惊澜笑着站起身："好。"

两人玩了这么一会儿手上都是灰，林非鹿一手牵着一个带他们去洗手。

她以前教过林瞻远洗手歌，他从小到大养成了习惯，每次都会按照妹妹教的步骤来洗。等他一边唱一边洗完手，转头一看，正好看到七弟笑着亲了下妹妹。

林瞻远顿时尖叫着冲过来挡在两人之间，张开手臂大喊道："不可以亲妹妹！男孩子不可以亲妹妹！"

林非鹿站在他身后笑得肚子疼。

林瞻远还在愤怒地质问对面的七弟："你为什么要亲妹妹！"

宋惊澜好整以暇地说："因为我是你妹妹的夫君。"

他愣了一会儿，转头迟疑着问林非鹿："妹妹的夫君是什么？"

林非鹿摸摸他的脑袋，软声说："是和妹妹相伴一生白头到老的人呀。"

10

大年三十这一天，千刃派的师兄们在门派内的练武场上搞了一个超大的篝火团圆宴。

这当然是林非鹿的主意。

千刃派弟子中有许多是孤儿，长在门派，家在门派，到了阖家团圆的这一天，亲人也就只有师兄弟们。练刀的大老爷们儿过得太糙，往年都是厨子做几桌子菜，大家随便吃吃喝喝，吃完各自回房睡觉，半点儿过年的气氛都没有。

林非鹿来了之后就带着宋惊澜和林瞻远逛闹市买年货，像个批发商一样买了几百盏灯笼、几百张窗花年画，最后拿都拿不下，还是让村里的小胖墩回去报信，通知了秦山上的师兄们来帮忙运货。

过年的前一天，几百名弟子头一次没有练刀，挂灯笼的挂灯笼，贴窗花的贴窗花，于是整个千刃派都变得喜气洋洋。

林非鹿跟派中炊事班的师兄们沟通了一下，让他们了解了篝火晚宴的精髓，然后就美滋滋地去挑选食材了。

说实话，她馋那个烤野猪肉很多年了。

当年那头野猪体形又长大了一圈，再一次被人类贪婪的目光锁定，顿时将青面獠牙的脑袋埋进了灌木丛里，只露出一个瑟瑟发抖的屁股。

林非鹿站在栅栏外吞了好一会儿口水，转头遗憾地问林瞻远："真的不可以吃它吗？"

林瞻远头一次这么坚定地反驳妹妹，叉着腰大声道："不可以吃大黑！"

林非鹿叹了声气："唉，好吧，那我就只能吃点儿烤五花了。"

林瞻远赞同地点头，一脸严肃："可以吃花花！我去给妹妹摘花花吃！"

于是林非鹿就收到了一把野花。

野猪是吃不成了，家养的禽类也还不错啦。炊事班的师兄们已经把一切准备齐全，蔬菜果实肉类分门别类地切好放在架子上，林非鹿亲手调了几盆烧烤的酱料，虽然缺了些孜然味儿，但整体还是不错的。

天将将黑，演武场上便燃起了巨大的篝火，火焰直冲而上，将这个冬夜照得既温暖又亮堂。

林非鹿之前跟砚心偷偷合计过，找了一些弟子排练节目。唱歌、跳舞自然是不会了，不过十几个人站成一个方阵齐刷刷地表演千刃刀法，也还是很有看头。

大家从未过过这样的新年，不仅有烧烤吃、有酒喝，还有节目看，喝到最后尽了兴，还有人主动上前表演节目。

林廷也在大家的起哄下被林非鹿推出去吹了一曲箫，清幽的箫声响在这热闹喧嚣之中，就像是每个人行走烟火人间时，心中仍保留的那一方净土。

林非鹿喝了几杯酒，又被篝火烤着，脸颊显得红扑扑的。她发现宋惊澜的手有些凉，就拉过他的手按在自己脸上，笑眯眯地问他："暖不暖和？"

她皮肤嫩，每次他一使力就是一道红印。掌心茧子多，他的手掌贴着她的脸颊没有动，只微微勾起大拇指，抚了下她浓密的睫毛："暖和，喝了几杯了？"

林非鹿想了想，伸手比了三根手指，嘴上却说："四杯了！"

宋惊澜忍着笑意："还能喝几杯？"

林非鹿十分嚣张："你不知道我有个外号叫千杯不醉吗！"她在宋惊澜笑吟吟的打量下鼓起腮帮子，"你是不是不信！"

宋惊澜说："我信。"

林非鹿不依不饶："你脸上明明就写着'我不信'三个字！不行，我必须证明给你看！"

她放开他的手就跑去倒酒。

砚心在旁边耿直地说："她已经醉了。"

醉而不自知的林非鹿又喝了三杯酒，才彻底晕了，倒在宋惊澜怀里拽着他的领子哼哼唧唧。

他低笑着重复："千杯不醉？"

她醉晕了还知道反驳他，气呼呼地说："是这里的酒不行！我千杯鸡尾酒不醉！"

篝火场上已经醉倒了很多人，但没人回去睡觉，因为大家约好了一起守岁。弟子们不停地添柴架火，篝火越燃越大，周围热烘烘的，加之都喝了不少酒，一点儿都不冷。

林非鹿蜷在宋惊澜怀里睡了一会儿。

周围喧闹不止,喝多了酒的大老爷们儿嗓门都大,嘻嘻哈哈搅乱夜色。她在他怀里却睡得十分安稳,好像只要有他在,不管身处何地,她都无比安心。

过了午夜,有弟子敲响了林非鹿提前准备好的铜钟。

她在钟声中迷迷糊糊地睁开眼,一眼就看到垂眸注视自己的人。

见她醒来,他温柔的眼里就溢出了笑意。

林非鹿往上伸手,他配合地低下头来,她搂住他的脖子,微微一抬身,亲了亲他的唇角,开心地说:"新年快乐呀,这是我们在一起过的第一个新年呢。"

宋惊澜贴着她的额头,笑意温存:"嗯,今后我们还要一起过很多个新年。"

半醉半醒的林非鹿从他怀里蹦起来,抱起旁边的酒坛子张牙舞爪:"都醒醒!起来嗨!"

篝火晚宴一直闹到凌晨,天蒙蒙亮时,大家才彼此搀扶连拖带拽地各自回房了。

宋惊澜一路抱着林非鹿回到房中,她身上又有酒味又有烟熏烧烤味,他先把人放在床上,然后又出门去烧热水给她洗澡。

闹腾一整夜的秦山在此刻显得无比静谧,偌大的千刃派只听得到山间鸟雀的声音。

担心她着凉,他等屋内的炭炉燃了起来才把人从被窝里抱出来。林非鹿软绵绵地趴在他怀里,任由他帮她脱完衣服,又泡进水中。

宋惊澜挽着袖口站在一旁,拿着毛巾轻轻擦拭她的身子。她就像个顽劣的小孩儿,半坐在水里,眯着眼用手指往他身上弹水。

他笑着抓住那双不安分的手:"别闹了,洗好了就睡觉。"

日出渐渐跃过山头,晨光从窗户稀稀疏疏地透进房中。

这个新年过得格外尽兴又疲惫。

大年初一,秦山脚下的村户们就开始挨家挨户串门走亲戚了,民间的新年总是比宫中更为热闹和丰富多彩。

因为林廷的治理,当地百姓的日子也越过越好,大家敬重这位温润的齐王,每家都往王府送礼物来,或是自家做的吃食,或是亲手缝的衣裳,都不是什么贵重物品,胜在心意。

林非鹿每天都跟着林瞻远到处疯玩。

他在这里住了这么久,山上山下都蹿遍了,俨然一个孩子王。当地的人知道他的身份,也知道他是个智力低下的人,但此地民风淳朴,林瞻远又生得俊俏可爱,谁见了都喜爱。

林非鹿一路走来,看他跟每个人打招呼,看每个人笑吟吟地回应他。他视每个人为亲人,而每个人待他为小孩子。

他可以这样一直纯粹又快乐,就是她最大的心愿。

几日之后,林非鹿拎着宋惊澜那袋弹珠,跟着林瞻远一起在村口的坝子里跟小朋友们玩弹珠,势必要把小宋输掉的尊严全部赢回来!

山脚下长长延伸出去的大路远远行来一队马车,打头的那匹黑马上坐着一名锦衣华裳的男子,林非鹿福至心灵,站上石磨台踮着脚打量着挥了挥手。黑马上的人似乎看到她,双腿一蹬马儿便撒蹄子飞奔过来,越跑越近,穿过那道门楼后,林非鹿听到了熟悉的声音:"小鹿!"

她站在石磨台上又笑又跳地招手:"景渊哥哥!"

林景渊跑近,猛勒缰绳,马儿嘶鸣一声扬起前蹄,他已经从马背上跳了下来,直奔到她面前:"小鹿!啊啊啊,小鹿!"

林非鹿笑得不行:"景渊哥哥,你冷静一点儿。"

林景渊说:"不!我冷静不了!你好不好?!在那边吃得好吗?睡得好吗?过得好吗?听说你当皇后啦?!后宫有没有美人欺负你?!宋国太后对你好吗?"

一连串的问题砸出来,林非鹿都顾不上回答。

她朝渐行渐近的那队马车打量:"还有谁来了?"

林景渊还卖了个关子:"一会儿你就知道了!"

林非鹿心里隐隐有猜测,牵着林瞻远朝前跑过去,马车行至门楼前停下,当先跳下来的是名活泼的少女,尖叫着就往她怀里冲:"五姐!啊啊啊啊啊,五姐!蔚蔚好想你啊!"

林非鹿难以置信地看着她:"你为什么比我还高了?"

林蔚:"嘿嘿。"

林非鹿:……

窒息!

两姐妹还在叙旧,后头的马车又走下来两名打扮朴素但难掩貌美的妇女,林非鹿听到身后哽咽的声音:"鹿儿,远儿。"

林非鹿和林瞻远同时跑过去："娘亲！"

萧岚满脸眼泪，一手搂住一个孩子，一时之间泪如雨下。

站在旁边的苏嫔还如以前一样，淡声安慰："见到孩子了，该高兴才是，哭什么！"

林蔚说："娘亲，你就让岚妃娘娘哭嘛，她都憋一路了！"

萧岚又哭又笑，这才抹了眼泪。

他们的到来给了林非鹿最大的惊喜。

信是林廷年前送去京城的，林非鹿来的那天他就让人把信送出去了。本以为还需要些时日，没想到接到信的林景渊迫不及待地就把人带来了。

如今的萧岚已是太妃，跟先皇的嫔妃都住在行宫别苑，因为林非鹿，林倾对她格外优待。她有几个真心交好的姐妹，苏嫔就是其中一个，这一次出行来见女儿，林蔚听说后也吵着要来，苏嫔想着多年未出过宫，便也一道跟来了。

林念知本也想一起来，但因为怀着身孕不宜远行，只能让林蔚带了一封信给小五，还附带了一串超复杂的九连环。信中言明，她怀孕后脑子变迟钝，实在是解不开这个九连环了，让林非鹿在走之前解开，再让林蔚带回去给她。

除了林念知，林倾、司妙然、牧停云，还有好多人都带了东西给她，每个人都惦记着她。

萧岚没有见过宋惊澜。

哪怕知道他对女儿好，还封了女儿为后，可听着那些传言，她的心里终归是不安的，直到今日见到这位温和含笑的男子。

林非鹿有种第一次领着男朋友见父母的羞耻感："娘亲，这就是小宋！"

萧岚被这个称呼震得一时没说出话来，但这位宋国陛下好像一点儿也不生气，看女儿的眼神里，不掩温柔宠溺。萧岚心中之前的那些担忧，就在这一个眼神中烟消云散了。

齐王府顿时变得拥挤又热闹。

林非鹿跑去跟林廷提意见："大皇兄，等过完年，你再扩修一下王府吧。"

林廷说："只是如今挤一些，平日还是够住的。"

林非鹿噘嘴："那不是以后每年都要挤一挤？"

林廷迟疑地看向旁边的宋惊澜："每年？"

林非鹿转头看过去，叉着腰问："对吧！"

宋惊澜笑着一点头："对，每年。"

林廷再一次被这位宋国陛下没有底线的纵容刷新了认知，但他纵容的对象是自己的妹妹，所以其实还是挺高兴的……

别人家的新年已经过了一半，而他们的新年好像才刚刚开始。

王府因为林景渊和林蔚的到来，加上一个如今性子活跃不少的林瞻远，从热热闹闹变成了鸡飞狗跳。

明明都已经是长大成婚的人了，却仍在此时露出年少模样。

林非鹿站在廊下看着他们打跳斗嘴，萧岚和苏嫔坐在一旁绣着针线说着话，有那么一瞬间，好像回到了小时候。

那个时候，刚见到他们的时候，她一定没想过，他们今后会变成自己生命中如此重要的人。

宋惊澜拿着一件斗篷过来披在她肩上，然后把人拉到怀里，笑着问："在看什么？"

林非鹿偏着脑袋靠在他手臂上，好半天才低声说："在看老天赠我的礼物。"

上一世死的时候她曾想，这是她"为非作歹"的代价，是老天给她的报应，所以她对死亡也欣然接受。

直到现在她才知道，那不是报应，是老天补偿给她的新生。

她曾经缺失的一切，都在这里得到了补偿。

黄昏的光让时间都慢了下来。

过了一会儿，宋惊澜低头亲了亲她，他说："你也是老天赠我的礼物。"

林非鹿歪过头看他，眨眨眼睛："那你有多喜欢这份礼物？"

宋惊澜笑着："你不知道吗？"

林非鹿哼了一声："我才不知道。"

他又重新把她的小脑袋按进怀里，低笑着说："以后你会知道的。"

他还有一生的时间让她知道，他有多爱她。

（正文完）

番外 FAN WAI

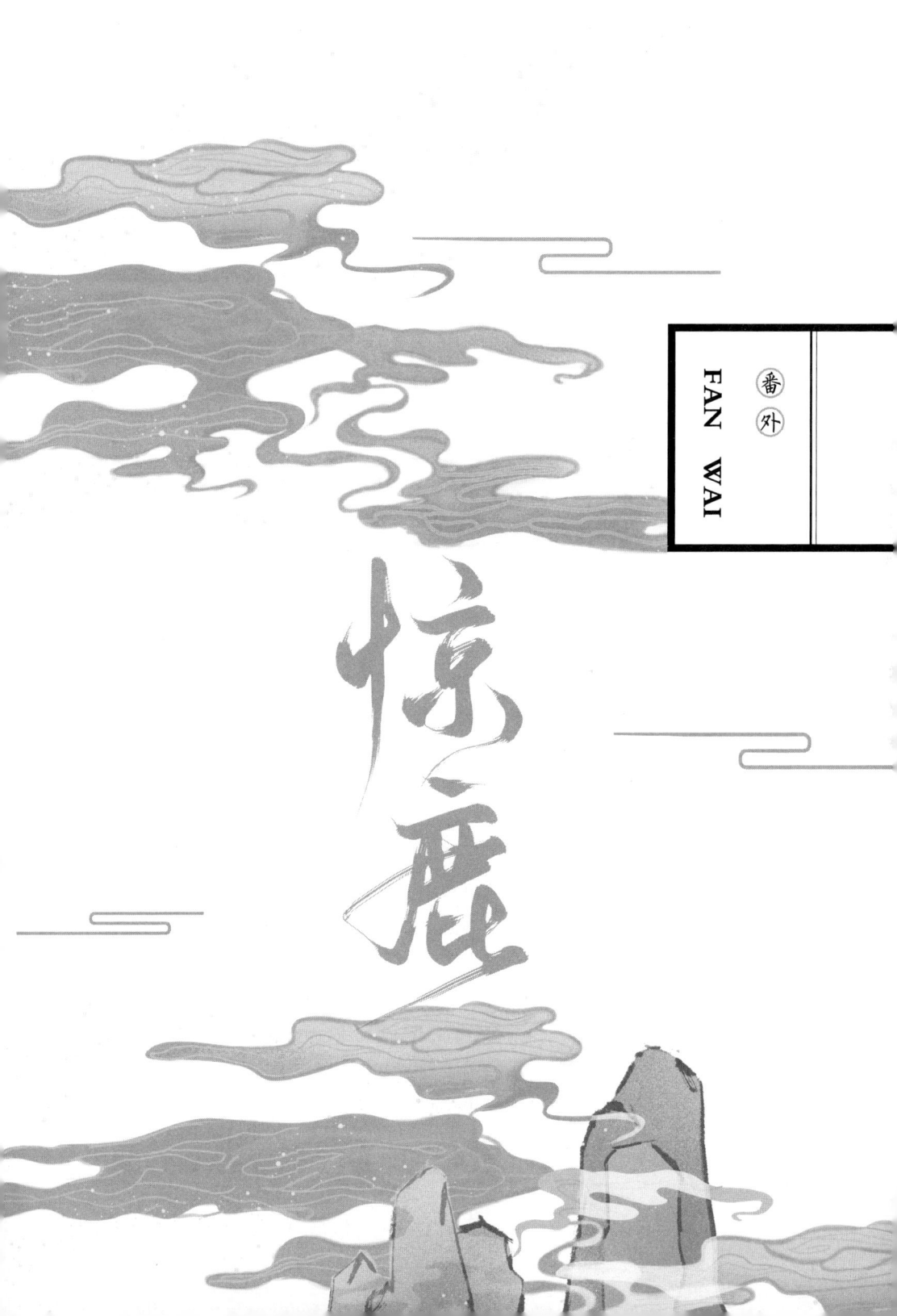

惊鹿

01

林非鹿是在成婚第五年有身孕的。

对于怀孕这件事,她一直持着顺其自然的心态,毕竟这个时代避孕措施不好做,一切只能听天由命。不过她偶尔还是会在心里偷偷念叨,老天爷你可千万别让我太早怀宝宝啊,让我多享受几年的二人世界吧。

老天爷似乎真的听到了她的心愿,于是这个孩子在满宫期待中来得算迟了。

因为陛下只有这么一位皇后,所以满朝文武百官以及大宋百姓的目光都锁定在林非鹿的肚子上。

这些年有关永安公主的风言风语早已在宋惊澜的铁血手段下消失殆尽,现在大家对流有大林皇室血脉的皇后生下皇储这件事已经毫无异议了。

大家只希望她早点儿生,快点儿生,生个储君下来,大家趁着宋国正值巅峰、陛下正当壮年,百官欣欣向荣之际,好好栽培这位储君。

这几年林、宋两国睦邻友好,前些年大林的皇帝还来宋国都城拜访过。没有谁不热爱和平,以此发展下去,哪怕今后陛下退位,流着大林血脉的皇储继位,两国繁荣仍可延续下去。

百年和平,在这个时代实在太可遇不可求了。

大家伸长脖子等啊盼啊,终于在这个冬天,等来了皇后娘娘有孕的消息。满朝官员看上去比当爹的宋惊澜还激动。

林非鹿在请太医来看之前就隐隐有预感,其实也没什么预兆,她经期推迟是常有的事,没有孕吐,显怀就更不可能了。但她某个早晨天还没亮时突然醒来,就有种自己有了的强烈直觉。

宋惊澜还睡着,手臂搂着她的腰,呼吸一下又一下轻轻拂着她的睫毛。

林非鹿躺在他臂弯,用手掌按着自己的小腹,过了一会儿,拿鼻尖去蹭他的脸。

宋惊澜紧了紧手臂，把人往怀里按了按，睡声沙哑："怎么了？"

林非鹿声音严肃："小宋，我怀疑你要当爹了。"

宋惊澜缓缓地睁开眼。

两人大眼瞪小眼，片刻，宋惊澜迅速起身披上单衣走到门口，沉声喊："天冬！"

天冬在门外应了一声。

宋惊澜说："宣太医。"

于是天不亮，太医一路小跑来到了临安殿，给神情严肃的皇后娘娘把脉。

林非鹿的直觉得到了证实，她确实有了，才一个多月，脉象平稳，太医喜不自禁，连磕了三个响头，就下去开安胎药了。

林非鹿盘腿坐在床上，低头看自己平坦的小腹，有点儿愣，又有点儿迷茫，还有点儿莫名的期待和开心。宋惊澜掩门走过来，摸摸她的脑袋问："还困吗？"

林非鹿顺势打了个哈欠："有一点儿。"

他抱着人躺下来，轻轻抚拍她的后背："那继续睡吧。"

林非鹿在被窝里摸了摸，摸到他的手，然后抓住他的手掌，轻轻按在了自己小腹上，用小气音问他："开心吗？"

隔着一层薄薄的衣服，他掌心滚烫，低下头亲了亲她凌乱的鬓间："很开心。"

林非鹿感觉自己睡不着了，换了个平躺的姿势，把他的手和自己的手都按在小腹上，声音有些雀跃："小宋，我们给他/她取个什么名字呀？"

宋惊澜还没回答，她又说："你猜是个男孩儿还是女孩儿呀？你喜欢男孩还是女孩儿？"

他笑着，亲她的眼睛，亲她的鼻尖，亲她弯弯的唇角："都喜欢，都好。"

林非鹿想了想，继续雀跃地问："如果是个男孩儿小名就叫宋小澜，女孩儿就叫宋小鹿，怎么样？！"

他忍不住笑起来："好。"

皇后有孕成为今年最大的喜事。

林非鹿身体好，胎儿也生长得很好，虽然是第一次怀孕，但当年有个姐妹怀了孕她陪着一起去上过几次课，知道孕妇不应该一直躺着，适当的运动和瑜伽反而更有利于胎儿出生。

毕竟在这个医疗器械不健全的时代，生孩子是件很危险的事，于是永安宫的宫人们每天心惊胆战地看着皇后娘娘在垫子上做出各种奇怪的动作。

别的女子怀了孕，恨不得十个月都躺在床上才好，自家娘娘却这么折腾，宫人们又怕又担心，松雨劝不住，偷偷跑去找宋惊澜，然后林非鹿就给赶来的小宋陛下上了半个时辰的孕妇瑜伽课。

他早知她柔韧度好，又听她说得头头是道，不由得觉得好笑，虽然相信了她的说法，但为了保险，还是再去请教了太医。太医虽是第一次听说什么瑜伽，但结合医学理念，也给出了无害的结论，宋惊澜才彻底放心了。

不过因为身孕，这个年就不能再去秦山跟大家一起过了。

林非鹿给林廷去了信，之后就收起了好耍的心思，安安心心地在宫中养胎。

不过养胎的日子并不闷，宋惊澜知道她很喜欢看话本小说，便请了临城中的一个戏班子进宫来演给她看，于是林非鹿过上了每天看真人版连续剧的幸福生活。

她闲得无聊，还把《射雕英雄传》写了出来，对于一个看过所有版本射雕影视剧不止一遍的人，默写大部分经典剧情和台词简直轻而易举。

写完剧本，书上金庸老爷子的大名，她把临城中所有的名角儿都叫进宫来，再挨个儿选拔演员，然后把本子交给班主，每天看他拍戏。

大家什么时候见过这种白话剧本，故事还如此精彩，表演形式惊奇，戏剧冲突强烈，又十分具有观赏性，于是金庸老爷子的名字迅速响彻临城文曲界。

后来大家都知道，宫中有一位话本大佬，是皇后娘娘的御用话本大师！

林非鹿在怀孕期间好好过了一把导演编剧加制片人的瘾，当然胎教也没落下，每天都让宋惊澜对着她的肚子弹琴吹箫读四书五经。

万众期待之中，第二年秋天，宋小澜出生了。

林非鹿生产十分顺利，宋惊澜提前备好的针对各种危险情况的太医以及民间大夫都没用上，产婆进去一刻钟之后，房中就传出了婴儿啼哭的声音。

也是因为皇后娘娘这个先例，后来孕妇瑜伽推行到了民间，女子在怀孕期间增加适当锻炼，一定程度上减少了林、宋两国女子生产时死亡的概率，本来就因为和亲而被百姓称为活菩萨的林非鹿又一次无形中增加了自己在民间的声望。

当然这都是后话。

宋小澜刚生下来时，是个红红嫩嫩的丑猴子。

林非鹿第一次见到刚出生的婴儿，第一眼就感觉自己被丑到了。

她气都还没喘匀，差点儿哭出来，对坐在床边握着她手的宋惊澜说："怎么这么丑啊？是不是变异了啊？"

宋惊澜：……

还在襁褓中的宋小澜哭声更大了。

刚出生就被母后嫌弃长得丑的宋小澜发愤图强，终于在半个多月后，变好看了。

小婴儿听到殿外传来脚步声，还有母后身上熟悉的奶香味，一时间睁大了眼睛，小手无意识地在空中晃着。

他终于变好看啦！

母后这该要夸他了吧！

帘帐被掀开，女子俯身探进来低下头，一大一小对视了半天，林非鹿尖叫："松雨！我的丑儿子去哪儿了？！这是谁的孩子，为什么躺在我丑儿子的摇摇床上！"

宋小澜：……

小婴儿满月之后，五官和肌肤就都慢慢长开了，白白净净，黑眼红唇，可爱得能把人的心萌化。

他平时还是很高冷的，虽然不哭不闹，但宫女嬷嬷们逗他时他也不笑，只有当林非鹿在时，小婴儿就会做出各种萌死人不偿命的可爱表情。

林非鹿捂心："啊！我儿子太可爱了！啊，好可爱啊！"

宋小澜对此很满意。

他就喜欢看母后被他可爱到的样子！

宋小澜跟他父皇长得很像，眉眼就像是一个模子刻出来的，但他的脸形和唇形随了母后，所以五官显得更为可爱柔和一些。

等到他会说话的时候，每天问林非鹿最多的一句话就是："母后，我可爱吗？"

林非鹿斩钉截铁："宋小澜是这个世上最可爱的小朋友！"

宋小澜看了眼旁边低头批阅奏折的父皇，又爬到林非鹿怀里抱着她的脖子，凑近她耳边偷偷地问："那是我可爱还是父皇可爱？"

林非鹿说："当然是你啦！"她也凑在他耳边偷偷说，"父皇是不可以用可爱来形容的,他是英俊帅气!"

正在批折子的宋惊澜抬头看过来,朝自己的儿子缓缓笑了一下。

机智的宋小澜从父皇的笑容里察觉出某种意味,于是正在识字的他开始查阅可爱和英俊帅气的区别。

查完之后发现,英俊帅气不仅比可爱多了两个字,夸赞成分也比可爱更重!

这本书不知道是谁写的,上面居然还说,当你不知道如何夸一个人时,就夸他可爱。

这太让人委屈了!

原来母后一直夸自己可爱,是因为她找不到别的夸奖词了!

宋小澜气愤地哭诉:"我再也不要可爱了!"

于是林非鹿发现萌萌的奶团子成天都板着一张小脸,小腰杆挺得笔直,也不穿她给他做的那些小恐龙、皮卡丘衣服了。

宋惊澜做什么,他就在旁边神情严肃地跟着学,穿跟父皇一样颜色的衣服,梳一样的发型。

宋惊澜瞄了一眼旁边缩小版的自己,斜着身子用手指支额头。

宋小澜立刻照做,结果因为身子和手臂太短,实在是够不着,一头从床上栽了下去,摔得哇哇大哭。

宋惊澜嗤了一声,在林非鹿冲过来之前,伸手把奶团子捞起来,放在自己腿上,淡声问:"你做什么呢?"

宋小澜抽抽搭搭地说:"我……我在学父皇……"

林非鹿走过来擦擦他脏兮兮的小脸:"为什么要学父皇呀?"

宋小澜看看父皇,又看看母后,越想越委屈,仰着小脑袋嗷嗷直哭:"我也想像父皇一样英俊帅气,可是我根本学不会!呜呜呜,这太难了——"

02

宋小澜五岁那年被立为了太子。

他的性格更多地随了林非鹿,外向又烂漫,逢人便笑,大眼睛一笑就弯成了月牙儿形状,显得粉雕玉琢人畜无害,人又聪明,两岁开始识字,三岁就能背四书五经了,比他那个四舅舅强了不知道多少倍。

林非鹿一开始也以为儿子更像自己,直到有一天看到宋小澜小朋友为了多吃一根冰棍,可怜巴巴地骗取松雨的同情之后,拿着冰棍在廊檐下偷偷露出了小狐狸一样的笑容。

原来这还是个小芝麻汤圆?

她一时之间竟不知他更像自己还是更像宋惊澜。

哦,不对,自己以前好像也经常干这种事……

反正,继承了父母智商以及性格的宋小澜小朋友,成了全宫乃至全朝乃至整个临城百姓都宠爱的小太子。

除了父皇母后,宋小澜最喜欢的人就是自己的小舅舅了。他三岁那年,大舅舅带着小舅舅来皇宫做客,宋小澜第一次见到了母后常常念叨的林瞻远小舅舅。

宋小澜在宫中不缺玩伴。

因为林非鹿在宫中开设了一所皇家幼儿园,让文武百官们同龄的子女每隔几日就来宫中上学。

皇家义务教育,又有玩的又有吃的还能学知识,打小结识各界权贵,一般人进不来,朝官们挤破脑袋都想把孩子送进皇后娘娘创办的春田花花幼儿园。

宋小澜作为太子,是春田花花幼儿园里最尊贵的小朋友。

朝官们每天送子女上学时都会百般叮嘱,要对太子殿下恭敬,行事说话不可逾越,万万不能失了礼数。

所以尽管宋小澜有很多同龄玩伴,可总是隔着身份、地位,不能放开了玩,他一点儿都不喜欢这样,直到小舅舅的出现!

小舅舅不会因为他是太子就束手束脚,他做什么小舅舅都愿意跟他一起玩儿,而且比他还兴奋。

小舅舅和父皇母后一样对他好,他能从小舅舅的眼神和语气里感受到小舅舅对自己的喜欢。宋小澜这么聪明,其实跟林瞻远接触没多久就发现小舅舅跟寻常人不一样。

他怕母后难过,于是只偷偷问了父皇。

父皇说,小舅舅小时候被坏人下了毒,所以永远也长不大,永远都是一个小朋友。

宋小澜觉得这样也没什么不好,永远当一个小朋友,多快乐呀!

宋小澜被立为太子的第二年春天,林非鹿和宋惊澜带他去秦山玩。

这是宋小澜第一次踏上母后的故土,也是他第一次离宫这么远。

他见到小舅舅跟他说起过的喜欢玩弹珠的朋友,见到了大舅舅的动物园,乡野风情不比皇宫华丽,却让他感觉自己像遨游在天上的鸟儿一样自由自在。

正是栽种的季节,农民们每天日出而作日落而息,来时平坦空旷的农田里没过几日就都栽满了绿油油的农作物。

田坎上开满了迎风飞舞的野花,宋小澜牵着林非鹿的手从纵横交错的小路上走过,像个好奇宝宝。

"母后,那是什么?"

"是水稻,就是我们吃的米饭。"

"那这是什么?"

"是南瓜。"

"哇,是我最爱吃的南瓜糕的南瓜!"

他第一次看见粮食的栽种,觉得一切都新鲜极了。百姓们在农田里忙忙碌碌,弓着腰插秧栽苗,宋小澜看了好一会儿,转头跟林非鹿说:"母后,我以后会乖乖用膳的,再也不浪费了。"

他比大多数孩子聪明,很快就体会到了林非鹿带来他看这些的用意。

如今的林、宋两国和平富饶,将来宋惊澜把皇位交到他手上时,也会交给他一个无须担忧繁荣昌盛的天下。

这一路行来,他看到过繁华的城镇,也见过贫瘠的村庄。他得知道这天下不都如他所在的皇宫一样奢华,也需知道他应有尽有的一切是来自何方,不至于将来步宋国先皇的后尘,发出"何不食肉糜"的荒唐言论。

教育要从娃娃抓起,林非鹿深刻奉行了这个道理。

一家三口在秦山过了半月闲云野鹤的隐居生活,然后就打道回宫了。

走的时候宋小澜还不愿意。

对于小朋友而言,比起华丽的皇宫,还是更喜欢这种无拘无束上山下河的山野童趣生活。林非鹿抱着小朋友哄了好一会儿,答应以后每年都带他来秦山度假,小朋友才终于抽抽搭搭地同意了。

回程的路上,林非鹿一直没什么精神,时而就犯困。

她一开始还以为是因为马车坐久了,舟车劳顿才导致自己嗜睡,直到回到宫中,困意不减,招来太医一看,才知道自己又有身孕了。

这一次跟怀宋小澜的轻松不一样,妊娠反应比上一次都要严重一些。小腹显怀也很明显,林非鹿每天都觉得身子重死了,又重又累又困,瑜伽也不乐意练了,每天只想躺着。

宋惊澜就每天监督她练瑜伽,不练也要拉着她在宫中走一走逛一逛。

她多走几步都不乐意,回来的路程就让他抱。她怀着身孕,重了不少,但宋惊澜抱她还是跟以前一样轻轻松松。

直到月份大了之后,太医才把出脉来,皇后娘娘这一胎,怀的是双胞胎,难怪各项反应都如此明显。

林非鹿自己都惊呆了,原来自己还有这个天赋吗!

她是挺高兴的,宋小澜知道自己即将拥有两个弟弟或者两个妹妹,也很高兴,只有宋惊澜听闻这个消息后眼神有些沉。

生育本来就有风险,而双胞胎的生产风险更大。

虽然太医一再保证,以皇后娘娘的身体情况来看,出现难产的可能性很小,但所有可能会有风险的事,他都不希望她去经历。

宋惊澜屏退了临安殿的宫人,只留下太医一人。

殿中烛火通明,映在陛下晦暗的脸色上,吓得太医瑟瑟发抖,以为自己就要命不久矣。

谁知却听前方淡声问:"可有使男子绝育的药?"

太医"扑通"一声就跪下了,连连磕头:"陛下万万不可!陛下真龙天子,千金之躯,万万不可啊!"

脚步声倾轧而近,太医伏在地上,只看见一双墨靴,头顶那声音淡又冷:"有,还是没有?"

太医简直老泪纵横。

片刻之后,宋惊澜挥手让他退下,临走时,淡声交代:"这件事,不足为第三人道。"

太医瑟瑟发抖:"微臣知道,微臣就是死也会将此秘密带进棺材里!"

林非鹿并不知道这些,还在安安心心地养胎,只是每天进行胎教的人从宋惊澜换成了宋小澜。

他以前听母后说过,他以前在母后肚子里时,就是父皇每日吹箫读书对他进行胎教。现在他长大了,也该轮到他施展自己毕生所学了!

于是小朋友每天都坐在小板凳上,对着母后鼓起的小腹背四书五经。他还会弹古琴,小小的人儿端坐在古琴前,指尖一拨,就是铮铮琴音。每次看着他,林非鹿都会想到当年在翠竹居的小漂亮。

生产在深秋月桂浮香的时候,林非鹿顺利诞下了两个女儿,于是皇宫中又多了两位小公主。

既是两个女儿,之前想好的名字就不好再用了。

一个叫宋小鹿,另一个难道要叫宋小非吗?实在太过敷衍!读者都看不下去了!

于是林非鹿以"思慕"为名,姐姐叫宋小思,妹妹叫宋小慕。

嗯,完美。

妹妹刚出生时,期待已久的宋小澜就迫不及待地来看望了。两个小婴儿睡在并排的摇摇床上,宋小澜扒着床沿探头往里一看,只是一眼就惊呆了。

他抬头看看旁边坐在软榻上解阿姨不远千里送来的九连环的母后,再低头看看摇摇床上的两个妹妹,最后语重心长地叹气道:"母后,我知道为什么你以前嫌我丑了,我以前也像妹妹这么丑吧?"

睁着一双水汪汪眼睛的宋小思顿时哇哇大哭。

林非鹿说:"快给妹妹道歉!"

宋小澜:"妹妹对不起!哥哥错了!妹妹是世界上最好看的女孩子!"

话是这么说,离开永安宫之后,宋小澜偷偷问从小照顾自己的婢女,他以前是什么时候开始变好看的?婢女说是半月之后,于是宋小澜掐着时间,每天都来看一看妹妹的变化。

半月之后,宋小思和宋小慕还是那副皱巴巴丑兮兮的样子。

宋小澜急了。

时间到了啊!为什么妹妹还没变好看!难道要一直这么丑下去了吗?!

寝殿内燃着暖和的银炭,林非鹿靠着软榻睡着了,宋小澜扒在摇摇床上拿着拨浪鼓逗妹妹玩了一会儿,最后视线在她们脸上扫来扫去,最后握拳保证:"妹妹放心!就算你们一直这么丑,今后哥哥也一定会把天底下最英俊的男子送到你们面前,任由你们挑选!"

宋小思伸着小拳头乱舞,咯咯地笑,口水都笑出来了。

宋小慕较为安静,只睁着滴溜溜的大眼睛看着哥哥,企图听明白他不停在动的嘴巴里到底在说些什么。

当然,宋小澜的担忧都是多余的,丑是不可能丑下去的。

美貌可能会迟到,但永远不会缺席。

一月之后，两个小公主就变成了冰雪奶团子，又白又软又萌，每日关注着妹妹变化的宋小澜成功体会了一把母后当年的心情。

啊！我妹妹太可爱了！啊，好可爱啊！

宋小澜气愤地在当年自己翻阅的那本书上批注：

——可爱才不是无词可夸时的敷衍之语！可爱是世上最好最可爱的夸赞！

我和我的妹妹们，都很可爱！

03

宋小思和宋小慕三岁的时候，纷纷进入春田花花幼儿园上学。

这个时候的宋小澜已经入太学读书了，皇家幼儿园的小朋友们也换了一批，但师资教育以及幼儿教学系统在林非鹿的多年实践之下已经更加完善了。

无论是大林还是宋国，以前从无女子当官的先例。

男尊女卑的古代，女子不做官、不从文，除去贵族子女外，民间女子亦不可进书院。

直到宋惊澜在林非鹿的建议下，新设了"幼师官"这一官职，凡幼师官，皆由女子担任。虽然品阶低微，但算是开了有史以来女子当官的先例，震惊天下。

不过与其说是官职，幼师官其实更像教习幼儿的女先生。

她们无须学富五车，博古通今，只需品性温良，认字识字，有一技之长，真心喜爱孩童便可参与选拔。

宋惊澜一开始推行此事时，照例是受到了守旧派的阻拦。但宋国向来是他的一言堂，阻拦对他而言就跟云雾一样，伸手一拨就散了。

只不过最初的选拔有些困难，因为应召的女先生实在是少。

林非鹿并不想在这样的时代搞什么男女平等，她只是希望在力所能及的范围内，让女子的地位和生活更加优渥一些。

当初她大婚之后，宋惊澜就下令将宫中美人全部送出宫去，但其中有几位美人是被家族作为棋子送进宫来的。一旦离宫，她们对于家族的价值就完全失去了，出宫后的日子恐怕会十分艰难。

而且太后当时也希望能留几人在宫中陪伴自己，林非鹿毕竟不能天天去陪老人家说话，得知情况后便让宋惊澜只将愿意出宫的送走了，剩下的几人便留在了重华宫常伴太后。

推行幼师官之后，起初没有女子来应召，林非鹿思来想去，觉得得先给大家开个先例做个表率，便将留下来的这四位美人召到永安宫，问她们是否愿意应召。

既能被家族选中送入皇宫，琴棋书画自然是样样精通，后来又能在宋惊澜的"暴虐"手段下活下来，可见也是安分守己的。

她们在宫中的日子平淡又无聊，除了重华宫四周，平时也不敢往别的地儿去，生怕冲撞了帝后。对于家族而言已成弃子，如今皇后娘娘仁慈，竟让她们做官，能改变日复一日死水一般的生活，她们哪还有不愿意的。

于是第一批幼师官诞生了。

林非鹿给她们集训了一段时间，四位美人便自此成为幼师官，开启了在春田花花幼儿园当老师的快乐生活。

比起之前那些满口之乎者也的夫子先生，经历过职业培训再上岗的幼师官明显更适合教导这些小豆丁。

当初朝官们虽然都想把子女送入皇家幼儿园，但其中有不少小朋友每次都哭闹着不想上学。直到幼儿园中的先生换成了幼师官，小朋友们每天最期待的事就变成了上学。

着统一宫装的幼师官们能歌善舞，教小朋友们背九九表，带他们做游戏，既温柔又漂亮，没有小朋友不喜欢！

于是一传十，十传百，推行成功的幼师官开始慢慢被人接受，应召的女子也逐渐增多。

皇家行事向来是百姓们的风向标杆，皇家幼儿园开办得红红火火，朝官无不以子女进入皇幼为荣。民间百姓进不去皇幼，当然也有自己的办法，于是私立的民间幼儿园应时而生。

民间女子自此多了一条当官的路，夫子先生也终于不再局限于男子。

宋小思和宋小慕已经是春田花花幼儿园不知道第几批学生了。

宫中备受宠爱的两位小公主来上学，幼师官们自然不敢怠慢，生怕在园期间磕着绊着，或者被贵族子弟中某些混世魔王欺负了，园长专门派了两位幼师官全程照看，确保万无一失。

结果一日下来，幼师官发现完全不用担心。

大公主乖巧可爱，冰雪聪明，几句话就让平日那些混世小魔王乖乖地听她差遣。

小公主腼腆内向，又萌又软，虽然不爱说话，但用一双紫葡萄似的眼睛望着你时，只想让人捧在手心好好爱护，生不出半点儿欺负之心。

两姐妹的幼儿园团宠生涯就此开启。

其实她们长大之后，林非鹿就发现这俩小团子的性格完全不一样。

简单点儿来形容，就是一黑一白。

宋小思比她哥哥还黑，宋小慕则像把一家四口缺失的白都补上了。

自己和小宋陛下居然能生出一个傻白甜，林非鹿对此感到很惊讶。

宋小澜为此很担忧，每隔几日便嘱咐宋小思："小思，你在幼儿园要看好小慕，别让她被那些浑小子骗走了！"

宋小思弯眼一笑："哥哥放心，只有我把别人骗回来的分儿。"

宋小澜："……倒也不必如此。"

林非鹿每日看着自己这三个性格迥异的孩子，觉得连续剧都不用看了，看他们就够有趣了。

养孩子比养猫猫狗狗幸福多了。

翻年之后，宋小澜就要满十岁了。其实在林非鹿眼中，儿子还只是个小朋友，但宋惊澜已经开始在教他参政。有时候林非鹿领着两个女儿坐在一旁玩飞行棋，就听见旁边宋惊澜在问儿子："这件事若是交给你去办，你会如何做？"

宋小澜眼巴巴地看一眼旁边的飞行棋，然后背着手在父皇的逼视下努力作答。

晚上就寝时，林非鹿拿手指戳宋惊澜的腰："小澜还小，你不要给他太大的压力呀！晚几年再学也来得及。"

宋惊澜握住那双不安分的手放到胸口，嗓音有些懒："早日学，早日接手政事。"

林非鹿拍了他一下："要那么早学做什么？你还没老呢，难不成这么快就把皇位传给他啊？"

宋惊澜笑着"嗯"了一声。

林非鹿不依不饶地推他："嗯什么嗯！宋惊澜，我跟你讲，孩子的童年是很重要的，你不可以剥夺儿子的童年乐趣！不然我跟你没完！"

宋惊澜搂着她的腰缓缓低下头来，要笑不笑地问："你要为了他和我没完？"

于是第二天，宋小澜震惊地发现，自己的课业又加重了。

天啊！这是为什么啊！

宋国小太子简直太难了。

林非鹿发现这件事之后真是又气又好笑，晚上睡觉都背对着这个连自己儿子都不放过的大魔王。

宋惊澜哄了好一会儿没把人哄过来，只好叹着气妥协："近日政事清闲，舅舅又刚好在城中，明日我们带他出宫游玩几日可好？"

林非鹿这才哼了一声，慢腾腾转过来躺进他的臂窝。

翌日得知将要出宫游玩的宋小澜果然很惊喜。

林非鹿本来以为只是在临城中玩一玩，逛一逛，没想到宋惊澜安排好了车马随侍，竟是要一路下江陵。正值暮春，江陵的樱花开得正好，宋小思和宋小慕还未去过那么远的地方，于是林非鹿把两个女儿也带上，一家五口出宫旅游。

宋国官员的执行能力在宋惊澜的治理下一向很强，这一路的游玩路线确定之后，沿途都安排了暗中护驾的侍卫和接待的官员。

林非鹿只带了松雨和拾夏，方便照顾三个孩子，一家人就像普通的富贵人家，离开临城一路游玩至江陵。

沿途春光无限好，宋小澜自小学习骑射，这一路也不跟妹妹们一起坐马车，而是骑着自己养的骏马，昂首挺胸地跑在前面。

宋小思扒着窗口看着哥哥一骑绝尘跑没了影儿，慢腾腾地坐回来，看了眼在一旁看话本的母后，撑着小下巴怅然地叹了一声气："好羡慕哥哥哦。"

林非鹿："有话直说。"

宋小思："我也想学骑马。"

林非鹿："等你再长大一岁就学。"

宋小思高兴极了，扑过来抱着母后亲了一口。

马车行至傍晚歇脚的城镇时，城门外排着长队，是城中商户在收粮食。

宋小澜一马当先走在前面，经过队伍时，正看到称粮的那小厮将卖粮百姓递上来的袋子摔在了地上。

麻布袋里的粮食撒落一地，地上都是泥灰，那卖粮的老人顿时急切地去捡，却被小厮推了一掌，恶声道："沾了灰的粮食我们可不再收了！"

他称了称剩下的半袋粮食："只十斤，去旁边领钱吧。"

那老人心疼地看着地上的粮食，哀求道："我在家中称的是十五斤，足撒了五斤,这是你方才失手才……"

这话没说完,那小厮便横眉怒目:"分明是你自己没拿稳,竟敢怪到我头上?你们谁看到是我弄撒了粮食?"

后头的百姓哪敢出声,纷纷低下头去。

老人眼泪都快下来了,但又无能为力,只好颤巍巍地去旁边领钱,身后却传来一声稚嫩的声音:"我看到了!"

众人一回头,却见是一名端坐骏马之上的锦衣少年,模样看着还略显稚嫩,但满身贵气,正愤怒地指着称粮那小厮:"我看到是你撒了这位老伯的粮食,还不赶紧赔钱!"

那小厮见他眼生,看他身后车马,便知是外地来的,俗话说强龙不压地头蛇,他主家在城中富甲一方,作威作福惯了,当即便道:"我甄家的事可轮不到你来插手,识相的就赶紧滚!"

宋小澜哪见过这么猖狂的人,当即大怒,手中马鞭往前一掷,便将那小厮团团捆住,再往后一扯,小厮便摔翻在地。

他跳下马来,看上去清瘦,力气却不小,一把拎住小厮的领口,怒道:"随我去见官!我今日必须与你好好说道!"

旁边的老人着急道:"少侠一番好意老朽心领了,少侠不必为了老朽与甄家为敌。"

却听少年掷地有声:"管他甄家假家,大宋律法之下,我看有谁敢混淆黑白!走!"

他身后还跟着几名侍卫,甄家的小厮想围上来,纷纷被踢飞,于是一行人便往城中去。

宋小思趴在窗口看完这一幕,回头不无兴奋地:"哥哥好帅啊!"

林非鹿淡定地吃着宋惊澜剥好喂过来的葡萄:"嗯,颇有为母当年风范。"

事情结果不言而喻。

跟来围观的百姓们得知这少年竟是当朝太子,震惊之后纷纷跪拜高呼"太子千岁"。处理完此事,叫小厮赔了钱,宋小澜才想起自己在气头上把父皇母后丢下了,赶紧回身去找,却见马车就在县衙外面等着。

他一上车,两个妹妹就扑过来一左一右地抱住他的胳膊:"哥哥太帅啦!哥哥好棒!"

小少年还怪不好意思的,偷偷看了父皇一眼。

宋惊澜在给林非鹿剥水果，垂着眸淡声说了句："做得不错。"

宋小澜顿时更开心了，却听他又问："接下来还该做什么？"

宋小澜毕竟才十岁，愣了一会儿，才迟疑说："甄家小厮如此猖狂，可见甄家平日在城中行事就很嚣张，我应该……再将甄家主人训诫一番，叫他今后有所收敛，不敢鱼肉百姓。"

宋惊澜剥完葡萄，见他还站在面前，拿起帕子擦了下手："不去还站在这儿做什么？"

宋小澜这才高高兴兴地去了。

吃着水果的林非鹿后知后觉地觉出不对来，她戳戳宋惊澜的肩窝："我们这次出行是来做什么的？"

宋惊澜笑着把水果喂她嘴里："游玩。"

林非鹿眯着眼看他："我怎么感觉你是换了种方式给儿子找事儿做？"

直觉在之后这一路得到了验证，每到一个地方都会遇到不平事，然后宋小澜就要出面解决。

于是不久之后民间便盛传，太子正在微服出巡，体察民情，解决民怨，不少有冤的百姓甚至拦路伸冤，宋小澜这一路就没闲下来过。

虽然他自己还挺高兴，也在无形中积累了太子在民间的声望，但林非鹿还是很生气！

可又不能拦着宋小澜不让他为百姓做好事，最后她只能找宋惊澜算账："你居然连自己的儿子都套路！我跟你没完！"

宋惊澜笑着把人按在床上，亲到她没脾气没力气，最后还问："怎么个没完法，嗯？"

林非鹿：……

儿子，娘真的已经尽力了……

04

大宋天启二十七年，宋惊澜退位，太子继位，改年号为朔。

宋惊澜这一举动，震惊天下人，因为历朝历代，没有哪个皇帝会在正当壮年的时候退位让贤。皇位之争历来腥风血雨，就算宋国只有一位储君，可谁会嫌皇位坐得太久？

不是皇帝当得越久越不愿意退位吗？

宋国太子如今才十七岁，说小不小，说大也不大，以宋惊澜的年纪和手段，至少再当十年的皇帝也是没问题的。满朝文武百官在早朝之上听陛下不急不缓地说出准备退位的消息时，灵魂都被震出窍了。

反应过来陛下没有在开玩笑后，百官下跪，痛哭流涕，请求陛下收回成命。

哪怕当年的宋惊澜手段暴虐，皇位来得名不正言不顺，到如今民间仍有暴君之名。但他在位的这几十年，宋国恢复了中原霸主的地位，与大林的联姻又维持了稳固的和平和繁荣，曾经荒淫无道苟延残喘的朝堂仿佛只是一场噩梦。

百官畏惧他，可也敬仰他。

每次看着高位之上风华绝代的帝王，他们都会觉得有他在，天下皆安。

如今陛下居然说要退位，文武百官感觉自己的主心骨都没了，都不用风吹，走两步就要散了！

哭归哭，散归散，陛下决定的事，一向没有改变的余地。

好在太子是他们看着长大的，从小精心教导，能文善武，仁义谦和，在民间的声望也很高，百官们在心痛之后，就开始准备迎接新的陛下和新的朝堂了。

反倒是宋小澜自己有些不愿意，缠着宋惊澜闹了好几次："父皇，是皇位坐得不舒服吗？为什么要这么早让给我啊？"

宋惊澜微笑道："皇位这么舒服，让给你不好吗？"

宋小澜说："不要以为我不知道你就是想跟母后去云游江湖才把皇位甩给我！"

林非鹿：……

请问皇位是什么烫手山芋吗？

你们父子俩把皇位当作皮球一样踢来踢去的样子好魔幻啊！

晚上睡觉的时候，林非鹿躺在宋惊澜的臂窝，戳戳他精瘦的腰腹问："你真的不当皇帝啦？"

宋惊澜斜靠在床上，正在翻一本游记，闻言鼻尖"嗯"了一声。

林非鹿从他臂弯爬起来，双手扒着他的肩膀摇了摇："好不容易夺来的皇位，就这么退位，是不是有点儿可惜啊？"

宋惊澜把书往下放了放，看着跪坐在身侧的女子，笑着把人拉到怀里来亲了亲。

这么多年过去，他亲她的姿势一如既往地温柔，手掌抚着她的脸颊，温声地说："我夺皇位，是因为我想得到我想要的。如今我想要的一切都已经在怀，皇位不重要了。"

林非鹿明知故问，扒着他的胸口眨眼睛："你想要的是什么呀？"

宋惊澜笑了一声，手指捏捏她的下巴，然后她听到他喑哑的声音："想要你。"

退位那天是司天监选出来的吉日，天晴风和，监礼官宣读了退位诏书，太子皇冕加冠，正式接过了玉玺，成为大宋新一届的皇帝。

于是林非鹿成了最年轻的太后。

听着宫人的称呼从皇后娘娘变成了太后娘娘，她还怪不习惯的。

宋小澜也不习惯，虽然这些年一直跟着父皇学习政事，但新皇继位，还是有些忐忑，想着自己要多跟父皇请教一下才行。结果父皇退位没两天，就跟母后双双出宫，人影都找不见了！

宋小澜悲愤地想：我只是一个被抛弃的小皇帝罢了。

林非鹿骑着马都出城了，才忧心忡忡地问："我们就这样把三个孩子扔在皇宫，会不会不太好啊？"

话是这么说，骑马的速度可一点儿也没慢下来。

宋惊澜面不改色："他们都长大了，不需要父母担心。"

林非鹿若有所思地点点头，看着远处的连绵青山，余晖万丈，对儿子仅有的一丝愧疚瞬间烟消云散，兴奋地问："我们先去哪里呀？"

宋惊澜笑着道："我之前在游记上看到，在南境有一座望苏山，山中有云雾金顶的奇景，想不想去看看？"

林非鹿突然想起，前段时间他一直在看游记类的书本，原来就是在做旅游攻略呀。

她开心地点点头，想到接下来无拘无束的生活，心潮都有点儿澎湃，想了想又说："我们现在在外闯荡，是该取个艺名了。"

宋惊澜挑了下眉："黑白双侠？"

林非鹿愣了一下，转头看旁边骑在黑马上的男子，"噗"的一声笑出来："多少年前的戏言啦，你还记得呀。"

他笑着望她："嗯，你说过的话，我都记得。"

等将来武功学成，便去仗剑江湖，策马同游，快意恩仇，大口吃肉，大口喝酒。

她的梦想，她的向往，他都记得，并在这一生中一一为她实现。

林非鹿勒着缰绳，看看他，又看看远阔前路，眼里都是亮闪闪的笑意："黑白双侠是我们行侠仗义时的艺名！从现在开始我就叫黄蓉啦！"

宋惊澜笑着问："那我呢？"

林非鹿说："当然是郭靖啊！"她朝他抛去一个媚眼，"靖哥哥！"

宋惊澜沉吟了一下，配合她："蓉妹妹？"

林非鹿看了他几眼，摇着头唉声叹气："你一点儿也不像老实木讷的靖哥哥。"

她怀孕的时候在宫中不仅排过郭靖黄蓉的话本，还排过杨过小龙女的师徒恋以及张无忌的N角恋，宋惊澜自然都看过，慢悠悠地策着马问："那我像谁？杨过？张无忌？"

林非鹿说："都不像。"她朝他招招手，宋惊澜便策马挨近一些，坐在马背上侧身听来，听到她悄悄笑着说，"你是独一无二的小宋！"

望苏山在南境，以前属于周边小国，后来这些小国被宋惊澜打下来，如今也都是大宋领土，说近不近，说远也不算远。

比起少时带林廷离京散心，这一次的江湖旅途才算是真正实现了她闯荡江湖的梦想。

因为如今两个人的武功造诣都很高了。

这些年林非鹿不仅将即墨剑法全部掌握，还传承了纪凉的剑法，两套绝世剑法融会贯通，又尤擅轻功，自成飘逸灵动的身法，之前跟砚心比试时，已经能接住砚心几套刀法了。

砚心这些年刀法进步飞快，当年在英雄榜上排第十，前两年已经排到了第五，俨然刀法一脉的宗师了。

而宋惊澜就更不用说，江湖英雄榜上虽无他的名字，但每次比试砚心都会输在他的剑下。他若是想，想必江湖英雄榜上的排名就该重排了。

两人这一路行来，凡遇不平事必拔剑相助，什么揍地主啦、杀山贼啦、教训恶霸啦。林非鹿看到坏蛋就跟猫见了鱼、狼见了肉一般，提着剑就兴奋地扑上去了。

打不过怎么办？

不存在，打不过不还有靖哥哥吗？

黑白双侠的威名不胫而走。

"喂，听说了吗？最近江湖上出现了一对惩恶扬善的侠士，一男一女，女的穿黑裙，男的穿白衣，自称黑白双侠。女侠还放话说要杀尽天下不平事，最近连拦路打劫的山贼都不敢下山了呢！山贼们生计困难，寨主不得不带着山上小弟集体下山要饭，真是世风……哦不！大快人心啊！"

山脚下的茶棚里走脚商和江湖人议论纷纷，全然没发现他们议论的当事人就坐在旁边那桌喝茶。

林非鹿一边捧着茶杯一边竖起耳朵偷听，对于这种怡然自得听着别人猛夸自己的行为，她已经驾轻就熟了。

宋惊澜笑意盈盈地看着她："这么开心？"

她抿着唇狂点头。

简直不要太开心好吗！她终于拿到了她梦寐以求的武侠剧本，从小到大的武侠梦得以实现，人都要飘起来了！

宋惊澜摇头笑了下，两根手指按住她准备往嘴里送的茶盏："再告诉你一件更开心的事，茶里有药，这茶摊应该不干净……"

林非鹿双眼一睁，还不等他说完，当即把茶盏往地上一摔，清脆的碎裂声将茶棚里的视线都吸引过来，却见一位白裙黑发的漂亮女子一脚踢翻了矮茶桌，将旁边提着茶壶的小二按在了凳子上，大喝道："说！茶里下了什么药！"

周围一惊，纷纷看向自己手中的茶杯。

后头煮茶的另一个人见状不对即刻便想跑，才刚迈出一步，一把剑凌空而来，直直刺进他面前的木桩上，逼人的剑气挡住了他的去路。

被按住的小二挣扎了两下没挣开，愤愤道："你是谁？！我奉劝你不要多管闲事，山上可都是我们的兄弟！"

林非鹿抬手就在他后脑勺儿上扇了两巴掌，打得他嗷嗷叫："把你的兄弟都叫来，我一块儿收拾了，免得今后为祸四方！"

小二转着头看着她，不知想到什么，又惊恐地看向一旁淡漠的黑衣男子，突然失声道："是……是你们？你们是黑白双侠？！"

周围一片震惊！

林非鹿道："现在才认出来？"

小二崩溃地大喊："你们不是男穿白女穿黑吗？！为什么换了啊！"

林非鹿捶他后脑勺儿："要！你！管！"

于是江湖上又少了一群下蒙汗药偷抢钱财的土匪，山脚下的茶棚被一把火烧了，火光映红了后面的绿树青山。

　　林非鹿翻身上马，对旁边的宋惊澜说："走啦，去下一个地方惩恶扬善。"

　　他笑着点头，眼眸里映着火光，也映着她的模样。

　　这江湖逍遥，前路漫长，处处是不平，处处平不平。

　　"副本"刚刚开始，大侠仍需努力。

01

高二上学期开学没几天,高二(7)班来了一个转学生。

海市七中是重点中学,(7)班又是重点中学里的火箭班,只能靠成绩入学,走后门攀关系的手段在这儿都没用,哪怕是市长、首富的子女来了,也得实实在在地考一场才行。

但这个转学生转来得悄无声息,根本没人知道他到底考没考试,还是课代表去办公室交作业的时候听到另一个班的老师问自己的班主任:"你班上那转学生今天就要来报到了吧?"

(7)班的学生们才知道这件事。

海七的学霸们挤破脑袋都想进(7)班,也不是人人都能如愿,这转学生是什么来头,居然轻轻松松就转进来了?

火箭班的学霸们对这位转学生表示了极大的好奇和质疑。

大家纷纷表示,火箭班的传统和原则不能被打破!如果这位转学生的成绩不符合(7)班的要求,那大家就要联名向班主任请愿,绝不能让社会上浮躁的风气影响学霸们的世界!

早上第二节课上课铃拉响后,下课期间还在议论纷纷的教室瞬间安静下来。

这一节是班主任陈丽的课,学生们早已拿出课本和笔记,翻到了已经预习好的那一页。高二才刚开学,其他班都还在学第一章,(7)班的进度却已经学完三分之一了。

这,就是火箭班的实力!

伴随着丁零零的铃声,陈丽抱着教案踏进了教室,而她身后,跟着一个穿白衬衣的高个子少年。

晨起的阳光刚好透过教室的玻璃窗落在他漆黑的碎发上,好像给头发镀上了一层蓬蓬的柔软金色。他就站在讲台上,个子被黑板衬托得很高,身段清瘦，五官有种令人惊艳的帅气。

班主任开口道："今天我们班上转来了一个新同学，下面让他给大家做一个自我介绍。"

少年这才抬眸，看向底下直愣愣的同学们，然后弯唇一笑，声音又温柔又干净："我叫宋惊澜，今后希望和大家相处愉快。"

全班女生包括部分男生，都在这个温柔又漂亮的笑容中倒吸了一口凉气。

这个转学生是从天上转来的吧？！怎么能帅到这个地步？

啊？什么传统？什么原则？

原则就是拿来打破的！

陈丽点点头，指着第二排靠窗的空位："你先坐那里吧，等过两天入学考试的成绩出来了再重新排位。"

宋惊澜单肩搭着书包走了过去，全班的视线都跟着他移动。

他似乎一点儿也没察觉这些露骨的注视，走到第二排，朝着瞪大眼睛看着他的同桌微微一笑，然后坐了下来。

陈丽已经开始讲课。

宋惊澜把书拿出来，想把书包放进课桌里，才发现里面已经装得满满当当，像是在宣告这个位置早有主人。

他把书包丢在了脚边，翻开书准备听课时，看到课桌的左上角用红色的马克笔写了一个"小"字，字周围还画了些弯弯绕绕的藤蔓装饰。

宋惊澜不动声色地看向右上角，那里写着一个"鹿"字。

他往后靠了靠，低头看见下方的两个桌角分别写着"专""属"，连起来就是：小鹿专属。

他神色浅淡地收回视线，投向黑板上。

不愧是火箭班的同学，自制力就是强，就算被转学生惊艳到，上课期间都还是专专心心地在听课，直到下课铃响起，老师走出教室，全班的目光才再次不约而同地都落在了宋惊澜身上。

他合上笔记本，偏头看见同桌正直直地看着自己，似乎想搭话又不敢，弯唇一笑，温声问："我坐的这个位置有人吗？"

同桌赶紧点头："有的有的！是小鹿的位置，不过她去B市参加物理竞赛了，要后天才回来！"

他的神色透出几分顾虑："那我坐了她的位置，她会不会不高兴？"

605

同桌连连摇头："不会不会，小鹿很好说话的！"

宋惊澜笑了下："那就好。"

第三节课是英语，他还没领新书，上一节课用的书是陈丽刚才在办公室给他找的旧书，同桌见状便道："你先用小鹿的吧。"

见他有些迟疑，同桌热情地趴过来在课桌里翻找一番，然后把英语课本抽了出来："你先用着吧，小鹿是学习委员，平时大家有什么学习上的困难她都会帮忙的，她是我们班的女神，嘿嘿。"

宋惊澜看着那本半新不旧的英语课本，笑着点了下头。

英语老师已经走上讲台，他翻开书，看见扉页上娟秀的三个字：林非鹿。

英语课的进度已经上到了第四章，宋惊澜一页一页地翻过去，看到课本每一页的空白处都有主人的涂鸦。她似乎很喜欢这些花花绿绿弯弯绕绕的藤蔓，把空白的页边都画满了。

笔记反而很少，多是一些没有营养的随笔。

——刚在数学书上打完酱油的小明又来到了英语书中，让我们期待他接下来的表现。

——今晚吃红烧排骨还是回锅肉呢？

——好烦，为什么这么多人喜欢我？

——喀，像我这样的小可爱，谁不喜欢呢？

——唉，天生丽质难自弃，我要是生在古代，一定是个妖妃吧。

——每天都想跟娜娜米抢巴卫。

——呵，学习这个磨人的小妖精。

……

宋惊澜脑子里开始对这个位置的主人有了立体的形象，应该是乖乖的、小小的，可爱又活泼，爱笑又容易夸毛。

讲台上的老师讲到了文中语法重点。

他想了想，还是拿起笔将重点笔记写在了书上。

接下来一整天的课程，他都用着座位原主人的课本。为了回报借书之恩，宋惊澜将每一堂课的重点笔记都条理清晰地写在了课本上。

一天时间下来，（7）班转学生的消息传遍整个年级，校草之位当天易主，各班学生都跑到（7）班门窗外偷看大帅哥。

之前的质疑都没了，大家纷纷表示：长得这么帅，学习一定也很好吧！

嘻，就算学习不好也没关系，毕竟都长得这么帅了，学习如果还很好，那老天爷也太不公平了吧！

（7）班的同学迅速接纳了这位转学生，还生怕他跟不上本班的学习进度，每节下课都要过来问问他需不需要帮助。

毕竟如果成绩太差，月考是会被刷出去的！

（7）班的女生们在女生群里斩钉截铁：不可以让校草流落到其他班！必须留下他！

刚下飞机还在等车的林非鹿看着群内迷惑发言，打了个哈欠。

第二天，缺席几天课程的林非鹿回到学校上课。

她来得挺早，毕竟课程落下这么多天，想着早点儿来整理一下，走进教室时，却发现自己的座位上已经坐了一个人。

他穿着7中蓝白色的校服，碎发薄薄地搭在额前，正低头在看一本英语习题，因低着头，并不能看清长相，只是上半身挺直，半袖之下的手臂隐约可见精瘦的线条。

林非鹿走过去，敲了敲桌角："同学，你是不是坐错位置了？"

少年抬头看来，一眼就叫人沦陷，"颜狗"林非鹿瞬间就不行了，却见漂亮少年温柔地一笑，半疑问半肯定，声线好听得能让人耳朵怀孕："小鹿？"

听！是谁家的小鹿撞死了？

啊！是我家的！

林非鹿悄悄咽了下口水，让自己稳住，不失高冷道："这是我的位置。"

他笑着点了下头："嗯，这是你的位置。"

宋惊澜发现这个位置的主人跟自己想象的完全不一样。

她不小，看上去也不乖，五官有种近乎侵略性的美，是让人见之不忘的漂亮，平凡的校服也难掩长腿细腰，一把黑发高扎在脑后，青春靓丽，又不掩淡定，很难想象这样的少女会在书上写下"我怎么这么可爱"这种话。

宋惊澜拎着书包站起来，林非鹿这才发现他很高，自己得仰着头才能看他，听到他略带歉意地说："这几天我暂时坐在你的位置，抱歉。"

啊，又帅又有礼貌，绝品！

难怪这几天班上女生群群消息每天都999+，她能理解她们的激动了。

不过自己高冷女神的人设不能崩，林非鹿淡然地一点头："没关系。"

宋惊澜："还借用了你的课本。"

林非鹿：……

宋惊澜微笑："老师讲的重点我都帮你记在了书上，你可以再整理一下。"

等等，他应该没有看到自己的那些胡言乱语吧？

她企图从少年漂亮的五官上找出蛛丝马迹，但他只是温柔地笑着，垂眸看着她时，又长又密的睫毛微微垂下来，让她有种被温柔注视的错觉。

林非鹿看了半天，干巴巴地说："哦，谢谢。"

宋惊澜笑了下，拎着书包走向教室后排。

她盯着他的背影看，修长挺直的背影，肩宽腰窄，腿出奇地长，仅仅是一件普通常见的校服，却被他穿出了高奢订制款的感觉。

林非鹿感觉自己心中的小鹿活了又死，死了又活。

宋惊澜走到后排，坐在了平日大家画黑板报的位置。他后背微微靠着墙，脚蹬在椅子的横栏上，继续看那本习题册。

林非鹿看了半天，觉得怪可怜的。

她取下书包放好，慢腾腾地走过去。

看书的少年抬头，黑瞳里映出她迟疑的模样。

他微偏着头："怎么了？"

林非鹿说："要不你还是坐我那里吧。"

宋惊澜笑起来："那你呢？"

林非鹿面不改色："我们可以共用一张课桌。"她说完又补了一句，"我是学习委员，应该的。"

宋惊澜接受了她这个建议。

（7）班只有四十个学生，但教室并不小，所以课桌之间的空隙还是很宽敞的，放两张凳子绰绰有余。只不过林非鹿靠同桌更近些，把大部分的空间留给了他。

早自习是英语课。

林非鹿拿出了自己的英语课本，翻到最新章，上面果然字迹清晰地写满了笔记。

她又翻到前面看了看，心想，他应该没看见这些自己的鬼画符吧？

林非鹿偷偷看了眼旁边的少年，他正在默写单词，察觉她的目光，他偏头看来，视线对上之后，又看向她手中的英语书，最后挑唇笑了笑："藤蔓画得很漂亮。"

林非鹿：……

啊啊啊，她的女神形象是不是崩了！

02

早自习结束，班主任就把入学考试的成绩单贴到了黑板旁边的宣传栏里，然后指挥班干部带领学生们重调座位。

这也是火箭班的传统，每学期入学考试之后，都会根据成绩安排这一学期新的座位。所以林非鹿只跟新来的校草同桌了一个早自习，就要被迫分开了。

生气！她本来还打算趁机挽救一下人设的！

唉，也不知大帅哥要便宜哪个幸运儿了。

林非鹿内心戏一大串，表面上倒还是淡淡然然，收拾好自己的东西，准备搬新位置。

同桌依依不舍："小鹿，我好想继续跟你坐一起啊，跟你同桌的这一学期我物理成绩都提高了好多！我以后还可以来问你不会的题吗？"

林非鹿大方地一笑："当然可以。"

教室里忙忙碌碌，大家都去班长那里认领了自己的新位置，开始搬东西。林非鹿先用湿巾纸把课桌上"小鹿专属"四个字偷偷擦掉，然后才抱着东西坐到了新位置。

她正在整理课桌，旁边的座位有人坐了下来。

她一偏头，就看见校草坐在了她身边，见她愕然望来，挑唇笑了下。

我就是那个幸运儿！

林非鹿看着自己的新同桌，心潮澎湃，但面上丝毫不做显露，也朝他大方地一笑："以后我们就是同桌了。"

宋惊澜笑着点头："嗯，以后要互帮互助。"

大家在十分钟之内收拾好新座位，上课铃响起时，物理老师就拿着教案走了进来。林非鹿还在把课本和练习册分门别类，就听见物理老师站在讲台上喜悦道："我们班的林非鹿同学这次在全国物理竞赛中取得了第二名的好成绩，让我们给她鼓掌！"

教室里顿时响起热烈的掌声。

学习委员人长得漂亮，学习好，性格也好，是大家眼中不染烟火气息的女神，无论是男同学还是女同学都特别喜欢她，所以鼓掌也格外卖力。

林非鹿往常都是淡然谦虚地笑一笑，显得十分宠辱不惊，但这一次，余光看见校草同桌也在旁边鼓起了掌，莫名地感到一股羞涩，耳根都有些泛红。

好在物理老师没有过多继续这个话题，很快开始讲课。

现在的物理课程对她而言再简单不过，听不听课影响不大。她用堆在课桌上的那叠辅导书挡着，拿着红色马克笔偷偷在左下角写字、画藤蔓，写完"专"，又偷偷移到右边写"属"，正写着，余光突然察觉一抹打量的视线。

林非鹿偏头一看，校草同桌果然侧低着头，目光里还有浅浅的笑意，盯着她画了一半的藤蔓在看。林非鹿脸都红了，一下子抬起胳膊放在上面，挡住自己没画完的藤蔓，装模作样地开始听课。

等下课铃一响，她看宋惊澜起身出去了，赶紧掏出湿纸巾想把右下角的藤蔓和字擦掉，正擦到一半，旁边突然传来他温柔的声音："画得很好看，擦了做什么？"

林非鹿抬头看了他一眼，干笑："有点儿幼稚哈。"

宋惊澜笑着坐下来，拿出下节课的课本："不幼稚，很可爱。"

还从来没有人用"可爱"形容过她，林非鹿摸了下头发，一时间擦也不是不擦也不是。好在有同学过来帮她解了围，拿着笔记本兴致勃勃地问："宋惊澜，上节物理课你有没听懂的地方吗？这是我做的笔记，你要不要看看？"

他笑着摇了下头："谢谢，不过有小鹿在，我不懂的可以问她。"

那同学赶紧点头："哦哦，对，小鹿的物理最好了，那你有什么不懂的记得问啊，我们班课程进度很快的，一个知识点卡住了，后面的就跟不上了。"

等同学走了，林非鹿才从刚才的尴尬中挣扎出来，拿出物理书翻到上一节课讲到的位置，试探着问他："你有哪里没听懂吗？"

宋惊澜将视线从书移到她眼睛，笑着摇摇头："没有。"

林非鹿以为他不好意思，又拿出平时给同学讲题的那副淡然高冷的样子："我是学习委员，你不懂都可以问我。开学已经一周了，还有三周就要进行第一次月考，我们班进度很快，你要抓紧时间追上来。"

宋惊澜看着少女明亮的双眸，勾了勾唇角："好，有不懂的我一定问你。"

话是这么说，但一天课下来，林非鹿发现他一次也没问过自己。反倒是每节课下课，都有其他同学过来让自己讲题。林非鹿觉得这个校草同桌脸皮还挺薄的。

想到女生群里大家说要帮助转学生留下校草的讨论，林非鹿顿时觉得自己肩上的担子更重了。

于是她不再等宋惊澜开口，而是主动问他："刚刚那节课你有不懂的地方吗？"

宋惊澜正在做习题，闻言偏头看过来笑了笑："没有。"

第二节下课，林非鹿又问："刚刚陈老师讲得有点儿快，你都听懂了吗？"

宋惊澜还是笑着："听懂了。"

第三节下课，林非鹿："上节课的知识点你都掌握了吗？"

宋惊澜："掌握了。"

林非鹿："哦……"

宋惊澜停下笔，偏头看了眼趴在课桌上涂涂画画的少女，觉得她看上去好像还挺失望，不由得有些好笑。于是等下午的课程结束后，他不等林非鹿问，就主动说："小鹿，可以把你的课堂笔记借给我看一看吗？"

林非鹿顿时说："可以！"

她飞快地把自己的笔记本递过去，看他认真翻看，又在自己本子上补充的认真神情，心里终于生出一丝满足感。

之后每天放学前，宋惊澜就都会提出借她笔记看看的要求。

有时候其他班和其他年级的学生会慕名前来看新晋校草。看到校草居然跟年级女神坐在一起，大家一时间竟不知该羡慕谁，一边羡慕着，一边感叹女神不愧是女神，跟校草同桌居然还能保持目不斜视的淡然，实在令人钦佩！

全然不知道女神心中的小鹿每天都撞得死去活来。

其他班都是希望体育课不被霸占，只有火箭班主动要求不上体育课，改为自习或者讲试卷。好学是好事，不过身体素质也很重要，班主任陈丽还是会保证班上的学生们每周上一次体育课。

然后火箭班的女生们就有幸在体育课上看到了校草打篮球，从此大家再也不说不想上体育课的话了。

校草的腰不是腰！夺命三郎的弯刀！

校草的腿不是腿！塞纳河畔的春水！

校草"杀"我！

完成一个灌篮的校草撩起T恤下摆擦了下汗水，在一片炽热的眼神中对

611

坐在台阶上看书的少女说:"小鹿,把球踢过来。"

那篮球蹦蹦跳跳地滚到了林非鹿脚下,她手上拿着一本英语单词本,听到声音身子一颤,不知道自己假装看书其实在偷看同桌打篮球的行为是不是被发现了,只好在众目睽睽之下一脸淡漠地把篮球踢了回去。

旁边议论纷纷:"女神真的牛!不看宋惊澜看英语书,定力非我辈能及!"

林非鹿镇定自若地翻着单词本,等篮球场上又爆发出叫好哄闹,才终于慢慢抬头,继续偷偷摸摸看向场上运球飞奔的少年。

少年一跃而起,黑发在空中扬起好看的弧度,篮球"哐当"一声砸进框中,四周一片尖叫,他却在落地时回头,笑着看向台阶的方向。

偷看的林非鹿猝不及防地跟他对视,慌忙低下头去,欲盖弥彰地背英语单词:"abandon(遗弃),a-b-a-n-d-o-n,abandon!"

第一次月考很快到来。

月考之后,会有一次分班,主要是针对火箭班的学生,如果成绩实在跟不上,会被调到普通班去。

林非鹿难得有一次考试这么紧张,却不是为了自己,认真地问宋惊澜:"各科知识点都掌握了吧?还有哪里不懂的地方吗?我今晚有时间,可以给你突击一下。"

宋惊澜收拾好书包,看了看少女殷切的眼神,垂眸笑了下,起身道:"那去市图书馆吧。"

于是两人一起在学校外的饭店吃了晚饭,然后又一起去了市图书馆。

这还是她第一次单独跟同桌出来。

明明自己是为了给他补习,此时却生出一种借此约会的羞愧感。

这个时候的市图书馆没多少人,黄昏的光溶溶地落在透窗上。林非鹿拿出笔记本,偷偷看了眼旁边的少年,把那些绮丽的小心思都压下去,正襟危坐地开口:"你哪一科最弱?我们从弱项开始。"

宋惊澜想了想:"那就物理吧。"

物理是自己的强项啊!

林非鹿瞬间有了精神,翻开笔记本开始给他讲解这一次月考的考点。

她拿着笔讲得用心,目光一直在笔记本上,没注意到宋惊澜一直在看着她。他比她高出很多,这样坐着,就是从上而下凝望的姿势,可以看见她微垂的睫毛，随着她说话而可爱地颤动。

直到讲完考点，林非鹿才抬头问："还有哪里不懂吗？"

对上同桌凝视的视线。

林非鹿一愣，下意识地抬手摸了摸自己的脸："我脸上有什么吗？"

宋惊澜笑了下："没有，口渴吗？"

林非鹿吞了下口水："有一点儿。"

他笑着，拽过身后的书包，从里面拿出了一瓶养乐多，插上吸管后递给她。

林非鹿蒙蒙地接过来，都喝到嘴里了，才想起来问："你怎么知道我喜欢喝养乐多？"

宋惊澜笑了下没说话，低头去看笔记本。

林非鹿突然想起来，自己在课本上画过养乐多，旁边还配了一行字：我是喝养乐多长大的小可爱。

为什么要让她想起来！

窒息！

两人一直补习到市图书馆关门，宋惊澜将她送上出租车。

她扒着车窗交代："今晚早点儿睡，不要复习得太晚，精神状态对考试也很重要。"

宋惊澜笑着点头。

第二天，月考开始。

考试对于学生而言，实在是再寻常不过。两天的时间一晃而过，考完试，老师批改的速度也很快，一天之后分数就出来了。

之前还担心校草会离开火箭班的同学们惊掉了下巴。

年级第一：宋惊澜。

强迫同桌看了一个月自己课堂笔记的林非鹿：……

你明明是学神，装什么学渣？

宋惊澜接收到少女质问的眼神，有些无奈地笑了下："我说过我都会。"

林非鹿：……

对哦，他说他都听得懂，是自己不信，还非要拉着他补习。

啊，太窒息了！

她在校草同桌跟前的人设已经崩到马里亚纳海沟，再也救不回来了。

不过再也不用担心他会离开火箭班，可以继续安心当同桌了，林非鹿内心还是很高兴的。

同桌不仅温柔好看学习好，还有礼貌，很有教养，很绅士。她"姨妈"痛，他会拿着她的水杯去接热水，她没吃早饭他会帮她买面包和养乐多，以前都是她给别人讲题，现在他也会给她讲题。

一学期的时间就这么幸福又快速地过去了，假期过后，很快又迎来了入学考试。

这次考试之后，就又要重新调座位。

一想到自己就要离绝美同桌而去，林非鹿就心痛得无法呼吸。

但她什么也不说，什么也不表露，还是大家眼中那个高冷的女神，只有同桌知道她一害羞就红耳朵的特征。

早自习之后，班主任拿着成绩单走进来，开始安排班干部调座位。

还在默默心痛收拾书包的林非鹿突然看到班主任走过来责问同桌："宋惊澜，你的入学考试很不理想，跟上学期期末考试比差了三十多分，这个假期是不是只顾着玩了？已经高二下学期了，你千万不能松懈，知道吗？"

宋惊澜礼貌地点头："知道，我会在下一次月考补回来的。"

林非鹿这才发现当了一学期年级第一的同桌这次入学考试的排名竟然排在第六，跟第七的自己挨在一起。

于是他们又成了同桌，只是从中间换到了靠窗的位置。

林非鹿心里有些高兴，又觉得有些奇怪，趁着自习偷偷地问同桌："你成绩怎么下降了这么多？假期我们不是一直在市图书馆补习吗？"

宋惊澜把插上吸管的养乐多放了她课桌右上角写着的那个"鹿"字上，偏头朝她笑了下。

他说："又可以继续当同桌，不好吗？"

林非鹿微微瞪大了眼睛，一动不动地看着他，耳根又开始偷偷发烫。

她小声说："那下学期还不是又要调座位。"

宋惊澜笑着："只要你想，我们就可以一直同桌。"他的手指转着笔，微微斜下身子，低笑着问，"小鹿想和我一直当同桌吗？"

故作高冷的林非鹿：糟糕，小鹿又死了！

谁能想到，他们不仅现在同桌，以后还同房了呢。

真是世事难料呀。

图书在版编目（CIP）数据

惊鹿：全二册 / 春刀寒著. -- 天津：天津人民出版社, 2022.5（2025.4 重印）
ISBN 978-7-201-18320-6

Ⅰ.①惊… Ⅱ.①春… Ⅲ.①长篇小说—中国—当代 Ⅳ.① I247.5

中国版本图书馆 CIP 数据核字 (2022) 第 054465 号

惊鹿：全二册
JING LU：QUAN ER CE

出　　版	天津人民出版社
出 版 人	刘锦泉
地　　址	天津市和平区西康路 35 号康岳大厦
邮政编码	300051
邮购电话	（022）23332469
电子邮箱	reader@tjrmcbs.com

责任编辑	范　园
特约编辑	月　月
封面设计	Achun.

印　　刷	嘉业印刷（天津）有限公司
经　　销	新华书店
开　　本	700 毫米 ×980 毫米　1 /16
印　　张	38.5
插　　页	4
字　　数	631 千字
版次印次	2022 年 5 月第 1 版　2025 年 4 月第 13 次印刷
定　　价	75.00 元

版权所有　侵权必究
图书如出现印装质量问题，请致电联系调换（010-82069336）